孙昌武文集

2

唐代古文运动通论

中华书局

图书在版编目(CIP)数据

唐代古文运动通论/孙昌武著. —北京:中华书局,2019.7
(孙昌武文集)
ISBN 978-7-101-13026-3

Ⅰ.唐… Ⅱ.孙… Ⅲ.古典散文-古典文学研究-中国-唐代
-文集 Ⅳ.I207.62-53

中国版本图书馆 CIP 数据核字(2018)第 000686 号

书　　名　唐代古文运动通论
著　　者　孙昌武
丛 书 名　孙昌武文集
责任编辑　吴爱兰
出版发行　中华书局
　　　　　(北京市丰台区太平桥西里 38 号　100073)
　　　　　http://www.zhbc.com.cn
　　　　　E-mail:zhbc@zhbc.com.cn
印　　刷　北京市白帆印务有限公司
版　　次　2019 年 7 月北京第 1 版
　　　　　2019 年 7 月北京第 1 次印刷
规　　格　开本/920×1250 毫米　1/32
　　　　　印张 10⅜　插页 2　字数 255 千字
印　　数　1-2000 册
国际书号　ISBN 978-7-101-13026-3
定　　价　63.00 元

孙昌武文集

出版说明

孙昌武先生，一九三七年生，辽宁省营口市人。南开大学教授，曾在亚欧和中国港台地区多所大学担任教职和从事研究工作。

孙先生治学集中在两个领域：中国古典文学和中国宗教文化。孙先生学术视野广阔，熟谙传统典籍和佛、道二藏，勤于著述，多有建树，形成鲜明的学术特色。所著《柳宗元传论》(人民文学出版社，1982)、《佛教与中国文学》(上海人民出版社，1988)、《道教与唐代文学》(人民文学出版社，2001)、《中国佛教文化史》(中华书局，2010)、《禅宗十五讲》(中华书局，2017)等推进了相关学术领域研究，在国内外广有影响；作为近几十年来中国传统文化研究成果，世所公认，垂范学林。

孙先生已年逾八秩。为总结并集中呈现孙先生学术成就，兹编辑出版《孙昌武文集》。文集收录孙先生已出版专著、论文集；另增加未曾出版的专著《文苑杂谈》、《解说观音》、《僧诗与诗僧》三种；孙先生在国内外学术刊物发表的论文未曾辑入论文集的，另编为若干集收入。孙先生整理的古籍、翻译的外国学者著作，不包括在本文集内。中华书局编辑部对文字重新进行了审核、校订，庶作为孙先生著作定本呈献给读者。

北京横山书院热心襄助文化公益事业，文集出版得其资助，谨致谢忱。

中华书局编辑部

二〇一九年五月

目　录

序　章　"古文"的含义与渊源 ……………………………… 1

第一章　"古文运动"的社会与文学背景 ……………… 10

第二章　文体革新的兴起 ………………………………… 35

第三章　"古文运动"的发展 …………………………… 51

第四章　"古文运动"前期理论主张 …………………… 73

第五章　韩　愈 …………………………………………… 89

第六章　柳宗元 …………………………………………… 148

第七章　"古文"创作的全面繁荣 ……………………… 207

第八章　"古文运动"在晚唐的延续 …………………… 262

结　语　唐代"古文运动"的主要贡献和基本经验 ……… 308

引用书目 …………………………………………………… 315

1984 年版后记 …………………………………………… 323

序章 "古文"的含义与渊源

一

我国古典散文①发展到唐代,出现了一次巨大变革。从陈子昂开始,经元结、韩愈、柳宗元直到杜牧、罗隐等许多人的努力,在前后二百多年间,改变了自东汉以来逐渐形成的骈体文对文坛的统治,实现了文体、文风和文学语言的解放,推动了散文创作的发展。这次文学变革,适应着时代政治斗争和思想斗争的需要,总结了自先秦以来我国散文长期发展的历史经验,提出了一套比较完整的改革文体和革新散文创作的理论主张,并成功地进行了创作实践。加之参加这次革新的作家们以极大的热忱和高度的自觉为推行新文体、创作新散文而不懈努力,并广为宣传,诱掖后进,在文坛上形成一股变革的潮流。由于这次变革有理论指导,有成功的实践,又有群众基础和巨大的影响,俨然成为一个"运动";而提倡新文体的韩愈等人,又与当时流行的骈体"俗下文字"相对立,称所倡导的文

① 本书使用"散文"一语,一般是指与诗歌、小说、戏曲等并称的一种文学样式,不是指与骈文相对待的散体单行的文体。

体为"古文",因而,近代研究者把这次变革叫作"古文运动"。

由此可见,第一,"唐以前无'古文'之名"(包世臣《雩都宋月台古文钞序》,《艺舟双楫·论文三》)。"古文"之作为文体概念,是唐人才有的。虽然从历史上看,"'古文'之目,始见马迁"(章学诚《文史通义》外篇卷三《杂说下》)。但在他的《史记》里提到"古文",常常是指与当时通行文字不同的古代字体,如《三代世表》中说:"稽其历、谱、牒,终始五德之传,古文咸不同,乖异。"(《史记》卷一三)这里"古文"即指所谓"科斗文";汉人又把"秦人所罢之文与所焚之书"的文字即"六国文字"统名为"古文"(见王国维《战国时秦用籀文六国用古文说》,《观堂集林》卷七),例如许慎《说文解字叙》言及"古文",就指汉时所存先秦文字。是为"古文"的本来含义。司马迁又把修史时所据古籍即先秦六国遗书称作"古文"。他在《太史公自序》中述及"年十岁,则诵古文"(《史记》卷一三〇),旧注以为即指《古文尚书》和《左传》《国语》《系本》等古代文献。后来如刘秀《上山海经表》谓"著《山海经》,皆贤圣之遗事,古文之著明者也","古文"也是指古代典籍。是为"古文"的第二个含义。汉人又以"古文"称所发现的"壁中书"。"壁中书"的出现导致经学中的今、古文之争,"古文"从而又衍变为学派名。是为"古文"的第三个含义。唐人所谓"古文",与上述观念不同。它首先是指一种与文坛上流行的"雕绣藻绘""骈四俪六"的骈体文不同的散体单行的行文体制。所以说:"古人不立文名,偶有撰著,皆出入六经、诸子之中,非六经、诸子而外,别有'古文'一体也。"(刘师培《论文杂记》)"盖文体坏而后'古文'兴。唐之韩、柳,承八代之衰而挽之于世,始有此名。"(吴敏树《与筱岑论文派书》,王先谦编《续古文辞类纂》卷一一)

第二,与上一点相联系但应着重辨明的是,唐人所谓"古文",除有文体革新的意义外,还有文学革新的意义。前人论"古文运动",强调其革正文体、文风和文学语言的功绩,这当然是对的。但

"古文运动"发生在文学观念已经十分明确的时代，"古文"家们不仅用"古文"从事一般的著述，即不只把它当作一种更有效用的文体来使用，而且用它来从事文学创作。他们的"古文"作品许多都是优秀的文学散文；他们不只是文体革新家，更是具有一定思想与艺术成就的文学家。这样，唐代"古文"，又是唐代文学散文的宝库，是它的一个重要组成部分。从文学史的角度讲，"古文"的这一方面的成就更值得重视。

第三，唐代"古文"之形成"运动"，有其深刻的社会原因和文学基础。它是一个历史过程。"古文运动"不是韩、柳等少数人的"起衰""济溺"的功劳。在唐代，在文学观念与创作实践两方面为散文改革做出贡献的，应首推陈子昂，他主要活动在武后朝。经过几十年，到开元、天宝年间，"古文"已有很大发展，萧颖士、李华、独孤及、元结等已做许多成绩，这应视为"古文运动"的重要阶段。到贞元、元和年间，韩愈、柳宗元等继起，以他们卓越的实践给"古文"创作以巨大的推动，并在理论上加以总结，经过他们的努力，"古文"迅速普及，一时之间文坛上风驰云驱，群起响应，使运动形成了高潮。韩、柳之后直到晚唐，余波震荡，"古文"仍有一定成就。不过从趋势看，骈体又在复兴。但"古文"的这个低潮，是宋人"诗文革新运动"的准备。我们研究"古文"和"古文运动"，不可不注意到这样的历史发展脉络。这也是本书立论的一个前提。

二

唐代"古文"是以复古的面貌出现的。"古文运动"也确实表现为一种复古思潮。但"古文"家们的主观宣言是一码事，他们的文学活动的实际内容和实际意义又是一码事。从本质上看，"古文"

是文学历史上的新产物，"古文运动"是对文体和文学散文全面革新的运动。

历史上不少人称赞唐人"复古"之功，以为"古文"是否定"八代之衰"而上承先秦盛汉文章轨辙的。如清代桐城派大师方苞说："至唐韩氏起八代之衰，然后学者以先秦盛汉辨理论事质而不芜者为古文，盖六经及孔子、孟子之书之支流余肆也。"(《古文约选序例》，《方望溪先生全集·集外文》卷四)这就把唐代"古文"视为对古人的模拟。这里提到"八代之衰"，是宋以后流行的说法，容后文再加辨正；而把唐代"古文"看作是"先秦盛汉辨理论事质而不芜"之文，则是缺乏历史发展观念的狭隘鄙陋的偏见。

唐人从陈子昂、元结到韩愈、柳宗元等人，确有不少"复古"言论。他们推崇儒经，推崇《左》《国》《史》《汉》，对魏、晋以下文章多有批评。他们也确实尊重并注意汲取周、秦、两汉诸子散文、历史散文、政论散文的优秀传统；他们解散骈体，提倡"古文"，也确乎从古代散行文体中取得借鉴。但是，他们却绝非以恢复古人的文章面貌为标的。这是他们与后来的许多"复古"派不同的地方，也是他们取得成功的一个关键因素。

古代的中国，在长期的经学统治之下，形成了牢固的"宗经""尊圣"的传统和"述而不作"的观念。文人们每有言动，都要到古人那里找依据。但同是张扬"复古"，实际内容却是各种各样。唐代"古文"家们的"复古"，可以说是对古代传统成功的继承和大胆的创新的范例。

从创作观念方面来说，唐代"古文"家注意汲取周、秦、两汉散文重视思想性与现实性的优点，但又有全新的文学观念。汉代以前，散文还没有从著述中独立出来，当时还是以学术为文、以文章为文、以文化为文。这种文章观自然会限制发展作为独立的文学样式的散文。直到汉末、魏、晋，进入了鲁迅所谓"文学的自觉时代"(《而已集·魏晋风度及文章与药及酒之关系》)，四部分、文集立,"事出于沉思,义归乎翰藻"的"篇什"(萧统《文选序》)之文才与经、子、史等著述明确区分开来,使得"传记皆分史部,论撰沿袭子流,各有成编,未尝散著。惟是骚赋变体,碑诔杂流,铭颂连珠之伦,七林答问之属,凡在辞流,皆标文号……彼时所谓文者,大抵别于经传子史,通于诗赋韵言"(章学诚《文史通义》外篇卷三《杂说下》)。这种"通于诗赋韵言"的"文",大体上就是今天的文学散文。从陆机《文赋》、挚虞《文章流别论》到刘勰《文心雕龙》,人们对各种散文文体进行了大量的、精细的研究。这样,随着独立的文学观念的形成,文学散文的特征才被人们越来越充分的认识。唐代"古文"家们继承了这样的认识成果,他们不只把"古文"当作"明道""达意"的手段,而且作为一种艺术创造。看看韩、柳那些即使是论"道"的文字,也充分表现出艺术上、美学上的追求,在构思、表达、语言上都很讲究艺术性,就可以了解他们的创作观念与古人多么不同。

从创作实践上看,唐代"古文"家一方面充分领悟和学习周、秦、两汉散文在艺术上的成功经验,但另一方面又十分注意新变和独创。在中国文学史上,随着上文所说的文学与著述的分途,就有曹丕所谓"文人相轻"(《典论·论文》)的那种专业"文人"的产生。儒生和文人成了两种人,史书中专门成立了"文学"传或"文苑"传。这个区分对文学发展具有重大意义。因为只有出现一批以文学为专业的人,才能大大提高它的艺术水平。唐代的"古文"家们在当时条件下自然也读经,也求举,甚至如韩愈自视为当世圣贤的也如此,但他们在创作上终究不失文人的本色,他们的主要方向不在经学或政治,他们的创作的主要意义也不在立一家之言或著兴亡、明得失(个别人本身又是思想家或政治家,其理论、思想或政治贡献当然也不可忽视),而在于通过艺术概括反映广泛的社会生活。这样,他们在创作上就不是模拟古人的诸子、史传和政论文章,而是努力探讨适应时代内容的新的艺术和语言形式。唐代的"古文"家们进行了真正的艺术创造。

因此,我们应当认识唐代"古文"继承传统的一面,更应当充分看到努力创新的一面。对文学发展来说,这种创新是更为重要的。这是本书立论的又一个前提。

三

"古文"是作为"骈文"的对立物出现的。"古文运动"的目标就是否定并取代骈文。但在它的发展中,却汲取了骈文取得的艺术成果。从一定意义上说,没有骈文的繁荣,就没有"古文运动"的巨大成就。

骈文在表现形式上有三个特征:讲求对偶声韵、大量使用事典和多用华辞丽藻。这三者本来都是汉语文固有的修辞手段和表现技巧。汉语单音节语言,绝大多数文字是形、音、义统一在一个形体里,便于组织整齐、排偶的句式;汉语语音有轻重抑扬和音韵变化,可以利用"浮声""切响"和押韵来造成行文的声韵美;汉语文学具有悠久的传统,积累起大量事典和辞藻。吴可曾指出,《尚书》文法"其文多整,后世偶句盖起于此"(《荆溪林下偶谈》卷四);阮元说《易经》"《文言》数百字,几于句句用韵……抑且多用偶"(《文言说》,《揅经室三集》卷二),他统计两篇《文言》之中,偶句凡四十有八,韵语凡三十有五;近人马叙伦更指出:"秦、汉以上,文无骈、散之分。《书》之二《典》,《易》之十《传》,佶屈聱牙之中,有妃黄俪白之句……左氏内、外《传》即骈、散兼布矣。广搜周、秦诸子及两汉词赋,盖莫不然。"(《读书小记》卷一)东汉以降,行文逐渐骈偶化,句式由大体整齐、骈散间杂,发展到"骈四俪六";声韵则由一般地照顾高下抑扬,发展到讲究"一简之内,音韵尽殊,两句之中,轻重悉异"(沈约《宋书》卷六七《谢灵运传论》);再加上行文综辑词采,举事类义,从而形成了严重程式化的骈文体制。在这种体制下,原来的积极的表现手段变成了表现上的桎梏;对形式的追求流为形式主义。结果,那种高度唯美的骈文往往最适宜于表现空洞、颓废的内容,主要成了门阀士族及其知识分子寄托精神、炫耀才情的工具。

但是,尽管骈文具有这样严重的形式主义、唯美主义的倾向,却不能完全否定它在艺术上的成就和它在散文发展史上的地位。骈文是中国散文某些表现手段的畸形发展的产物,因而它终究取得了艺术形式的某些进展;再则,骈文中也不乏有一定思想意义、艺术上又十分精美的篇章。

从散文发展历史看,首先,骈文在形象描绘上大大进步了,而形象性正是文学这一特殊意识形态的本质特征之一。先秦诸子散文主要是辨理论事;《左》《国》《史》《汉》等史传散文则能比较充分地述事记人,在刻画人物、描写场面上取得了相当高的成就;而大力"铺采摛文,体物写志"(刘勰《文心雕龙·诠赋》)的,则是屈、宋开拓的辞赋文学。宋汪藻认为"左氏传《春秋》,屈原作《离骚》,始以文自成为一家"(《鲍吏部集序》,《浮溪集》卷一七)。王应麟《困学纪闻》曾引述这一观点。章学诚也说:"《国策》、《骚》、赋,乃后世辞章之祖也。"(《文史通义》外篇卷三《答大儿贻选问》)这都指出了辞赋在文学发展史上的意义。如司马相如的《子虚》《上林》、扬雄《甘泉》、班固《两都》等著名大赋,对苑囿、宫室、都邑等进行了多侧面的描摹刻画。尽管它们内容上"讽一劝百",思想价值很有限,艺术上"雕虫篆刻",也有很大缺陷,但在文学形象的创造上却提供了不少新东西。辞赋可以说是一种诗体散文,它对骈文的形成影响很大。骈文从辞赋那里汲取了铺陈描写和组织语言的技巧,后来的"古文"家们在这些方面又进一步继承和发展。章学诚就曾指出过,"古文"家们记山川游宴,取法"郦氏注《水》",而记"山川景物,刻画追摩,流连光景,宛与辞赋相近"(《文史通义》补遗《评沈梅村古文》)。实际上,骈文描绘形象的技巧,影响绝非仅止于后来记述山川景物的文章。

其次,六朝骈文中比较充分地反映出自觉的审美意识。在古代经、传、子、史散文中,表现内容还不是作为独立的审美对象存在的。只有到了魏、晋以后,文学与著述分途,文学的审美意义才更被人们所重视和强调。谢灵运所谓"良辰、美景、赏心、乐事"(《拟魏太子邺中集诗八首序》,《全宋诗》卷三),正是这种自觉的审美观念的流露。六朝人所赞赏的美,常常是在歪曲的形式中表现出来,又有它独特的社会内容,但那种在反映现实中发展起来的对于美的追求,对于文学却是有意义的。具有一定美感是文学形象的特征,审美价值的高低在很大程度上决定着作品的艺术水平。从这个角度看,骈文往往更直接、更明晰地表现出对于艺术美的追求。例如六朝骈文那些写到自然景物的篇章,像鲍照《登大雷岸与妹书》,吴均《与朱元思书》等,很注重表现山川风景的样态、色彩、生机,努力创造出完美和谐的意境,抒写出人们对自然的赞赏,诱发出人们内心的审美意识。在先秦文章如《庄子》里,也有自然景物描写,但它们主要是起背景或比拟作用,自然景物不是作者所要表现的中心。六朝骈文中的这种强烈的审美自觉,对后来的"古文"的影响也甚为重大。

第三,六朝骈文还积累起许多有价值的艺术表现方面的经验。骈文有严重的形式主义倾向,要害在它的形式脱离了内容,使形式程式化、绝对化了;而不在艺术形式和艺术技巧本身。所以我们批判骈文的形式主义倾向,却不可否定它在艺术形式上取得的成果。绝对的"骈四俪六"固然成了一种表现上的桎梏,但骈文又把偶对技巧发展到极精细的程度。唐人写"古文",并不废偶俪之语,骈散间行是许多"古文"名篇的表现上的特点。同样,在讲究声韵、使用事典和词藻上,骈文也给后代留下不少可资借鉴的经验。

　　由此可见,不能抹煞骈文在中国散文发展史上的意义和作用。对于"八代之衰"的说法,应有所分析。无论是"古文"还是骈文,都是中国散文发展长河的一部分。从更广阔的视野看,二者在发展中都有起伏、有曲折,以至走入歧途,但它们又都遵循着散文发展的客观规律,互相斗争、互相滋养,造成了中国散文的独特面貌和辉煌成就。当然,对二者及其具体作家、作品的价值的估价,可以有高低上下之不同。这也是作为本书论述前提的一个基本观点。

　　以下,即拟依照历史发展脉络,对唐代"古文运动"及其主要作家、作品给以概要的描述和粗略的分析。

第一章 "古文运动"的社会
与文学背景

一

　　关于唐文的发展，"古文运动"前期的代表人物之一独孤及说："帝唐以文德勋祐于下，民被王风，俗稍丕变。至则天太后时，陈子昂以雅易郑，学者浸而向方。天宝中，公（李华）与兰陵萧茂挺、长乐贾幼几勃焉复起，振中古之风，以宏文德……于时文士驰骛，飙扇波委，二十年间，学者稍厌折杨、黄华而窥咸池之音者什五六。"（《检校尚书吏部员外郎赵郡李公中集序》，《全唐文》卷三八八）其弟子梁肃则说："唐有天下几二百载，而文章三变：初则广汉陈子昂以风雅革浮侈；次则燕国张公说以宏茂广波澜；天宝已还，则李员外、萧功曹、贾常侍、独孤常州比肩而出，故其道益炽。"（《补阙李君前集序》，《全唐文》卷五一八）他们两人谈的是唐"古文"前期的情形，都强调陈子昂的开拓之功。后来《新唐书》借用梁肃"三变"之说，加以发展，这样描述唐文的总轮廓："唐有天下三百年，文章无虑三变。高祖、太宗，大难始夷，沿江左余风，缀句绘章，揣合低印，故王、杨为之伯；玄宗好经术，群臣稍厌雕琢，索理致，崇雅黜浮，气益雄浑,则燕、许擅其宗。是时,唐兴已百年,诸儒争自名家。大历、贞元间,美才辈出,搞哜道真,涵泳圣涯,于是韩愈倡之,柳宗元、李翱、皇甫湜等和之,排逐百家,法度森严,抵轹晋、魏,上轧汉、周,唐之文宛然为一王法。"(《新唐书》卷二〇一《文艺传序》)这里没有提陈子昂,是个重大缺陷,但整个叙述大体反映了唐文发展过程。"古文运动"兴起于陈子昂活动的武后统治时期,发展于"安史之乱"前后,繁荣于贞元、元和之际,绵延至于晚唐,随着唐帝国的破败而衰微,其兴衰首先决定于整个社会发展的形势。

在人们的一般印象中,唐代,特别是"安史之乱"以前,是个普遍安定、繁荣的"盛世"。但实际上,如果从武德七年(624年)唐王朝平定辅公祏实现全国统一算起,到天宝十四载(755年)"安史之乱"爆发,统一局面仅维持了百余年。这百余年间,随着唐王朝的巩固与封建经济的发展,统治阶级内部的矛盾和地主阶级与农民阶级的矛盾也在不断加深和激化。到高宗统治后期,赋税日渐繁重,土地兼并加剧,北边连年动乱,劳师动众,已使得不少农民破产失业。永徽四年(653年),新王朝刚刚建立三十余年,就爆发了震惊江浙的睦州(今浙江建德县)陈硕真起义。武后朝狄仁杰上疏说:"近者国家频岁出师,所费滋广,西戍四镇,东戍安东,调发日加,百姓虚弊。今关东饥馑,蜀、汉逃亡,江、淮已南,征求不息,人不复业,相率为盗,本根一摇,忧患不浅。"(《资治通鉴》卷二〇六《唐纪二十二》)在武则天统治之下,武氏集团和李唐宗室亲贵的矛盾,庶族地主和门阀士族的矛盾,武氏卵翼下的腐朽势力和拥护武氏而具有改革意识的新进官僚的矛盾,都错综复杂地交织在一起。武则天为了维护她篡夺来的政权,一方面对庶族地主开放政权,容直言,纳谏诤,提拔新进,奖励并容纳正直敢言之士;另一方面,又网罗亲信,行罗织,用酷吏,包庇腐败的武氏亲党。这样,一方面是社会矛盾的日益加剧,另一方面统治阶级中要求变革的势力又有一定力量和活动天地。一些统治阶级的有识之士体会到一种危机感。例如狄仁杰就曾指出:广大农民家道悉破,或至逃亡,会使他们且图缓死而聚结反抗。朱敬则更尖锐地指出:"方今赋役烦重,百姓凋弊,重以谗慝专恣,刑赏失中,窃恐人心不安,别生他变,争锋于朱雀门内,问鼎于大明殿前,陛下将何以谢之? 何以御之?"(《资治通鉴》卷二〇七《唐纪二十三》)这都代表了当时的一种思想潮流。陈子昂就在这样的社会环境和思想潮流中培养起来;"古文运动"的兴起是与社会上的这种改革潮流相呼应的。

唐玄宗统治前期,曾出现一段社会安定、经济繁荣的"盛世"。但封建经济的内部矛盾和统治集团的急剧转向腐败却把社会拖入更严重的危机之中。研究唐代政治史,一般把开元二十四年(736年)张九龄罢相、李林甫得势作为玄宗一朝政治的转折点。从此以后,朝廷上权奸专政,打击正直能臣,不断挑起开边战争,扶植安、史叛党;加之均田制进一步瓦解,土地兼并盛行,户口大量流亡,阶级矛盾激化,终于导致一次大动乱。正是在这由极盛走向中衰的矛盾丛生的社会条件下,萧颖士、李华、独孤及、元结等人先后走上文坛。这些人亲身感受到时代矛盾的脉搏,并在不同程度上卷入到社会矛盾和动乱之中。他们进一步推动"古文运动",又是与整个社会的变动相关联的。

"安史之乱"平定以后,唐王朝已陷于分裂割据的状态。强藩分立,列镇相望,特别是河北藩镇,疆土、甲兵、政令、赋税皆自专之,名为王臣,实同敌国。德宗统治初期,经过又一次全国性的强藩叛乱——"建中之乱",朝廷更失去了统驭天下的威势,对有兵之处,唯务姑息。后来到宪宗朝,虽然在对藩镇用兵上取得了暂时成功,但祸根未除,不久变乱又起,骄兵悍将故态复萌,迄至唐亡。在晚唐,至有"与其闭门作天子,九族涂炭,不若开门作节度使,终身富贵无忧"(朱彝尊《书钱武肃王造涂金塔事》,《曝书亭集》卷四六)之议;宋人也曾发出"天下分裂为八九,生民糜烂于兵间"(范祖禹《进故事》,《范太史集》卷二七)的慨叹。在这样的局面下,朝廷执政柄者多为奸猾昏庸之辈。肃、代、德宗几个皇帝都是暗弱昏愦的君主。朝廷内部亲任宦官,重用权奸。宦官、权奸又与各地藩帅相勾结,朝官也形成了不同的集团与派别,造成朝纲混乱、政出多门。藩镇动乱大大加害于人民,统治阶级又加重对人民的盘剥。刘晏曾描写"安史之乱"后的中原形势说:"函、陕凋残,东周尤甚,过宜阳、熊耳,至武牢、成皋,五百里中,编户千余而已。居无尺椽,人无烟爨,萧条凄惨,兽游鬼哭。"(《旧唐书》卷一二三《刘晏传》)由于均田制破坏,德宗初开始实行"两税法",企图通过立法以承认大地主对所兼并土地的占有来换取他们对朝廷的支持,并使赋税负担相对合理些以减缓阶级矛盾。但新法实行后,积弊未除,赋敛日增,广大人民陷于更困顿的境地。大批农民不堪官租私债的压榨,流为浮客,或亡命山泽,或为僧为道,以至聚结举义。早在"安史之乱"中,浙东就有袁晁起义。此后,江东一带又有方清、陈庄等人的起义,余波振荡十余年。在全国各地,民变、兵变和小规模农民起义此起彼伏,相继不绝。李唐王朝的统治又增加了一重危机。

随着李唐王朝统治的危机日深,统治集团中出现了变革现状、革新自强的要求,朝廷内部也出现了改革派或革新派的斗争。例如李泌,活动在肃、代、德三朝,用神仙诡异之说自饰,以帝王宾友身份,对限制藩镇、改革朝政提出不少积极意见。德宗朝前期的陆贽,通达时变,关心民隐,对平定"建中之乱"、整顿朝政起过相当大的作用。他有不少改革主张,并与权奸裴延龄、卢杞等进行了坚决的斗争。特别是德宗朝后期,王叔文、柳宗元、刘禹锡等人在太子李诵支持下,结纳部分朝官,组成了一个革新政治集团,并乘皇帝易位之机一度执政,实行了旨在打击弄权之阉宦、跋扈之强藩的"永贞革新"。这次短命的革新虽然失败了,但它在政治上和思想上却产生了深远的影响。宪宗朝,裴垍、李绛、裴度等人继续与宦官和强藩斗争,推动朝廷对河北和淮西藩镇用兵,在一定意义上也是继承了王叔文等人的事业。

　　这些改革或革新势力相对说来还是薄弱的；他们在朝廷中总的看来也没能占主导地位。但他们的历史作用却不可低估。正是这些变革的努力推动朝廷在与自身腐败势力和外部藩镇的斗争中取得了某些胜利，缓和了社会矛盾，延续了它的统治。而这种变革势力，又正是文学上的改革潮流的社会基础。诗坛上"新乐府运动"的兴起，文坛上"古文"创作的繁荣，都与政治上的革新思想相联系，是政治上的改革斗争的一种反映。

　　总之，"古文运动"的兴起和发展，反映了唐代社会矛盾的发展和激化，与政治上的改革活动与革新思潮相呼应。所以，"古文运动"是时代矛盾的产物。从这样的认识出发，也就可以看出，那种认为"古文"仅仅是文体的"复古"或认为它只与"儒学复古"相为表里的观点是难以成立的。

二

　　上面，简单分析了"古文运动"的时代背景。这里，再来探讨一下唐代阶级关系的变化为文学改革创造了怎样的社会基础。

　　唐代封建统治结构的重大变化，是确立了以皇族地主为中心，广泛包括亲贵功臣、门阀士族、庶族地主、富商、僧侣地主等地主阶级各阶层的品级联合统治。这是隋末农民战争沉重打击六朝门阀士族的结果；也反映了新王朝积极扩大自己的统治基础的努力；而更为重要的，是农业生产力的发展，造成了一批靠兼并起家的"近代新门"，他们的经济势力必然要在政治上反映出来，新王朝也必须求得他们的支持。适应这种新的品级联合的政权组织形式，就是延续了开科取士的文官政治；而这种政治制度也就培养起一大批"文章之士"。

　　汉、魏以来,豪强、门阀占绝对的统治地位。魏、晋实行"九品中正制",造成几百年"上品无寒门,下品无势族"(《晋书》卷四五《刘毅传》)的局面。时人指出:"九品访人,唯问中正。故据上品者,非公侯之子孙,则当涂之昆弟也。二者苟然,则荜门蓬户之俊,安得不有陆沉者哉!"(《晋书》卷四八《段灼传》)唐王朝建立以后,积极调节统治阶级内部关系。一方面,实行了一系列限制门阀士族的措施,如禁止河北、山东大姓互为婚姻结成血缘联盟,修订《氏族志》以降低旧门阀等第,特别是武则天统治时期,更严酷地打击拥护李唐王朝的皇族亲贵;另一方面,则实行科举,从地主阶级各个阶层广泛吸取人材,给资地浅薄的下层人士参与政权开辟道路。当时进士科特别受重视,中进士的人"位极人臣,常有十二、三;登显列,十有六、七","搢绅虽位极人臣,不由进士者,终不为美"(王定保《唐摭言》卷一)。这样,科举成了统治阶级选拔自己代表人物的手段,也是它的内部矛盾的调节器。在科举制度下,士、庶的界限被进一步打破了。"将军魏武之子孙,于今为庶为清门"(杜甫《丹青引赠曹将军霸》,《全唐诗》卷二二〇)。旧的士族既已失去其经济优势,也失去了相当一部分政治特权,它们的子弟如想求得出路,也得去"觅举求官"。而一些出身寒微的人,却可以通过科举攀登高位。郭元震咏古剑,说"虽复尘埋无所用,犹能夜夜气冲天"(《古剑篇》,《全唐诗》卷六六),颇能代表那些出身低下的知识分子的精神状态。郭元震本人就是经进士而位登宰辅的。这就形成一种轻阀阅、重科举的局面。

　　与此相联系的,则是轻经术、重文章。汉代以来,门阀士族和经学世家是两位一体的。经学章句是门阀士族的理论武器,是衡量等级身份的一个标准,也是门阀子弟的必要素养。但到唐代,经学章句的地位大大降低了。唐代科举主要是进士、明经二科。明经考问大义和贴经,主要是章句背诵功夫。进士考策论和诗赋,看的是政能文才。唐人重进士、轻明经,至有"三十老明经,五十少进士"的谚语。这也表现出当时知识分子中学风的转变,章句教条已逐渐失去了市场。这种轻经术、重文章的倾向,到武后朝发展到很严重的程度。后来韦嗣立上疏说:"国家自永淳已来,二十余载,国学废散,胄子衰缺,时轻儒学之官,莫存章句之选。"(《请崇学校疏》,《全唐文》卷二三六)史书上也记载:"则天称制,以权道临下,不悋官爵,取悦当时……博士、助教,唯有学官之名,多非儒雅之实……二十年间,学校顿时隳废矣。"(《旧唐书》卷一八九上《儒学传序》)另一方面,则是"文章之士"被重视。后来沈既济描述说:"太后颇涉文史,好雕虫之艺。永隆中,始以文章选士。及永淳之后,太后君临天下二十余年,当时公卿百辟无不以文章达,因循日久,寖以成风。至于开元、天宝之中……太平君子唯门调户选,征文射策,以取禄位。此行己立身之美者也。父教其子,兄教其弟,无所易业。大者登台阁,小者任郡县,资身奉家,各得其足,五尺童子耻不言文墨焉。是以进士为士林华选,四方观听,希其风采。"(杜佑《通典》卷一五《选举三》)这就形成了"搢绅之徒,用文章为耕耘,登高不能赋者,童子大笑"(独孤及《唐故朝议大夫高平郡别驾权公神道碑铭》,《全唐文》卷三九○),"士有不由文学而进,谈者所耻"(梁肃《侍御史摄御史中丞赠尚书户部侍郎李公墓志铭》,《全唐文》卷五二○)的社会风气。

　　这样,轻阀阅、重科举,轻经术、重文章,正是唐代阶级关系发生新变化、统治阶级各阶层权力再分配的结果。这就培育起一个依靠政能文才来争取自己的社会地位的知识分子阶层。在政治上,那些富有改革意识的人物多出于这个阶层;在文学上,推动了诗、文革新的也多是这个阶层的人。

　　这个阶层也为散文发展提供了一批新人物、一种新思想和新的创作态度。这些人既不像汉人那样重经术而视文章为小技,也不像六朝人那样"舍学问,尚文章,小仁义,大放诞"(《通典》卷一七《选举五》),而把文章当作流连光景、娱情逸志的工具。他们把文章当作一种斗争工具，文章也是他们切身的事业。从陈子昂到杜牧，"古文家"们多是这样一种人。所以，正是从唐代阶级关系变化所产生的"文章之士"中，造就出一批文坛上的革新闯将。而武则天统治时期正是这种阶级关系变化剧烈进行的时候，散文上的变革也就在同时期展开了局面。

三

文学的普遍繁荣，总以思想的某种程度的解放为前提。思想窒息、认识僵化是与文学的发展相对立的。唐代古文运动的成功，也得力于当时比较开放、自由（是在封建专制制度下比较而言）的思想环境。这里特别起重要作用的是被统治阶级作为统治思想的儒学的发展趋势。

陈子昂等人开始革新文体时，还没有提出"明道"的主张。正如前面指出的，当时重文章、轻经术，文学似乎是与儒学相对立的。但当时反对的是儒家章句之学。实行文体革新的人们的思想、政治、伦理等观点，还是遵循着儒家基本理论的精神的。从萧颖士、李华开始到韩愈、柳宗元，创作上宗圣、尊经、明道的主张逐渐明确；到最后，"文以明道"成了"古文运动"的理论纲领，成了进行号召的一面旗帜。特别是韩愈，坚持所明之道为儒家一家之道，提出了"道统"论，用以对抗猖狂施虐的佛教唯心主义，更给"古文运动"注入了一份重要的现实内容和新的号召力。但韩愈以及柳宗元所提倡的道，也不是章句教条，也是根据自己对儒家基本理论的理解，赋与它一定的现实内容的。所以，"古文运动"由肇端到完成，对儒学的态度表面看来有所不同，但实际精神是一贯的，那就是对传统章句教条的批判，用通经致用的态度对待儒学理论，利用它为解决现实问题服务。

文坛上的这种倾向与唐代儒学的发展演变有关。唐代的儒学即经学，正处于由墨守章句、严分家法的汉儒注疏之学向空言说经、缘词生训的宋儒性理之学的过渡期中。唐王朝建立后，先后颁定了孔颖达的《五经正义》和颜师古的《五经定本》，又有陆元朗撰的《经典释文》等，企图建立统一的儒学的思想权威。这是汉武帝"独尊儒术"的办法，其内容基本上还是沿袭西汉至魏、晋的旧章句，即所谓"唐承江左义疏"（阮元《王西庄先生全集序》，《揅经室二集》卷七）。随着唐代的地主阶级各阶层品级联合的统治结构的形成，门阀氏族专制的局面结束了，统治阶级内部各阶层间的矛盾复杂化了，旧的章句之学的统治也随之崩溃了。特别是一些出身于较低阶层、富于变革意识的知识分子进入学术领域，带来了新的认识、新的理论和新的学风，促成了经学上的变革。

这种变革早在隋朝已经萌芽。当时的大儒刘焯已对"贾、马、王、郑所传章句，多所是非"；另一个大儒刘炫被称为"通儒"，"九流、七略，无不该览"（《隋书》卷七五《儒林传》）。特别是隋末的文中子王通，提出"道能利生民，功足济天下"（《文中子中说》卷六《礼乐篇》）的原则，在解释其所著《元经》时说："《元经》有常也，所正以道，于是乎见义；《元经》有变也，所行有适，于是乎见权。权义举而皇极立矣。"（《文中子中说》卷八《魏相篇》）这种重生民、尚通变的儒道观，很有通经致用的色彩。隋唐之际是动乱时代，繁琐的章句教条更失去了市场。时有徐文远博览五经，尤精《左传》，"所讲释，多立新义，先儒异论，皆定其是非，然后诘驳诸家，又出己意"（《旧唐书》卷一八九上《儒学上》）；盖文达也博涉经史，尤明三传，其"论难皆出诸儒意表"（同上）。这都反映了一时风气。

唐初，三《礼》之学受到重视。太宗时魏徵撰《类礼》；高宗时太学博士贾公彦撰《周礼》《礼记》二经疏；王方庆"善三《礼》之学，每有疑滞，常就（徐）坚质问，坚必能征旧说，训释详明"（《旧唐书》卷一〇二《徐坚传》)。开元十四年(726 年),元行冲与范行恭、施敬本根据魏徵《类礼》,整比而成《礼记义疏》五十卷奏上,当时任尚书左丞的张说批评他们"与先儒第乖,章句隔绝",而元行冲著《释疑》一文答辩,说批评他们的人是"章句之士,坚持昔言,特嫌知新愍,欲仍旧贯"(《旧唐书》卷一〇二《元行冲传》)。从这种争论中,可以看出当时儒学的发展倾向,即如清人赵翼所说:"唐人之究心三《礼》,考古义以断时政,务为有用之学,而非徒以炫博也。"(《廿二史劄记》卷二〇《唐初三〈礼〉〈汉书〉〈文选〉之学》)。武后朝及以后的一段时期,儒学之官、章句之学被轻视,刘知幾、吴兢、朱敬则、元行冲等人掀起了对传统思想的怀疑思潮。刘知幾的《史通》,对"上下数千载间,掊击略尽"(陈傅良《止斋题跋》卷一),提倡具有理性色彩的"一家独断"(《史通》卷一〇《辨识第三十五》)之学,排斥一切传统的章疏旧说。长安三年(703 年),四门博士王元感表上《尚书纠缪》十卷、《春秋振滞》二十卷、《礼记绳愆》三十卷并所注《孝经》《史记》《汉书》稿。宏文馆博士祝钦明等深讥元感掎摭旧义,刘知幾、徐坚等人曾为元感申理。后来,朝廷对他加以表彰,表明批判章句之学又取得一个胜利。

　　对传统经学章句的批判,对于思想意识起了巨大的解放作用。致使当时经学注疏的作用,仅仅是科举的敲门砖,所谓"明经以帖诵为功,罕通旨趣"(《全唐文纪事》卷一四)。开元八年(720 年),国子司业李元瓘上言说,"今明经所习,务在出身,咸以《礼记》文少,人皆竞读"。明经考试要背诵大义和贴经,《礼记》字少容易背,大家就都去背《礼记》(见《通典》卷一五《选举三》),可见人们对经书的态度。像祝钦明那样墨守章句的腐儒,当时则被讥刺为"颇涉经史,不闲时务,博硕肥腯,顽滞多疑"(张鷟《朝野金载》卷四),"素无操行","谄佞为心"(倪若水《劾奏祝钦明、郭山恽疏》,《全唐文》卷二七七)。也有许多人提倡学问有益于世。刘宪在武后时《上东宫劝学启》说:"殿下居副君之位,有绝世之才,岂假寻章摘句哉?盖应略知大义而已。"(《全唐文》卷二三四)开元年间姚崇《答捕蝗奏》说:"庸儒执文,不识通变,凡事有违经而合道者,亦有反道而适权者。"(《全唐文》卷二〇六)崔融《为百官贺断狱甘露降表》说:"事有不合于古,不务于时,则弛而更张,矫以归正。正朔三而改,文质再而复,王礼不相袭,帝乐不相沿,夫何为夫? 亦云适时而已。"(《全唐文》卷二一八)这样,他们都反对"寻章摘句""庸儒执文",要求通大义,达时变,把握经学的内在精神。这种理论,运用于政治,表现为尊重现实的变通思想;作用于文学,则推动了那种关心社会、注意民生的创作倾向。经学教条的束缚大大削弱了,才能出现"凤歌笑孔丘"的李白、"不师孔氏"的元结,才会出现边塞诗人讥诮书生老死户牖,山水诗人把礼乐视为人生羁束,连以儒学大义立身的杜甫有时也要慨叹"儒冠多误身"了。章句之学的遽衰在武后朝,文体改革也正开始于其时,二者是有密切关联的。

玄宗好经术。"安史之乱"以后,更逐渐兴起了一个振兴儒学的思潮。当时人目睹政治混乱、世风日下,企图以儒学作为整顿思想、改造现实的武器。"古文运动"的参加者之一贾至总结"安史之乱"的教训说:"夫先王之道消,则小人之道长;小人之道长,则乱臣贼子由是出焉。臣弑其君,子弑其父,非一朝一夕之故,其所由来者渐矣。渐者何? 儒道不举,取士之失也。"(《旧唐书》卷一九〇中《贾至传》)梁肃则以为"政举则道举,道污则政污"(《昆山县学记》,《全唐文》卷五一九)。代宗以后,经学出现了许多专门名家,"有蔡广成《周易》,强象《论语》,啖助、赵匡、陆质《春秋》,施士丐《毛诗》,刁彝、仲子陵、韦彤、裴茞讲《礼》,章廷珪、薛伯高、徐润并通经"(李肇《唐国史补》卷下)。但这时的儒学,决不是章句之学的复活,而是"一家独断"的学风的继承。用当时人的话说,提倡的不是"驾说之儒",而是"行道之儒",它要"施之于事",而不是"堆案满架矻矻于笔砚间"(刘轲《与马植书》,《全唐文》卷七四二)。所以,这仍是继承了唐前期反对经学教条的成果的。就以施士丐为例,他贞元年间为太学博士,明毛、郑《诗》,通《左传》,甚得朝廷士大夫敬仰。韩愈、刘禹锡、柳宗元等人都曾执经考疑于其门下。他讲《毛诗》,说《曹风·候人》中的"维鹈在梁",意思是"鹈自合取鱼,不合于人梁上取其鱼,譬之人自无善事、攘人之美者";讲《魏风·陟岵》中的"陟彼岵兮"意思是"无可怙也,以岵之无草木,故以譬之",等等,都不同于先儒旧义(见韦绚《刘宾客嘉话录》)①。以致后来唐文宗曾批评他是"穿凿之学,徒为异同"(《新唐书》卷二〇〇《啖助传》)。而在中唐时期影响最大的,则是啖助、赵匡、陆质的《春秋》学和韩愈与李翱的"道统"论及"复性"说。

对于啖、赵、陆学派,后人的评价很不一致。有人讥讽他们主观、"穿凿",有人批评他们罗列各家观点如"书橱";但更有人高度评价其斥异端、辟正途之功,说他们言《春秋》大义"卓然有见于千载之后"(陈振孙《直斋书录解题》卷三)、"会通三传,独究遗经"(顾炎武《答俞右吉书》,《亭林文集》卷三)。客观地说,他们在阐释先儒旧义上确无大的创获,但他们把《春秋》当作"致治之学",以传统的经学注疏形式表达了自己的具有革新进步意义的思想观点,代表了时代先进的潮流,其意义不可低估,功绩也是不可抹杀的。

这个学派,由啖助创其端。大历年间,他著成《春秋集传集注》一书,又撮其纲目,为《春秋统例》,其书已佚。赵匡、陆质为啖助后学。陆氏集中三家学说,为《春秋集传纂例》《春秋集传辨疑》《春秋微旨》三书。实际上,这三部书可视为三个人的集体著作。

陆质在其著作中记述了啖助对《春秋》的看法:"问者曰:然则《春秋》救世之宗指安在? 答曰:在尊王室,正陵僭,举三纲,提五常,彰善瘅恶,不失纤芥,如斯而已。"(《春秋集传纂例》卷一《赵氏损益义第五》)按这个学派的观点,圣人之志的核心是"冀行道以拯生灵",因此在他们的理论中,圣人之意与"生人之意"是相通的。

---

① 转引王谠《唐语林》卷二。上引事例不见今本《刘宾客嘉话录》。

他们在治学方法上标举"会通三传""以经驳传"。就强调经学的政治作用来说,他们接近今文学派,但又反对公羊家的"随文解释,往往钩深",而倡导一种"圣人夷旷之体"(《春秋集传纂例》卷一《三传得失议第二》)。这完全是以己意解释圣人之意,也是一种大胆怀疑先儒章句的办法。这样,陆质等人通过阐释《春秋》微旨,提出了关心民生、改革现实的政治观念和通权达变的哲学主张。这个学派对当时现实政治产生了很大影响。"永贞革新"的参加者吕温、柳宗元、刘禹锡、韩晔都接受了它的学说,陆质本人是"永贞革新"的骨干,整个"永贞革新"在思想上受到陆质学说的启发。中唐《春秋》学大兴。有的人如刘蕡,用《春秋》大一统、正名分的观点来批判现实,与陆质等人的理论是相一致的。直到晚唐,陆龟蒙还提到"吾志在《春秋》。予以求圣人之志,莫尚乎《春秋》。得文通陆先生所纂之书,伏而诵之,作《求志赋》"(《求志赋序》,《唐甫里先生文集》卷一四),可见陆氏学说对陆龟蒙这样的晚唐大家也起着一定的指导作用。

韩愈自诩为孔、孟"道统"的继承人,似乎所传之道是醇正的儒家一家之道。但实际上,他的理论也是从现实斗争出发的。他根据自己的需要对儒学传统观念加以发展、改变;在方法上也是融合众家、以意释经的。这在后面分析韩愈思想时,将另做详细论述。

由此看来,中唐的儒学复兴(或称"儒学复古"),是对传统儒学的改造,它广泛地影响于政治与学术。如陆贽的反天命、重人事、重视民生的政治主张;杜佑的"包括古今,涵贯精粗"(魏大经《通典跋》,《鹤山先生大全文集》卷六四)的史学思想,都受到当时儒学学风的影响。"古文运动"的许多理论家是讲宗经明道的,他们也并不是忠实于儒学的古老教条,而是在一定程度上批判了这种教条。这是符合儒学变革的潮流的。

后人讲经学史,往往认为"唯唐不重经术"(皮锡瑞《经学历史》卷七)。唐人专门的经学著作不多,以儒学名家的人也很少,从这个角度看,唐代可说是儒学的衰弱时期。但从另一方面看,正是在这个时期,人们开始挣脱旧章句的桎梏,探寻新的观点和方法,引起了经学上的转变。这样一个时期,思想上、学术上充满了新旧交替的矛盾:汉学旧章句的权威破产了,宋学的理论体系还没有建立起来,这就使人们的思想得到了某种程度的解放。再加上唐王朝兼容佛、道,佛、道的流行使儒学不能建立一统之尊,三教之间的斗争又给思想界以很大刺激,使意识形态领域更为活跃。"古文运动"中就有不少出入儒、释的人物。总之,唐代思想的比较开放和自由,为"古文运动"提供了良好的思想土壤。

四

以上,谈了"古文运动"的社会背景、阶级基础、思想条件,这都是促使它发生、发展的外部原因。决定它的独特面貌和成就的更基本的原因,还在文学内部。"古文运动"是中国散文发展的必然成果。

本书《序章》曾指出,唐代"古文"继承了自周、秦以来散文长期发展的思想、艺术遗产,其中包括骈文所积累的艺术经验。在这里还应指出,骈文的极度雕琢、唯美的形式不适应社会对文学或文章的要求,违反了创造艺术美的客观规律,必然走向它的反面。所以在骈文盛行的时候,一直有人抗流俗而为"古文"。例如前人曾指出"晋檄亦用散文,如袁豹《伐蜀檄》之类"(《全唐文纪事》卷二引《辞学指南》);陶渊明的《桃花源记》也是散体。特别是北朝文风一直比较崇尚质朴,北魏的两部著名的散文著作郦道元《水经注》和杨衒之《洛阳伽蓝记》都是散体文;北周宇文护《报母阎姬书》以真挚朴素的文笔,叙写生死骨肉之情,更是运用散体的名篇。从陈、隋之际开始写作《梁书》的姚察、姚思廉父子，"多以古文行之"，清人赵翼说："世但知六朝之后，古文自唐韩昌黎始，而岂知姚察父子已振于陈末唐初也哉！"（《廿二史劄记》卷九《古文自姚察始》）而自西魏末年起，更已有人在理论上有意识地提倡文体复古①。这是唐代"古文运动"的直接的先驱。

西魏末年，宇文泰实际上已经执掌朝廷大权，不满于"文章竞为浮华，遂成风俗"，欲革其弊，乃于大统十年（544年）因魏帝庙祭，命大行台度支尚书苏绰仿《尚书》作《大诰》，史称"自是之后，文笔皆依此体"（《周书》卷二三《苏绰传》）。其时又有北雍州献白鹿，群臣欲草表陈贺，苏绰对尚书都兵、大行台郎中柳庆说："近代以来，文章华靡，逮于江左，弥复轻薄。洛阳后进，祖述不已。相公柄民轨物，君职典文房，宜制此表，以革前弊。"结果"庆操笔立成，辞兼文质"（《周书》卷二二《柳庆传》）。柳庆之兄柳虬，在宇文泰的丞相府中为记室，也曾上书论史官说："古者人君立史官，非但记事而已，盖所以为监戒也。动则左史书之，言则右史书之，彰善瘅恶，以树风声。故南史抗节，表崔杼之罪；董狐书法，明赵盾之愆。是知直笔于朝，其来久矣。"（《上文帝疏论史官》，《全后魏文》卷五三）当时修史囿于文坛风气，盛行骈体，他的这种用"直笔"、重"鉴诚"的主张，无疑有着要求革正文体的含意。柳虬于大统十四年（548年）除秘书丞，监掌史事，十六年，迁中书侍郎，修《起居注》，"时人论文体者，有古今之异。虬又以为时有今古，非文有今古，乃为《文质论》"（《周书》卷三八《柳虬传》）。《文质论》今佚，也应是批评当时文风的。从以上材料看，从西魏末年，已经有古、今文体之争，主张"文体复古"的已大有人在，只是未见"古文"一语而已。

南朝文章清绮，但也有人对流行的文体提出批评。梁裴子野

---

① 在佛典翻译中，更早的东晋时期已开始辨析今、古文体。参看拙作《读藏杂识·六朝译经重"古文"》条，载《南开学报》（哲学社会科学版）一九八三年第二期。

在禁省十余年,"为文典而速,不尚丽靡之词,其制作多法古,与今文体异"(《梁书》卷三〇《裴子野传》),曾受到时流诋诃。他著《雕虫论》说:"爰及江左,称彼颜、谢,箴绣鞶帨,无取庙堂。宋初迄于元嘉,多为经史;大明之代,实好斯文。高才逸韵,颇谢前哲,波流相尚,滋有笃焉。自是闾阎年少,贵游总角,罔不摈落六艺,吟咏情性。学者以博依为急务,谓章句为专鲁,淫文破典,斐尔为功。无被于管弦,非止乎礼义,深心主卉木,远致极风云。其兴浮,其志弱,巧而不要,隐而不深。讨其宗途,亦有宋之(遗)风也。"(《全梁文》卷五三)这里已隐含着宗经、重道的思想,对当时流行文字内容上的空虚、形式上的浮靡揭露得也相当深刻。萧子显在《南齐书·文学传论》中也指出:"今之文章,作者虽众,总而为论,略有三体。一则启心闲绎,托辞华旷,虽存巧绮,终致迂回。宜登公宴,本非准的,而疏慢阐缓,膏肓之病,典正可采,酷不入情。此体之源,出灵运而成也。次则缉事比类,非对不发,博物可嘉,职成拘制。或全借古语,用申今情,崎岖牵引,直为偶说,唯睹事例,顿失清采。此则傅咸五经、应璩指事,虽不全似,可以类从。次则发唱惊挺,操调险急,雕藻淫艳,倾炫心魂。亦犹五色之有红紫,八音之有郑、卫。斯鲍照之遗烈也。"(《南齐书》卷五二)这对当时文风的弊端揭示得也相当全面,并流露出强烈的不满。

由梁入北齐、经北周卒于隋代的文学家颜之推,也对当时的文风有所批评。他的《颜氏家训》主张以儒家思想为立身治家之道,明确论述了"古人之文"与"今世文士"为文的利弊。他主张:"夫文章者,原出五经……朝廷宪章,军旅誓诰,敷显仁义,发明功德,牧民建国,施用多途。至于陶冶性灵,从容讽谏,入其滋味,亦乐事也。"他由南入北,在文风问题上态度又有通达调和的一面,以为时俗难违,只求去其泰甚。他说:"古人之文,宏才逸气,体度风格,去今实远;但绪缀疏朴,未为密致耳。今世音律谐靡,章句偶对,讳避精详,贤于往昔多矣。宜以古之制裁为本,今之辞调为末,并须两存,不可偏弃也。"(《颜氏家训》卷上《文章第九》)他对当时浮艳文风的揭露不可谓不深刻,对古今文章演变的看法也不无一定道理,但他的"并须两存"的结论却表明了改革态度的软弱性。

隋文帝建国后,"每念斫雕为朴,发号施令,咸去浮华。然时俗词藻,犹多淫丽,故宪台执法,屡飞霜简。炀帝初习艺文,有非轻侧之论"(《隋书》卷七六《文学传论》)。开皇四年(584年),为屏黜轻浮,遏止华伪,曾"普诏天下,公私文翰,并宜实录。其年九月,泗州刺史司马幼之文表华艳,付所司治罪"。后来,曾历仕北朝、深受杨坚信赖的李谔,有感于属文之家体尚轻薄,递相师效,流宕忘反,又上书朝廷革正文体。他强调文章的教化作用,要求以儒经为轨范,主张用它"褒德序贤,明勋证理,苟非惩劝,义不徒然"。他对魏、晋以下,特别是齐、梁文风猛烈抨击,以为魏之三祖是"忽人君之大道,好雕虫之小艺","江左齐、梁,其弊弥甚,贵贱贤愚,唯务吟咏。遂复遗理存异,寻虚逐微,竞一韵之奇,争一字之巧。连篇累牍,不出月露之形,积案盈箱,唯是风云之状"。他把文风的衰敝与政治联系起来,认为"文笔日繁,其政日乱,良由弃大圣之轨模,构无用以为用也"(《隋书》卷六六《李谔传》)。他比起苏绰、颜之推等人来,宗圣、尊经的观念更明确,对形式主义浮靡文风的批评也更为尖锐。

隋末有大儒王通,身处乱世,守道不仕,聚徒讲学,著书百余卷。他的文章追模经传口吻,一意模拟古人,路子本不足取。但其门人记录其言行的《文中子中说》,却是一部值得重视的哲学著作,其中也提出了他的文学主张。他说:"学者博诵云乎哉? 必也贯乎道;文者苟作云乎哉? 必也济乎义。"(《文中子中说》卷二《天地篇》)这是历史上首次提出文章"贯道"之说。他论诗主张"上明三纲,下达五常",对六朝文人给以苛评,说谢灵运"其文傲",沈休文"其文冶",鲍照、江淹"其文急以怨",吴筠、孔稚珪"其文怪以怒"(《文中子中说》卷三《事君篇》)等等,把文章风格与作者、时代联系起来。他的理想当然是古先圣人之文了。仁寿三年(603年),他曾西游长安,见隋文帝,"因奏太平之策十有二焉。推帝皇之道,杂王霸之略,稽之于今,验之于古,恢恢乎若运天下于掌上矣"(杜淹《文中子世家》,《全唐文》卷一三五)。看起来他又是很有经世之志的人,文章是他经世的手段。

这样,随着骈文的日渐僵化和堕落,对它的批评也呼声日高,并已出现了几次革正文体的尝试。但几次努力的收效和影响却都很有限。这除了由于文体改革的社会条件和阶级基础尚不具备而外,当时改革的理论与实践都有很大缺陷。从理论上看,从苏绰到王通,对骈文的浮靡文风产生的根源认识是肤浅的,对古今文体演变的看法更是偏狭,因此批判也就难以抓住要害。他们不满于骈文的主要着眼点在不利于教化;他们要求改变浮艳文风走的是不通时变的拟古的道路。在实践上,他们也没有拿出足以压倒骈文的成功的作品。有的人是对古人生吞活剥,苏绰写的《大诰》,在语言上是对《尚书》的模拟。刘知幾曾指出:"宇文初习华风,事由苏绰,至于军国词令,皆准《尚书》。太祖敕朝廷它文悉准于此。盖史臣所记,皆禀其规。柳虬之徒,从风而靡。按绰文虽去彼淫丽,存兹典实,而陷于矫枉过正之失,乖夫适俗随时之义。苟记言若是,则其谬逾多。"(《史通》卷一七《杂说中第八》)王通刻意模拟圣人,也是一样,例如他的《中说》,其中不乏精辟之见,但在口吻声气上极力学《论语》,读来令人生厌。另外,还有些人理论上头头是道,创作上却缺乏创新,例如李谔的《上隋文帝革文华书》反对骈偶,用的却正是严格的骈体文。由于存在以上问题,这些变革的努力也不可能取得很大的成果。

但是,这些革正文体的尝试的意义却是不可抹杀的。苏绰等人对骈文浮艳文风的批判,对文体、文风和语言问题的探讨,有不少有价值的见解;他们留下了一些正面的经验,也留下了不少反面的教训。这都给唐人创造"古文"提供了启示和借鉴。唐人是在他们的基础上继续前进的。他们为唐代的成功的"古文运动"开了先路。

五

　　唐代"古文"是它以前中国散文长期发展的延续；它的发展又受到文学其他部门的影响。以下略言几点。

　　唐代是诗歌的黄金时代，是诗歌创作"百花齐放"的大繁荣时期。从历史发展进程看，唐代诗歌的发展与文体改革在步伐上大体一致。清算了六朝绮靡诗风的陈子昂，同时也是在文体改革上取得重大成就的第一人。此后，散文的发展比较缓慢。当开元、天宝年间诗歌创作出现了第一个高峰时，文体改革仍在艰难探索中。但到中唐，"新乐府运动"却与"古文运动"齐头并进，共同形成了唐代文学的第二个繁荣期。

　　我国古代诗歌有着光辉的现实主义和积极浪漫主义的传统。唐人在继承、发展这个传统的基础上，把诗歌创作的思想、艺术水平提高到一个崭新的阶段。从陈子昂开始，就十分注意总结诗歌发展历史的经验教训。他提倡"汉、魏风骨"，注重讽喻"兴寄"，批判"彩丽竞繁"的唯美倾向，不仅指导了一代诗坛，而且影响到整个文坛。后来李、杜勃兴，对散文影响更大。韩愈十分重视李、杜的创作。他给他们以高度评价，并自认是他们的创作传统的继承人。"新乐府运动"与"古文运动"同时。两个运动的参加者有密切的交谊，白居易、元稹、刘禹锡等"新乐府"作者也都是"古文"家。两个运动在思想上与创作上相互间都有影响。

　　从创作实践看，唐代许多优秀作家，如陈子昂、李白、元结、韩愈、柳宗元、杜牧等，都是诗文兼擅的。尽管他们中间有些人对诗与文的内容与社会意义加以区别，例如柳宗元，就认为"著述"宜"辞令褒贬"，而"比兴"应"导扬讽喻"（《杨评事文集后序》，《柳河东集》卷二一）；实际上他们的诗文创作往往表现出共同的思想倾向与风格。陈子昂的《感遇》诗与他的论事书疏，在强烈的现实精神和慷慨激昂的言辞文情上是相近的。李、杜不以文名，但司空图说："又尝观杜子美《祭太尉房公文》，李太白佛寺碑赞，宏拔清厉，乃其歌诗也；张曲江五言沉郁，亦其文笔也。"（《题柳柳州集后》，《司空表圣文集》卷二）明人王志坚也说："太白文萧散流丽，乃诗之余。"（《四六法海》，转引《全唐文纪事》卷六七）韩愈力创奇崛诗风，与他的散文"尚奇"的一面相一致。柳宗元的山水记与他的山水诗同样有一种高简峻峭的风格。

从六朝以来发展起来的游宴记序文体，至唐大兴。游宴就要作诗，有诗则要冠以一篇序，这种创作方式就是诗文结合的。唐文中的许多名篇，如王勃的《滕王阁序》、苏源明的《秋夜小洞庭离宴诗序》、李白的《春夜宴从弟桃花园序》等，就是这样作出来的。其中充满了诗情。这种文体到韩、柳发生了新变，增加了议论成分，从而使它的语言与表现手法更为丰富，达到了更高的艺术水平。陈善说："文中要自有诗，诗中要自有文，亦相生法也。文中有诗，则句语精确；诗中有文，则词调流畅。"（《扪虱新话》上集卷一）这个论断也适用于唐代诗文。我们看到韩愈以散文笔法入诗，使诗歌创作开创了新局面；实际上他也把诗的艺术方法应用于散文，从而丰富、提高了他的散文的水平。"古文"借鉴了高度发展的唐诗艺术，是它成功的原因之一。

唐代传奇由六朝志怪、志人小说发展而来，它"叙述宛转，文辞华艳"，"施之藻绘，扩其波澜"（鲁迅《中国小说史略》第八篇《唐之传奇文上》），以其强烈的艺术感染力一新时人耳目。传奇小说在题材、构思、表现方法和语言等方面，都给文坛带来了不少新东西。许多"古文"家在创作中都借鉴传奇。韩愈以"圣人"嫡传自居，但作风却颇为豪放，很喜欢"驳杂无实之说"。他写的《毛颖传》《圬者王承福传》等，虽出以寓言，却有一定的传奇成分；《石鼎联句诗序》

本身就是一篇传奇小说。柳宗元除了写了《种树郭橐驼传》《宋清传》等兼有传记、寓言、小说特点的"中间体裁"作品外,还写过《河间传》《谪龙说》等典型的传奇文。

按唐代当时的观念,并不以传奇为文章小道,不在小说与"古文"之间分雅俗。李肇说:"沈既济撰《枕中记》,庄生寓言之类;韩愈撰《毛颖传》,其文尤高,不下史迁。二篇真良史才也。"(《唐国史补》卷下)从中可见当时人对传奇文的看法。特别是唐代举子在科举考试前要向主司投献诗文,由于传奇文备众体,从中可以看出一个人的史才、诗笔、议论,就成了所谓"温卷"的好材料。所以中唐的不少文人普遍地喜读传奇,爱作传奇。一些传奇名篇出于大作家手笔。有些人如牛僧孺,更留下了《幽怪录》这样的传奇专集。

散文家写传奇,必然影响到他们的散文写作。除了创作出一些传奇与传记、传奇与寓言的中间文体如《毛颖传》之类的作品外,传奇的叙事、描写技巧,它的华美新鲜的语言,也被运用到"古文"写作中来。后来有人批评唐文多俳俪语、南北史佻巧语、小说语、诗歌隽语等等。所谓用小说语就是指使用传奇语言,南北史佻巧语也有小说因素。我们读韩愈的《试大理评事王君墓志铭》《蓝田县丞厅壁记》,其中细节的描写、场面的刻画、人物的形容、语言的使用,都与小说有共同处。传奇手法入"古文",对"古文"艺术也是一个巨大的提高。

自东汉末年以来,佛经的翻译取得了巨大的成就。对佛教徒来说,准确地翻译佛经,是为了正确把握佛教义理。而传播佛经,又必须使它在表达和语言上具有高水平,并能为中国人所接受。因此,世世代代许多中、外译师以极大的宗教虔诚做这种翻译工作,一部经书往往迻译多次,并且组织了如姚秦的消遥园、河西的闲豫宫、宋时的道场寺、元魏的永宁寺那样的译场,通过集体的努力,以提高译文的水平。到了隋唐,更由朝廷组织了国家译场。参与这项工作的,不仅有鸠摩罗什、义净、玄奘这样精通华、梵的义学高僧,而且有许多大文学家。例如谢灵运就参与过佛陀跋陀罗所译《大般泥洹经》的文字修订工作。又例如唐代大荐福寺义净译经时,李峤、韦嗣立、赵彦昭、卢藏用、张说、李乂等二十余人为之润文;菩提流志译《大宝积经》,润文官有卢粲、徐坚、苏缙、薛璩、陆象先、郭元振、魏知古等人。这些人中多有文坛耆宿。这样,许多译师、文人参与佛经翻译,提高了译经的文字水平,反过来也影响着中国散文的写作。

中国开始输入佛典,采取了编译的方法,如东汉的《四十二章经》。后来经过长期探讨,力求做到信、达、雅的统一,创造出一种华梵结合、雅俗共赏的译经文体和韵散间行的表达方式。为了保持佛经义理的原旨,译师们特别在内容的表达上做出巨大的努力。东晋高僧释道安在经典整理传译上贡献卓著,他虽不通梵文,但惟恐有失原意,提倡直译。三大译师之一的鸠摩罗什,更致力于在正确理解义学精微的基础上顺畅切要地加以表达,进一步提高了翻译的水平。慧远总结译经经验说:"以文应质则疑者众,以质应文则悦者寡。"(《出三藏记集》卷一〇《大智度论抄序》)他要求文质适宜。其后僧佑说:"文过则伤艳,质甚则患野,野艳为弊,同失经体。"(《出三藏记集》卷一《胡汉译经音义同异记第四》)这种"务存论旨"、义质并重的原则,与当时骈文单纯追求声韵辞彩是截然不同的。译经文体是中国散文史上的一个新收获。在骈文盛行的情况下,它的形成和发展,对散文创作有着重大的影响。

唐代知识分子中间,儒释调和的意识很流行。许多文人相信佛教,更多的人对佛经很熟悉。他们与佛徒相往还,研习佛典几乎是他们的必修的功课。而许多译语高超的佛典,以壮阔的文澜开演玄妙的教理,其想象的恢宏、构思的奇妙、表达的生动、辞藻的华美,都在中国文人面前打开了一个新的境界。所以,"古文家"中尽管有些人辟佛,但佛经的表现技巧和语言艺术却被人们普遍地借鉴。至于有许多"古文家"本人就相信佛教,如梁肃和柳宗元,是天台宗的信徒，就更多受到佛典的影响，包括写作方面的影响。

佛典翻译文学影响于"古文"的表现技巧是很广泛的。例如，自佛教传入中国，僧俗之间围绕着佛教教义诸问题进行过广泛深入的辩难，其中包括护法与反佛的理论斗争。这些文字的一部分被收集在梁僧佑编《弘明集》和唐道宣编《广弘明集》里。这种理论斗争不仅推进了佛教义学和辟佛理论的发展，而且使论辩技巧得以提高。当时的这类文章在概念辨析的精微细密、判断和推理的严密周详、辩驳论难的方式方法等方面，都达到了很高的水平。至于翻译的佛教经论中，更有许多理论辨析的杰作，例如鸠摩罗什所译《大智度论》《中论》多用辩证的论理方法，玄奘所译法相唯识著作的细密的名相辨析，这都使中国的论辩文字增加了新的技巧。唐宋议论文字的发展，与借鉴这些技巧有直接关系。

又如佛典善用譬喻。从佛教早期经典四《阿含》到大乘的大部经典如《华严经》《宝积经》等都很有故事性。鸠摩罗什译的《妙法莲华经》，道宣说它"词义宛然，喻陈惟远"（《妙法莲华经弘传序》，《大正藏》第九卷）；经文中也说"我以无数方便，种种因缘，譬喻言辞，演说诸法"（《妙法莲华经》卷一《方便品第二》）。《妙法莲华经》是中国文人熟悉的经典之一，它的极其夸张的描写、生动形象的比喻、空灵流动的文笔，对中国文人来说是很新鲜的；其"火宅""化城"之喻，"雨花""地动"之说，更成了中国诗文中习用的典故。另一部中国文人熟悉的《维摩诘经》，发挥般若性空的宗教唯心哲学，而说理却用一个佛遣弟子往居士维摩诘处问疾的故事，其形象刻画笔法犹如小说，写人物对话又像戏剧。佛典律藏中还有"本生""本缘""譬喻""因缘"四部，这都是专门以譬喻故事解明佛理的，其中不少来自印度民间。汉译的有《六度集经》《旧杂譬喻经》《生经》《百喻经》等。这些故事比中国先秦诸子寓言更善夸饰，更富想象力，有的也更曲折生动。季羡林先生早已指出过，柳宗元的《黔之驴》与《本生经》中的《狮子本生》在主题与构思上都有相似之处（见

《〈黔之驴〉取材来源考》,《文艺复兴》一九四八年《中国文学研究专号》上)。我们还可以发现《蝜蝂传》与《旧杂譬喻经》卷上二十一条"蛾缘壁相逢净共斗坠地"在比拟和寓意上也是相通的。唐人的寓言文以及散文中的善用比喻,显然受到佛经譬喻的影响。

翻译佛典作为外国语的译文,在语法、修辞、词汇上也给汉语带来不少新东西。例如语法上,佛典多用倒装句,提示句,善于采用反复陈说的方式,又多用总括语、解释语和长修饰语,这都丰富了汉语语法。又例如韩愈喜用一种后来被称之为"博喻"的修辞方法,也是佛典所常用的。就其恢宏巧妙来说,韩愈是相形见绌的。鸠摩罗什译《维摩诘经》卷中《观众生品第七》维摩诘答文殊师利"菩萨云何观于众生":"譬如幻师见所幻人……如智者见水中月,如镜中见其面象,如热时焰,如呼声响,如空中云,如水聚沫,如水上泡,如芭蕉坚,如电久住……"一连用十五个比喻;《妙法莲华经》卷六《药王菩萨本事品第二十三》说到《法华经》的深大:"譬如一切川流江河诸水之中,海为第一,此《法华经》亦复如是,于诸如来所说经中,最为深大;又如土山黑山小铁围山大铁围山及十宝山,众山之中,须弥山为第一,此《法华经》亦复如是,于诸经中最为其上;又如众星之中,月天子最为第一,此《法华经》亦复如是,于千万亿种诸经法中,最为照明;又如日天子能除诸暗,此经亦复如是,能破一切不善之暗……此经能大饶益一切众生,充满其愿,如清凉池,能满一切诸渴乏者,如寒者得火,如裸者得衣,如商人得主,如子得母,如渡得船,如病得医,如暗得灯,如贫得宝,如民得王,如贾客得海,如炬除暗,此《法华经》亦复如是。"像这样文句错综用比,联想如此丰富,在中国散文中是前所未见的。至于佛典译文中俗语的运用、外来语的输入,也影响到"古文"的写作。这些都需要做专门的研究。

佛教也给中国文学带来了严重弊端。"古文"家有不少人信佛,这种弊端也表现在他们的思想与创作之中。佛教经典首先是宗教宣传品，但其客观价值却远远超出宗教意义之外。从文学角度讲，佛典包含着丰富的文学成分，特别是其中保留了许多印度古代民间文学的内容；而从佛典翻译说，众多中外译师的辛勤劳作更创造出优美的译经文体和精妙的译文，成为中印文化交流的宝贵果实。这对中国文学的发展无疑是起了积极作用的。

　　除了以上几个方面，唐代"古文"的繁荣，还与整个文化、艺术的发展相关联，有发达的教育事业做基础，这里就不一一赘述了。

第二章　文体革新的兴起

一

　　前已指出，在唐代散文史上，第一个创造了文体革新的实绩的，是陈子昂。因此，可以把他当作"古文运动"发轫的里程碑。然而革正文体的努力，却自唐王朝建国即已进行。

　　唐初文坛，沿袭六朝华靡余习；在散文创作上，流行的仍是骈体。欧阳修说："南、北文章至于陈、隋，其弊极矣。以唐太宗之致治，几乎三王之盛，独于文章，不能少变其体。岂其积习之势，其来也远，非久而众胜之，则不可以骤革也。"（《集古录跋尾》卷五《隋太平寺碑》）这正表明了旧的文体、文风积习之深、势力之大。

　　但唐初的形势，与陈、隋不同。亲经农民战争风暴的统治阶级，从前朝亡国破家的事实中汲取一定教训，颇能认识到调整阶级关系、改善统治秩序的重要。唐太宗李世民及其周围的一些人，能够励精图治，力求有所作为。他们已认识到华靡的骈文的浮艳文风不适应维护统治和整饬思想的需要。在著名的贞观论政中，就曾多次谈到改革文风的问题。

　　早在唐王朝建国的武德元年（618 年）五月，即发布了《诫表疏

不实诏》,其中说:

> 朕恭膺宝历,救斯兆庶,思革前弊,念兹在兹。起军以来,
> 于今期月,军书羽檄,日有百数,一言一事,靡不览焉。未明求
> 衣,中夜不寐,恐一物之失所,虑一理之或屈。但四方州镇,习
> 俗未惩,表疏因循,尚多虚诞。申请盗贼,不肯直陈,言论疾
> 苦,每亏实录。妄引哲王,深相佞媚,矫托符瑞,极笔阿谀。乱
> 语细书,动盈数纸,非直乖于体用,固亦失于事情。千里伫于
> 一言,万几凑于一日,表奏如是,稽疑处断,不知此者,谓我何
> 哉? 宜颁告远近,知朕至意。(宋敏求《唐大诏令集》卷一
> 一〇)

这是从提高行政效率上提出了改革文风的要求。改革的范围主要
是公文表疏,改革的内容则是反浮华、重实录。这与隋文帝、李谔
的主张是一致的。唐太宗李世民对浮文蠹政看得很清楚。他曾对
宰臣说:"自知者为难。如文人巧工,自谓己长,若使达者大匠,诋
诃商略,则芜辞拙迹见矣。"(吴兢《上玄宗皇帝纳谏疏》,《全唐文》
卷二九八)这就明确地表示出不以巧辞、芜辞为然。贞观十一年
(637年),著作佐郎邓隆表请编次他的文集,他说:"朕若制事出令,
有益于人者,史则书之,足为不朽。若事不师古,乱政害物,虽有词
藻,终贻后代笑,非所须也。只如梁武帝父子及陈后主、隋炀帝,亦
大有文集,而所为多不法,宗社皆须臾倾覆。凡人主惟在德行,何
必要事文章耶?"(吴兢《贞观政要》卷七)这里谈了他对事功、德行
与文章的重轻的看法,实际上也包含对六朝文风的批评。贞观二
十二年(648年)九月,考功员外郎王师旦知贡举,进士张昌龄、王公
瑾并有才俊,声振京邑,但以文辞华艳罢黜之。他对答唐太宗的质
问说:"此辈诚有文章,然其体性轻薄,文章浮艳,必不成令器。臣
若擢之,恐后生相效,有变陛下风雅。""帝以为名言。"(王溥《唐会
要》卷七六)唐太宗颇能用贤纳谏,奖励直言,一时有魏徵、王珪、虞

世南、李大亮、岑文本、刘洎、马周、褚遂良、杜正伦、高季辅等,并以敢言居要职。唐太宗见到好的章疏,至粘之寝壁,坐卧观望,即使有狂瞽意,也不以为忤。这种政治上比较开明的作风,直接影响到文化政策和文风变革,对有唐一代政治、文学等各方面的发展都起到深远、积极的作用。

在唐初的政治家、史学家和文学家中,都有改革文体的呼声。

例如魏徵(580—643 年),作为主持"贞观之治"的能臣之一,很注意文风问题。他在《群书治要序》里,提出文章要"昭德塞违,劝善惩恶",强调它的社会政治作用。他的选文标准是"备其得失,以著为君之难","述其终始,以显为臣不易","片善不遗,将以丕显皇极","时有所存,以备劝诫",这是从维护统治纪纲的目标出发提出的严格的政治标准。他自己的章疏,直言无隐,言之有物,虽用的是骈体,但洗削绮艳之词,毫无浮靡之态,表现出一种刚正淳朴的格调。

唐初史学大兴。现在所谓"二十四史",有八部修撰于唐初几十年间。这正是历史经过了长期纷争战乱取得统一安定,统治阶级得以总结经验的时期。所总结的,也包括文学上的经验。如令狐德棻所修《周书》、李百药所修《北齐书》、魏徵所修《隋书》等,在有关列传中,都检讨文学发展规律,提出了比较系统的对于文章的看法。他们对六朝文坛都有所批评。例如令狐德棻论及庾信说:"然则子山之文,发源于宋末,盛行于梁季。其体以淫放为本,其词以轻险为宗。故能夸目侈于红紫,荡心逾于郑、卫。昔扬子云有言:'诗人之赋,丽以则;词人之赋,丽以淫。'若以庾氏方之,斯又词赋之罪人也。"(《周书》卷四一《王褒庾信传论》)魏徵则说:"梁自大同之后,雅道沦缺,渐乖典则,争驰新巧。简文、湘东,启其淫放,徐陵、庾信,分路扬镳。其意浅而繁,其文匿而彩,词尚轻险,情多哀思。格以延陵之听,盖亦亡国之音乎!周氏吞并梁、荆,此风扇于关右,狂简斐然成俗,流宕忘返,无所取裁。"(《隋书》卷七六《文学传序》)徐陵、庾信,是骈文的大家,是六朝浮艳文风的代表,也是当时文坛的楷模。这里的批评是相当尖刻的。史学家的认识往往通达。他们正面的文学主张,多讲"人文化成",要求表达"情志",对形式、文采也不取绝对否定的态度,因此在文体观上往往流于折衷,但如李百药,对"辞人才子"们"振鹓鹭之羽仪""纵雕龙之符采"(《北齐书》卷四五《文苑传序》)又加以肯定,则表现出认识上的模糊和理论上的软弱了。

初唐的文学家重要的是"四杰"——卢照邻(635?—689年?)、骆宾王(640?—?)、王勃(650—676年)、杨炯(650—?)。他们写文章基本上是固守梁、隋旧辙,除少数篇章如王勃的《滕王阁序》、骆宾王的《讨武后檄》、卢照邻《五悲文》等之外,仍讲究骈偶浮丽,尚无新变。但他们也已有一些不满于当时文风的言论。王勃《上吏部裴侍郎启》说:

> 夫文章之道,自古称难。圣人以开物成务,君子以立言见志。遗雅背训,孟子不为;劝百讽一,扬雄所耻。苟非可以甄明大义,矫正末流,俗化资以兴衰,国家由其轻重,古人未尝留心也。自微言既绝,斯文不振,屈、宋导浇源于前,枚、马张淫风于后,谈人主者以宫室苑囿为雄,叙名流者以沈酗骄奢为达。故魏文用之而中国衰,宋武贵之而江东乱。虽沈、谢争骛,适足兆齐、梁之危,徐、庾并驰,不能止周、陈之祸。……天下之文,靡不坏矣。(《初唐四杰文集》卷四)

这对淫文破典、浮文蠹政的抨击也很有力量,提出要明大义、行教化,甚至指责屈、宋为文风堕落的肇端,议论都相当偏激。这些说法,也成了后来一些要求革正文体的人的常调。杨炯的《王勃集序》,也回顾了文体演变史:"贾、马蔚兴,已亏于雅颂;曹、王杰起,更失于风骚……梁、魏群材,周、隋众制,或苟求虫篆,未尽力于邱坟,或独徇波澜,不寻源于礼乐。"提到当时文坛,他说:"龙朔初载,文场变体,争构纤微,竞为雕刻。糅之金玉龙凤,乱之朱紫青黄,影带以徇其功,假对以称其美,骨气都尽,刚健不闻。"(《初唐四杰文集》卷一一)对当时流行的文风表示出强烈不满。

　　比较彻底地对骈文流弊加以清算的是刘知幾(661—721年)。他是著名的史学家,又"以文章显"(杨炯《庭菊赋》,《初唐四杰文集》卷一〇),也是文学家。他的名著《史通》是中国史学史上划时代的作品,也是文学史上的重要著作。这部书开始写作于长安二年(702年),完成于景龙四年(710年),这已是大诗人陈子昂在幽州台上发出其慷慨悲歌之后。《史通》的疑古惑经、"一家独断"的哲学思想和直笔实录、褒贬劝诫的史学思想,人们已多有阐发并高度评价过。但它在文学史上的价值却没有得到充分发掘,也估计得非常不足。它的《言语》《浮词》《叙事》《模拟》《杂说》等篇,都直接地、比较全面地论述了文学问题。由于刘知幾具有集思想家、历史家、文学家于一身的品格,使这些论述特别透辟深刻。他对文章形式与内容的关系,对于艺术形式与表现手法、语言的古今之变、文字的提炼与运用等许多问题的看法,直到今天还给我们一定的启发。具体到文体上,他对骈文的批判,既全面又能切中其要害。他说自班、马以后,"史道陵夷,作者芜音累句,云蒸泉涌。其为文也,大抵编字不只,捶句皆双,修短取均,奇偶相配。故应以一言蔽之者,辄足为二言;应以三句成文者,必分为四句,弥漫重沓,不知所裁"(《史通·叙事》),这批评的是绝对地追求骈偶。他又指斥"虚引古事,妄足庸音,苟矜其学,必辩而非当",指的则是沉埋于事典。而所谓"虚加练饰,轻事雕彩""体兼赋颂,词类俳优"(同上),则揭露了词藻华艳的弊害。由此可见,他已全面而彻底地批判了骈文的行文体制,预告了骈文的破产,呼唤着文体变革的新局面的到来。当然,他在认识上也有片面的、错误的地方。他以述者自任,以为良史是为文的极致,这种"文史合一"论,最后会导致取消文学;他认为文风华靡是由于文、史分离,看法也显然是错误的;他要求行文崇实、尚简，有忽视文采的偏向。总之，他没有把使用艺术概括的文学创作与历史加以区别，这有严重的片面性。但这些，无害于高度评价他在文学史特别是在文体改革历史上的业绩。

但是，虽然不满于骈文及其浮艳文风已是初唐人的普遍认识，可文坛上流行的仍然是徐、庾体格的文字。欧阳修曾就这个现象发出疑问："予尝考前世文章政理之盛衰，而怪唐太宗致治几乎三王之盛，而文章不能革五代之余习。"（《苏氏文集序》，《居士集》卷四一）对此，后人们曾做出各种解释。许多人认为是习俗难改，例如宋神宗就说过："唐太宗亦英主也，乃亦学庾信为文，此亦识见无以胜俗故也。"在我们看来，长期形成的因袭势力、流行的见解，确乎有很大的力量，但更重要的是旧的文体在一定范围内还为统治阶级所需要。特别是当时朝廷的诏诰制命、章表书疏都用骈体。科举考试时写对策、做律赋、拟判词也是骈体。骈文作为朝廷上下、读书人中一种实际通行的应用文字，是读书做官的一项基本功，当然要受到重视了。再则唐初近百年间，出现了历史上少见的"升平"局面，统治阶级要用文章侍从游宴，歌功颂德。特别是高宗末年到武后、中宗朝，宫庭宴乐之风甚盛，出现了如沈佺期、宋之问等一批御用文人，为文竞事华靡。张说曾说过："右职以精学为先，大臣以无文为耻，每豫游宫观，行幸河山，白云起而帝歌，翠华飞而臣赋，雅颂之盛，与三代同风。岂惟圣后之好文，亦云奥主之协赞者也。"（《唐昭容上官氏文集序》，《张燕公集》卷一二）武则天每行幸游宴，常带一批文人，吟诗作文，君臣倡和，直到今天还留下了许多侍从应制的文字。例如有徐彦伯者善属辞，为文多变易求新，被武则天选拔预修《三教珠英》，后来"中宗与修文馆学士宴乐赋诗，每命彦伯为之序，文采华缛"（计有功《唐诗纪事》卷九）。上有行者，下必甚焉。有了朝廷上层的提倡，旧的文体和文风就更加风靡文坛了。

再则，从散文发展的内部规律看，变革文体又有其特殊的艰巨性。唐代诗坛的革新，"四杰"已开其端倪，经陈子昂的提倡，到开元、天宝年间已蔚为大观。前后不过几十年的时间，就形成了一个极盛的局面。而从散文领域看，尽管唐朝建国一开始，人们对改革文体就有种种议论，但实际上进展迟迟，直经过近二百年，到"古文运动"全盛的贞元、元和年间，才完成了这个变革。其中一个重要原因就在于我国诗歌自古就有"言志""缘情"的传统，时代一变，诗人的生活跟着转变，诗的内容也很快变化了；而唐诗在艺术形式上的发展特别是在格律诗的创作上，又继续了六朝对诗歌格律声病的探索，可以顺势地继承前人的成果。因此，唐代诗风转变比较顺利和迅速。而散文情况就很不相同了。唐人要从根本上革正骈文的文体、文风和文学语言，要对"文"的性质、内容、形式、作用等问题重新加以探讨，还要积累实践方面的经验，这都要付出更多的时间与精力。

但是，骈文在初唐虽然仍在盛行，却已失去了生命力。随着社会的演变，文体的变革已势在必行，那种要求改革文体的普遍的呼声，就是文体新变的舆论准备，预告着散文改革潮流的到来。

二

唐初散文创作，与梁、陈相较，也不是全然没有变化。如隋末唐初的王绩（585—644年）写《醉乡记》《五斗先生传》等，从内容到形式一扫当时文坛的绮艳格调。"四杰"也有些感情真切、表现疏宕的作品。但当时的散文创作从整体看还是六朝余风在统治。直到陈子昂等一批人出来，才改变了文坛风气与面貌。

陈子昂（661—702年），字伯玉，梓州射洪（今四川省射洪县）人。文明元年（684年）进士。以上书论时政，为武则天所任用，拜麟台正字，转右拾遗。曾从武攸宜北击契丹。大才被抑，志不得申，登幽州台慷慨怀古。后解职回乡，被县令段简所诬，入狱忧愤而死。今存《陈伯玉文集》。

子昂出身于豪富之家，其父陈元敬，明经擢第，隐居不仕，博览群书，以豪侠闻，是个不随常调的人物。他本人自少年起即尚气节，弈博自如，驰侠使气。后来志学读书，经史百家，罔不该览，熟悉历史，通达时变，喜言王霸大略，颇有济世之志。开耀元年（681年），他初自蜀川到长安。后入东都，中进士。正赶上武则天篡唐称帝，他表示支持，连上章奏。当时的陈子昂已以敏锐的政治嗅觉察知严重的社会危机。他支持武则天，是对新政权解决这种危机寄予希望，因此他又以积极的态度对武周政权提出谏诤和批评。他立志颇壮，曾说："臣伏见太宗文武圣皇帝德冠三王，名高五帝，实由能容魏徵愚直，获尽忠诚，国史书之，明若日月，直谏之路启，从谏之道开，贞观已来，此实为美。"（《答制问事》，《陈子昂集》卷八）他希望当代君主像唐太宗，那么他本人就是魏徵了。正因为他不以文人自居，才能在写作中一反文坛"婉丽浮俊"习俗，创作出具有深刻现实内容的好作品来。

子昂最好的文章是章表书疏，这是些义壮辞严的政论文字。深刻的历史观念、明晰的社会分析，反映了他对现实的透彻认识。他"比在草茅，为百姓久"（《上军国利害事》，《陈子昂集》卷八），入京为官后，屡遭压抑，又两度出边，对社会情况多有了解。他的《谏政理书》《谏灵驾入京书》等，对当时民生的艰窘、阶级对立的严重局势也都有非常清晰的描述。他在《上军国机要事》中更直截了当地指出："即日山东愚人有亡命不事产业者，有游侠聚盗者，有奸豪强宗者，有交通州县造罪过者。"（《陈子昂集》卷八）这些，是许许多多唐代官私文献所没有提到过的历史真相。子昂揭露现实真实深刻，抨击现实更大胆有力，他的文章广泛地论及省刑、纳谏、除奸、任贤、安边、利民、轻徭、薄赋等等当时政治的重大问题。例如他的

《谏用刑书》，是在东南李敬业发动反武则天的叛乱后写的，当时正是酷吏横行、大狱屡兴的时候。他敢于触逆麟，在这个敏感的政治问题上批评武则天。他指出，自古以来，为政有三条路线，王者用仁义，霸者任权智，强者务刑罚。这实际是指斥武则天行的不是王道，也不是霸道，而是专靠威刑的强权政治。他直斥"陛下不务玄默，以救疲人，而反任威刑，以失其望，欲以察察为政，肃理寰区，臣愚暗昧，窃有大惑"（《陈子昂集》卷九）。他又借隋为况。他说隋时"杀人如麻，血流成洋，天下靡然，始思为乱矣"。这正是对现实的影射，也是对统治者的警告。子昂在论事时常常援引历史，特别是经常提出亡隋之鉴，表现出一种可贵的历史发展观念。他又一再强调人情与民生，他说"万物之灵，莫大乎黔首；王政之贵，莫大乎安人"，所以"圣人不利己，忧济在元元"（《感遇》第一九）。这些，又表明他的关心民隐的积极、进步的思想意识。刘知幾论文时指出，魏、晋以下，虚美隐恶，伪缪雷同，普遍有所谓"虚设""厚颜""假手""自戾""一概"等五失（见《史通·载文》）。陈子昂这种思想深刻、认识明晰、直言无隐、忠于现实的文章，完全荡涤了当时文坛流行文字的这些弊病。

　　陈子昂的论事书疏在写法上思路开阔，文辞雄辩，条理清楚。特别是他把事、理、情三者结合得很好。他所辩白的都是当时朝政中的一个个具体事实，但在表明自己的主张时却不是就事论事，而往往上升到理论上来，又动之以热烈的感情。例如《谏灵驾入京书》，是高宗死后，为阻止其梓宫运往长安所作。这是当时朝廷中的一场重大论争。按惯例，皇帝死了，自然应归葬在首都长安早已经营的陵寝。但武则天在东都洛阳已扶植起相当大的政治势力，她是不愿跟着灵柩回长安的。陈子昂的意见是支持武则天的。但他批驳旧俗成见，事理严正，言辞慷慨，确乎很有说服力。这可能是他被武则天赏识的一个原因。文章说：

　　　　燕代迫匈奴之侵，巴陇婴吐蕃之患，西蜀疲老，千里运粮，北国丁男，十五乘塞，岁月奔命，其弊不堪，秦之首尾，今不完矣。即所余者，独三辅之间尔。顷遭荒馑，人被荐饥，自河而西，无非赤地，循陇以北，罕逢青草，莫不父兄转徙，妻子流离，委家丧业，膏原润莽——此朝廷之所备知也。赖以宗庙神灵，皇天悔祸，去岁薄稔，前秋稍登，使赢饿之余，得保沉命，天下幸甚，可谓厚矣。然而流人未返，田野尚芜，白骨纵横，阡陌无主，至于蓄积，犹可哀伤……

这就展现了国困民贫的严重危机的画面。在这段文章里，作者先写边患给民生的扰害，再写旱荒加深了严重的形势，然后故做回宕之笔，写近年略有收成，使饥饿线上的人民得以存活，归结到饥民流亡、田园荒芜的现状。这就把现实情形反映得非常全面、透辟。在此基础上，他批评当时的皇帝睿宗李旦，一则曰"陛下不料其难，贵从先意"，再则曰"陛下不深察始终，独违群意"，三则曰"陛下不思瀍洛之壮观，关陇之荒芜，遂欲弃太山之安，履焦原之险，忘神器之大宝，循曾、闵之小节"，简洁有力地批评了西运梓宫的错误意见，说它是不明事理，不从群议，不识大体。然后，又从正面论述天子以四海为家，死后固不必葬在一定的地方；而当前人情思安，皇帝应恭己南面，不可做扰民的事情。从而从正反两面陈述了"时有不可，事有必然"的道理。在论事当中，字里行间，流露出对国事的深切忧虑。文章最后指出，如不惜民力，一意孤行，"倘鼠窃狗盗，万一不图，西入陕州之郊，东犯武牢之镇，盗敖仓一抔之粟，陛下何以遏之？"作者站在统治者的立场，预示了局势的危险。

卢藏用《陈氏别传》说陈子昂"工为文而不好作"（《陈子昂集》附录）。"不好作"，就是柳宗元评《列子》文章时的所谓"少为作"（《辩列子》，《柳河东集》卷四），即不离开内容刻意雕琢。子昂的文章很少用典，不加藻饰，忌用难语，行文上也不讲严格的偶对。如《上军国利害事》论及选任地方官："愚臣窃见陛下未有舟楫而欲济河，河不可济也。臣比在草茅，为百姓久矣，刺史县令之化，臣实委知。国之兴衰，莫不在此职也。何者？一州得贤明刺史，以至公循良为政者，则千万家赖其福；若得贪暴刺史，以徇私苛虐为政者，则千万家受其祸矣。夫一州祸福且如此，况天下之众，岂得胜道哉！"（《陈子昂集》卷八）这只是保持了句式的大体整齐，好像汉、魏早期骈文的行文方式。《答制问事》是科举答卷，虽然严格用了骈偶，但说理清楚，语言朴素，基本不用典故，所用对句造成了鲜明对比的效果。所以，子昂在文体上，已在一定程度上表现出解散骈体的倾向，创造了一种疏朗条畅、朴素明白、比较切合实用的文风。

陈子昂一到洛阳，即以其新鲜独特的文章震惊文坛，"时洛中传写其书，市肆闾巷，吟讽相属，乃至转相货鬻，飞驰远迩"（卢藏用《陈氏别传》）。表明他对文体的改革，适应了现实的需要，受到人们的欢迎。当时和后来的许多人，都高度评价他在散文发展史上的地位和作用。李华转述萧颖士的意见说他"文体最正"（《扬州功曹萧颖士文集序》，《全唐文》卷三一五）。李舟说："天后朝，广汉陈子昂独溯颓波，以趣清源，自兹作者，稍稍而出。"（《独孤常州集序》，《全唐文》卷四四三）。韩愈认为"国朝盛文章，子昂始高蹈"（《荐士》，《韩昌黎全集》卷二）。柳宗元则认为他是唐兴以来著述比兴二者兼善的第一人（见《杨评事文集后序》，《柳河东集》卷二一）。正如有人指出的（譬如马端临《文献通考》卷二三一），他的文章未能根本摆脱偶俪卑弱之习，但他在改革文体、文风上做出了成功的开端，找到了正确的方向。这种探索和开创之功是不可埋没的。

三

陈子昂在散文创作以及诗歌方面的革新，是时代的产物。他是历史发展所形成的一个潮流的代表。既是潮流，就不只是他一个人，而表现为整个文坛风气的转变。说"古文运动"从他开端，也是这个道理。

陈子昂的那种疏朴近古、直言无隐的文体和文风，首先普遍地表现在当时的奏疏之中。从客观条件说，这与武后本人颇能奖励直言、鼓励大胆谏净的风气有关。当时苏安恒、狄仁杰与稍后的韦嗣立、辛替否等，都以正直敢谏著称。他们的谏净书疏可看作是内容充实、凌厉风发的政论文章。苏安恒以文学立身，尤明《周礼》《左传》，武后朝为习艺馆内教，曾两次上疏要求武则天退位，直斥她"微弱李氏，贪天之功，何以年在耄倦，而不能复子明辟？使忠言莫进，奸邪乘时，夷狄纷扰，屠害黎庶……"（《请复位皇太子第二疏》，《全唐文》卷二三七），质问她何以见唐家宗庙？何以谒大帝坟陵？最后三复自己誓死谏净之志。后来魏元忠为张易之构陷，安恒又为之申理，易之将杀之，赖朱敬则等人保护获免。他的文章从观点看主要是维护李家天下，但写法上却义正辞严，势如破竹。狄仁杰始仕于高宗朝，即以敢言名，后又受到武则天的重用。武则天试举子，他对答说："臣料陛下若求文章资历，则今之宰臣李峤、苏味道亦足为文吏矣。岂非文士龌龊，思得奇才用之，以成天下之务者乎？"（《旧唐书》卷八九《狄仁杰传》）他不满于"帮闲"的"文士"，有志于开物成务，结果他虽不尚"文章资历"，却能写出内容充实的好文章。武后朝，他任河北道安抚大使，其时北人为突厥驱逼，往往逃匿，他上疏痛陈其所遭患害，指出山东一带"近缘军机，调发伤重，家道悉破，或至逃亡，拆屋卖田，人不为售，内顾生计，四壁皆空。重以官典侵渔，因事而起，取其髓脑，曾无愧心，修筑城池，缮造兵甲，州县役使，十倍军机……"，造成"山东群盗，缘兹聚结"（《请曲赦河北诸州疏》，《全唐文》卷一六九）的严重局面。武则天佞佛，利用佛教势力支持自己篡权，狄仁杰入朝为内史，大肆抨击佛教之害，写出尖锐的反佛奏疏。韦嗣立有《请崇学校疏》《谏滥官疏》《请减滥食封邑书》等，以质直文笔，揭露豪强兼并，吏治腐败，人口流亡，科举僭乱，文字相当透辟、深刻。稍后的辛替否也是正直敢言的人物。睿宗朝，他居官左补阙，为朝廷替金仙、玉真二公主造道观，上《谏造金仙、玉真两观疏》，代表了他的写作风格。文章先用"皇帝陛下之兄"中宗李显作陪衬，揭露其一系列倒行逆施之举，造成"夺百姓之食以养残凶，剥万人之衣以涂土木，于是人怨神怒，众叛亲离，水旱不调，疾疫屡起，远近殊论，公私罄然。五六年间，至于祸变，享国不永，受终于凶妇人。寺舍不能保其身，僧尼不能护妻子，取讥万代，见笑四夷"。然后，把笔锋转向当朝，发出强烈的诘问："惟陛下圣人也，无所不知；陛下明君也，无所不见。既知且见，知仓有几年之储？库有几年之帛？知百姓之间可存活乎？三边之上可转输乎？当今发一卒以御边陲，追一兵以卫社稷，多无衣食，皆带饥寒，赏赐之间，迥无所出，军旅骤败，莫不由斯。而乃以百万贯钱，造无用之观，以受六合之怨乎！以违万人之心乎！"然后又直接把睿宗与中宗、韦后的昏乱政治相比："伏惟陛下族阿韦之家，而不改阿韦之乱政；忍弃太宗之理本，不忍弃中宗之乱阶；忍弃太宗长久之谋，不忍弃中宗短促之计，陛下又何以继祖宗、亲万国？"(《全唐文》卷二七二)这篇文章，对睿宗的昏愦揭露无余，行文中连呼"陛下"，表达了作者的忠爱与焦灼。到玄宗朝前期，又有宋务光、朱敬则、姚崇、张九龄等人，也都以这种正直敢言的精神，写了许多抨击朝政、揭露时弊的章疏。唐代文体改革从这个领域开始，表明它从发端时期就配合了现实斗争的要求，而且有强烈的政治性和现实性。就这类文章在当时朝廷议论中所造成的声势、文章内容的尖锐深刻等方面看，历史上很难找到其他时代可与之相比拟。

　　文体改革最早显露成绩的另一个方面是碑状文字。武后朝，有富嘉谟、吴少微二人，"先是，文士撰碑颂，皆以徐、庾为宗，气调渐劣；嘉谟与少微属词，皆以经典为本，时人钦慕之，文体一变，称为富吴体"（《旧唐书》卷一九〇中《文苑中》）。而到了张说，更在碑状文的写作上开创了新局面。

张说（667—730 年），字道济，又字说之，洛阳人，出自"近代新门"，历仕武后、中、睿、玄四朝，累官中书令，封燕国公。今存《张燕公集》。他政能文才，著称当时，朝廷述作，多出其手。与封许国公的苏颋齐名，并称"燕、许大手笔"。苏颋长于制诰，而他奏疏、碑状写得都好。以前的"六朝骈俪，为人志铭，铺排郡望，藻饰官阶，殆于以人为赋，更无质实之意"（章学诚《文史通义》外篇卷二《墓志辨例》），"四杰"承袭了这种风气。而张说的碑志文，却文字俊爽，运思精密，记人述事，颇为质朴亲切。例如《贞节君碣》，是为一个只做过县令的小官阳鸿写的墓碣。文章先从卒葬、定谥写起，然后写其著籍、学识、历官，抓住了人物特点，用语精确，条理清晰：

> 鸿字季翔，平恩人也。其先著族右北平郡。大父真阳宰，适兹乐土，爰定我居，维桑与梓，既重世矣。

> 鸿倜傥奇杰，瑰玮博达，贯涉六籍百家之书，其要在霸王大略，奇正大旨，君亲大义，忠孝大节而已，章句之徒，不之视也。尝陋《汉史·地理志》《周礼·职方志》，时异虚记，心不厌焉。乃攀恒、岱，浮洞庭，窥河源，践岷、衡，稽四海之风俗，算九州之险易，与赵国贯高，图献其议。遇火焚荡，天下壮其志而痛其事。

> 养徒闾里，不应宾辟。仪凤中，河北大使薛公，举鸿行励贪鄙，天子嘉之，用置于吏，乃尉汲、曲阿，主簿龙门、零都。夫其屏居十年，一方化德；历佐四邑，诸侯观政。惜乎有大才无贵仕，命也。

在纪传文字中，剪裁铺叙很难。特别像阳鸿这样的人，没干什么轰轰烈烈的大事业，在当时官场中也没什么地位，但张说用这三层意思，清晰地描绘了一个才大不用的下层知识分子的面貌，而且笔墨

之间充满了感情。接着,又举出他为友人守丧和在战乱中守城的两件具体行事,以展示人物品格,最后加以评论:

> 君子以为急友成哀,高义也;临危抗节,秉礼也;矫寇违祸,明智也;保邑匡勋,近仁也。义以利物,智以周身,礼以和众,仁以安人。道有五常,鸿擅其四;武有七德,鸿秉其二。大虑克就之谓贞,好廉自克之谓节。粤若夫子,可谥为贞节也已。

这是应用了赞颂定谥的一般格式,在内容上与前文的具体描述相照应,在结构上又回顾开头"考行定谥"一节,因此并不给人以虚饰铺张的印象,反而烘托出"大才无贵仕"的感慨,结构上也更加完整。《齐黄门侍郎卢思道碑》,碑主是卢藏用的高祖,也写得极其简洁清通。其中先交待了人物的家世、学行、品德、历官,然后着重写他的文学。写文学又侧重两个方面:一方面写他"处屯安贞""临难无慑",乃是"国华人望",表明其文是行的表现;另一方面写他"擅名当时,垂声后代",以见其文才之可贵。文章毫无华靡之态,也不像六朝一般碑传文那样空洞、虚矫、含混。张说的《故开府仪同三司上柱国赠扬州大都督梁国公姚文贞公神道碑》《兵部尚书代国公赠少保郭公行状》《大唐开元十三年陇右监牧颂德碑》等,在刻画人物、描写事态方面都表现出高度的技巧。在"古文运动"中,碑传文章成就卓异,韩碑与杜律曾被并举,被看成是唐代文学的精华。碑传文后来成了具有独特风格的传记文学,张说在开创这种传统方面是有贡献的。

此外,在一种比较开放、自由的思想气氛之下,当时还出现了一些见解新鲜深刻的议论文字。如卢藏用的《析滞论》,对当时拘忌天时的迷信观念给以有力抨击。卢藏用是陈子昂的友人。他支持陈子昂的文学改革事业,编集陈子昂文集并亲为之制序,又写了《陈氏别传》。他的关于陈子昂的这几篇文字,不只是纪念友人,而且通过肯定陈子昂的文学活动,宣传了诗文革新的思想。这些文字本身也是这种革新的实践。元行冲的《释疑》,是答辩"章句之士"的攻击的驳论,立意新颖,剖析深微,有力地揭露了拘儒墨守旧教条的无益于实际,也是一篇很精彩的议论文字。当然,严格说来,这些议论文都应属于学术著作,但文体改革的成绩在它们中间也表现出来了。

　　以上,是"古文运动"刚刚揭幕时期的情况。虽然当时改革的道路还在探索之中,改革的重点还限于文体和文风等一般的文章表达方面,改革的理论与实践都不成熟,但以陈子昂为代表的一些人的努力方向是正确的,比起前人来他们走在更健康的道路上。他们为"古文运动"的更大发展奠定了基础。

第三章 "古文运动"的发展

一

关于唐文的发展,清末民初学者沈曾植曾提出"开元文盛"之说,意谓唐开元年间诗文,百家皆有跨晋、宋而追两汉之思,"实开梁、独孤、韩、柳之先",后来贞元、元和之再盛,不过是成就了它的未竟之业而已(《海日楼札丛》卷七《开元文盛》)。这个看法,是颇有历史见地的。从开元起,特别是到"安史之乱"前后,这是唐代各种社会矛盾积累、激化到爆发的时期,也是"古文运动"的重要发展时期。

这个时期之所以重要,不只表现在创作更宏富,理论更明确,因而声势更浩大了,还在于这一时期的作者们对于运动的内容做出了重大的开拓。晚清新"文笔论"的代表阮元,曾批评"唐宋古文以经、史、子三者为本",背离了"沉思""翰藻"的"篇什"之文的散文发展道路(《扬州隋文选楼记》,《揅经室二集》卷二)。这虽然是一种忽视中国散文历史特征的偏见,但其中也不无一定合理因素:第一,他看到了唐宋古文中有一种把散文与文史著述合一的倾向,特别是某些论"道"文字,疏阔少文采,强调内容及实用而忽视艺术形象,这也确实严重束缚了后来散文的发展;第二,他在意识到"篇什"之文与著述之文的区别的基础上,维护前者为真正的"文"的正统,这实际上有强调文学散文的特殊性的意义。借助他的观点来看唐代的"古文运动"的发展,就会看到,以陈子昂为代表的"古文运动"开创期,其内容重点还在文体的变革;只有到了开元以后,倡导"古文"的人大力开展艺术散文创作,才使"古文运动"具有越来越浓厚的文学散文革新的意味。"古文运动"至此也才全部展开,并为以后韩、柳的出现开出了场地。

这个时期最重要的作家是萧颖士、李华、独孤及、元结等人。他们的理论成就另章论述。创作实践以元结成就最高,见另节;这里先介绍萧、李、独孤等人。

萧颖士(708—759年),字茂挺,兰陵(今山东苍山县)人。开元二十三年(735年)进士,曾任秘书省正字,以忤权奸李林甫被斥,安史乱后,为扬州功曹参军。有文集十卷、《游梁新集》三卷见于著录,久佚;今存辑本《萧茂挺文集》,《全唐文》编文二卷。李华(715年? —774年?),字遐叔,赞皇(今河北元氏县)人。与萧颖士为"同年",相友善。官监察御史、右补阙等职。"安史之乱"中陷叛军,受伪职,乱平贬官。后官至检校吏部员外郎。著述见于著录者有《前集》十卷、《中集》二十卷,任校书郎以前的未入正集文八卷等,均久散佚;今存辑本《李遐叔文集》,《全唐文》编为八卷,凡一〇三篇。独孤及(725—777年),字至之,河南洛阳人。天宝末年举进士;任左拾遗,礼部员外郎、舒州刺史、常州刺史等职。他年辈比萧、李稍后,但早有文名,与高适、李白、贾至交游,与李华、苏源明并称词宗,执一代文炳。有《毗陵集》二十卷,今存;又有后人补辑遗文一卷。他们几个人思想倾向大体相似,立身行事也有一致之处。李肇评论说"天宝之风尚党"(《唐国史补》卷下),或以为就是指他们这些人。他们都出身于"文章之士"阶层,同样不甘心以文字取名声,有积极用世之志。他们虽然重经术,讲儒道,但并不热心章句之学。又各自受到现实斗争的冲击，与当时的统治集团有一定的矛盾。这些都决定了他们的创作具有一定的思想性与现实性。

萧颖士存文很少，仅赋十、表六、书七、序四，已难窥全豹[1]。据说在他生前日本人来宾，举其国俗，愿师于萧夫子（见刘太真《送萧颖士赴东府序》，《全唐文》卷三九五）；晁公武《郡斋读书志》说当时闻萧氏之风者，童子羞称曹、陆，可见他的文章的影响之大。李华文章存留较多，各体均有佳作。《吊古战场文》借写古战场，渲染战争的残酷，融情入景，声韵和谐，"曲余人生悲惨之意"（何孟春《余冬诗话》卷上），确可称"极思研榷"之作。《含元殿赋》在唐人写的宫殿题材的赋中也算有名，萧颖士评论它在"《景福》之上，《灵光》之下"（《唐国史补》卷上）。他信佛，写作释教碑达十篇。另外，他的文集序一体文字谈"古文"理论，很有价值，下章另述。独孤及文留存较完整，《毗陵集》是少数传世的原编唐集之一。近二百篇文章中表状类占四十，碑志三十七，序记六十一。他的各体文章中颇有些富于现实内容的篇章，"安史之乱"以后各地阶级斗争的事实在其中多有反映。在艺术上，序记文章水平较高，如《送李白之曹南序》，据考证是天宝十二载送李白游晋后赴曹州所作，议论精粹，述情真挚，很能从侧面写出李白的精神风采；《马退山茅亭记》记马退山风光，景象壮观，词采富丽，被窜入《柳河东集》，也确乎接近柳宗元山水文风格。但萧、李、独孤成就最高的，还是杂著。这也是他们对"古文"创作有所开拓的领域。下面，按文体加以概括介绍。

论说体。这是指论说体杂文，与一般论著不同。它们往往就一事一题论难驳辩，以小见大，洞幽析微，又很讲究形象性与艺术性。李华等人在发展这种体裁上很有成绩。

李华的《质文论》《正交论》等还应算作论文。其中讲道德、风俗对于治世安邦的重要性；他提出古人之说未尽善，对经典之言应

---

[1] 存文统计据《全唐文》，以下论及各家情况同。

求简易中于人心者行之，很有见识。而《旧唐书》本传称赞他"著论言龟卜可废，通人当其言"，则指的是优秀的杂文《卜论》。作者在其中先提出"天地之大德曰生"这个重要命题，然后指出把有生命的乌龟脱骨钻骸，"假枯壳而决狐疑"的悖谬。这指出了龟卜的第一个矛盾。接着，又正面引用《尚书·洪范》"尔有大疑，谋及卜筮"的说法，引申出"圣人不当有疑于人以筮也"的结论，这就巧妙地利用"圣人"之言支持了自己的恰与其本意相反的观点。这也是他不迷信古人章句的好例子。作者从而就揭露了龟卜的第二个矛盾。接着，又举出人们习知的铸刀剑、衅钟鼓、耕夫蚕妇祈祷妖祥的事实，以证明迷信神怪之无稽。这又用比拟指出了龟卜的又一个矛盾。在从论理与事实两方面充分揭露了龟卜的荒诞之后，作者得出了"专任道德以贯之，则天地之理尽矣。又焉假夫蓍龟乎？又焉征夫鬼神乎？"（《全唐文》卷三一七）的结论。独孤及评论李华，说他的文章"大抵以五经为泉源，抒情性以托讽"，"风雅之指归，刑政之本根，忠孝之大伦，皆见于词"（《检校尚书吏部员外郎赵郡李公中集序》、《全唐文》卷三八八）。像《卜论》这种文章表明，他对于经义往往有独特理解，非常重视以之为武器对现实进行讽喻。独孤及的议论文字也很有成就。崔祐甫说："公之文章，大抵以立宪诫世、褒贤遏恶为用，故议论最长。"（《故常州刺史独孤公神道碑铭》、《全唐文》卷四〇九）梁肃则称赞他的文章"宽而简，直而婉，辩而不华，博厚而高明，论人无虚美，比事为实录"（《常州刺史独孤及集后序》、《全唐文》卷五一八）。这都比较准确地说明了他创作上的风格特征。例如他的名作《吴季子札论》是对吴公子季札让国称贤的翻案文章，以史评的形式对愚儒的节义观进行了批评。文章开头先正面树立自己的观点："余征其前闻于旧史氏，窃谓废先君之命非孝也，附子臧之义非公也，执礼全节使国篡君弑非仁也，出能观变入不讨乱非智也"，立论严正，斩钉截铁。在指出择君之道应举人以贤以义之后，批评季札不能与泰伯、武王相比，分析了他矫情让国导致复国丧邦的危害：

> 呜呼！全身不顾其业，专让不夺其志，所去者忠，所存者
> 节。善自牧矣，谓先君何？与其观变周乐，虑危戚钟，曷若以
> 萧墙为心，社稷是恤？复命哭墓，哀死事生，孰与先蜱而动，治
> 其未乱？弃室以表义，挂剑以明信，孰与奉君父之命，慰神祇
> 之心？则独守纯白，不干义嗣，是洁己而遗国也。吴之覆亡，
> 君实阶祸。且曰：非我生乱。其孰生之哉！其孰生之哉！

独孤及揭露的这种忠与节的矛盾，包含着对儒家那套伦理道德的
批评。对季札的行为的批判，实际是表明了反对"亲亲"而要求"尚
贤"的观点。作者对于吴国败亡原因的解释当然是错误的，但文章
的主旨并不在那里，而是以史评的形式表达了对现实问题的见解。
应附带一提的还有，独孤及的几篇谥议也很有特色。唐时这类考
行定谥的官样文章，绝大多数都虚美隐恶，又用的是骈体，没什么
价值可言。但独孤及有一篇《故御史中丞卢奕谥议》。卢奕在"安
史之乱"时陷身洛阳，正身守位，义不去而死，有人责备他不能逃
脱，委身寇仇。独孤及对他的牺牲的事实做了颇为生动的描绘，驳
斥了那种攻击意见，赞扬了卢奕捐躯守义之可贵。他的《故江陵尹
兼御史大夫吕谭谥议》，对于吕谭在荆州的政绩肯定得很有分寸，
并由此引申出："自至德以来，荷推毂受脤之寄，处方面者数十辈，
而将不骄，卒不堕，政修人和，如谭者盖鲜矣。岂不以人散久矣而
兵未戢，挹浊流者难俟清，整棼丝者难为功……"（《全唐文》卷三八
六）这是对现实状况的较透辟的批判分析。所以，这虽然是官场应
用文字，却可以做优秀的议论文章读，因此附在这里一并论述。

人们把杂文叫作艺术性的政论，李华、独孤及等人在开创这个
传统上是有功绩的。

辞赋体。唐人继承六朝传统，发展出一种含有一定寓意的辞
赋体杂文。著名的如柳宗元的"九赋""十骚"，就是这类体裁的代

表作。盛唐人已开始写出了一些优秀作品。如宋璟的《梅花赋》,
就以六朝咏物小赋的形式,赞美梅花的"出群之姿""贞心不改",以
比喻人的品格。作品在表达上颇见巧思,表面上是以人拟花,如
"琼英缀雪,绛萼著霜,俨如傅粉,是谓何郎"等等,实际上是借花写
人。写梅花的高洁坚贞,"万物僵仆,梅英再吐,玉立冰姿,不易厥
素"(《全唐文》卷二〇七),表现的是作者的人生理想,也是他的审
美标准。据刘禹锡说,宋璟早年由于这篇赋,被当时文坛耆宿苏味
道所称赏,因而方列于闻人之目(见《献权舍人书》,《刘宾客文集》
卷一〇)。晚唐皮日休景慕宋璟"贞姿劲质,刚态毅状,疑其铁肠石
心,不解吐婉媚辞",而竟写出如此华艳多情的文字,因而受到启发
写了《桃花赋》(《桃花赋序》,《皮子文薮》卷一)。至于说到文中设
譬的新颖,李义山《早梅》诗有句云"谢郎衣袖初翻雪,荀令薰炉更
换香",宋人或以为是比花用美丈夫事之始,不知义山实因袭宋璟。
萧颖士的《伐樱桃树赋》也很有名。他立身刚正,天宝年间至京师,
诣李林甫于中书省,被斥,这篇赋就是讥刺当时的权奸李林甫的。
其中比拟李"体异修直,材非栋干""泪群林而非据,专庙庭之右
地",并直辞指斥说:"每俯临乎萧墙,奸回得而窥觊。谅何恶之能
为? 终物情之所畏!"(《全唐文》卷三二二)讽刺尖刻,抨击有力,是
政治性很强的讽刺文字。其他如姚崇的《扑满赋》,也是讽世的
作品。

　　铭赞体。好的铭赞作品,不仅是褒功颂德,而且能够表达一定
的思想政治主张,在艺术表现上也会有所创获。张说的《蒲津桥
赞》,赞美一个桥梁建筑,表达了"济人""利物""顺事""图远"的政
治理想。李白的《金乡薛少府厅画鹤赞》《江宁杨利物画赞》,是评
画作品,从中也反映了作者的审美观念。标志着盛唐铭赞体杂文
水平的,有独孤及的《函谷关铭》和《仙掌铭》。这是使"当代词人,
无不畏服"的力作。前者就函谷关的重关设险,联想到秦、汉交替
的史实,发出了世易时移的感慨,暗示了守邦不在天险的道理。后

者写华山仙人掌,主旨在辨析辟灵开山的迷信传说,提出"泄为百川、凝为崇山"的作用本是元气造化之功。但文思新颖,开头说:

> 阴阳开阖,元气变化。泄为百川,凝为崇山。山川之作,
> 与天地并。疑有真宰,而未知尸其功者。

在从正面写出了自己的观点后,又故意从反面致"疑",从而使文思逆转,掀起了波澜:

> 巨灵赑屃,攘臂其间,左排首阳,右拓太华,绝地轴使中
> 裂,坼山脊为两道。然后导河而东,俾无有害,留此巨迹于峰
> 之颠。后代揭厉于元踪者,聆其风而骇之,或谓诙诡不经,存
> 而不议。及以为学者拘其一域,则惑于余方,曾不知创宇宙,
> 作万象,月而日之,星而辰之,使轮转环绕,箭驰风疾,可骇于
> 俗,有甚于此者。徒观其阴骘无朕,未尝骇焉;而巨灵特以有
> 迹骇世,世果惑矣。

这里是文人故作狡狯:他从巨灵传说写起,把开山导河的传说写得迷离恍惚,并进而指责骇于此者为惑于通方。但接着文笔又一转,把巨灵开山与创宇宙作万象作比,又指出巨灵不可惑,而不识造物之理为真惑。接着,指出所谓巨灵开山导河,不过是"万化之一工",本来是"神行无方,妙用不测"(《全唐文》卷三八九),不必泥于什么形迹。然后,又重新写仙人掌的奇景,以见自然神运之功:

> 峨峨灵掌,仙指如画。隐辚磅礴,上挥太清。远而视之,
> 如欲扪青天以掬皓露,攀扶桑而捧白日。不去不来、若飞若
> 动,非至神曷以至此……

但如此壮观,却如上面说的,只是自然万化一工的"无迹之迹"而已。这篇文章的反对唯心主义天命观的主题是有现实意义的,而写法更见高度的技巧。描写极其生动,语言极其警辟,构思极其奇诡。其"日而月之"的句法,被后人所称赏,有人认为出于《庄子·

庚桑楚》"尸而祝之,社而稷之",也有人说出于《史记·孔子世家》
"纲而纪之,统而理之",而独孤及的句式更为矫健,形象更为壮丽。
这篇文章在当时即被时流传诵。中唐王涯写了一篇题目相似的
《仙掌辨》,专从正面立论,虽立意更为显豁,但文情全失,索然无味
了。对比之下,更可见独孤及的艺术功力。

　　寓言体。借寓言立譬以取喻,是中国古代著述中习用的表达
方式,其形成为独立的文章体裁,是在唐代。以元结、柳宗元功劳
最大,李华等人也已写了些形式较完整的作品。李华的《鹗执狐
记》,写异鸟鹗击丰狐于丛林之中,为耕者所快,耕者说:"是狐也,
为患大矣。震惊我姻族,挠乱我里闾,善逃徐子之卢,不畏申孙之
矢……高位疾偾,厚味腊毒,遵道致盛,或罹诸殃,况假威为孽,能
不速祸?"由此作者引申出"在位者当洒濯其心,被除凶意,恶是务
去,福其大来"(《全唐文》卷三一六)的教训。《材之大小》则通过攀
巢之雏见珍于贵女、负轭之牛病扑于郊野的对比,抨击造成"材大
为累"的现实。这类作品的思想意义是很明显的。李华的为人,有
两点向为人所诟病:一是信佛,二是"安史之乱"中投降了叛军。但
在"安史之乱"前任职朝廷期间,却不附权奸,颇见骨梗之气。另
外,姚崇的《冰壶诫》《执镜诫》,也应算作是寓言体作品。《冰壶诫》
是以冰壶的"玉本无瑕,冰亦至洁,圆方相映,表里皆澈",来"喻彼
贞廉,能守其节",并指斥今人"当官以害剥为务,在上以财贿为亲,
岂异夫象之有齿以焚其身,鱼之贪饵必曝其鳞"(《全唐文》卷二〇
六)。《执镜诫》则描述了镜的"内涵虚心,外分朗鉴""色自凝晓,光
能洞微",指出"凡今之人,鲜务为德,纷沦谄媚,汨没忠直。当须如
镜之明,断可以平;如镜之洁,断可以决"(同上)。先秦诸子的寓
言,主要是借事以明理,而这些寓言则侧重于引喻以刺世。这样,
它们就不再是论理的附庸,而是有更鲜明的现实批判色彩的独特
的散文。

　　通过以上的概括评述,可以了解开元以后一段时期杂文发展

的大致情形。比较深刻的现实性和比较强烈的政治性、形式与表达方法的丰富与多样,构成了这一时期杂文发展的特色。这也就为以后韩、柳发展高水平的杂文积累了艺术经验。

二

　　这个时期的抒情散文是又一个重要成就。唐代的抒情散文是从六朝抒情、写景小品发展来的。但在"古文运动"的潮流中,它逐渐展现出全新的面貌。早在陈子昂的《金门饯东平序》《薛大夫山亭宴序》等作品中,已有比较朴素生动、情景交融的景物描绘。而到苏源明、李白、王维等人,则取得了更大的成绩。这时有的人如李白,还常用骈体,后来被指责"狃于六朝积习"(林纾《春觉斋论文》),实际上他的骈体已在发生新变。

　　苏源明,字弱夫,京兆武功(今陕西武功县)人。天宝进士,为郓州刺史,转国子司业;肃宗朝官秘书少监。与杜甫、元结相友善。杜甫《八哀》诗有一首是悼念他的,其中有"前后百卷文,枕藉皆禁脔"的句子;杜甫《哭台州郑司户苏少监》又慨叹"豪俊何人在? 文章扫地无"。梁肃的《独孤及行状》把他与李华并列,说独孤及由于二人的称扬才"翰林风动,名震天下"。韩愈在《送孟东野序》里把他与陈子昂、李、杜等人并称,认为他是有唐以来"以其所能鸣"者。晚唐诗人郑谷《送田光》诗中有"著书笑破苏司业"(《全唐诗》卷六七六)的比拟。这些都可以略见其文章名声。可惜唐志著录其文集三十卷,今已不传。《全唐文》卷三七三仅收其遗文五篇,未见精彩;倒是《全唐诗》收了他做郓州刺史时的两篇游宴序,又《新唐书》本传载录他乾元二年(759 年)谏止肃宗亲征史朝义奏章的片断,文字警拔不俗,可见其得名之不虚。

两篇序一名《小洞庭洄源亭宴四郡太守诗序》，一名《秋夜小洞庭离宴诗序》。从它们的结构看，沿袭了六朝抒情短赋如鲍照《芜城赋》、谢庄《月赋》的布局，写法上也是使用描写与叙事、抒情相结合的方法。但它们解散偶体，造语矜创，开以文为赋的前声。而模写景物，鲜明生动，抒发感情，真挚自然，与六朝同类作品的浮艳柔弱迥然不同。后一篇，是他在天宝十二载（753 年）离郓州入朝前告别同僚时所作，全文仅三百余字：

> 源明从东平太守征国子司业，须昌外尉袁广载酒于洄源亭，明日遂行，及夜留宴。会庄子若讷过归莒，相里子同祎过如魏，阳谷管城、青阳权衡二主簿在坐，皆故人也。

> 彻馔新尊，移方舟中。有宿鼓，有汶篁。济上嫣然能歌者五六人共载，止洄源东柳门，入小洞庭。迟夷徬徨，眇缅旷漾，流商杂徵，与长言者啾焉合引。潜鱼惊或跃，宿鸟飞复下，真嬉游之择耳。源明歌云："浮涨湖兮莽迢遥，川后礼兮扈予桡。横增沃兮蓬仙延，川后福兮易予弦。月澄凝兮明空波，星磊落兮耿秋河。夜既良兮酒且多，乐方作兮奈别何？"曲阕，袁子曰："君公行当挥翰右垣，岂止典胄米廪邪？广不敢受赐，独不念四三贤？"源明醉，曰："所不与君子及四三贤同恐惧安乐，有如秋水！"

> 晨前而归，及醒，或说向之陈事。源明局局然笑曰："狂夫之言，不足罪也。"乃志为序。

在这短短的篇幅内，把离宴时的湖光月色和离情别绪生动地再现了出来。作者醉中作歌，醉后自解，抒发了自己的豪放心情。文字简洁警辟，夐夐生新，洗尽绮艳之态。这都充分表现了源明的艺术功力。八十年后，晚唐令狐楚为天平军节度使，驻节郓州，曾把源明二序刻石，并特为作记，称赞他"有盛名于朝，遗爱在郓"，而其记述宴游，"形于文字，冏若金石"（《刻苏公太守二文记》，《唐文粹》卷

九六）。后来苏东坡写著名的前、后《赤壁赋》，其构思行文显然受
到苏源明的影响。

　　伟大的浪漫主义诗人李白在抒情散文的创作上也有巨大创
获。通行本《李太白集》中存散文四卷，凡五十九篇（包括卷三
〇《诗文拾遗》中的一篇）。后人往往忽视或低估他的文章，恐怕主
要原因在他的诗名太高，反而掩了文名；或许还由于一些评论家拘
于骈散之分的成见，不满意李白的多用骈体。李白生前，其文章是
很受重视的。他曾在朝廷上"草拟王言"。独孤及说："曩子之入秦
也，上方览《子虚》之赋，喜相如同时，由是朝诣公车，夕挥宸翰。"
（《送李白之曹南序》，《全唐文》卷三八八）任华说："古来文章有能
奔逸气，耸高格，清人心神，惊人魂魄。我闻当今有李白，《大鹏
赋》、《鸿猷》文，嗤长卿，笑子云。"（《杂言寄李白》，《全唐诗》卷二六
一）这是他友人的评论，可以看出其文思的敏锐，文才的杰出。李
白曾借他人之口以谐谑的口气评论自己的文章："兄心肝五藏，皆
锦绣耶？不然，何开口成文，挥翰雾散？"（《冬日于龙门送从弟京兆
参军令问之淮南觐省序》，《李太白全集》卷二七）"诸人之文，如山
无烟霞，春无草树；李白之文，清雄奔放，名章俊语，络绎间起，光明
洞彻，句句动人。"（《上安州裴长史书》，《李太白全集》卷二六）这里
所说的"文"的范围很广，包括诗在内，但也确乎说出了他散文的主
要艺术特色。

　　李白的散文是诗人的散文，富于诗情，而且是带着他浪漫主义
个性的豪放激昂的诗情。表现这种诗情，又用一种特殊的明丽动
人的词采，因而被誉为"李白粲花之论"。《春夜宴从弟桃花园序》
用的是华艳的骈偶文体，但内容上却表现出全新的格调：

　　　　夫天地者，万物之逆旅也；光阴者，百代之过客也。而浮
　　生若梦，为欢几何？古人秉烛夜游，良有以也。况阳春召我以
　　烟景，大块假我以文章。会桃李之芳园，序天伦之乐事。群季
　　俊秀，皆为惠连；吾人咏歌，独惭康乐。幽赏未已，高谈转清。

> 开琼筵以坐花,飞羽觞而醉酒。不有佳咏,何伸雅怀? 为诗不
> 成,罚依金谷酒数。

文章虽短,但层次跌宕,浩气流转。开始是抒情,表现了对宇宙的
思索和人生的慨叹,思路极其广大。在时光飞逝的感慨中包含着
急于功业的追求;在人生如梦的伤感中流露出对于生活的执着。
因此,这里感情的底蕴又极其深厚。接着,转向对春光的赞赏和对
友情的赞美,抒写出一种豪放的情怀。文章虽然表现出一定的感
伤情绪和及时行乐的消极思想,但从总的倾向看,却展示了一个热
爱生活的美好心灵的内在矛盾。由于作者的体验非常深切,表达
得也十分真实,议论精粹,描写生动,几乎使人感觉不到骈文格律
的束缚。

李白的"古文"也颇为杰出,王文禄说"古文之妙者……唐得七
人",李白是其中之一(《文脉》卷二)。他的《秋于敬亭送从侄耑游
庐山序》,是送李耑去庐山习隐的。李白慕神仙,求轻举,我们从这
篇文章中可以看出他赞赏这种行为的含义。文章开头说:

> 余小时,大人令诵《子虚赋》,私心慕之。及长,南游云梦,
> 览七泽之壮观。酒隐安陆,蹉跎十年……

短短的几句话,写出了自己的才华、抱负以及落拓不遇的处境,尖
锐地提出了个人与社会的矛盾。接着,写李耑去庐山,描绘庐山的
壮观:

> 长江横溃,九江却转,瀑布天落,半与银河争流,腾虹奔
> 电,潀射万壑,此宇宙之奇诡也。

这就用形容、夸张的笔法,写出了在庐山上远望长江、仰观瀑布的
极其壮美的印象。这种对自然的赞美,实际是受压抑的个性努力
解脱恶浊现实的表现。追求人与自然的结合是人与社会的对立的
结果。因此,文章接着引向对李耑学道习隐的赞赏,表示了与他

"携手五岳"的愿望。这篇作品,像他的许多诗歌一样,以超世绝俗的追求表达了反抗现实的主题。他的另一篇文章《暮春江夏送张祖监丞之东都序》,表白自己虽"误学书剑",才能超人,但"金骨未变",学仙不成,"紫微九重",求进不得;揭示了自己身上的所谓"才"与"命"的矛盾,现实批判性就更为明显。

李白的一些书信体散文,如《代寿山答孟少府移文书》《与韩荆州书》《上安州裴长史书》等,继承了司马迁《报任安书》、嵇康《与山巨源绝交书》的传统,通过抒写个人遭遇批判社会。他以狂放不羁的笔调,写出自己的抱负、际遇和所遇到的矛盾,展示了自己大才难施的苦闷,塑造出一个佯狂傲世、不随流俗的志士才人的形象。《与韩荆州书》以颂扬对方起笔,而颂扬又避免自为谀词,先引"天下谈士"之言,肯定对方——荆州长史韩朝宗素有接士名。然后急转直入表示希望自己被援引的本意:"愿君侯不以富贵而骄之,寒贱而忽之,则三千宾中有毛遂,使白得颖脱而出,即其人焉。"(《李太白全集》卷二六)这里已提出了社会上普遍存在的"富贵"与"寒贱"的矛盾。接下两段文字,先写自己虽"寒贱"而多才,再写对方居"富贵"而骄矜:

> 白陇西布衣,流落楚、汉。十五好剑术,遍干诸侯;三十成文章,历抵卿相。虽长不满七尺,而心雄万夫。王公大人,许与气义。此畴曩心迹,安敢不尽于君侯哉!

> 君侯制作侔神明,德行动天地,笔参造化,学究天人。幸愿开张心颜,不以长揖见拒。必若接之以高宴,纵之以清谈,请日试万言,倚马可待。今天下以君侯为文章之司命,人物之权衡,一经品题,便作佳士。而君侯何惜阶前盈尺之地,不使白扬眉吐气、激昂青云耶?

这就用了极其夸张谐谑的笔法,表白自己的志向,通过称扬对方的地位,衬托出阶前无盈尺之地的遭遇。作者把韩朝宗写成似乎是才德杰异、重士爱才的代表人物。这样，李白对他说话，实际是面向整个社会；对他乞求，是向他抗议，都反映了与整个社会的关系。所以，这类作品并不只表现了作者汲汲求进的心情，而且提出了严肃的社会问题。

李白在这些书信中有时极力夸张自己的才能，什么"巢、由以来，一人而已""奋其智能，愿为辅弼"（《代寿山答孟少府移文书》，《李太白全集》卷二六）；有时又极力摹写自己的落拓可怜，什么"孤剑谁托，悲歌自怜，迫于凄惶，席不暇暖，寄绝国而何仰，若浮云而无依，南徙莫从，北游失路"（《上安州李长史书》，同上）；有时对本来没有多大权势的官僚故做谄谀乞怜之态；有时又表示"何王公大人之门，不可以弹长剑乎？"（《上安州裴长史书》），表现一种不屈己、不干人的傲岸精神。但在这种种矛盾的表现后面，在歪曲、夸张的形式之下，我们清楚地看到了作者在故作"佯狂"的苦闷：他以极其深挚的热情关心现实，他对压抑人才和个性的现实社会表示不满和忧虑。正因此，这些作品才有着激动人心的力量。

王维的宋刻本文集原本十卷，赵殿成注本编其诗文二十八卷，文凡十二卷，共七十二篇，其中以书序体的抒情文字最有价值。他早年的这类作品，颇多慷慨豪壮之气，与早期诗作风格相似。晚年隐居辋川，写《山中与裴迪秀才书》，则与他的高简闲淡的山水诗格调相同。这篇作品以轻灵秀美的文笔，描绘辋川夜色，画意诗情，溢于言表，宋人陈振孙说读了它"使人有飘然独往之兴"（《直斋书录解题》卷一六）。文章写到辋川月下景致说：

> 夜登华子冈，辋水沦涟，与月上下。寒山远火，明灭林外。深巷寒犬，吠声如豹。村墟夜春，复与疏钟相间。

人们评王维的创作，说他诗中有画，画中有诗。看了这段散文，使人觉得其中既有画又有诗。王维用山水画家的眼睛观察自然，用诗人的感情体认自然，捕捉住景物中具有特征意义的物态、声音、色彩,点染细节,传写精神,创造出完整的、生动的、具有强烈美感的形象画面。接着,又驰骋想象,设想来春"草木蔓发,春山可望,轻鲦出水,白鸥矫翼,露湿青皋,麦陇朝雊"(《王右丞集》卷一八)的情景。这前后两幅自然美景,从不同侧面写出了辋川生活的闲情逸致,流露出对宁静脱俗的乡居生活的热情。这篇文章是写隐逸之志的,但却内含着热爱自然、热爱生活的底蕴,隐约表现出对官场恶浊的厌倦,因此意蕴深长,给人以美的感受。文末托运黄蘖人传书的收尾,看似闲笔,却是对山居生活与人事关系的意味深长的补充。后来陆游的《简湖中隐者》诗中说:"夫子终年醉不醒,若为问我故丁宁。书因遣仆驮黄蘖,诗许登山劚茯苓"(《剑南诗稿》卷七五),就用了王维文的典故。

　　盛唐时期的抒情文,在艺术上很有特色,特别是在描摹景物和创造意境上成就更为突出。但后来一般"古文"家都尊经重道,视"流连光景"为颓靡,以"模山范水"为小技,大都不重视抒情、写景的文字。中唐以后的书、序体文章,也已向叙事、说理的方向发展。只有柳宗元等少数人,发展了富有高度艺术性的山水记和抒情散文作品,成为"古文"中文学性最强的一部分。从这个角度看,盛唐散文中的上述抒情文的价值是不可低估的。

三

　　欧阳修说过:"(元)次山当开元、天宝时,独作古文,其笔力雄健,意气超拔,不减韩之徒也。可谓特立之士哉!"(《唐元次山铭》,《集古录跋尾》卷七)宋人董逌甚至说:"余谓唐之古文自结始,至愈而后大成也。"(《广川书跋》卷八)元结在唐代散文发展史上占据着某种里程碑的地位。在他的创作中,总结了前此散文革新所取得的成就;他又用自己的收获巨大的实践,预示着文体改革和散文创作新局面的开始。

元结(719—772年),字次山,河南(今河南洛阳)人,天宝十三载(754年)进士。早年性不偕俗,不愿为吏,隐居商余山。安史乱起,举家逃难,先到硒南之猗犴洞(在今湖北大冶),后至瑞昌瀼溪(在今江西)。后以抗击史思明叛军立功,于宝应元年(762年)敕授道州刺史,转容州刺史、容管经略使。但因为"见憎于第五琦、元载,故其将兵不得授,作官不得达,母老不得尽其养,母丧不得终其哀"(李商隐《容州经略使元结文集后序》,《樊南文集详注》卷七),郁郁不得志而终。著有《元子》《琦玗子》《文编》等。今存《元次山集》。

次山生活在黑暗动乱时代,早年即受到李林甫的排挤打击,又比较接近社会下层,对人民群众有较深切的同情。他的创作,诗、文兼长。在他领兵九江时,得知瀼溪邻里日转穷困,写《与瀼溪邻里》诗,有云:"我尝有匮乏,邻里能相分。我尝有不安,邻里能相存。"(《元次山集》卷二)表示自己曾受恩于邻里,而如今不能解除人们忧患的遗憾。又有《喻瀼溪乡旧游》:"往年在瀼滨,瀼人皆忘情。今来游瀼乡,瀼人见我惊。我心与瀼人,岂有辱与荣。瀼人异其心,应为我冠缨。"(同上)写出了官与民的矛盾,与自己处此矛盾中的痛苦。他在道州刺史任上写的《舂陵行》和《贼退示官吏》,杜甫曾给以"两章对秋月,一字偕华星"的赞叹,并感慨地说:"今盗贼未息,知民疾苦,得结辈十数公,落落然参错天下为邦伯,万物吐气,天下少安可得矣。不意复见比兴体制、微婉顿挫之词……"(《同元使君舂陵行》,《全唐诗》卷二二二)而在文的方面,他的创作尤为杰出。特别是他的《文编》《元子》都完成于安史乱前,当时杜甫还正在往现实主义高峰迈进的途中,因而他的抨击时弊的尖锐和猛烈、揭露社会的深刻和全面,在文坛上更显得突出。

元结可说是中国文学史上第一位把主要精力用于杂文的作

家。李商隐指出他的思想特点是"不师孔氏",用他自己的话说是"昧于经术,然自山野而来,能悉下情"(《与韦尚书书》,《元次山集》卷六)。因此他的认识相当广阔而又自由。在表现形式上,也非常灵活多样,并喜用讽刺笔法。按儒家正统标准,他的许多作品可以说荒诞不经,有伤忠厚,这也许正是他的部分创作没有流传下来的原因。宋人洪迈记述说:"又有《元子》十卷,李纾作序,予家有之。凡一百五篇,其十四篇已见于《文编》,余者大抵澶漫矫亢。而第八卷中所载窅方国二十国事,最为谲诞。其略云:'方国之僧,尽身皆方,其俗恶圆。设有问者曰:汝心圆。则两手破胸露心,曰:此心圆耶? 圆国则反之。言国之僧,三口三舌。相乳国之僧,口以下直为一窍。无手国,足便于手。无足国,肤行如风。'其说颇近《山海经》,固已不韪。至云:'恶国之僧,男长大则杀父,女长大则杀母。忍国之僧,父母见子,如臣见君。无鼻之国,兄弟相逢则相害。触国之僧,子孙长大则杀之。'如此之类,皆悖理害教,于事无补。次山《中兴颂》与日月争光,若此书不作可也。惜哉!"(《容斋随笔》卷一四)洪迈是一位博学多闻的大学问家,但在评论元结的窅方国的寓言时却囿于偏见,实际这些"谲诞"之词正有讽世的用意,且很能表现出次山思致的大胆与写法的奇拔。

次山的杂文,短小精悍。他喜用象征、比喻、想象、夸张的笔法,写出奇峭冷峻、尖刻犀利的文字,又特别善于讽刺。章学诚说它们充满"愤世嫉邪之意"(《章氏遗书》卷一三《元次山集书后》);刘熙载则指出他的那些"狂狷之言","虽若愤世太深,而忧世正复甚挚"(《艺概》卷一《文概》)。这都是深中肯綮的评价。

次山的《时化》《世化》《五规》《自述三篇》《化虎论》《丐论》等议论文,几乎篇篇都是立意新颖、含意深远的抨击之作。例如《世化》:

> 浪翁闻元子说"时化",叹曰:"吾昔闻'世化'可说,又异于此。昔世之化也,天地化为斧锁,日月化为豺虎,山泽化为州

> 里,草木化为宗族,风雨化为邸舍,雪霜化为衣裘,呻吟化为常
> 声,粪污化为粱肉,一息化为千岁,乌犬化为君子。"元子惑之。
> 浪翁曰:"子不闻往昔世之化也,四海之内,巷战门斗,断骨腐
> 肉,万里相藉,天地非斧颇也耶?人民暗衣盗起求食,昼游则
> 死伤相及,日月非豺虎也耶?人民相与寄身命于绝崖深谷之
> 底,始能声呼动息,山泽非州里也耶?人民奔走,非深林荟丛
> 不能藏蔽,草木非宗族也耶?人民去乡国,入山海,千里一息,
> 力尽暂休,风雨非邸舍也耶?人民相持于死伤之中,裸露而
> 行,霜雪非衣裘也耶?人民劳苦相冤,疮痍相痛,老弱孤独相
> 苦,死亡不能相救,呻吟非常声也耶?人民多饥饿沟渎,病伤
> 道路,粪污非粱肉也耶?人民奔亡潜伏,戈矛相拂,前伤后死,
> 免而存者,一息非千岁也耶?僵王腐卿,相枕路隅,鸟兽让其
> 骨肉,乌犬非君子也耶?

这样的作品,以奇僻的构思、独特的联想,描绘出了乱世中人民流
离死亡的惊心动魄的画面。它是在"安史之乱"前写的,表明次山
在当时的"盛世"局面下已有动乱来临的预感。后来在乱中,他又
发展这种写法,写了《化虎论》,揭露了现实中"兵兴岁久,战争日
甚,生人怨痛,何时休息……将恐虎窟公城,豹游公庭,枭集公楹,
群蛙匝公而鸣"(《元次山集》卷八),指当时互相劫夺的统治者为虎
豹。他的《五规》讽刺了当时统治集团的黑暗腐败和社会风气的敝
坏,如《处规》,矛头针对那些"盗权窃位,蒙污万物"以取"富贵"
(《元次山集》卷五)者流;《心规》则说自己在山林中以能"自主口鼻
耳目"(同上)为乐,揭露了封建专制钳制思想言论的严酷,批评了
社会上虚伪矫饰的习俗。

　　次山的《恶圆》《恶曲》以及已佚的窖方国二十国事等,是比拟
生动、寓意深刻的寓言体作品。《恶圆》从以圆转之器以悦婴儿这
个生活小事,引申出对"圆以应物,圆以趋时,非圆不预,非圆不为"
(同上)的乡愿作风的批判。《恶曲》则设"元子时与邻里会,曲全当

时之欢,以顺长老之意",而"全直之士"提出了批评:

> 若能苟曲于乡里,强全一欢,岂不能苟曲于乡县,以全言
> 行?能苟曲于乡县,岂不能苟曲于邦国,以彰名誉?能苟曲于
> 邦国,岂不能苟曲于天下,以扬德义?若言行、名誉、德义皆
> 显,岂有钟鼎不入门、权位不在己乎?呜呼!曲为之小,为大
> 之渐;曲为之也,有何不可?奸邪凶恶其闚乎!

这就不只一般地抨击了社会上那种佞媚邪曲的风气,而且指出了
统治阶级正是借用这种手段来盗取权位、行其奸恶的。次山的寓
言,在寓意中概括的内容具有相当的典型性,这是作者深刻体察现
实的结果。

次山还写了一些简短精粹的随感,如《七不如七篇》《订古五
篇》等。它们每一则只有几十字。这些作品篇幅虽短,但却能概括
重大主题,并且能明晰直截地表达出来,在艺术构思上也出奇生
新,不落凡俗。《七不如七篇》对社会上的毒、媚、诈、惑、贪、溺、忍
等恶德提出批评,用了衬托比较的写法,例如:

> 元子以为人之毒也,毒于乡,毒于国,毒于鸟兽,毒于草
> 木,不如毒其形,毒其命,毒其姻戚,毒其家族者尔。於戏!毒
> 可颂也乎哉!毒有甚焉何如?

这样把"毒"相比较而作"颂",正表明"毒"的作用之广和危害之巨。
《订古五篇》名为"订古前世君臣父子兄弟夫妇朋友之道",实际当
然也是面对当代的。其第一首说:

> 吾观君臣之间,且有猜忌,而闻疑惧,其由禅让革代之道
> 误也。故后世有劫篡废放之恶兴焉。呜呼!即有孤弱,将安
> 托哉?即有功业,将安保哉?

这就揭露了统治阶级借禅让之道以行劫夺废放的丑行。在他之
前,刘知幾《史通》曾对二帝三王禅让传说表示怀疑;李白后来在

《远别离》中也曾借用"尧幽囚，舜野死"的说法以行讽刺。次山的这段"感想"，表现了同样的怀疑精神与批判精神。

次山写了许多铭赞体的文字。著名的如《大唐中兴颂》，词严义伟，歌颂唐王朝战胜叛军、收复京师。有的评论者认为此文仅歌颂"大业"，不颂"盛德"，内含讽意。另外，《朝阳岩铭》《阳华岩铭》的纪山川，《七泉铭》《退谷铭》《抔湖铭》的表讽喻，也都很有新意。

除了多种多样的杂文之外，次山的山水文也很突出，可说是开柳河东山水记的先声。他的《右溪记》，写道州城西一条小溪修治前后的情形：

> 道州城西百余步，有小溪。南流数十步合营溪。水抵两岸，悉皆怪石，敧嵌盘屈，不可名状。清流触石，洄悬激注。佳木异竹，垂阴相荫。

> 此溪若在山野，则宜逸民退士之所游处；在人间，则可为都邑之胜境，静者之林亭。而置州以来，无人赏爱。徘徊溪上，为之怅然。乃疏凿芜秽，俾为亭宇，植松与桂，兼之香草，以神形胜。为溪在州右，遂命之曰"右溪"。刻铭石上，彰示来者。

前面抓住景物的典型特征：怪石、激流、茂树，略施点染，即风光如绘。以下又略施议论，感慨在有意无意之间，对美景的"无人赏爱"表示痛惜。修整自然的描写，又寄托了自己的审美感情。这就使作品情景交融，意蕴深远。次山在南方所处的生活环境和政治遭遇与后来柳宗元在永州的很相近，他们对自然山水有共同的感受，因此写这种题材的作品，感情和意境也有相通之处。王鏊说："道州诸山川，亦曲尽其妙。子厚丰缛精绝，次山简淡高古，二子之文，吾未知所先后也。"（《震泽长语》卷下）他的《茅阁记》由修作茅阁以荫其清阴，联想到人民受到熬煎，呼吁贤人君子应关心苍生麻荫，主题就更有积极意义。

此外,他的奏议如《时议三篇》分析形势,见解明晰深刻;《左黄州表》《请省官状》《奏免科率状》等,真实地揭露现实矛盾;《刺史厅记》则完全不同于一般壁记体文章的记叙历官、歌功颂德,尖锐地批评了在"井邑丘墟,生人几尽"的情况下,"前辈刺史,或有贪猥惛弱,不分是非,但以衣服饮食为事。数年之间,苍生蒙以私欲侵夺,兼之公家驱迫,非奸恶强富,殆无存者",最后慨叹刺史"恶有不堪说者,故为此记,与刺史作戒"。后来吕温为道州刺史,谓元结此记"直举胸臆,用为鉴戒,昭昭史师,长在屋壁,后之贪虐放肆,以生人为戏者,独不愧于心乎!"(《道州刺史厅壁记》,《吕衡州集》卷一〇)可见其对后人的影响。

元结的散文在表达上有一个较严重的缺陷,就是过于追求古朴。结果常常为求醇朴而缺乏文饰,又常常为求古奥而流于艰涩。欧阳修也曾批评他:"余尝患文士不能有所发明以警未悟,而好为新奇以自异,欲以怪而取名,如元结之徒是也。"(《唐韦维善政论》,《集古录跋尾》卷六)元结没有区别开文风浮艳与必要的文采的界限,又为了避免浅俗而有意追求险怪,这不但影响了他的作品的表达效果,而且给"古文运动"的发展留下了不良影响。中晚唐以后"古文"中出现奇僻古奥的一派,与他的影响有一定关系。

元结的散文,在唐代评价甚高。前曾指出,韩愈曾把他与陈子昂、李、杜并列。刘禹锡在《吏隐亭述》中也予以称赞。皇甫湜论文少所许可,《题浯溪石》诗说:"次山有文章,可愧只在碎。然长于指叙,约结有余态。心语适相应,出句多分外。于诸作者间,拔戟成一队。"后代也有人对他加以赞赏,如高似孙说他"辞章奇古峻绝,不蹈袭古今,其视柳柳州抑又英崛,唐代文人惟二公而已"(《子略》卷四)。章学诚说:"人谓六朝绮靡,昌黎始回八代之衰,不知五十年前,早有河南元结为古学于举世不为之日也。呜呼,元亦豪杰也哉!"(《元次山集书后》,《章氏遗书》卷一三)但宋代以后,"道统""文统"之说的权威日高,像元结那样思想新异、立论"谲诞"的也就必然常被人贬抑了。当然,元结本身在艺术上的缺点和局限,特别是他崇尚古朴,力求奇崛,企图以古奥代华艳,以奇诡胜平庸,结果造成了艰深滞涩的毛病,这也影响了他的艺术成就。但尽管如此,元结的贡献和地位是不可低估的。应当说,在唐代"古文运动"中,他是韩、柳以前在散文创作上成就最高、在文体改革上创获最大的一个人。

第四章 "古文运动"前期
理论主张

一

　　把文学创作实践上的变革,概括到理论与批评之中,这需要一定的时间。唐代诗风的演变,从唐初的王绩、"四杰"等人即已做出一定成绩,到陈子昂才明确地提出了革新诗歌的理论要求;与此相仿,唐代文体和散文创作的变革,由陈子昂开其端,又经过了几十年,到开元、天宝之际才由萧颖士、李华、独孤及、元结等人提出了较系统的理论主张;"安史之乱"之后,又有贾至(?—773年)、梁肃(753—793年)、柳冕(?—805年)、权德舆(759—818年)等人继起,发展了这套理论,从而为韩、柳进一步把"古文运动"推向高潮,做了理论上的准备。

　　总的说来,文学理论是创作实践的总结。但理论本身又有它自己发展、演变的规律,有其历史继承性。例如唐代古文家们提倡"古文",他们的理论反映了创作实践上的成绩,同时也受到前代与当代的哲学思想、政治思想、文学思想等等的影响。这样,一方面造成了理论与实践之间的某种矛盾,理论并不完全正确地反映创作实践;但另一方面,又表现了理论的巨大的能动性,它会以自己概括出来的观点指导、影响创作。

　　指出这个矛盾,对研究唐代"古文运动"是很重要的。从前两章对于"古文运动"前期创作的分析中可以看出,当时的作家们在创作实践上首先是感应着现实斗争,给文章充实以积极的、进步的现实内容的;而从萧颖士到柳冕的理论中,主要提出的却是尊经重道的指导思想和道德教化的社会作用,即强调如何使文章更有效地维护封建道德和封建秩序的问题。在形式上,这个时期的创作本来是多种多样的,特别是在各种文学散文体裁的创造上,取得了突出的成绩;而到了萧颖士、李华、独孤及等人概括的理论中,论述的侧重点却在文体、文风、文学语言的改革,很少涉及作为形象思维产物的文学的特殊规律。在这方面,只有元结与他们相比有很大的不同。他不但在散文创作实践上成就杰出,在理论上也不受儒道束缚,提出了不少关于创作的精辟意见。而萧颖士直到柳冕这一批人,则较多受到儒学的政治观、道德观、文艺观的影响,在论及"古文"问题时也有不少局限,往往陷入了矛盾的境地。这对以后"古文运动"的发展是产生了相当大的限制的。后来韩、柳倡导"古文",在他们的理论与实践之间以及理论本身之中,也都存在一些矛盾,就与承袭这一时期的观点有关。例如李华讲"六经之志",韩愈也说"行之乎仁、义之途,游之乎《诗》《书》之源",柳宗元则说"其归在不出孔子"。这种把儒学经典当作创作源泉的提法,显然是不符合文学反映现实生活的客观规律的,也不符合他们本人的创作实践。又如萧颖士等人以"六经"为行文典范,对屈、宋以下一概否定。他们在创作实践上对待前人遗产也并不是完全如此的。可是作为一种文学观点却作用于后人,并产生一定的消极作用。

　　明确了这一点,再把这些提倡"古文"的先驱者们的理论主张略作分析,就会看到,他们在形成古文运动的指导思想、提高古文创作的理论水平、推动"古文"的发展和普及等方面,都有一定的贡献。他们确实为"古文运动"的进一步开展做了理论上的准备。没有这种准备,后人就不会以高度的理论自觉性把整个运动推进到取得更有成绩的新阶段。但同时,他们的理论也给以后"古文"的发展带来一些束缚。这些局限的形成,当然不应完全归过于他们的主观认识上的差距,更主要的是由于存在着扎根于中国历史长期发展过程中的思想潮流。

下面,就综合几个方面,对"古文运动"前期理论略作介绍和剖析。

二

萧颖士等力辟六朝以来文章内容空洞、颓靡、消极的流弊,明确地提出了文章要明道、宗经的思想,力图把文与道重新结合起来。

前已指出,自魏、晋以后,四部分、文集立,文与经、传、子、史从而分途。梁昭明太子萧统《文选序》谈到他的选文标准说:"若夫姬公之籍,孔父之书,与日月俱悬,鬼神争奥,孝敬之准式,人伦之师友,岂可重以芟夷,加之剪截?老、庄之作,管、孟之流,盖以立意为宗,不以能文为本;今之所撰,又以略诸?若贤人之美辞,忠臣之抗直,谋夫之话,辨士之端,冰释泉涌,金相玉振,所谓坐狙丘,议稷下,仲连之却秦军,食其之下齐国,留侯之发八难,曲逆之吐六奇,盖乃事美一时,语流千载,概见坟籍,旁出子史,若斯之流,又亦繁博,虽传之简牍,而事异篇章。"这就提出了以"能文"的"篇章"为"文"的标准。这个标准,反映了一种自觉的文学观念和对艺术形式的追求;这是当时自觉的文学观念明晰、进步的一种表现。但在阐述"文"的特殊性时,却又陷入了一个严重混乱:他把"能文"与

"立意"对立起来，又认为"贤人""忠臣"的"美事"完全不适于"篇章"的内容，这就没有准确地概括出文学作品作为形象思维的产物的特点。他不是从认识、概括、反映现实的特殊规律上区分文学与哲学、史学、政治学、伦理学等等的不同，而是强从表现内容上给"文"划定界限。这样，就把严肃的思想、理论内容和重大的社会、政治问题排斥到"文"的范围之外了。萧统的看法，正是当时创作实践的反映。六朝贵族文学的要害，就是思想极其空虚、颓废，生活内容极其狭小。骈体文在这方面尤其突出。

萧颖士等人提出为文必须宗经、明道的问题，这是三代、秦、汉文章的否定之否定。三代、秦、汉时文章与经、传、子、史合一，尚没有独立的文学散文；东汉以后，文学散文与著述逐渐分离开来，这是对前者的否定。但在这个否定中，发展了散文的艺术形式，却丧失了它的内容，所以又需要唐人的另一个否定。这里走过了辩证法上所说的螺旋形的前进道路，从而实现了散文史上的一大飞跃。

萧颖士等人对文章内容的基本要求，是要以儒家经典为大本大原，要表现儒家圣人之道。萧颖士说自己"有识以来，寡于嗜好，经术之外，略不婴心"（《赠韦司业书》，《全唐文》卷三二三）。他认为："太极列三阶、五纬于上，圣人著'三坟'、'五典'于下。至哉文乎！天人合应，名数指归之大统也。"（《为陈正卿进〈续尚书〉表》，《全唐文》卷三二二）他根据汉儒的"天人感应"论，认为儒道是天道的表现，而表现这种"天人合应"之道正是文章的根本意义。李华慨叹世风日下，"弊在不专经学，沦于苟免者也。师乏儒宗则道不尊，道不尊则门人不亲；友非学者则义不固，义不固则交道不重……"（《正交论》，《全唐文》卷三一七），由此推演下去，挽救世道的关键就在尊儒道。归结到写作上，则认为"文章本乎作者，而哀乐系乎时。本乎作者，六经之志也；系乎时者，乐文、武而哀幽、厉也"（《赠礼部尚书清河孝公崔沔集序》，《全唐文》卷三一五）。独孤及称赞李华的创作，"公之作，本乎王道，大抵以五经为泉源，抒性情以托讽……必采其行事以正褒贬,非夫子之志不书"(《检校尚书吏部员外郎赵郡李公中集序》,《全唐文》卷三八八),这也表明了他自己的尊经的文学观点。"安史之乱"后,反映整顿统治秩序、巩固皇权纪纲的要求,儒学复古思潮兴起,必然波及文章领域。礼部侍郎杨绾上疏论科举时说:"国家选士,必藉贤良,盖取孝友纯备,言行敦实,居常育德,动不违仁,体忠信之资,履谦恭之操,藏器则未尝自伐,虚心而所应必诚,夫如是,故能率己从政,化人镇俗者也。自叔世浇诈,兹道寖微,争尚文辞,互相矜衒。马卿浮薄,竟不周于任用;赵壹虚诞,终取摈于乡闾。自时厥后,其道弥盛,不思实行,皆徇空名,败俗伤教,备载前史。古人比文章于郑、卫,盖有由也。近炀帝始置进士之科,当时犹试策而已。至高宗朝,刘思立为考功员外郎,又奏进士加杂文,明经加帖经,从此积弊,寖而成俗。幼能就学,皆诵当代之诗;长而博文,不越诸家之集。递相党与,用致虚声。六经则未尝开卷,三史则皆同挂壁。况复征以孔孟之道,责其君子之儒者哉!"(《条奏贡举疏》,《全唐文》卷三三一)这里从科举取士写到文坛风气,其见解颇为迂腐不达时变,但却反映了当时人们对儒学衰落的忧虑。对这个奏疏,给事中李廙、给事中李栖筠、尚书左丞贾至、京兆尹严武等都有附议。后来,梁肃、柳冕也都强调儒道对于文章的重要。梁肃说:"夫大者天道,其次人文。在昔圣王以之经纬百度,臣下以之弼成五教。德又下衰,则怨刺形于歌咏,讽议彰乎史册。故道德仁义,非文不明;礼乐刑政,非文不立。文之兴废,视世之治乱;文之高下,视才之厚薄。"(《常州刺史独孤及集后序》,《全唐文》卷五一八)柳冕则说:"文章者本于教化,发于情性。本于教化,尧舜之道也;发于情性,圣人之言也。"(《答徐州张尚书论文武书》,《全唐文》卷五二七)这都明确提出了儒道对于文章内容的绝对的重要性。

值得注意的是,萧颖士等人生活在"章句之学"被批判的儒学转变时期,因此在尊经、明道的要求上有其通达的一面。例如他们大都重视修史。萧颖士本人曾有志于"依鲁史编年,著历代通典……于《左氏》取其文,《穀梁》师其简,《公羊》得其核,综三传之能事,标一字以举凡,扶孔、左而中兴,黜迁、固为放命"(《赠韦司业书》,《全唐文》卷三二三)。李华说:"化成天下,莫尚乎文。文之大司,是为国史,职在褒贬惩劝,区别昏明。"(《著作郎厅壁记》,《全唐文》卷三一六)他们这样就把"史"与"文"结合起来,把史的内容纳入到"文"之中。后来独孤及评李华,也注意到他的记叙编录、铭鼎刻石之作,强调它们的文章成就。梁肃分析三代之后文章派别,认为贾谊、司马迁、刘向、班固,其文博厚,出于王风。这就把萧统那种文与史截然区分的观点推翻了。

而更值得注意和很有意义的是,他们的尊经、明道,又有否定儒经中的章句教条那一面。萧颖士本来就才华卓著,不以文士自视,在"安史之乱"中,曾奔走于戎幕之间,论兵献策,又"诞傲褊忿,困踬而卒"(《旧唐书》卷一九〇下《文苑下》),并不是"白发死章句"的腐儒。李华有诗说:"孔光尊董贤,胡广惭李固。儒风冠天下,而乃败王度。""求名不考实,文弊反成蠹。"(《杂诗六首》之五,《全唐诗》卷一五三)这种对历史上迂儒误国的批评,也表明了他的现实态度。独孤及"博究五经,举其大略,而不为章句学"(梁肃《朝散大夫使持节常州诸军事守常州刺史赐紫金鱼袋独孤公行状》,《全唐文》五二二)。柳冕则分别"君子之儒"与"小人之儒",他说:"明《六经》之义,合先王之道,君子之儒,教之本也。明《六经》之注与《六经》之疏,小人之儒,教之末也。今者先章句之儒,后君子之儒,以求清识之士,不亦难乎?"(《与权侍郎书》,《全唐文》卷五二七)前面我们说过,盛唐时期有一种重文章、轻经术的风气,实际上是轻视章句之学,从内在精神看还是谨守儒学观点的。从萧颖士到柳冕,他们要求尊经重道,强调儒学的重要性,同样反对章句教条,要求会通大意。所以他们在创作上也并不主张疏解、演绎儒经上的义理,而又强调表达情志。李华一再讲"行修言道以文"(《杨骑曹集序》,《全唐文》卷三一五)、"以文章导志"(《送薛九远游序》,《全唐文》卷三一五)他称赞李白的作品,说他"文以宣志"(《故翰林学士李君墓志铭》,《全唐文》卷三二一),而李白的思想距儒家教条是比较遥远的。独孤及说"志非言不形,言非文不彰,是三者相为用,亦犹涉川者假舟楫而后济"(《检校尚书吏部员外郎赵郡李公中集序》,《全唐文》卷三八八),又说:"足志者言,足言者文。情动于中而形于声,文之微也;粲于歌颂,畅于事业,文之著也。君子修其词,立其诚,生以比兴宏道,殁以述作垂裕,此之谓不朽。"(《唐故殿中侍御史赠考功郎中萧府君文章集录序》,《全唐文》卷三八八)一般地讲来,情志总是有感于现实而发生。所以,这种为文以达情志的观点作明道的补充,就具有一定的要求反映现实的意义。他们的优秀作品,也就不是儒学教条的图解,而是感应现实、表达情志的产物。这样,他们就把文的内容更扩大了一步。

由此可见,萧颖士等人的尊经、明道的文学观:一、为写文章提出了一个指导思想,即儒家之道的理论体系,这在当时还是有一定积极意义的,这也是当时的文人能够提供的较有历史进步意义的指导思想;二、扩大了散文的表现内容,特别是可以把重大的思想、政治、理论问题纳入到文章中来,这就大大开拓了文章的表达范围;三、批判了六朝和初唐骈文在内容上虚诞、颓唐的流弊。总之,他们要求"文"与"道"的重新结合,有着主张文章的艺术形式与一定的思想现实内容相结合的含义。

但是,也应当指出,这种尊经、明道的观念,总的来说还没有打开儒学思想统治的框子。在文学创作中,某种世界观为作家认识、分析、反映现实提供了思想指针。世界观越是进步,就意味着这个思想指针越正确,越能起积极作用。但创作实践的基础,却在于现实生活;社会现实是创作的唯一源泉。创作中强调宗经、明道,而不讲社会实践,这本身就有极大的片面性;而要求宗的是儒经,明的是儒道,它们又是唯心主义的体系,尽管在一定时期,在某些方面,在具体人的某些理解中具有进步内容,但从本质上看却带来了正确认识现实的限制。所以,这种观念的局限性很大。

还有一点,就"明道"这点来说,当时的"古文家"还只是头脑中的一个观念,并没有明确提出这个口号。而所明之"道"具体内涵是什么,有些人看法又很混乱。李华是信佛的,他说:"五帝三王之道,皆如来六度之余也。"(《台州乾元国清寺碑》,《全唐文》卷三一八)独孤及信奉黄老之学。梁肃则是天台宗僧人元浩的门弟子,对天台止观学说的阐发有所贡献。他们都写了些宣扬佛教的文章。这样,他们的"道"就很不纯粹。与极端唯心的宗教教义相调合,大大影响了他们的理论的号召力。

以上两个局限,直到韩、柳,才分别在不同程度上加以解决了。

三

萧颖士等人比较明确地提出了文体复古的观念,大力批判了骈体文的浮靡华艳的文风,要求建设一种散体单行的新型散文文体。

与骈文相对待的"古文"一词,萧颖士等人还没有使用,但那种以三代、秦、汉散体单行的文章为楷模的观念,却已形成了。萧颖士自称"仆平生属文,格不近俗,凡所拟议,必希古人,魏晋以来,未尝留意",这种"古人"的文章即所谓"圣明之笔削褒贬之文"(《赠萧司业书》,《全唐文》卷三二三)。李华称赞元鲁山的文章"可谓与古同辙"(《元鲁山墓碣铭》,《全唐文》卷三二〇)。他论文体邪正,也明确强调古、今之辨。柳冕则提倡不同于流行的"本于哀艳,务于恢诞,忘于比兴""流荡不返,使人有淫丽之心"的文章的"古人之文"(《与徐给事论文书》,《全唐文》卷五二七)。他们所指的,实际就是后来韩、柳大力倡导的"古文"。

　　为了以那种"古人之文"来改革文体,他们对当时流行的浮艳文风、特别是针对骈俪化倾向进行了比较深入的批判。这种批判主要是从文体历史演变的角度进行的。萧颖士指出:"文也者,非云尚形似,牵比类,以局夫俪偶,放于奇靡,其于言也,必浅而乖矣。"(《江有归舟三章序》,《全唐诗》卷一五四)他所反对的"尚形似""牵比类""局夫俪偶",正是骈文的三个主要特征。李华转述萧颖士对文体发展的见解也说:"君以为六经之后,有屈原、宋玉,文甚雄壮,而不能经;厥后有贾谊,文词最正,近于理体;枚乘、司马相如,亦瑰丽才士,然而不近《风》《雅》;扬雄用意颇深;班彪识理;张衡宏旷;曹植丰赡;王粲超逸;嵇康标举;此外皆金相玉质,所尚或殊,不能备举。左思诗赋,有《雅》《颂》遗风;干宝著论,近王化根源,此后复绝无闻焉。近日陈拾遗子昂文体最正……"(《扬州功曹萧颖士文集序》,《全唐文》卷三一五)他所肯定的作家,基本到建安、正始以前,评价还是比较公允的,从中也已流露出对南朝骈文的否定态度。李华本人也赞同"反魏、晋之浮诞",不同意"化物谐声为文章"(《赠礼部尚书清河孝公崔沔集序》,《全唐文》三一五)。独孤及则指出:"自典、谟缺,《雅》、《颂》寝,世道陵夷,文亦下衰。故作者往往先文字,后比兴,其风流荡而不返,乃至有饰其辞而遗其意者,则润色愈工,其实愈丧。及其大坏也,俪偶章句,使枝对叶比,以八病、四声为梏拲,拳拳守之,如奉法令,闻皋繇、史克之作,则哑然笑之。天下雷同,风驱云趋,文不足言,言不足志,亦犹木兰为舟,翠羽为楫,玩之于陆而无涉川之用。痛乎! 流俗之惑人也。"(《检校尚书吏部员外郎赵郡李公中集序》,《全唐文》卷三八八)梁肃从论定三代之后,道德下衰的认识出发,认为汉代以后的作者,"理胜则文薄,文胜则理消。理消则言愈繁,繁则乱矣;文薄则意愈巧,巧则弱矣。"(《补阙李君前集序》,《全唐文》卷五一八)柳冕批评屈、宋以后的文章是文多用寡,流为一技:"屈、宋以降,则感哀乐而亡雅正；魏、晋以还，则感声色而亡风教；宋、齐以下，则感物色而亡兴致。教化兴亡，则君子之风尽；故淫丽形似之文，皆亡国哀思之音也。"（《与滑州卢大夫论文书》，《全唐文》卷五二七）在这个时期的其他人，如贾至、颜真卿等，也发表过相似的观点。

由此可见，在韩、柳以前，对六朝浮艳文风、特别是对骈文的批判，已经形成了相当大的声势。而且这种批判还是颇能击中要害的。萧颖士等人坚持了尊经、明道的总要求，从内容与形式的相互关系方面揭露了骈文空洞虚诞的弊病。这就抓住了问题的关键。他们又从形式上，指出了追求骈偶、讲求事典、使用华丽的词藻这几个六朝骈文的主要弊病，批评它们无益于内容的表达。他们在分析文体演变历史时，又注意运用具体的史实，剖析历史的发展线索及其成因。这也使他们的观点更有说服力。这些，对于扫荡骈文的势力、促进"古文"的发展，都是很有意义的。

但是，在他们的文学发展观念中也有重大的片面性。

一是在文学的历史发展上，把经、传、子、史的地位绝对化了，否定文学本身的演进。我们前面曾指出过，汉、魏以后的文学，走过一段畸形的发展道路。正是在那个时期，文学作为特殊的意识形态的特征，充分得到了发展；但同时又伴随着形式主义、唯美主义的逐步猖獗。在骈文这种文章体制中，也表现出这一矛盾的两个方面。但是，古文运动的先驱者们，却受了儒家"信而好古"的教条的严重影响，只看到文学一步步走向形似淫丽的一面，而没有看到它所取得的进步。特别是他们基于以经典之文为典范的要求，多对屈、宋以后的文学加以贬斥或根本否定，认识更是错误的。例如李华说："夫子之文章，偃、商传焉；偃、商殁而孔伋、孟轲作，盖六经之遗也。屈平、宋玉，哀而伤，靡而不返，六经之道遁矣。"（《赠礼部尚书清河孝公崔沔集序》，《全唐文》卷三一五）贾至说："三代文章，炳然可观。洎骚人怨靡，扬、马诡丽，班、张、崔、蔡、曹、王、潘、陆，扬波扇飙，大变《风》《雅》，宋、齐、梁、隋，荡而不返。"（《工部侍郎李公集序》,《全唐文》卷三六八)独孤及也认为"屈、宋华而无根"(梁肃《常州刺史独孤及集后序》,《全唐文》卷五一八)。柳冕更把屈、宋作品叫作"亡国之音"(《谢杜相公论房杜二相书》,《全唐文》卷五二七)。实际上,从文学发展史上看,《楚辞》是中国历史上第一部文人的自觉的文学创作,屈原是第一位著名的文学作家。而自《楚辞》直接演化来的汉代的辞赋,虽然是具有严重形式主义倾向的贵族文学,但在发展文学的形象描绘等手段方面仍有着巨大贡献,特别是给后代散文的发展以很大影响。而萧颖士等人,却正把屈、宋这样的在形成独立的文学形式上占据关键地位的人物作为他们所批判的浮艳文风的肇端,从而也就把这些人的重要的文学成就与六朝以来浮艳文风等同起来而一起否定掉了,这样,也就排斥了曾给历代散文发展以很多滋养的这一份宝贵遗产。他们在评价历史现象上的这种混乱,正表明他们那种尊经、重道的文学观的片面性。

与上一个问题相联系的,还有一点,就是他们不同程度地存在着把文采与儒道绝对地对立起来的偏向,即强调所谓"文胜则理消"。他们认为一讲究文采必然就妨碍儒道的阐发,三代以后,文华日盛,则文章中的道德日表。柳冕说:"自成、康殁,颂声寝,骚人作,淫丽兴,文与教分为二。不足者强而为文,则不知君子之道;知君子之道者,则耻为文。文而知道,二者难兼。"(《答徐州张尚书论文武书》,《全唐文》卷五二七)就典型地代表了这种看法。由此出发,则为文尚简。像萧颖士,连《史》《汉》那样的文章都加以责备,说它们"其文复而杂,其体漫而疏"(《赠韦司业书》,《全唐文》卷三二三)。独孤及认为文章润色愈工而实愈表。柳冕说,像荀、孟、贾生,本无意为文,而文自随之,从而他批评有意作文为"一技"。对于文章繁简,顾炎武的一段话说得颇为通达:"辞主乎达,不论其繁与简也。繁简之论兴而文亡矣。《史记》之繁处必胜于《汉书》之简处;《新唐书》之简也,不简于事而简于文,其所以病也。"(《日知录》

卷一九《文章繁简》）"文"本身有"文采"的含义；文学的主要表现手
段是形象，更离不开描绘形容和语言词采，这就与以达意为主的著
述在表达方式上截然不同。所以，否定文采、片面地求简是不对
的。至于文学上的形式主义的要害，并不在追求形式华美本身，而
在这种追求脱离了内容，甚至妨碍了内容。在促进内容表达的前
提下，讲究形式、词采不但不是缺点，而且是高度艺术性的一种表
现，采丽竞繁也应当说是文章的一种风格。像萧颖士等人那样片
面否定文采，也是一种偏颇。

他们的这两个局限，表明他们对艺术规律的理解有根本的缺
陷。这种缺陷也表现在他们的创作中。总的看来，他们没能充分
继承前人的艺术遗产，这就限制了他们自己创作的艺术高度。梁
肃、柳冕理论上的片面性更严重，他们创作上的成就也更小。崔恭
为梁肃文作序，"以肃文虽多，而无适时之用，故以皇甫士安比之"
（计有功《唐诗纪事》卷二五）。柳冕自述"小子志虽复古，力不足
也。言虽近道，辞则不文，虽欲拯其将坠，末由也已"（《答荆南裴尚
书论文书》，《全唐文》卷五二七）。这个情况，在"古文运动"的某些
先驱者中间，是有一定的代表性的。

四

萧颖士等人主张文章应发挥社会作用，参与积极的思想斗争
与政治斗争。

他们不满意于六朝文章，很重要的一条就因为它们浮艳虚诞，
流荡忘返，不能发挥积极的社会作用。他们提倡尊经、重道，目的
是使文章为现实斗争服务。

唐代这些提倡文体革新的人，大多引用《易经》上"观乎人文以

化成天下"一句话。这里的"人文"与"天文"相对,概指人类的文明、文化。所谓"人文化成",就是用礼乐道德等等来教化人民,治理国家。这个"人文"之中也包括文章。用这样的观点论文,即是提倡所谓"化成之文",也就是能发挥社会教化作用的文章。

传统儒家的文艺观,是重视文学的社会作用的。《诗大序》中有两句话,"上以风化下,下以风刺上",可以概括对这种作用的总认识。但如果分析起来,前一句讲的是统治阶级对人民施行道德教化,即"经夫妇,成孝敬,厚人伦,美教化,移风俗";后一句则讲的是对统治阶级褒贬讽喻,即"明乎得失之迹,伤人伦之废,哀刑政之苛,吟咏情性,以讽其上"。《诗大序》是论诗的,也可通于论文。对于统治阶级来说,这两个方面互相补充,才能发挥文学维护统治阶级利益的作用。但具体到一定时代、一定作家身上,对文学的作用和意义的了解,却往往侧重于一个方面,因而形成了很不相同的主张。就"古文运动"先驱者来说,对改革文体的目的也显然有两种认识:一种侧重于要求发挥文章的道德教化作用,思想上保守一些;一种则着重提倡用文章来讽时刺世,政治上较为进步。前者可以梁肃、柳冕为代表,后者可以元结为代表。

萧颖士、李华、独孤及尊儒重道,目的非常明确,就是要理邦家、平祸乱、弘道德。而文章与道德一致,文章与行为一致,它也就要起到同样的作用。这种道德教化的文学观念,到梁肃、柳冕时更明确、系统起来了。他们的基本出发点是文章与政事、道德、风俗相统一。因此,一方面,从文章中可以看出世道的隆污盛衰;另一方面,改革文章也就会促进道德教化的兴行。梁肃说:"文章之道与政通矣。世教之污崇,人风之薄厚,与立言立事者邪正臧否皆在焉。"(《秘书监包府君集序》,《全唐文》卷五一八)柳冕的几篇论文书信中,从各方面充分发挥了这种观点:第一,他说"文章本于教化,形于治乱,系于国风"(《与徐给事论文书》,《全唐文》卷五二七),从文章源泉说,它应是以教化为本;第二,他看到治乱与文章都以人为主体,因此又强调人情的中介作用:"文生于情,情生于哀乐,哀乐生于治乱。故君子感哀乐而为文章,以知治乱之本。"(《与滑州卢大夫论文书》,《全唐文》卷五二七)在这种认识的基础上,他得出了第三,"文章风俗,其弊一也,变之之术,在教其心"(《谢杜相公论房杜二相书》,《全唐文》卷五二七)。所以,他提倡的是统治阶级的教化文学。

梁肃、柳冕的这种见解,有其正确的方面。他们看到了一个时代的文风与社会现状的关系,强调通过文学作品可以认识现实,但在对文学作用的理解上,却单纯强调统治阶级的思想灌输。特别是根据那种文、道合一的主张,君子之儒应当言而为经,行而为教,声而为律,和而为音,文章就是道德教化的表现,这比起要求讽喻褒贬的观点在现实性上就有很大的差距了。而以儒道为标准来发扬道德,财成典礼,思想高度也必然会受到很大限制。

元结的观点与梁、柳有很大的不同。元结主要是个作家,他发表一些创作方面的理论见解都密切结合自己的创作实际,而较少从一定理念出发做纯理论上的探讨。他思想上开阔自由,"不师孔氏",自称是不受"规检"的"九流百家"之外的"漫家",文学观上也多有新见。

元结写《补乐歌》《二风诗》以及《元谟》等等,显然是有模拟《诗》《书》的含意,表明他在根本上还是遵循儒家的思想体系的。但他在文章内容上,并不讲尊经,而是要求闵时伤世,表达下情,即反映现实社会中值得感伤怨愤的问题。他给韦陟的信中说:"结……以士君子见礼,问及词赋,许且休息。此结之幸,岂结望尚书之意。古人所以爱经术之士、重山野之客、采舆童之诵者,盖为其能明古以论今,方正而不讳,悉人之下情。结虽昧于经术,然自山野而来,能悉下情。尚书与国休戚,能无问乎?"(《与韦尚书书》,《元次山集》卷六)这是通过陈述自己的知遇之感来谈文人的使命的,其中表述了为文重在表达下情的主张。《刘侍御月夜宴会序》,

是写给刘灵源的,说:"於戏! 文章道丧盖久矣。时之作者,烦杂过多,歌儿舞女,且相喜爱,系之《风》《雅》,谁道是邪? 诸公尝欲变时俗之淫靡,为后生之规范。今夕岂不能道达情性,成一时之美乎?"(《元次山集》卷三)这又提出了"道达情性"的要求。这个"情性"是感于时的诗人的情性,与前面的"下情"是相关联的。所以,文章应为感时伤事而作。他的《文编序》,明确表示自己"优游于林壑,快恨于当世,是以所为之文,可戒可劝,可安可顺……多退让者,多激发者,多嗟恨者,多伤闵者。其意必欲劝之忠孝,诱以仁惠,急于公直,守其节分,如此,非救世劝俗之所须者欤?"(《元次山集》卷一○)他这样总结自己的创作,再一次说出了文章感应于现实、又作用于现实的道理。

《文编序》中提到的"救世劝俗",是他对文章作用的理解,他编诗集《箧中集》,在序文中发挥了陈子昂《与东方左史虬修竹篇序》中的观点,批判那种"拘限声病,喜尚形似"的诗风,提出了"雅正"的要求。论文也是一样。他的《订古五篇》序中说:"订古前世君臣、父子、兄弟、夫妇、朋友之道。於戏! 上古失之,中古乱之,至于近世,有穷极凶恶者矣。或曰:欲如之何? 对曰:将如之何? 吾且闻之、订之、嗟之、伤之、泣而恨之而已也。"(《元次山集》卷五)他的《系乐府序》中说到古之乐府"尽欢怨之声者,可以上感于上,下化于下"(《全唐诗》卷二四○)。他的《春陵行》、《贼退示官吏》及其两序,就是以诗文讽喻现实的实例。这样,他就比较明确地强调了文学的批判现实的作用。

元结在艺术观上有明显的复古倾向。他认为后世道德伪薄,不如古代之淳厚,文学也是日趋淫靡。因此他称赞那种"宫商不能合,律吕不能生"的古朴之音。这虽有否定"浮艳""烦杂"的形式主义、唯美主义倾向的含义,在散文上也有反骈文的意义,但崇古而不达今,没看到时代的变化和文学的进步,显然是片面的。

元结在唐代散文创作上,是韩、柳以前成就最为杰出的。他的理论在提倡散文的高度思想性、现实性和讽喻作用方面，也是同时代的人无与伦比的。唐代文体的改革发展到"安史之乱"前后，与儒学复古思潮的联系越来越密切，因此道德教化色彩也很浓重，像元结这样大力提倡褒贬讽喻的人是不多的。因此，他的创作和理论，对于提高"古文"的思想价值和社会意义等方面，是起着重大作用的，所以也是弥足珍贵的。

　　总之，从萧颖士到柳冕，在文学的思想性与现实性、文学的内容与形式、文学的认识作用与教育作用等几个重大问题上，阐扬了一套关于改革文体的理论。他们对流行的骈文已经做了比较全面、彻底的批判，并提出了建设"古文"文体的要求。虽然他们的认识，几乎在每个问题上都有重大的局限，但从总的倾向看，却是反映了散文发展的历史潮流的。这样，在他们的手下，"古文运动"更大发展的理论准备大体完成了，他们也为韩、柳的继续努力开辟了一条道路。

第五章 韩 愈

一

如果从 7 世纪末的陈子昂算起,经过约一个世纪的在理论上和创作实践上的努力,到了贞元年间,"古文运动"形成了高潮。这个高潮的代表人物,就是韩愈和柳宗元。他们对前人的创作是集大成者,在当时是领袖文坛的一代宗师。"古文运动"的理论与实践,在他们手中都达到了空前的高水平,因而他们的出现,也就标志着"古文运动"的全面胜利。

"古文运动"的形成高潮,也是客观形势促成的。

"安史之乱"以后,唐王朝面临的社会矛盾步步加深。德宗初年,曾爆发了另一次波及大半个国家的大动乱,即"建中之乱"。这次动乱平定后,朝廷对强藩唯务姑息。在统治集团内部,则对富有变革意识的朝官如李泌、陆贽、阳城等排斥、打击。宦官干政,权奸当路,政出多门,威权渐失。白居易在谈到当时情形时说:"洎天宝以降,政教寖微,寇既荐兴,兵亦继起。兵以遏寇,寇生于兵,兵寇相仍,迨五十载。财征由是而重,人力由是而罢。下无安心,虽日督农桑之课,而生业不固;上无定费,虽日峻管榷之法,而岁计不充。日削月朘，以至于耗竭其半矣。"(《对才识兼茂明于体用策问》，《白氏长庆集》卷四七)而元稹后来回忆起那时的社会危机，形容说使他"心体悸震，若不可活"(《叙诗寄乐天书》，《元氏长庆集》卷三〇)。特别是由于"残于大兵，饥疫相仍"，使得"人不堪命，皆去为盗贼"(陈谏《刘晏论》，《全唐文》卷六八四)，各地农民起义此起彼伏，给唐王朝的统治造成了极大的威胁。在这"'下层'不愿照旧生活而'上层'也不能照旧生活和统治下去"(列宁《共产主义运动中的"左派"幼稚病》，《列宁选集》第四卷第二三九页)的时代，统治阶级内部斗争也日趋激化。除了朝廷、宦官、藩镇、僧侣等各种政治力量互相争夺权益和权力的纷争劫夺之外，统治阶层中的改革势力也在发展。贞元十年陆贽罢相，标志着改革势力的一大挫折。但以王叔文为首、受到太子李诵支持的一个革新政治集团正在形成。在见之于实际的改革活动之前，要求改革的思想潮流已有相当大的规模。到了顺宗继位的贞元二十一年即永贞元年(805年)，终于实行了一次短命的政治革新。这次革新虽然失败了，但历宪宗一朝，改革派的斗争仍然继续。在当时统治阶级内部各阶层矛盾错综复杂的形势下，要求变革现状的人们的立场和态度当然会有很大的差异，有激进与温和的不同。但当时文学上的运动，如"古文运动""新乐府运动"等，尽管本身存在矛盾，却都是适应这种改革潮流产生的，是政治变革的要求在文学上或隐或显的反映。

　　从"古文运动"的发展看，到贞元年间，已积累起大量的成果与经验。这以前已有不少人写作和倡导"古文"，骈文也发生着显著的新变。总结这些成绩，就有可能寻求到一种汲取了前代散文优点的、更精粹、更有表现力的新型"古文"文体。在散文体裁的继承与革新、文学语言的改进与创造、文风和表现手法等方面，也都有可能在继承传统的基础上推陈出新。另外，中唐诗歌、传奇小说以及贞观以来译经事业的发展，也给散文以滋养。这样，文学本身的种种成就，也为"古文"集大成人物的出现创造了条件。韩、柳在这种情势下应运而生了。

当然,韩、柳之成为一代文坛领袖,还决定于他们个人的才能和努力。他们的个性又造成了他们各自创作面貌的独特性。领袖人物的主观能动性往往在很大程度上左右着运动的进程。所以,我们研究"古文运动",分析韩愈、柳宗元这样杰出代表人物的个性特征,也是很重要的。

就韩愈来说,他处身于时代矛盾的漩涡之中,现实斗争培养了他的变革意识。但在他的思想里,改造现实的理想、救世济时的热忱又是与保守的政治态度、迂腐的儒学信仰交织在一起的。在文学上,他是文体、文风和文学语言的革新家,是一种富有艺术性的新散文的创造者,但"复古"的追求、"尚奇"的偏爱又限制了他前进的步伐。这就造成了他一生政治与文学活动的复杂面貌,决定了他的巨大的成就和不可克服的局限。下面,就对他的思想和创作做粗略的评介。

二

韩愈(768—824年),字退之,河阳(今河南孟县)人。出生在一个官僚地主家庭。这个家庭的政治遭遇和文学传统对他的成长起了相当大的作用。

他的七代祖韩茂,任后魏尚书令,拜侍中、征南大将军,卒赠安定王。韩愈先世历代仕宦。父韩仲卿,为武昌令,有美政,授鄱阳令,兼摄数县。李白曾为他写过《武昌宰韩君去思颂碑》。韩愈幼年丧亲,是由长兄韩会抚养的。韩会年轻时有抱负,负时名,被称为"四夔"之一(《资治通鉴》卷二三二《贞元二年》)。夔是舜臣,从这个绰号可知他是被推许为王佐之才的。代宗朝,他作为权臣元载的亲信卷入朝廷政争。大历十二年(777年)元载得罪赐自尽,他牵连治罪被贬官岭表。韩愈时年十岁,跟随到韶州贬所。不久以后,韩会故去,韩愈随寡嫂郑氏扶灵柩北归故里,过了一段相当困顿艰窘的生活。少年时期的这段经历,不但使他亲尝流离奔波之苦,而且也体会到统治阶级内部纷争的复杂和严酷。

韩愈的叔父韩云卿"文章冠世,拜监察御史,朝廷呼为子房"(李白《武昌宰韩君去思颂碑》,《李太白全集》卷二九)。韩愈一派"古文"家很称赞他的文章。李翱娶韩弇女为妻,弇为云卿子,他在志其妻母的文章中说:"礼部君(指云卿)好立节义,有大功于昭陵,其文章出于时,而官不甚高。"(《故朔方节度掌书记殿中侍御史昌黎韩君夫人京兆韦氏墓志铭》,《全唐文》卷六三九)皇甫湜《韩愈神道碑》说:"先叔父云卿当肃宗、代宗朝,独为文章官。"(《全唐文》卷六八七)韩愈在《科斗书后记》中说:"愈叔父当大历世,文辞独行中朝。天下之欲铭述其先人功行、取信来世者,咸归韩氏。"(《韩昌黎全集》卷一三)韩会也能文章,柳宗元说他"善清言,有文章,名最高"(《先君石表阴先友记》,《柳河东集》卷一二)。他留有《文衡》一篇,论述尊儒宗圣、道德教化之说,其中讲到:"故文之大者,统三才,理万物;其次叙损益,助教化;其次陈善恶,备劝诫。始伏羲,尽孔门,从斯道矣。""学者知文章之在道德五常,知文章之作以君臣父子,简而不华,婉而无为,夫如是则圣人之情,可思而渐也。"(转引《全唐文纪事》卷三九)这是自萧颍士、李华以来的"古文"家的一般见解。这种家学传统,在一定意义上决定着韩愈的学术和文学方向。

在他进一步成长所受的教育中,传统儒学理论与现实社会的体验继续起着主导作用。这二者的矛盾在很大程度上也决定着他的世界观的矛盾。

在唐代知识分子中,儒、释调和成为时尚。韩愈以前的古文家,大都对佛教取兼容态度,这在前面已经提到过。而从另一方面看，从初唐傅奕以来，反佛者虽大有人在，但却都不是古文家。而韩愈却是"生七年而学圣人之道"，以后二十余年间，"其业则读书著文，歌颂尧舜之道，鸡鸣而起，孜孜焉亦不为利。其所读皆圣人之书，杨、墨、释、老之学，无所入于其心；其所著皆约《六经》之旨而成文"（《上宰相书》，《韩昌黎全集》卷一六）。他所学习和信仰的是儒家一家之道。他甚至说自己当年"非三代、两汉之书不敢观，非圣人之志不敢存"（《答李翊书》，《韩昌黎全集》卷一六）。在同时人中，他严于排斥二教，不读非圣之书的态度是很突出的。当然，这里有自我夸大的意味，他的儒学也并不那么纯正，也带有时代的特点和他个人的理解，这在下文还将讲到。但他主观上信仰儒道，并认为儒家"道统"是维持社会纪纲、安定天下大势的唯一正确的思想理论体系，则成为他的整个世界观的支柱。

除了这种儒学教育，现实社会也给他以冲击和影响。他十四岁那年，"建中之乱"爆发，他的老家河阳正处于战乱中心。他和家族"携扶北奔，避盗来攻"，流寓到江南宣城，那儿有一处祖传的田产。大约到贞元三年（787年），才北归长安。这一次，他身经藩镇动乱的困苦。这对决定他后来一生中坚决反对分裂割据、要求社会安定的政治态度，是起了相当大的作用的。

韩愈到长安后，修举子业，求举觅官。他家本穷空，重遭攻劫，生活相当窘迫，不得不奔走于权豪势要门下，境况是很狼狈的。尽管他文才出众，在科场上却连遭挫败。贞元八年，陆贽知贡举，请著名的古文家梁肃协助阅卷，韩愈与李观、欧阳詹、李绛、崔群等人受到赏识，在这一科同登进士第。按照唐朝的规定，科举归礼部，选官归吏部，中进士后还要通过吏部制科考试才能分发作官。"四举于礼部乃一得"的韩愈，"三选于吏部卒无成"。特别是时当贞元十年后，陆贽罢相，仕途遏塞，权奸裴延龄、韦渠牟、李实等势倾相府，"时议者率以拱默保位者为明智，以柔顺安身者为贤能，以直言危行者为狂愚，以中立守道者为凝滞，故朝寡敢言之士，庭鲜执咎之臣,自国洎家,寖而成俗"(白居易《策林·使百职修皇纲振》,《白氏长庆集》卷六三)。在这样的政治空气下,怀抱用世之志又别无奥援的韩愈找不到出路就是必然的了。贞元十二年(796 年),他三上宰相书不报,只好走做"幕府吏"的道路。

这个时候,韩愈的文章已很有成就。在他的《争臣论》等文章中,也已可以看出他的政治见解与抱负。后来李翱在《荐所知于徐州张仆射书》中说:"昌黎韩愈,得古人之遗风,明于理乱根本之所由",称其为"豪杰之士"(《全唐文》卷六三五)。可见其当时的名誉声望。但他在京城八九年,奔走伺候于公卿之间,无所取资,日求于人,这次又以"摄节度掌书记"的身份到宣武军节度使驻节地汴州(今河南开封市)为幕僚。这实在是对他的雄心大志的一种讽刺与打击。

韩愈在董晋幕下过着寄人篱下的生活,"伏门下而默默","情悒怅以自失"(《复志赋》,《韩昌黎全集》卷一)。汴州地处中原要冲,是经常发生动乱的地方。贞元三年,节帅刘玄佐死,其子士宁代立;十年,大将李万荣逐士宁;十二年,万荣病风,其子迺又谋作乱,朝廷派以持重著称的儒臣董晋镇汴州。但仅历三年时间,贞元十五年(799 年),董晋死,就又发生了叛乱。其时韩愈从董晋丧离汴州仅四日,家属留围中,不得脱。他只身到徐州(今安徽徐州市),被武宁军节度使张建封署为节度推官。次年,建封卒,徐军又乱。在此前,他已辞别建封,把家族安置在洛阳,往来长安候调选。他在《与李翱书》中提到这个时期的生活,是"衣服无所得,养生之具无所有,家累仅三十口",可见是相当困难的。而他几年栖迟戎幕,看到了兵镇间屼陒不安的局势,对社会情况有了更进一步的了解。直到贞元十八年春,他才就任一个位置卑微的学官——四门博士;十九年,升任为监察御史。这才算得到了一个差可施展抱负的职位。

但在这个时候,朝廷内部正在酝酿着一次大的政争。德宗年

事越高,就越加昏愦腐败;但由于皇帝易位在即,受太子支持的王
叔文集团也在扩大势力。就在贞元十九年,王叔文一派纷纷入朝,
提拔到重要岗位,其中包括韩愈的友人刘禹锡和柳宗元,分别任监
察御史和监察御史里行。韩愈从儒家政治理想和道德观念出发,
对政出多门、藩镇逆乱是不满的。他抱有儒学的仁爱观念,对人民
的苦难也有所同情。从这一方面看,他是不满现实、有变革意识
的。这是现实教育下形成的他的思想的积极面。但他又不能同意
王叔文一派的激进的革新活动,特别是王叔文等人都是名微位下
的"新人",利用太子李诵的力量,结纳宦官李忠言等人,排斥朝廷
耆宿,变革朝廷旧章。这完全不符合儒家的传统道德。这样,具有
改革意识的韩愈又站到了反对改革的一面,也就可以理解了。

　　贞元十九年(803年)冬,正当王叔文一派势力渐盛时,韩愈被
贬阳山。关于这次致贬的原因,历来有几种说法:一是说由于他谏
宫市,另一说因为谏天旱,三是说得罪"幸臣",受到陷害。而所谓
"幸臣"者,又有指李实与王叔文二说。但仔细分析起来,谏宫市一
说首出于《旧唐书》,他无确据。宫市是中唐弊政之一,突出反映了
宦官的骄横和政治的腐败。董晋入朝曾谏宫市;浙西有一"布衣"
崔善贞诣阙上疏,也曾"言宫市";李诵与王叔文还议论过罢宫市的
问题。韩愈后来写《顺宗实录》,专门记载了宫市扰民的事例。但
韩愈本人上疏言宫市之事,并无其他史料可证明。谏天旱,韩愈有
《上论天旱人饥状》。贞元十九年大旱,是在七月以前,当时许孟
容、权德舆等都有谏表,未闻因而致贬。韩愈上疏在入秋,被贬在
年末,这中间应别有缘故。皇甫湜作《神道碑》,记载他上言天下根
本,民急如是,请宽民徭役,而免田租之弊,接着说专政者恶之。叙
述中忽略了中间环节,但已透露出他是被"专政者"借机排斥的消
息。至于为幸臣所谗,其时李实与王叔文都很有权势,但却是对立
的两派。李实受德宗信任,是个专务聚敛的贪官,韩愈有《上李尚
书书》,称赞他"未见有赤心事上,忧国如家如阁下者",并谄媚地说

这年天虽旱，"种不入土，野无青草，而盗贼不敢起，谷价不敢贵"，是李实"条理镇服"的结果。从这件事，可看出他出于个人目的的攀附权要、言行矛盾的姿态，也可知他当时起码在表面上与李实并无冲突。而从下列各种情况看，他确实是被王叔文一派所排斥，他是由于反对政治革新而被贬的。

第一，韩愈在许多诗文中已表白了自己与王叔文一派的对立。他在《赴江陵途中寄翰林三学士》诗中说："同官尽才俊，偏善柳与刘。或虑语言泄，传之落冤仇。二子不宜尔，将疑断还不。"这表明他在刘、柳面前议论过王叔文，所以才疑心他们向王传言漏语，也证明他确实知道被贬黜的发端指示者为王叔文。他回顾永贞一朝政变情况与自己的关系，在《忆昨行和张十一》诗中又说："伾文未揃崖州炽，虽得赦宥恒愁猜。近者三奸悉破碎，羽窟无底幽黄能。"前一联写顺宗继位大赦，王伾、王叔文、韦执宜专权，他知道恩赦不会落在自己头上；所以下面写到"三奸"被贬黜，他非常高兴。他在《赴江陵途中寄翰林三学士》诗中还有"赫然下明诏，首罪诛共吰"的话，说的也是王、韦被贬，反对改革的政治态度是很明朗的。

第二，与他一起被贬的，还有张署和李方叔。后来，他在《祭河南张员外文》中说："贞元十九……余戆而狂，年未三纪。乘气加人，无挟自恃。彼婉娈者，实惮吾曹。侧肩帖耳，有舌如刀。"其中说到"婉娈者"嫉害"吾曹"，可见韩愈被贬不仅是个人问题，是牵涉不少人的派别斗争。那么"婉娈者"是什么人呢？这联系到当年发生的另一件事，可以探究其内中隐微，史载："左补阙张正一上书，得召见。正一与吏部员外郎王仲舒、主客员外郎刘伯刍等相亲善，叔文之党疑正一言己阴事，令执谊反谮正一等于上，云其朋党，游宴无度。九月，甲寅，正一等皆坐远贬，人莫知其由。"（《资治通鉴》卷二三六）对这一件事，韩愈也有明确记述，他在王仲舒的《神道碑铭》中，说王"提约明故，吏无以欺，同列有恃恩自得者，众皆媚承。公嫉其为人，不直视，由此贬连州司户"。洪兴祖说："德宗晚年，韦、王之党已成。是年补阙张正买①疏谏它事,得召见,与所善者数人,皆被谴斥。意公之出,有类此也。"(《韩文公年谱》)这种推测是很有道理的。

第三,韩愈与王叔文集团在朝廷上的进退正相反对。王派得势,韩愈被贬。顺宗继位大赦,时王派执政柄,韩愈是"州家申名使家抑,坎坷只得移荆蛮"(《八月十五夜赠张功曹》,《韩昌黎全集》卷三)。"使家"即湖南观察使杨凭,是柳宗元的岳父。陈景云指出:"时韦、王之势方炽,凭之抑公,乃迎合权贵意耳。"(《韩集点勘》卷一)而他与张署后来量移到荆南节度使裴均幕府,深得厚遇,韩愈称赞裴"愿洁而沈密,开亮而卓伟,行茂于宗,事修于官"(《河南府同官记》,《韩昌黎外集》卷四);而这个裴均正是勾结宦官、上疏逼迫李诵退位、在促成"永贞革新"失败上起了大作用的三大藩帅之一。到宪宗即位不久,韩愈也北调回朝。

第四,人们谈到这次被贬,往往在韩、柳关系上缴绕不清。他们二人互相倾服,共同倡导了"古文运动",说他们在政争中互相敌对似不可理解。也有人拿韩诗中"二子不宜尔,将疑断还不"的诗句来证明他自己已否定受刘、柳加害之说。但实际上,贞元年间,韩、柳同为才名早著的文学家,确曾诗酒论文,过从甚密。但他们的政治观点、哲学观点都一直多有分歧。从大的方面看,柳反天命,而韩赞天命;柳求改革,而韩较保守。至于一些具体看法,也往往针锋相对。例如韩愈说:"大凡制度之改,政令之变,利于其旧,不什则不可为已。"(《省试学生代斋郎议》,《韩昌黎全集》卷一四)可柳宗元说"凡王者之德,在行之若何,设未得其当,虽十易之不为病"(《桐叶封弟辩》,《柳河东集》卷四)。这种例子在二人的作品中可举出不少。因此刘禹锡在韩愈死后写道:"昔遇夫子,聪明勇奋,常操利刃,开我混沌。子长在笔,予长在论。持矛举楯,卒不能困。

①据前引《资治通鉴》卷二三六,应即张正一。

时惟子厚,窜言其间,赞词愉愉,固非颜颜……"(《祭韩吏部文》,《刘宾客文集》卷一〇)从这可以看出他们当年观点分歧、互相辩难的情况。这样,认识上的歧异导致在重大政治斗争中分道扬镳,也就没有什么可奇怪的了。而韩愈怀疑刘、柳参与加害于他但未作定论,只能表明他是把二人与王叔文分别对待的。但这却又正可证明他的被贬是出于王派的旨意。

韩愈《岳阳楼别窦司直》诗中说:"前年出官由,此祸最无妄。公卿采虚名,擢拜职天仗。奸猜畏弹射,斥逐恣欺诳。"可以推测,当时遭贬的原因本来就很含混,与王仲舒等被贬"人莫知其由"情形相类似。在他任监察御史期间,朝廷内部斗争正剧。"时政严急,人家不敢欢宴,朝士不敢过从"(白居易《论左降独孤朗等状》,《白氏长庆集》卷六〇)。而韩愈的上疏以及平日态度又语多讥刺。例如他在《论今年权停举选状》中说:"臣闻古之求雨之词曰:'人失职欤?'然则人之失职足以致旱……群臣之贤,不及于古,又不能尽心于国,与陛下同心,助陛下为理,有君无臣,是以久旱。"大概正是这类话,触犯了王叔文一派的忌讳,所以在政治斗争很激烈的形势下,就被斥出朝了。

韩愈在"永贞革新"中的表现,突出地展现了他政治上、思想上的保守方面。他不但写了许多攻击改革派的诗文,而且那种保守的政治观点更影响到他的整个创作,限制了他的诗文的思想性和现实性。

韩愈政治态度上和思想观点上的矛盾,使他长时期进退失据,左右碰壁。元和一朝,改革势力和保守势力仍在继续斗争。前者以裴垍、李绛等正直大臣为代表;后者以宦官吐突承璀、大官僚李吉甫为代表。韩愈不满于现状,有一定变革要求,因而不为保守派所重用;而他政治上的保守,又不为改革派所同情。这样,在这个时期,官职虽几经变迁,但一直未得施展怀抱,长时间在学官的冷板凳上度寂寞的生涯。他在任国子博士分教东都时曾给友人写信说:"在京城时,嚣嚣之徒,相訾百倍。……仆在京城一年,不一至贵人之门。人之所趋,仆之所傲。与己合者,则从之游;不合者,虽造吾庐未尝与之坐。此岂徒足致谤而已,不戮于人,则幸也。追思之,可为战栗寒心。"(《答冯宿书》,《韩昌黎全集》卷一七)元和七年(812年),他因为替华阴令柳涧辨罪,由职方员外郎再降为国子博士,写《进学解》自我解嘲,其中形容自己的境遇是"命与仇谋,取败几时。冬暖而儿号寒,年丰而妻啼饥。头童齿豁,竟死何裨!"元和八年,他任比部郎中史馆修撰,对友人表示不有人祸则有天刑,这当然是一种唯心意识,但也反映了他在现实中动辄得咎的际遇。这种进退唯谷的境遇,给了他一些现实教育,使得他那些抒写怀才不遇的作品特别富于批判现实的真情,成为他的创作中最为感动人的部分之一。

元和九年十二月,韩愈任考功郎中知制诰,从次年起,参与平淮西的斗争,这时他的生涯又进入了一个积极参与现实斗争的新阶段。他做了几件颇有声色的大事。

宪宗继位,朝廷采取压制、削平藩镇的政策,收得实效,相继取得平夏州、平西蜀、复魏博等斗争的胜利,后来仅剩下郓、蔡、恒三镇崛强难制。元和九年,淮西镇(驻节蔡州)吴少阳死,其侄吴元济谋反。是否征讨淮蔡是朝廷中对藩镇取强硬与姑息两派的又一次尖锐斗争。代表强硬派的是时为御史中丞的裴度。韩愈支持裴度,曾上疏论淮西可取,条陈用兵利害。元和十二年,朝廷以裴度为相,充淮西宣慰处置使,亲赴行营讨贼;裴度用韩愈为彰义行军司马、判官、掌书记。裴度八月出师,十月,入蔡州,淮西平。韩愈在这次战役中立功,被提升为刑部侍郎。后来他写了有名的《平淮西碑》。

淮西镇覆亡,淄青李师道、成德王承宗相继平复,从而实现了元和一朝对藩镇的暂时胜利。但到长庆初,镇州兵马使王廷凑又兴兵作乱,杀朝廷派遣的节度使田弘正,藩镇之乱再起。朝廷派十五万人讨伐，不能取胜，王廷凑围深州。这时韩愈正任兵部侍郎，被派只身入乱军宣慰。当时韩愈的处境极为危险，但他受命之后，疾驱直入敌营，不惧威压，晓以大义，终于迫使王廷凑答应解深州之围，胜利复命。在维护国家统一斗争中，晚年的韩愈表现出进步立场和献身精神，做出了一定的贡献。

　　佛教鼎盛，寺院经济膨胀，是唐代社会的一个重大矛盾。唐朝廷虽然采取过一些限制佛教的措施，历朝反佛斗争也连绵不绝，但由于当时基本上采取调和三教政策，佛教的发展又有强大的经济基础和思想基础，其势力一直在发展，其弊害也越来越深重。从文学上看，唐代文学更受到佛教思想的严重影响，文人们研习释典，结交僧侣成为风气，鲁迅说："唐有三教辩论，后来变为大家打诨；所谓名儒，做几篇伽蓝碑文也不算什么大事。"（《准风月谈·吃教》）唐代在韩愈以前，在文学上（不是说思想界）没有一个人认真地批判过佛教（个别言论除外）。韩愈早年即严于排斥佛、道二教，写过不少这方面的诗文。宪宗佞佛，元和十四年（819 年），迎凤翔法门寺佛指骨入宫供养，引起一片佞佛狂潮。韩愈其时为刑部侍郎。他不惜触人主之怒，上著名的《论佛骨表》，险遭杀身之祸，被贬为潮州刺史。但他"欲为圣明除弊事，肯将衰朽惜残年"表现了坚定的斗争精神。韩愈舍得身命，向佞佛潮流这奋力的一击，对抵制佛教起了一定的作用，使他在后来一直被看作是保卫中国传统文化、反对佛教迷信的一面旗帜。而他把反佛斗争与文学上的改革结合起来，对于推动"古文运动"，对于提高它的思想水平、增强它的号召力，更起了一定的作用。

　　韩愈晚年这几方面的活动，在政治上、思想上、文学上，都是具有重大积极意义的。

　　韩愈在政治上和思想上有保守的方面，在永贞革新中甚至站到了保守派一面去了，我们不必为贤者讳。但在看到他的错误和弱点时，也不可低估他的进步的、积极的方面。正是这些方面，成

了他文学上的巨大成就的思想基础。而且韩愈的矛盾，对于封建
文人来说，具有某种代表性。揭示这个矛盾、认识他的真面目，才
能更好地继承他留给后代的宝贵遗产。

三

　　文学上的任何重大成就，首先决定于它能否适应时代的要求，
在创作的思想内容上是否具有进步意义。这对于韩愈也不例外。
但由于韩愈政治态度和思想观点中存在着严重矛盾，古往今来对
他的创作的思想性的评价也就多有分歧。现在作出公允的评价，
要做些具体的、实事求是的分析。

　　在历史上，推扬韩愈者往往把他描绘成阐扬儒家"圣人之道"
的功臣。刘昫在《旧唐书》中评论贞元、大和间的文坛，说其时以文
学耸动搢绅之伍者，唯柳宗元、刘禹锡而已，而"韩、李二文公，于陵
迟之末，遑遑仁义，有志于持世范，欲以人文化成，而道未果也。至
若抑杨、墨，排释、老，虽于道未弘，亦端士之用心也"（《旧唐书》卷
一六〇）。这就认定柳、刘之功重在文学，而韩、李重在儒学。宋人
讲道学，韩愈声价也大为升高，至苏轼有"道济天下之溺"的赞誉，
他也就被视为直承圣人的"贤人之至"了。但历史上也颇有人对他
给以讥评。同一个苏轼，又曾指责"韩愈之于圣人之道，盖亦知好
其名矣，而未能乐其实。何者？其为论甚高，其待孔子、孟轲甚尊，
其距杨、墨、佛、老甚严，此其用力，亦不可谓不至也。然其论至于
理而不精，支离荡佚，往往自叛其说而不知"（《韩愈论》，《经进东坡
文集事略》卷八）。著名的道学大师朱熹则说他重文轻道，"全无要
学古人底意思"（《朱子语类》卷一三七《战国汉唐诸子》），"只是要
作好文章，令人称赏而已"（《沧州精舍谕学者》，《朱文公文集》卷七

四）。晚清的田北湖，竟指责他："事理不辨，学理不精，发为文章，已弗能达，况根抵浅薄，有文无质哉！"(《与某生论韩文书》，转引《中国近代文论选》下册六一八页）其至连他的文章也给否定了。

今天，我们评价韩愈思想，要从作品本身出发，还要打破那种在儒道的框子里论是非的偏见。我们应当考查其作品怎样反映他那个时代的社会现实，对解决时代矛盾又提出了什么样的主张。要把他放在现实社会与思想斗争的大的范围内，来研究他的思想倾向与历史地位。这样，我们就会看到，他鼓吹儒道，张扬"道统"，有真诚的一面，也有假借旗号以资号召的一面。就其真诚信仰和宣传儒道的一面来看，有墨守先儒教条的内容，也有发展儒学传统理论以适应现实斗争的内容，还有融汇百家观点以补充、改造儒学观点的内容。

在"不重经术"的唐代，在佛、道横流的条件下，韩愈大力阐扬儒学，极力抬高"圣人"以及"圣人之道"的历史地位和作用，是有现实针对性的。他认为是"圣人"为民除害，"教之以相生养之道，为之君，为之师"，因而"如古之无圣人，人之类灭久矣"(《原道》，《韩昌黎全集》卷一一）。在他看来，"圣人之道"不只是立纪纲、持世范的指导世界发展的理论准则，而且是反映"天命"、决定人事的先验的真理。他更虚拟了一个"道统"，说这种"圣人之道"以神秘的方式递传，"尧以是传之舜，舜以是传之禹，禹以是传之汤，汤以是传之文、武、周公，文、武、周公传之孔子，孔子传之孟轲。轲之死，不得其传焉"(同上）。他自负为这个"道统"的传继人，"使其道由愈而粗传，虽灭死万万无恨"(《与孟尚书书》，《韩昌黎全集》卷一八）。他认为，历史上与现实中的一切矛盾、危机、动乱、衰败，其原因不在当时的社会现实之中，而在于儒道的衰微，二帝三王群圣人之道大坏。所以救世济时的根本办法，在于确立"圣人之道"的统治，弘扬儒学的精神。他以极大的热忱和高度的责任感，为完成这个任务而努力。所以说，他对待儒道的信仰是真诚的，几乎表现为一种宗教式的虔诚。

　　但在具体阐扬儒学理论时，却表现出显著的矛盾。在某些方面，他坚持儒学的先验的、唯心的体系，继承以至发展了传统儒学的消极、保守的内容；而在另一些方面，他又发挥了儒家理论中的积极观点，或利用儒家的某些观念作为表现积极的现实内容的依据。

　　他基本上继承了儒家唯心论的思想体系，这特别表现为他相信"天命"，并认为"圣人之道"正是天命的反映。他和柳宗元曾就"知天"问题进行过争论。在我国思想史上，从荀子开始，唯物主义宇宙观就是严于天人之分，"不求知天"的。但韩愈强调"知天"，即承认上天是有意志、能主宰的人格神，它能赏功罚祸，干预人事，决定社会和人类的命运。韩愈在许多文章中讲到"天志""天心""天旨""天意"等等。"永贞革新"被镇压，保守派胜利了，他说"天意未许庸夫干"。别人希望他能坚持原则写出一代信史，他说"不有人祸，则有天刑"（《答刘秀才论史书》，《韩昌黎外集》卷二）。这都充分表现了那种"天命"观的政治意义。他在《原性》中把仁、义、礼、智、信作为人的先天的本性，更表明他的由"天命"观决定的先验的认识论也是为维护封建道德服务的。

　　在社会观上，韩愈维护等级统治秩序，认为这种秩序也是天定的。他在《原道》中讲到"先王之教"，是"其文《诗》、《书》、《易》、《春秋》，其法礼、乐、刑、政，其民士、农、工、贾，其位君臣、父子、师友、宾主、昆弟、夫妇，其服麻丝，其居宫室，其食粟米、果蔬、鱼肉"，因此，形成了一种天然的阶级统治秩序，"君者，出令者也；臣者，行君之令而致之民者也；民者，出粟、米、麻、丝，作器皿，通货财，以事其上者也。君不出令，则失其所以为君；臣不行君之令而致之民，则失其所以为臣；民不出粟、米、麻、丝，作器皿，通货财，以事其上，则诛"。这就是所谓"纪纲"。它是不可动摇、不可破坏的。韩愈讲的这套阶级统治道理，正是千百年来统治阶级所实行的，是客观存在的事实。但如他这样明确、坦率地说出并为之辩护，在历史上却并不多见。

以上两点，正是儒家世界观、社会观的核心。韩愈坚持它们，决定了他思想上和政治上的保守性。这些观点在文学上也常常有所反映。

但是值得注意的是，他也不满于章句教条。他的《读皇甫湜公安园池诗书其后》一诗说："《春秋》书王法，不诛其人身。《尔雅》注虫鱼，定非磊落人。"明显地表示不满于章句注疏之学。何焯评论说："此类是《春秋》大义，忽自韩公发之，殷员外及啖氏三家，岂得以其专门骄公哉！"（《义门读书记·昌黎集》卷一）这就指出他与殷侑、啖助等空言说经的学风在精神上有一致处。陈沆解释此诗说："言君子学务其大，则不屑其细。苟诚知道，则衡盱古今。"（《诗比兴笺》卷四）韩愈《县斋有怀》诗中又说："少小尚奇伟，平生足悲吒。犹嫌子夏儒，肯学樊迟稼。"在经学史上，孔子弟子"诸儒学皆不传，无从考其家法，可考者惟卜氏子夏"（皮锡瑞《经学历史》卷二）。相传子夏作《易传》《诗序》《仪礼·丧服》等，公羊高、穀梁赤都是他的门人，由此可见韩愈这首诗反儒学传统的意味。正基于这种态度，他发挥了儒学中的一些观点，加以自己的解释，突出或附加上进步的思想内容。这主要有三个方面：

第一，他发挥了孔、孟关于"仁"的学说。在《原道》里，他把"仁与义"叫作"定名"，"道与德"称为"虚位"，即是说，道与德是空泛的理论范畴，人们可以道其所道，各家各派都有自己的道德；而决定"圣人之道"的本质的是"仁与义"。其中"博爱之谓仁，行而宜之之谓义"，以前者的内涵更为确定。孔子主张"仁者，爱人"；到了孟子，更系统地提出以恻隐之心行"王道"的仁政理想与己饥己溺、民胞物与的人生态度。这些观点，虽然在本质上不过是反映了统治阶级为长治久安而调整阶级关系的要求，但又确实具有人道主义的内容。历史上一些进步人物常常利用它们作为批判统治阶级、要求救民饥困、替人民争取生存权利的理论依据。但是"仁"的观点并非儒学的全部，韩愈的理解也并未探得"圣人"原意。宋人批评他说："韩子意曰由仁义而之焉斯谓之道，充仁义而足乎己斯谓之德。所谓'道德'云者，仁义而已。故以仁义为定名，道德为虚位。《中庸》曰：'天命之谓性，率性之谓道。'仁义，性所有也。则舍仁义而言道者，固非也；道固有仁义，而仁义不足以尽道，则以道德为虚位者，亦非也。"（杨时，转引韩集《原道》注）"韩愈之作《原道》，可谓勇于自信者也，非有假于他人之说也，其所见于道者如此也。然愈者，能明圣人之功，而不能明圣人之道。能明其功，故曰'古之无圣人，人之类灭久矣'；不能明其道，故以仁为博爱。若仁仅止于博爱，颜子所谓非礼勿视听、勿言动者，果何事哉？"（韩元吉《韩愈论》，《南涧甲乙稿》卷一七）宋人对儒道的理解是否正确是另一个问题，他们所指韩愈的"偏颇"却是对的。韩愈的这种"偏颇"正是他对儒道的独特发挥。强调"仁"，从而要求"仁政"，把"圣人之道"看作是社会各阶级"相生养之道"，这包含着同情人民的内容。因此，他才能写出一些揭露统治阶级、反映民生饥苦的作品。例如《送崔复州序》，指出当时"幽远之小民"不能将其权利自直于公庭，结果"赋有常而民产无恒，水旱疠疫之不期，民之丰约悬于州，县令不以言，连帅不以信，民就穷而敛愈急"（《韩昌黎全集》卷二〇）。他的《送许郢州序》，揭露当时地方官急于赋敛，"财已竭而敛不休，人已穷而赋愈急，其不去为盗也亦幸矣"（《韩昌黎全集》卷一九）。他又写了《谏天旱人饥状》这样反映荒旱造成的民间饥困的文章。他还写了《子产不毁乡校颂》，指出统治者听取下层呼声的重要。对民生的关心是韩愈创作的一个重要的积极内容，也是他一生奋斗的动力之一。

　　第二，他发挥了儒学中大一统、正名分、反僭乱、明纪纲的思想，针对现实社会实际，提出反对分裂割据、维护安定统一的要求。在当时强藩割据的局面下，这对于加强朝廷威权、打击骄兵叛将的暴乱和分裂是有积极意义的。例如他的《守戒》，揭露那些拥兵自重的强藩"带甲荷戈，不知其多少。其绵地则千里，而与我壤地相错，无有丘陵、江河、洞庭、孟门之关。其间又自知其不得与天下齿，朝夕举踵引颈，冀天下之有事，以乘吾之便。此其暴于猛兽穿窬也甚矣"（《韩昌黎全集》卷一二）。这对于强藩逆乱的威胁，认识得是很清楚的。就此他提出了致治必须"得人"的主张，与柳宗元《封建论》的看法相似。他的《张中丞传后叙》，歌颂了"安史之乱"中坚守睢阳孤城的张巡、许远、南霁云等人，表现的也是反对藩镇割据的主题。他还写了《送董邵南序》那样的文章，揭露了当时割据强藩与朝廷争夺人才的问题，劝说友人为"明天子"而出仕，对藩镇动乱表示殷忧。这样，他的纪纲观念、忠爱思想，一方面表现为维护封建统治的保守意识，另一方面又有反对藩镇逆乱的积极内容。

　　第三，他用儒家一家之道来对抗佛教，大力反佛，这在佛教猖獗的中唐时期，在思想上有着重大的进步意义。同时，他以反佛的内容充实了"古文运动"，对于提高"古文"的思想性、增强"古文"的战斗力，也都有积极的作用。唐代中期佛教势力恶性膨胀，反映了僧侣地主势力的大发展，也带来了宗教唯心主义的大泛滥。当时中国的知识界，对这点并没有清醒的认识，包括一些古文家，也与佛教划不清界线。例如贞元初年的文坛领袖、汲引韩愈等人的古文家梁肃，就是天台宗僧人元浩的门弟子，他是对天台止观学说深有研究的佛教徒和著作家。柳宗元也具有严重的"统合儒释"的思想倾向。就反佛问题，他与韩愈进行过长期激烈的论争。在这种形势下，韩愈可以说是独抗流俗，高揭反佛的旗帜。其勇气、其胆识、其魄力，都是值得赞叹的。后来人曾指出过：韩愈反佛的基本观点，前人早已提出过，并没有什么新的认识；他反对佛教也没有抓住本体论的要害，是用一种唯心主义反对另一种唯心主义。这些指责都是有道理的。但韩愈反佛确乎切中时弊，独抗逆流。他坚决地给当时成为政治、经济、思想上巨大祸患的佛教以奋力一击。他大声疾呼，震聋发聩，对于抵制佛教势力的进一步扩展确实起了很大的作用，对于保卫中国传统文化和传统道德具有不可估量的意义。他写的许多反佛作品，不仅是思想史上反宗教迷信的宝贵文献，而且也是一些优秀的论辩文章。如著名的《论佛骨表》，虽然其论点较傅奕等人无大的发展，但其凌厉的气势、雄辩的语言、论辩中表现出的旺盛斗志和强烈的道义感，形成一种大气磅礴的气概，给读者以很大感动。他的有些反佛文章如《原道》《与孟尚书书》，从正面立论看是讲"圣人之道"的，难免有空疏迂腐之弊；但从揭露和批判佛教迷信和宗教唯心主义哲学角度讲，仍是有强烈思想意义和说服力的。千百年来，韩愈被看作是反佛的一面旗帜。而这种反佛又与所谓"华夷之辨"即保卫中国文化伦理传统密切联系着，因而在当时又有一定的爱国主义的意义。韩愈把提倡反佛与倡导"古文"结合起来，对他完成这两个任务都是起了积极作用的。

　　以上是就韩愈的儒学思想论他的"古文"的思想内容。下面分析一下他讲"道统"假借旗号的一面，就是说，他的儒道并不纯粹，也吸收了其他学派的理论内容，有些地方是把它们与儒学理论相融合了，另一些地方则是用它们"篡改"了传统的儒学理论。他这样做，是受了当时儒学中空言说经的怀疑学风的影响，也是接受了现实社会对理论提出的要求。在这一点上，表现出他在思想中也有开阔、活跃的一面，因而在作品中也更有充实、进步的现实内容。

　　表面上，韩愈念念不忘"圣人之道"与圣人之书。但他说自己年轻时"非三代、两汉之书不敢观"（《答李翊书》，《韩昌黎全集》卷一六），这就不只是读儒书；他又说自己六经之外、百氏之书，没有不读的，可见其学术师承的广泛。他生活在"章句之学"已经破产的时代，思想界的气氛不那么教条。他从那"百氏之书"中，不仅学习了文章，也接受了其中的某些观点，因此他的思想中就有不少矛盾的东西，超出儒学体系的东西。他讲"道统"，说孔子之后唯孟子是传"圣人之道"的，他也表示要直承孟子，并以当代孟子自居。但他在观点上却多与孟子相左。苏轼、陈善、胡应麟等人都曾指出他思想上"恕于百家"，往往标显诸子之所长的特征。这里可以具体举几个例子。韩愈说《书经》"佶屈聱牙"，说《左传》"浮夸"（《进学解》，《韩昌黎全集》卷一二），说"《仪礼》难读"（《读仪礼》，《韩昌黎全集》卷一一），这都不是什么褒语，可见他对儒学经典不那么奉若神明地敬重。他在《师说》中说"圣人无常师"，把"道"与"术"并列，又可见他并不总把"圣人"视为全知全能的神明。他认为"百氏杂家，尚有可取"（同上），在实际上也是这么做的。商鞅是法家的先驱，他说："秦用商君之法，人以富，国以强，诸侯不敢抗，及七君，而天下为秦。使天下为秦者，商君也。而后代之称道者，咸羞言管、商氏，何哉？庸非求其名而不责其实欤？"（《进士策问十三首》，《韩昌黎全集》卷一四）。荀子是儒学异端，与孟子在许多观点上是相对立的，但韩愈肯定他是"大醇而小疵"（《读荀》，《韩昌黎全集》卷一一），例如其《子产不毁乡校颂》批判"以礼治国"，在《进士策问》中提出谷帛丰可以行仁义，都符合荀子的精神。墨家在先秦是与儒家对立的显学，但韩愈却认为二者"不相用，不足为孔、墨"（《读墨子》，《韩昌黎全集》卷一一）。韩愈《原人》中"一视而同仁，笃近而举远"的观点，就不是儒家按等级名分的"博爱"，而是墨家的"兼爱""尚同"观念。他在《杂说四》等作品中表现的人才观，则是墨家的"尚贤"的主张。韩愈辟佛甚严，但就是对佛教他也不是毫不受其影响的。他在人性论上划分性与情，显然有取于佛教禅宗的心性学说。甚至他虚构的神秘的"道统"观念，也与佛教宣扬的传宗传法的方式有一定的关系，以致后来有人评论他"深得历代祖师向上休歇一路"（马永卿《懒真子》卷二）。总之，韩愈在思想上虽然标举遵循儒家一家之道，实际上他也容纳了其他学派的某些内容。其中当然有一定的消极成分。但从主要方面看，则是开阔了他的认识，丰富了他的思想的。

　　对于决定韩愈创作的思想高度具有重大意义的更在于，他在写作实践中并不一味地寻经据典、迷恋儒道，他还很关心现实。他本来"少小尚奇伟""志欲干霸王"(《岳阳楼别窦司直》，《韩昌黎全集》卷一)，是个立志颇壮、自视甚高、有强烈功名事业心的人。他说自己"前古之兴亡，未尝不经于心也；当世之得失，未尝不留于意也"(《与凤翔邢尚书书》，《韩昌黎全集》卷一八)。自踏入仕途，他经历坎壈，又长期屈居下僚，曾奔走于戎幕之间，对社会现实有一定的了解，从个人身世中也受到一定的教育。因此他在理论上，除要求"文以明道"之外，还主张"不平则鸣"。如果这是指为"圣人之道"不明而"不平"，那么"不平则鸣"与他讲"道统"论就是相一致的。然而实际上，他却常常对现实中的腐败黑暗，为自己和友人在这种政局中的不幸遭遇而发出不平之鸣、抗议之声，则他的这类作品就在更深刻的程度上反映了社会现实。这类"不平之鸣"的作品，是他的创作中思想意义较高的一部分。它们所表现的尖锐的批判性和战斗精神是和一个儒学家应有的"中庸之道""乐天安命"思想根本相悖的。

　　韩愈的不少作品，对统治阶级的腐败鄙陋的面目和当时社会的腐朽世风做了揭露和批评。例如《送李愿归盘谷序》，历史上长期被人们赞誉和喜爱，但由于有人说李愿本为西平王李晟的贵公子，所写情境与其品格、行事不符，又有人指责其中表现了封建知识分子的清高、超然的生活情趣，因此在一段时间里不少人贬抑其思想意义。但实际上，这篇文章是用李愿的话，把统治阶级中的权势者的尊威声势、恃宠弄权、蓄姬妾、溺歌舞，门客们趋炎附势、谀颂功德，以及那些追求荣利、依附权贵的小人们"伺候于公卿之门，奔走于形势之途，足将进而趑趄，口将言而嗫嚅，处秽污而不羞，触刑辟而诛戮，侥幸于万一，老死而后止"的卑鄙面目，清晰而又生动地表现出来。文章的正面理想确实不够高，但作者以辛辣的笔调揭露的统治阶层某些人的面目，是相当深刻的，也是包含着强烈的批判色彩的。《原毁》《师说》，都是论辩文字。前者论述待己责人应有的处世态度，批评那种"其责人也详，其待己也廉"的做法，要求对人要"取其一不责其二，即其新不究其旧"，要促人为善向上，不应以众人待其身，而以圣人望于人。在阶级社会中，私有制的经济基础造成了利己主义的道德原则，因而在知识分子中，"文人相轻"的陋俗、攻讦讥毁的鄙风一直流行。韩愈的批判虽还没有更深地挖掘到要害处，但他通过"古之君子"和"今之君子"的对比，从正、反两面揭露了两种不同的处世哲学，而且，他所揭露的问题，在今天仍有一定的教育意义。《师说》批评时人之不能相师。虽然他讲"师道"是为树立"道统"服务的，但他作为立论根据的，一则曰"圣人无常师"，认为"圣人"不仅不是无师自通，而且要广取师资，这就有否定"圣人"先知先觉、全知全能的反先验论的意义；再则曰"巫医乐师百工之人，不耻相师"，拿这些"低贱"人物作为"士大夫之族"的榜样，这又有反等级特权的内容；三则又说"弟子不必不如师，师不必贤于弟子，闻道有先后，术业有专攻，如是而已"，揭示了教学相长、青出于蓝的道理，说出了师法先贤与勇于创新的规律，这又有反因循、重独创的含义。他对"术业"与"道"并重，正如他常常把孔、孟与诸子并列一样，表明他认识到儒道并没有包笼一切，儒道之外仍有其他真知识、真学问，这又是他不囿于"道统"的表现。而全文精神则是批评士大夫之族的骄矜自是的。《毛颖传》是一篇属于"驳杂无实之说"的文字，全篇出以寓言，用传奇的笔法写毛颖君一生的遭遇。毛颖即毛笔。当它强记而便敏的时候，"惟上所使"，上下"无不爱重"，但后来年老发秃，所摹画不能如人意，则被弃置。本文的寓意在讽刺那些在皇帝身边的执政大臣，也暗示了统治阶级的内部矛盾及刻薄寡恩。像以上这些作品，都在一定程度上揭露出现实中的某方面的问题，有所批判，有所否定。

　　韩愈的不少文章写了统治阶级当权派压抑人才、排斥异己的现实。在封建制度下，等级专制制度本身就限制个性和才能的发展。到了中唐，权奸当道，政出多门，统治阶级内部争夺权力地位的斗争更加激化，一些出身低微的才智之士就更难有出头之日。韩愈写这个问题，实际上也是批判当时的腐败政治。他的著名的《杂说四》讲"世有伯乐然后有千里马"，这不只是指责统治者不能发现人才，是有眼无珠，而且还是把人才不出、政治混乱的责任归因到统治集团的上层，其中隐含着对上层当权者的强烈不满和尖锐批判。韩愈的有些为友人写的书序和碑传，或叙事，或记人，或议论，颇能通过人物写出他们的命运和境遇。如《欧阳生哀辞》《送孟东野序》《试大理评事王君墓志铭》等等，都以充沛的感情，写出了一个个特定人物的风貌。他们的遭遇使人同情，引人深思。特别是他的《柳子厚墓志铭》和《柳州罗池庙碑》，是为亡友柳宗元所作。韩愈与柳宗元是一生中诚挚相接的"诤友"，二人在政治上态度不同，理论上看法不同，但友好交往终生不渝。韩愈写这两篇文章，本有难以措辞之处。但他回避了二人政治上和见解上的矛盾，专从柳宗元大才不得施用处着笔，写柳宗元以出众的政能文才，却十四年流贬穷荒，屈死贬所。其中描写统治阶级官场中嫉才妒能、排斥异己、势力凶恶的情状，穷形尽相；描摹柳宗元的品格、行事，虽着墨不多，却清楚动人。因此，这可说是为一个友人鸣不平，也是对当时社会的控诉文字。

　　韩愈还有一些记叙自己生平、发抒愤懑、表示不满的文章，如《进学解》《送穷文》以至《祭十二郎文》等。这是他为个人的"不平之鸣"。但这些作品的意义，却不只在写自己。他通过自己，写了社会。《进学解》文体模拟东方朔《答客难》和扬雄《解难》《解嘲》。表面上是模仿，实际上步步生新。通过对自己的诘问，写自己的才学文章和际遇。文章用的是辩解自嘲的笔调，写得很委婉，但怨恨讽刺之意深藏在笔下。他写自己勤于业，工于文，有劳于儒，勇于为人，而遭遇却是：

> 然而公不见信于人,私不见助于友,跋前踬后,动辄得咎。
> 暂为御史,遂窜南夷,三年博士,冗不现治。命与仇谋,取败几
> 时!冬暖而儿号寒,年丰而妇啼饥,头童齿豁,竟死何裨……

这种强烈的对比,本身就是一种揭露。所以,虽然文章最后故作解脱之语,表达的却是愤激之情。《送穷文》也是以游戏文体出之,它戏仿扬雄《逐贫赋》,而意在写自己的精神面貌和品格。全篇似乎只是讲"君子固穷"的道理,与柳宗元《愚溪诗序》之表现守愚安命立意相同,但实际写的却是壮志高节与穷途困境的矛盾,矛头指向造成这些矛盾的社会。《祭十二郎文》本是祭文,是悼念亡侄的。但韩愈在抒写自己感情时,却又琐琐叙及与死者少年时相依为命、成年后奔波睽隔的生活经历。这就不只是表示哀痛,还写了人生的苦况。在作者"汝病吾不知时,汝殁吾不知日,生不能相养以共居,殁不得抚汝以尽哀,敛不凭其棺,窆不临其穴"的终天之痛当中,是包含着对自己命运的感伤和对社会的控诉的。所以这类叙情文字,也有一定社会意义。

韩愈这些"不平之鸣"的作品证明了一个道理:文学的生命力,在于与现实、与人生的结合。尽管韩愈标榜儒道,决定其"古文"思想成就的,还在他能反映一定的现实问题。儒学在他身上能起到一定积极作用,也只在他能用它的某些观点来认识、分析、解决某些现实问题的时候。离开了现实与人生的儒学教条,就会成为创作的束缚。这也再一次告诉我们"古文"的思想基础到底是什么。

应当指出,韩愈思想上的唯心的"道统"论和保守的政治态度,终归要限制他的创作的思想水平,束缚他深入反映生活。他除了写出一些显然是宣扬唯心主义错误观念和替统治者歌功颂德的文章而外,从整个创作看,反映现实的广度和深度都有相当大的局限。把他与"新乐府运动"的诗人们相比,就会发现,他在表现当时的严重的阶级矛盾、沉重的民间疾苦等方面相差太远了。从"古文运动"内部看,他的创作较柳宗元在思想性与现实性上也都有较大

差距。而他作为一代文坛宗师的这些局限，也给整个"古文运动"
带来了消极影响。

四

　　韩愈就"古文"创作提出了一套系统的理论主张。他的理论有
成功的创作实践为基础，又总结了中国古典散文长期发展（包括唐
人倡导和写作"古文"）的历史经验，比较符合文学发展的特殊规律
和时代需要。这种理论构成他整个思想体系中最积极、最有生命
力的一部分。理论上的成熟也标志着"古文运动"的新水平。而正
由于他创作理论明确充实，在写作和倡导"古文"上具有高度自觉
性，才使他能够不断提高创作实践的水平，并接引后学，广为宣传，
使运动更深入、更广泛地展开。

　　韩愈系统地提出自己的理论主张是在《答李翊书》《送孟东野
序》等作品中，时在贞元中期。其时梁肃已经去世，柳宗元还在文
体改革的路子上摸索，雕绣藻绘的"俗下文字"还有相当大的势力。
他用彻底的、系统的"古文"理论相号召，有效地澄清、统一了文坛
上的认识。他在继承前代"古文"家的理论成果的基础上较好地解
决了前人没有解决或没有很好解决的有关"古文"创作的一系列问
题。理论上的成就，也是确立他领袖文坛地位的一个重要因素。

　　韩愈在"古文"理论上的贡献主要有以下几个方面：

　　第一，他明确解决了文章内容与形式的关系——"文以明道"。

　　韩愈作为"文章之士"，从早年起就志在"立言"。他说："愈少
驽怯，于他艺能，自度无可努力，又不通时事，而与世多龃龉。念终
无以树立，遂发愤笃专于文学。"（《答窦秀才书》，《韩昌黎全集》卷
一五）依据他的以儒学济世的"道统"论，他提出作文也要以明"道"

为标的。这就是所谓"文以明道"的观念。他第一次提出这个观念，是在贞元九年(793 年)所写的《争臣论》一文中：

> 君子居其位，则思死其官；未得位，则思修其辞，以明其
> 道。我将以明道也。

这个提法，在总结前人关于文章与作为一种思想体系的"道"的关系的基础上，进一步明确了二者的特定的内容，摆正了二者的关系，从而确定了"古文"创作的指导思想。

所谓"文以明道"，意味着"道"是内容，是创作的中心，而且这个"道"是儒家一家之道。他在《答李秀才书》中说："愈之所志于古者，不惟其辞之好，好其道焉尔。"在《题欧阳生哀辞后》中又说："愈之为古文，岂独取其句读不类于今者邪？思古人而不得见，学古道则欲兼通其辞。通其辞者，本志乎古道者也。"他在主张"古文"应为阐扬"道统"服务上，理直气壮，义正辞严，表现出一种极端的热忱，而且在理论上也是一贯和彻底的。

从"明道"的要求出发，他特别强调作家思想修养的重要性。他指出："夫所谓文者，必有诸其中，是故君子慎其实。实之美恶，其发也不掩。本深而末茂，形大而声宏，行峻而言厉，心醇而气和。昭晰者无疑，优游者有余。体不备不可以为成人，辞不足不可以为成文。"(《答尉迟生书》，《韩昌黎全集》卷一五)他要求作家创作之前必有诸其中，也就是对"圣人之道"确有心得。"成人"在前，"成文"在后，世界观的修养是写作的必要准备。因而他又要求"无望其速成，无诱于势利。养其根而俟其实，加其膏而希其光。根之茂者其实遂，膏之沃者其光晔。仁义之人，其言蔼如也。"(《答李翊书》，《韩昌黎全集》卷一六)也就是说，"古文"应当是仁义道德之人写仁义道德之说，以内容的充实促成形式的发扬光大。

他的这种看法，当然是很有局限性的。他以"明道"为目标，没有解决社会生活是创作源泉的问题；他片面强调主观的道德修养，

则忽视了作家深入实践的意义;他又把"圣人一家之道"作为内容,则不只限制了题材的范围,而且会导致创作上的教条化和概念化。在这些方面,韩愈的理论确实造成了消极影响。在这种理论指导下的创作,在反映现实的深度和广度上都会受到很大的限制。

但如果历史地、具体地分析起来,韩愈"文以明道"的主张又是有一定积极意义的。

首先,他为批判流行的骈体文的浮艳华靡的形式主义文风提供了一个强有力的依据。骈体文的要害不只在过分追求形式,更在内容空洞、虚伪、含混。韩愈抬出"明道"的旗号来批判它,与之相对抗,对于封建统治阶级文人来说是有团结力、有号召力的。特别是自刘勰《文心雕龙》明确提出"原道"一说,历代主张革正文体与文风的人都有宗圣尊儒的观念,这也为韩愈提出自己的理论准备了一定的基础。但前人从没有如此热情、如此坚定地明确所"明"之"道"就是儒家一家之道的。关于刘勰的"道"的性质目前还在争论。有人认为他所主张的是"自然之道",近人又有主张杂以佛道的。唐代的李华、梁肃等人的"道"则杂糅释教。韩愈慨叹当时的思想界不入于佛则入于老,是有一定依据的。他趁着儒学复古的潮流,向文坛大声疾呼,要求文章宣扬仁义道德之说,这就使一切形式主义的东西没有招架的余地,从而彻底改变了六朝遗留下来的只强调文章形式,把"文"与"经""史""子"的内容绝对对立起来的观念,恢复和发扬了三代、秦、汉文章重视思想性和社会内容的传统。

其次,在当时的情况下,他用这个口号,强调了"古文"的社会作用和教育意义。从前文可以看出,中唐以后的儒学复古思潮,是个具有历史进步意义的思想潮流,是政治改革的理论武器。我们不应离开当时的时代对一种思想妄加贬抑。儒家圣人之道在当时的思想界,是佛、老以及三教调和思想的对立物;在政治上,则是反对分裂割据、要求维护纪纲的理论依据。这在当时条件下,是起一定积极作用的。所以,韩愈提出"文以明道",也有要求文学参加积极的政治斗争和思想斗争的意义,这就在给散文注入一定的思想内容的基础上,引导散文为当前的政治服务,而不只是让文学去表现古老的、僵化的教条。这样,使创作与现实斗争联系起来,既赋与它强大的生命力,同时也反映了当时统治阶级中的改革派的要求(尽管韩愈本人没有深刻理解这一点,甚至还反对过真正的改革斗争"永贞革新")。所以,"文以明道"所涉及的就不只是个学术思想范围内的问题,在当时还有重大社会意义,因而才能产生那样深远的影响。

再次,还要考虑到,韩愈自称所宗奉者为孔、孟嫡传的纯正的"道统",实则如前所述,还有更丰富的现实内容。特别是他的"不平则鸣"的主张,更把"明道"与对现实的批判联系起来。他还说:"夫和平之音淡薄,而愁思之声要妙,欢谕之辞难工,而穷苦之言易好也。"(《荆潭唱和诗序》,《韩昌黎全集》卷二〇)这个观点是宋代欧阳修"文穷后工"论的滥觞。由此可见,在"明道"的口号下,他又是很重视现实的"不平"与"穷苦"的。后来王若虚批评他:"退之不善处穷,哀号之语,见于文字……"(《臣事实辨》,《滹南遗老集》卷二九)。清代一位居士彭际清也指责他:"欲求有得于道,不汲汲焉性命之忧,而唯取舍于喧寂之间,吾知其非孟子之学矣。"(《跋文休承盘谷图卷》,《二林居集》卷九)实际上,正是在这一点上,表现出韩愈没有墨守儒学教条而忘情于现实。

由此可见,韩愈"文以明道"的主张,对于当时的文坛是有针对性和积极意义的。

他的这种观点的重大局限,在于他所强调的思想性与现实性的矛盾。要求文章表现"圣人之道",与文学需要反映现实生活,在他那里二者有时可以统一,有时却陷入对立。例如他说写作要"行之乎仁、义之途,游之乎《诗》、《书》之源",就把儒家经典当成创作源泉,把创作成败归结到道德修养工夫。他在给凤翔节度使邢君

牙的信中说:"布衣之士,身居穷约,不借势于王公大人,则无以成
其志;王公大人,功业显著,不借誉于布衣之士,则无以广其名。"
(《与凤翔邢尚书书》,《韩昌黎全集》卷一八)这就公然要求为王公
大人颂功德、造名声,这都是与现实性的要求相对立的。后来苏轼
提出文章要以意为主;清汪琬不满于"载道"之说,认为:"夫文之所
以有寄托者,意为之也;其所以有力者,才与气举之也,于'道'果何
与哉!"(《答陈蔼公论文书一》,《尧峰文钞》卷三二)这些看法比韩
愈观点都进了一步。韩愈的理论的这种矛盾,限制他不可能达到
现实主义的高度。"明道"的文学观与"新乐府运动""为时""为事"
的理论相比较,在现实性上就显出了很大的差距。政治性与现实
性的矛盾,在统治阶级文艺中是不可克服的,但它在韩愈身上表现
得却特别尖锐。这影响到他个人的创作,也影响到整个"古文运
动"的水平。

　　第二,他明确指出了创造新型"古文"的途径——含英咀华,闳
中肆外。

　　韩愈比起另一些讲"贯道""载道"的人们的一个重要的高明
处,还在于他重"道"而不轻"文"。朱熹指责他"只是要作好文章"。
宋人吴子经说:"古之人好道而及文,韩退之学文以及道。"(吴曾
《能改斋漫录》卷八)清人程廷祚则说:"退之以道自命,则当直接古
圣贤之传,三代而四,而六经可七矣。乃志在于沈浸酿郁,含英咀
华,作为文章,戛戛乎去陈言而造新语,以自标置,其所操抑末矣。"
(《复家鱼门论古文书》,《青溪集》卷一○)这恰恰都指出韩愈虽以
张扬"道统"为职志而用力处却在文学的优点。他自称"能为古文
业其家"(《考功员外卢君墓铭》,《韩昌黎全集》卷二四),明确意识
到"若圣人之道,不用文则已,用则必尚其能者"(《答刘正夫书》,
《韩昌黎全集》卷一八)。因而他"志在古道,又甚好其文辞"(《答陈
生书》,《韩昌黎全集》卷一六)。这样,他所提倡的"明道"的创作,
就能充分注意文学本身的特殊规律,借鉴以前散文发展的丰富

成果。

在韩愈以前，文体复古观念虽早已存在，但"复古"的含义如何、途径何在，言人人殊，没有得出明确的、正确的答案。例如前面已经提到的苏绰的生硬地拟古，刘知幾的主张"文史合一"，萧、李等人的绝对地否定文华藻饰等等，都流入了偏颇，在实践上也难以取得大的成绩。

韩愈把经学与文章看作是两码事。既然叫作"文以明道"，"文"即在"道"之外。因而，他思想上讲"道统"，写文章却不主张模仿圣人之言。他自叙学文经过，开始时是"非三代、两汉之书不敢观"，到学问成熟时，就"识古书之正伪，与虽正而不至焉者"（《答李翊书》，《韩昌黎全集》卷一六）。这可以看出他所读绝不限于儒经，并且还注意文章"至"与"不至"的区别。就是说，义虽正而文不至的作品亦为他所不取。他在《进学解》中借太学生的嘲戏，表白自己师承的广泛：

> 沈浸醲郁，含英咀华，作为文章，其书满家。上规姚姒，浑浑无涯；周诰殷盘，佶屈聱牙；《春秋》谨严，《左氏》浮夸；《易》奇而法，《诗》正而葩；下逮《庄》、《骚》，太史所录；子云、相如，同工异曲——先生之于文，可谓闳其中而肆其外矣。

这里他把儒经与《庄》《骚》《史记》、扬雄、司马相如的文章辞赋等列，而且对《书经》《左传》都有微辞，"五经"中又不提《周礼》。显然，他评文章时在儒道外另有标准。他在《送孟东野序》中讲到"《诗》、《书》、六艺"，皆鸣之善者，又说"孔子之徒"鸣声大以远，接着说：

> 其末也，庄周以其荒唐之辞鸣；楚，大国也，其亡也，以屈原鸣；臧孙辰、孟轲、荀卿，以道鸣者也；杨朱、墨翟、管夷吾、晏婴、老聃、申不害、韩非、慎到、田骈、邹衍、尸佼、孙武、张仪、苏秦之属，皆以其术鸣。秦之兴，李斯鸣之。汉之时，司马迁、相

如、扬雄，最其善鸣者也。其下魏、晋氏，鸣者不及于古，然亦未尝绝也……唐之有天下，陈子昂、苏源明、元结、李白、杜甫、李观，皆以其所能鸣。其存而在下者，孟郊东野，始以其诗鸣……

这里讲"不平之鸣"，也把"道""术"与"文"明确分开；而他所谓"善鸣""能鸣"者，多不是学问家，而是真正的文学家。他所推重的是文学的水平。"圣人之道"在他只是个指导思想，"明道"是创作的总原则，在实践上他所重视的是优秀的文学传统。而且，他在文学上确有卓越的鉴赏力。他之所取是真正的文学历史上的精华。他曾自负地说："凡自唐虞已来，编简所存，大之为河海，高之为山岳，明之为日月，幽之为鬼神，纤之为珠玑华实，变之为雷霆风雨，奇辞奥旨，靡不通达。"（《上兵部李侍郎书》，《韩昌黎全集》卷一五）这与他讲"道统"完全是两码事。

韩愈与萧颖士、李华直到梁肃等人否定辞赋不同，对自屈、宋直到汉人辞赋评价甚高。上引《答李翊书》《送孟东野序》都说明了这一点。他自称"俚言绍庄、屈"（《山南郑相公樊员外酬答为诗其末咸有见及语樊封以示愈依赋十四韵以献》，《韩昌黎全集》卷七）。他的《感春四首》之二说："近怜李、杜无检束，烂熳长醉多文辞。屈原《离骚》二十五，不肯铺啜糟与醨。惜哉此子巧言语，不到圣处宁非痴。"（《韩昌黎全集》卷三）按旧注，此处是赞赏屈原的讽谏而伤其违圣之达节。但今天看来，他还是特别肯定屈原的"文辞"的。在《答崔立之书》中，他称屈原、孟轲、司马迁、司马相如、扬雄为"古之豪杰之士"。他不是如萧颖士等人把屈赋视为文风浮靡的滥觞，这里包含着对文学发展规律的正确理解。

韩愈高度评价汉人文章。但汉代文章已经分化。隋代杨湝指出："经国大体，则贾生、晁错之俦；雕虫小技，殆相如、子云之辈。"（《隋书》卷四二《李德林传》）韩愈重视的恰恰是后者。他曾说："汉朝人莫不能为文，独司马相如、太史公、刘向、扬雄为之最。"（《答刘正夫书》,《韩昌黎全集》卷一八）柳宗元说"退之所敬者,司马迁、扬雄"（《答韦珩示韩愈相推以文墨事书》,《柳河东集》卷三四）。司马迁先黄老而后六经,崇货殖而尚游侠,绝非醇儒;扬雄虽以儒者自居,但写过不少"雕虫篆刻"之作,而且其得名主要在后者。汉代有不少著名的经学家如董仲舒等,韩愈并不重视。后来《旧唐书》说他的文章是"经、诰之指归,迁、雄之气格",即是说,其内容大旨遵循儒经,而风格体貌则接近司马迁、扬雄。他与两汉文章确实多所师承,所以曾国藩批评他:"韩、柳有作,尽取扬、马之雄奇万变,而内之于薄物小篇之中,岂不诡哉!"（《圣哲画像记》,《曾文正公文集》卷二）正说明了他和柳宗元与西汉文章的关系。

值得注意的是韩愈对六朝文的态度。他提倡"古文",本是与骈体对立的。但他对骈文并不完全抹煞。在《送孟东野序》中他说:"其下魏、晋氏,鸣者不及于古,然亦未尝绝也。"他只指责其不善鸣,并不认为不能鸣。王勃的《滕王阁序》是骈体名篇,他写《新修滕王阁记》,却表示"壮其文辞",并自认"词列三王（加上王绪《滕王阁赋》和王仲舒《修阁记》）之次,有荣耀焉"。而从他的创作实践看,对骈文的艺术成果更多所汲取。这在本书中还会讲到。后来人们评论说:"韩文起八代之衰,实集八代之成。"（刘熙载《艺概·文概》）"浅儒但震其起八代之衰,而不知其吸六朝之髓也。"（蒋湘南《与田叔子论古文第二书》,《七经楼文钞》卷四）这是有一定道理的。可以说,没有对六朝以至初唐骈文的汲取,就没有他"古文"那样大的成就。

韩愈对前人遗产这种闳中肆外、广采博收的态度,不仅表明一个大作家开阔的艺术视野,善于广泛地继承历史上遗留的艺术成就,更重要的是体现了一种文学观点:他显然把经学传统与文学传统分而为二,而在文学创作上更重视文学经验的师承;他看到了文学发展历史上的进步,善于分析每一时代对文学的独特要求,并不一味地"复古",不以古代经典为唯一的楷模。

特别重要的是,他重视遗产的广泛继承,更重视独立的艺术创造。他的《答刘正夫书》说:

> 或问为文宜何师? 必谨对曰:宜师古圣贤人。曰:古圣贤人所为书具存,辞皆不同,宜何师? 必谨对曰:师其意,不师其辞。又问曰:文宜易宜难? 必谨对曰:无难易,惟其是尔。——如是而已。非固开其为此,而禁其为彼也。夫百物朝夕所见者,人皆不注视也;及睹其异者,则共观而言之。夫文岂异于是乎? 汉朝人莫不能为文,独司马相如、太史公、刘向、扬雄为之最。然则用功深者,其收名也远。若皆与世沈浮,不自树立,虽不为当时所怪,亦必无后世之传也。足下家中百物,皆赖而用也,然其所珍爱者,必非常物。夫君子之于文,岂异于是乎? 今后进之为文,能深探而力取之,以古圣贤人为法者,虽未必皆是,要若有司马相如、太史公、刘向、扬雄之徒出,必自于此,不自于循常之徒也。若圣人之道,不用文则已,用则必尚其能者。能者非他,能自树立,不因循者是也。

这里清楚地论述了继承与创新的关系。一方面我们可以看出,他并不主张对古圣贤人字模句拟,而要学习其创作的精神实质。而学习了这些经验,还要靠自己深探力取,努力于创新;不能因循于旧章,要树立自己的新貌。这样,他的"复古"就与模拟古人的艺术教条主义截然划清了界线。

第三,他总结了前人与自己的成功的创作经验,具体指示了写作古文的方法。

韩愈关于具体写作方法的论述,一是有实践做基础;二是把握了写作的一些总原则;三是简洁明了、切实可行,而不是脱离实际的繁琐教条,所以在提高"古文"水平、推进"古文运动"上确实能起到积极的指导作用。这些方法是:

他提出"丰而不余一言,约而不失一辞,其事信,其理切"(《至邓州北寄上襄阳于相公书》，《韩昌黎全集》卷一五），这就是要求文章以表达"事""理"为目的，形式要为这个目的服务。这也即所谓"文章言语，与事相伴"（同上），"志深而喻切，因事以陈辞"（《答胡生书》，《韩昌黎全集》卷一七）。他的这种观点，也是纠正前人提倡革正文体"尚简"的偏向。从刘知幾到权德舆，不少人为文都崇尚简古，认为文章日趋繁富是走上浮艳颓靡道路的表现。韩愈提出文无难易，唯其是尔，主张文辞的丰约以能否充分表达事理为原则，这实际是个语言形式要适应内容要求的问题。韩愈解决了这个问题，也就开拓了艺术表现的广阔天地。后来钱大昕说："文有繁有简，繁者不可减之使少，犹之简者不可增之使多。《左氏》之繁胜于《公》《穀》之简，《史记》《汉书》互有繁简，谓文未有繁而能工者，非通论也。"（《与友人书》，《潜研堂文集》卷三三）也是继承韩愈的观点。

　　他提出"唯陈言之务去"（《答李翊书》，《韩昌黎全集》卷一六），要求"不袭蹈前人一言一句"（《南阳樊绍述墓志铭》，《韩昌黎全集》卷三四）。对他的这些说法，古人有些很精辟的解释。范温说："退之谓'惟陈言之务去'者，非必尘俗之言，止为无益之语耳。然吾辈文字，如'十月寒'者多矣，方当共以为戒也。"（《潜溪诗眼》，转引郭绍虞《宋诗话辑佚》上册）黄宗羲说："所谓'陈言'者，每一题必有庸人思路共集之处，缠绕笔端，剥去一层，方有至理可言。"（《金石要例》附《论文管见》）又说："昌黎之所谓'陈言'者，庸俗之议论也，岂在字句哉！"（《答张尔公论茅鹿门批评八家书》，《南雷文约》卷四）韩愈"陈言"的本意所指应包含字句。他要求从字句到文章全面创新。骈体文那些浮词丽语是陈言，古老的经典之言也是陈言。所以"去陈言"也包括反对因袭、模拟之意。实际上韩愈已意识到语言、文章要随时代而变化，因而要有独创性。而艺术上的独创，是创作生命力之所在。韩愈的"古文"努力淘洗陈言，才成为生机勃勃的创造。

　　他提出"文从字顺各识职"(《南阳樊绍述墓志铭》,《韩昌黎全集》卷三四),也就是说,文章"必己出"、"去陈言",同时要流利畅达,合乎语法。在中国散文的发展历史中,如何运用语言规律,一直是个大问题。汉字形体复杂,书写困难,文字不得不简略,"言"与"文"的距离很突出。上古时代,书写工具简陋,文章与口语的差距可能更大些。有人以为典谟之"佶屈聱牙"只是由于古今语言的变迁,恐不尽然。后来发展起来的骈体文,把汉语中的节奏、音韵等因素绝对化了,人为地给文章表达限定某种格式。骈文的弊病很多,其重要的一条就是那种骈四俪六、浏离顿挫的书面语言拉大了与口语的距离。韩愈的"文从字顺"就是避免这种偏向。使书面语言顺适自然,这看似一个起码的要求,实际上也是很高的要求。"文从字顺"往往由精心锤炼而来。韩愈评孟郊诗,是"横空盘硬语,妥贴力排奡"(《荐士》,《韩昌黎全集》卷一),说贾岛诗是"奸穷怪变得,往往造平淡"(《送无本师归范阳》,《韩昌黎全集》卷五)。他的造语的理想是新奇与"妥贴""平淡"的统一。他力图把"奇辞奥旨"安排得文从字顺,从而在"言"与"文"的接近与统一上大大前进了一步。

　　他提出写文章要"正声谐韶濩,劲气贯金石",即要重视文章气势。自孟子讲"养浩然之气",曹丕以之论文,提出"文以气为主"(《典论·论文》),在创作上重"气"的人很不少。但"气"是什么?又如何体现?却是说法各异,而且多说得笼统、含混。韩愈说:"气,水也;言,浮物也。水大而物之浮者,大小毕浮。气之与言犹是也。气盛则言之短长与声之高下者皆宜。"(《答李翊书》,《韩昌黎全集》卷一六)他的这种说法,把文气与文章的语言表现联系起来了,认为文章气势就是从言之短长与声之高下而来。孟子以来讲"养气",实际是道德修养;在文章写作中如何造成气势,是一种写作技巧。韩愈把这两个方面兼顾到了,从而把"文气"说具体化了。后来桐城派刘大櫆专从字句音节上求文气,是韩愈观点向形式方面的发挥。

韩愈指示的这些写作方法和技巧,都精粹切要,符合创作客观规律,又切实可行。这对于提高"古文"的艺术水平,改进"古文"的文风是起了重要作用的。这些深有心得的经验之谈,对于教育一代文坛,启发后学也很有价值。但也应当指出,他所讲的写作要领,还侧重在文体、文风和文学语言等方面,而较少涉及文学创作规律的探讨,基本没有研究文学散文的形象化、艺术特性等问题。实际上如前所述,他的"古文"作为散文创作,已完全不同于古代的辨理叙事之文,而很有文学特色。但在理论上,他对这方面的经验没有深入总结。在这一点上,突出反映了他的理论比起实践来有较多的保守性、狭隘性。这种理论上的缺欠,自然也会反过来影响他的创作。

第四,他抓住了散文革新的一个关键——语言建设。

文学语言的革新,是韩愈散文的重要成就之一。章学诚在《文史通义》内篇卷二《博约》中论及韩愈所谓"记事者必提其要,纂言者必钩其玄",说他"用其功力,以为文辞助尔,非以此谓学也"。这话虽有偏狭处,却不无一定的道理。

韩愈讲到"文"与"文学",指的是"古文之学";他讲到"辞""文词""文辞",多指的是经过加工的文学语言。仅"文辞"一语,在他的文章中就出现二十余次,多是讲文学语言的创造的。可见他对这个问题的重视。例如他说:"昔者圣人之作《春秋》也,既深其文辞矣。"(《重答张籍书》,《韩昌黎全集》卷一四)他称赞别人"悦孟子,而屡赞其文辞"(《送王秀才序》,《韩昌黎全集》卷二〇),"近怜李、杜无检束,烂熳长醉多文辞",等等。对于古人作品,他重视"文辞"的水平。评价同时代人也同样。如称"扶风窦平,平以文辞进"(《送窦从事序》,《韩昌黎全集》卷一九),"又嘉浮屠能喜文辞"(《送浮屠文畅师序》,《韩昌黎全集》卷二〇),"(常)衮以文辞进"(《欧阳生哀辞》,《韩昌黎全集》卷二二)等。他又很自负善"文辞"。"奇辞奥旨"是他的看家本领之一。

语言是文学创作的基本材料。文学是语言艺术。以象形为基础的方块字、单音节的汉语构成了特殊的形式美和独特的表现功能,提供给文学创作以广阔的表现天地。在中国的散文与诗歌中,语言提炼更受到重视,是构成创作艺术性的重要因素之一。韩愈重视语言,与那种所谓"文胜则理消"的观念不同,划清了提高语言表达艺术与追求雕凿藻饰的界线。他的这种见解,在实践上更取得了巨大的成功。

正如前面在具体论述中已指出的,韩愈的"古文"理论是有缺陷和弊病的。他的唯心的"道统"论在这里的影响十分显著。他的理论也跟不上他的实践。但是,总的看来,他在"古文运动"理论建设上的贡献和作用不可低估。"古文"在当时得到更大的普及,以后确立为中国文坛占统治地位的文体,与他在理论上的提倡有很大关系。比他稍后的柳宗元也很重视"古文"理论建设,并在一些问题上作出了独特的发挥,但却是在他的影响下进行的。宋人论文又有一些新的创获,特别是欧阳修、苏轼等人,但在大的范围上,没有超出韩愈所论述的内容。韩愈在理论上的成就及其弱点、教训,都是应当认真总结的。

五

韩愈在谈到自己创作"古文"的反应时说:

> 仆为文久,每自测意中以为好,则人必以为恶矣。小称意,人亦小怪之;大称意,即人必大怪之也。时时应事作俗下文字,下笔令人惭,及示人,则人以为好矣,小惭者亦蒙谓之小好,大惭者即必以为大好矣。不知古文直何用于今世也。

（《与冯宿论文书》，《韩昌黎全集》卷一七）

他写《毛颖传》，已在元和初年，许多人读了，还不能举其词，独大笑以为怪。这都可见文坛上骈文影响的根深蒂固和旧习之溺人。但经过他和柳宗元等人的努力，形成了"元和中，后进师匠韩公，文体大变"（赵璘《因话录》商部下）的局面。韩文造成如此广泛深远的影响，除了理论提倡等原因以外，重要还在于有成功的创作实践。他以其卓越的"古文"创作，证实了它有足以压倒骈文的优越性。

韩愈"古文"是真正的艺术创造，非常富有独创性。这是他成功的一个原因，也是艺术上的功力的表现。这就涉及他的"尚奇"的问题。柳宗元评论他"文益奇"（《先君石表阴先友记》，《柳河东集》卷一二）；李汉说："先生于文，摧陷廓清之功，比于武事，可谓雄伟不常者矣。"（《唐吏部侍郎昌黎先生韩愈文集序》，《全唐文》卷七四四）李肇说："元和已后，为文笔，则学奇诡于韩愈……"（《唐国史补》卷下）姚鼐评他的文章是"淡宕多奇"（《古文辞类纂》卷四三）。他的这个"奇"，一方面是风格问题，即喜欢一种奇伟不凡、惊心动魄的风格。王鏊说："尝怪昌黎于文，于汉独取司马迁、相如、扬雄，而贾谊、仲舒、刘向不之及。盖昌黎为文主于奇，马迁之变怪，相如之闳放，扬雄之深刻，皆善于奇。董、贾、向之平正，非其好也。"（《震泽长语》卷下）由于这种"主于奇"的努力，造成了他的文章"如长江大河、浑浩流转"（苏洵《上欧阳内翰第一书》，《嘉祐集》卷一一）的雄奇万变的面貌。但"出奇"还有另一个意义，就是艺术上的创新，即他在《答刘正夫书》中说的"能树立不因循"，写作出得之深探力取的"非常"之文。

以下，简述其艺术成就。

第一，文体革新方面。

一般讲文体革新，是指革正骈文代之以散体单行的"古文"。实际上，这样估价他革正文体的成就是很不够的。提倡和写作散体文不自韩愈始，就是在骈文统治文坛时期也代有其人。韩愈在文体改革上的更重要的成就,是他在继承汉代以来逐步发展、形成的各种散文体裁的基础上,使它们更为完善、更为丰富、更富于表现力,从而打开了散文创作的新局面。

六朝骈文的要害不只在骈俪化,还在于当时的各类文章形成了一套程式,这套程式掩饰着空洞、虚伪、含混的内容,成为表达内容的障碍。这比起骈四俪六的语言形式来,更为限制散文的发展。说骈文有形式主义倾向,恐怕在这后一方面更为严重。韩愈在以"散"代"骈"的同时,以宏大的气魄和创造力,大胆、全面地冲决了那套凝固的程式,从内容到表现手法,全面发展了许多重要的散文体裁。这是他在文体改革上的彻底之处,也是他提倡"古文"得以成功的原因。

历史上有人提出,韩愈"文之工者,第一传状碑志"(陈衍《石遗室论文》卷四),因而有"韩碑杜律"之称。韩愈写过一些"谀墓"作品,有些碑志作品思想性不高,但从艺术上看,这些碑志传状中却多有传记文学的杰作。六朝到初唐的碑志,绝大多数无论从内容看还是从形式看都是僵化的。内容不外是铺叙阀阅,记述历官,歌功颂德,虚伪不实;形式上则是按一定的体例铺排事典,溢美夸饰。这是一些华而不实、含混模糊的官样文章。韩愈在某些墓志中,由于各种原因,不免溢美隐恶,但他另外的不少作品,却巧于摹写,注意剪裁,把精辟的议论、真挚的感情运用于其中,刻画人物,突出中心,使作品成为"一人一样"(李涂《文章精义》)的生动的传记文,显示出高度的艺术性。例如他的《柳子厚墓志铭》《贞曜先生墓志铭》《南阳樊绍述墓志铭》三篇,都是写文人的作品,碑主又都是他的友人。它们记述人物生平都很简括。柳宗元是政治斗争的失败者,这场政治斗争又是韩愈所反对的,但既写柳宗元,又必须把它作为重点。拿韩愈的地位说,是很难置笔的。韩愈先着重写柳宗元的政能文才,然后用"遇用事者得罪,例出为刺史,未至,又例贬永州司马","子厚前时少年,勇于为人,不自贵重顾藉,谓功业可立就,故坐废退"等语,把他政争失败遭到远贬带过,而且也适当地表白了自己的立场,既不厚诬死者,也不掩饰己见。而文章用主要篇幅批评世风的浮薄,并对柳宗元大才未施表示感慨,对其杰出文才表示赞叹。这篇作品就评价柳宗元一生的功业与思想来说,不算全面、深刻,甚至有所歪曲,但如果做传记文学读,却实在是形象鲜明,感慨深长,很有感染力。贞曜先生是孟郊的私谥,他和樊宗师政绩功业都无可叙述。孟郊终生落拓,但这也正是他的悲哀,所以韩愈先集中笔墨简括地写他的友人对他逝世的反响;樊宗师则写他短期从政的成效。而文章重点则放在评价二人诗、文的成就上。这实际上也暗示了他们时运不济的遭遇。这三篇墓志都把记叙与议论、抒情很好地结合起来。议论不是铺排颂扬,抒情不是虚伪称叹,而且全文不用固定的格式,这在写法上是很见矜创的。他的曾被王安石称赞的《试大理评事王君墓志铭》是另一种写法,融入了传奇因素。碑主是一个无资地的"奇男子"王适。文章前一半,选取他"缘道歌吟,趋直言试";"踣门"见金吾李将军,自称"天下奇男子";不应强藩卢从史之召,斥为"狂子"等几个情节,描绘了一个深明大义而又玩世不恭、身世坎壈而又乐观豪放的下层知识分子的形象。后一半,写他伪造告身骗娶侯氏女的喜剧性的故事:

> 初,处士将嫁其女,惩曰:"吾以龃龉穷,一女,怜之,必嫁官人,不以与凡子。"君曰:"吾求妇氏久矣,惟此翁可人意,且闻其女贤,不可以失。"即谩谓媒妪:"吾明经及第,且选,即官人。侯翁女幸嫁,若能令翁许我,请进百金为妪谢。"诺,许白翁。翁曰:"诚官人邪?取文书来。"君计穷吐实。妪曰:"无苦,翁大人,不疑人欺我,得一卷书粗若告身者,我袖以往,翁见,未必取视,幸而听我。"行其谋,翁望见文书衔袖,果信不疑,曰:"足矣。"以女与王氏……

这里描摹人物语言、情态,颇为生动活泼。三个人物,王适的狂放朴讷、侯翁的迂执忠厚、媒妪的狡黠善辩,栩栩如在目前。韩愈的有些墓志,写法有如杂文,如"志虢州司户韩岌墓,止称其父、祖之能;太学博士李于墓,惟辨其服药之误;若殿中少监马继祖墓,则哀其四十年间哭三世耳"(范晞文《对床夜话》)。这都根据表现对象的不同,抓住重点,随事立意,巧妙运思,突出了一定的现实意义,完全改变了骈体墓志那种"铺排郡望,藻饰官阶,殆于以人为赋,更无质实之意"(章学诚《文史通义》外篇卷二《墓铭辨例》)的写法。

记序一类文章,前人所作多是对"山川景物,刻画追摹,流连光景,宛与辞赋相近"(章学诚《文史通义》补遗《评沈梅村古文》),其中穿插一些议论,也多一般地叙说事由,比较浮薄。但韩愈的记序,却是内容质实,表现方法多样,特别是加入大量议论,发展成一种夹叙夹议的特殊的杂文文体。如《赠崔复州序》《送董邵南序》是议政的,《送高闲上人序》《送王秀才序》是论学的,《送孟东野序》是论文的。友人石洪处士应河阳节度使乌重胤之召出仕,韩愈在诗里曾对他隐居而求仕表微词,但在东都人士集会欢送石洪时写的《送石处士序》,却是有针对性的议论文章。全篇用两番对话组成,构思很新巧。前一半写乌重胤求士于从事之贤者,通过两人的对话,表扬石洪的德行与学问,也透露出乌重胤为国礼贤的用意;后一半写欢送石洪祖饯席上的四段祝辞和石洪的答复,实际上是写出了作者本人对政治的期望。《送司徒李端公序》也是一篇祖饯宴集序。李端公即诗人李益,应召赴幽州节度使刘济幕。幽州是安史之乱的策源地,刘济是崛强难制的强藩。韩愈的文章通过自己与李藩的一段对话,写刘济在迎接李藩出使时如何"勤于礼",借以推论天下复平必自幽州始,希望李益能去多做些工作。李益赴幽州是到分裂割据地区寻出路,这里涉及当时朝廷与藩镇争夺知识分子的社会问题。韩愈对李益做了委婉的规劝,又对解决藩镇问题表示了关心。《送李愿归盘谷序》的内容,前面已分析过,不再赘述。

　　在唐代,"朝廷百司诸厅皆有壁记,叙官秩创置及迁授始末……近时作记,多措浮辞,褒美人材,抑扬阀阅,殊失记事之本意"(封演《封氏闻见记》卷五)。但韩愈的《蓝田县丞厅壁记》却是一篇含意深刻的讽刺文,写法上和内容上都很独特。

　　韩愈的其他多种多样的"杂著"以及书信、传记等文章,也很有特色,在艺术上同样多有创造,这里不一一赘述。

　　我国古典散文脱离著述体制而形成各种各样的"篇什"文体,这是文学走上独立发展道路的重要标志。但在六朝时期,这些"篇什"之文形成了严重的形式主义倾向,内容空洞,形式僵化,从而走上了歧路。韩愈搞文体"复古",并没有回到古代"著述"体制上去,而是在"篇什"的基础上发展。这也证明他是认识到六朝散文的历史价值,在文体问题上是具有历史发展观念、善于顺应文学发展规律的。他打破了骈文给各种文章体裁的限制,打破了传统的僵化的表现手法,从而实现了文体的大解放、大发展。张邦基记载李文叔的话说:"予尝与宋遐叔言:孟子之言道,如项羽之用兵,直行曲施,逆见错出,皆当大败,而举世莫能当者,何其横也。左丘明之于辞令,亦甚横。自汉后千年,唯韩退之之于文,李太白之于诗,亦皆横者。"(《墨庄漫录》卷六)这所谓"横",正表明韩愈行文冲破陈规,勇于创新,不受传统拘束的特点。这一点表现在文体运用上特别突出。

　　秦观曾评论说:"夫所谓文者,有论理之文,有论事之文,有叙事之文,有托词之文,有成体之文……钩《列》、《庄》之微,挟苏、张之辩,擒班、马之实,猎屈、宋之英,本之以《诗》、《书》,折之以孔氏,此成体之文,韩愈之所作是也……杜氏、韩氏,亦集诗文之大成者欤?"(《韩愈论》,《淮海集》卷一一)这里所谓"成体",所谓"集大成",也表现在文体上。韩愈几乎可以用各种体裁,在各种题目下,自由地记叙、描写、议论、抒情;他利用"古文"写人、记事、议政、论学、反映时事、抒发感慨、评论历史、抒写心迹。他的"古文"文体,是一种既不同于先秦盛汉辩理论事朴素无华的"著述"之文，也不同于六朝"绣绘雕琢"的"篇什"之文的新型散文。它简洁精粹，清晰流畅，富于艺术美感与表现力。这样，他在文体上的革新，就为散文发展开辟了新天地，创造了新道路。

第二，文学语言的创造方面。

韩愈在理论上认识到文学语言在创作中的重要性，在实践中对文学语言的提炼与创新更下了很大的力气，取得了卓越的成就。

韩愈在散文语言艺术上的发展主要在以下几方面：

口语化。前已指出，韩愈的"文从字顺"的要求，就有合乎口语习惯的内容。他说过："人声之精者为言，文辞之于言，又其精也。"（《送孟东野序》，《韩昌黎全集》卷一九）也就是说，文辞是精炼的语言，这个看法是颇为辩证的。韩愈在创作中，反对佶屈聱牙地拟古，也反对有意雕凿，而是要求经过刻苦锻炼、反复推敲做到流利通畅，字稳句妥，从而使言、文比较一致。韩愈作为语文大师，使得以"古文运动"作家的创作为代表的中古语文实现了语文史上划时代的革新，进一步解决了言、文关系问题。这也是他的一个最主要的成绩。韩愈的理论文字，如著名的"五原"，以及《师说》《杂说》《争臣论》等等，虽然讲的是大道理，但语言却都是通俗明白、富有生活气息的。唐代的奏议一般都用骈体，但韩愈却用"古文"。《论佛骨表》讲佞佛亡国的道理，明白如话，就像在朝廷上对着皇帝论辩驳难一样。他的《祭十二郎文》，写到早年与韩老成度过"零丁孤苦""形单影只"的生活，中年奔走宦途、长期离异，琐琐如道家常。他在《张中丞传后叙》《试大理评事王君墓志铭》等记叙文以及某些议论文字里，常常穿插人物对话，这些对话也多接近生动的口语。后代的古文家例如桐城派，写人物对话用的不是当时人的语言，而是秦汉人的语言，韩愈就没有这个弊病。还可以举一个例子，他的《子产不毁乡校颂》，前一段改写《左传》襄公三十一年（前542年）子产不毁乡校的传文，经过概括，文字仅用原文一半，保存了原文的主要内容，但词语基本用的是唐代的活的语言，而且虽然是韵文，比起散文来并不显得格碍板滞。这里面表现了作者运用语言的技巧，特别是对口语化的重视。

形象性。韩愈以"明道"为创作标的，整个创作说理色彩很深厚。从这个意义上讲，他在散文写作上比较地不够重视艺术形象的创造。但他在语言表达上却要求"引物连类，穷情尽变，宫商相宜，金石谐合"（《送权秀才序》，《韩昌黎全集》卷二一），即他十分注意语言本身的形象性。文学的形象塑造与语言的形象性虽然是两码事，但二者又是有关联的。就散文创作来说，往往不要求创造完整的艺术形象，但优美的形象化的语言正是造成其艺术性的重要条件。韩愈的记叙文中往往有生动的形象描绘，例如《柳子厚墓志铭》写青年时代柳宗元："俊杰廉悍，议论证据今古，出入经史百子，踔厉风发，率常屈其座人，名声大振，一时皆慕与之交。"几句话写出柳宗元少年得志、才华横溢的议论风采。《张中丞传后叙》的后一半，以简洁的笔触，突出几个典型场面和细节，勾勒了南霁云、张巡、许远等英雄人物的形象。又如有名的《画记》，以散文复现一幅内容复杂精彩的画卷，连用六十二个"者"字，生动地形容出人物、马匹的动态，如写人的"偃寝休者二人，甲胄坐睡者一人，方涉者一人，坐而脱足者一人"，写马的"痒磨树者，嘘者，嗅者，喜相戏者，怒相踶啮者"等等，都用几个字写一个对象的物态神情，组合起来就展示了生气勃勃、千姿百态的画面。而特别应当注意的是，韩愈的议论文字，从词语运用到表达方式都努力使用形象的方法。例如《与孟尚书书》说到儒学的危机：

> 汉氏已来，群儒区区修补，百孔千疮，随乱随失，其危如一发引千钧，绵绵延延，寖以微灭。于是时也，而唱释老于其间，鼓天下之众而从之，呜呼，其亦不仁甚矣！

又如《进学解》写到自己刻苦攻读：

> 口不绝吟于六艺之文,手不停披于百家之编,记事者必提
> 其要,纂言者必钩其玄,贪多务得,细大不捐,焚膏油以继晷,
> 恒兀兀以穷年。

这样或比喻,或描述,都把抽象的事理写得非常生动鲜明。至于
《原毁》以对比表现某些人对人、对己要求的不同,《送李愿归盘谷
序》描摹社会上的三种人物,《杂说四》以相马比拟识人等等,更是
语言生动的著例。

　　形式美。韩愈的"古文"是非常重视形式美的。骈文讲究辞采
声韵,但把形式僵化了,凝固了,从而使它脱离了生机,留下个美的
躯壳,也就失去了真正的美。韩愈打破骈文在形式上的桎梏,在服
务于内容的原则之下,充分发挥了音节短长、语气缓急、声调抑扬、
句式错落等语言形式美的功能。他解散了骈体,但却更好地发挥
了汉语单音节语言构成形式美的诸因素,力避行文散缓、平板、涩
滞,使文章音调优美,节奏铿锵,句式丰富、和谐而多变化。就以著
名的《原道》为例,如前所述,这篇文章就理论内容看,较前人并没
有提出什么新东西,但它却有一种义正辞严、气壮声宏的雄辩力
量。形成这种力量,很重要的是由于它注意语言组织与声韵节奏
的运用,造成一种高屋建瓴、势如破竹的气概。例如说:

> 周道衰,孔子没,火于秦,黄、老于汉,佛于晋、魏、梁、隋之
> 间,其言道德仁义者,不入于杨,则入于墨,不入于老,则入于
> 佛,入于彼,必出于此,入者主之,出者奴之,入者附之,出者污
> 之。噫,后之人其欲闻仁义道德之说,孰从而听之?

这里运用了排比对偶、音节整齐的短句,于变化中见整饬;把"火"
"黄""老""佛"等名词作动词用,使文章简劲生动;短促重叠的句式
又传达出作者复兴儒道的迫切感。《论佛骨表》的最后说:

> 孔子曰:"敬鬼神而远之。"古之诸侯,行吊于其国,尚令巫
> 祝先以桃茢,祓除不祥,然后进吊。今无故取朽秽之物,亲临

观之，巫祝不先，桃茢不用，群臣不言其非，御史不举其失，臣
实耻之。乞以此骨付之有司，投诸水火，永绝根本，断天下之
疑，绝后代之惑。使天下之人，知大圣人之所作为，出于寻常
万万也。岂不盛哉！岂不快哉！佛如有灵，能作祸祟，凡有殃
咎，宜加臣身，上天鉴临，臣不怨悔。无任感激恳悃之至，谨奉
表以闻。臣某诚惶诚恐。

这一段文字以简劲的四字句为主，音节错落，激昂慷慨，很好地表
达了誓死卫道的决心。他的有些记叙处，也善用短句，像《张中丞
传后叙》写南霁云乞师和张巡就义两段，描述、对话都很简短、精
炼。他还善于组织几十个字的长句，《柳子厚墓志铭》感叹友人遭
际，揭露世风浮薄，用了八十余字的长句：

士穷乃见节义。今夫平居里巷相慕悦，酒食游戏相征逐，
诩诩强笑语以相取下，握手出肺肝相示，指天日涕泣，誓生死
不相背负，真若可信；一旦临小利害，仅如毛发比，反眼若不相
识，落陷阱不一引手救，反挤之又下石焉者，皆是也。

《送高闲上人序》写到张旭专心技艺、不暇外慕，用了百字以上的
长句：

往时张旭善草书，不治他伎，喜怒窘穷、忧悲愉佚、怒恨思
慕、酣醉无聊，不平有动于心，必于草书焉发之；观于物，见山
水崖谷、鸟兽虫鱼、草木之花实、日月列星、风雨水火、雷霆霹
雳、歌舞战斗、天地事物之变，可喜可愕，一寓于书，故旭之书
变动犹鬼神不可端倪，以此终其身而名后世。

这类句子，曲折变化，腾挪无迹，气势如长江千里，一气贯注，又能
表达复杂丰富的内容。韩愈文章语言的形式美，再一次表明他非
常善于运用艺术形式，并使形式为内容服务的功力。

提炼语词。韩愈善于从口语中提炼语言，也善于借鉴古人有

生命力的语言。在他的文章里，口语、古语、僻语、奇语、"瑰丽之辞""时俗之好""荒唐之言，悠谬之词"，都被汲取、运用。他把这形形色色的语汇，加以精心选择、推敲、重新改造、组合，铸造成新的词语。这些词语极其凝炼、精粹，而有表现力。他的运用口语，前文已论及。下面举几个他提炼古语、铸造新词的例子。《诗经·小雅·狼跋》有"狼跋其胡，载疐其尾"的形容，韩愈改造为"跋前疐后"；《诗经·小雅·青蝇》有"营营青蝇"的句子，韩文发展为"蝇营狗苟"，这个新词语巧妙地利用了同音字；《穀梁传》文公六年有"上泄则下暗，下暗则上聋，且暗且聋，无不相通"的说法，韩文凝缩为"下塞上聋"；《战国策·楚策三》有"彼郑、周之女，粉白墨黑，立于衢闾"的描述，韩愈概括为"粉白黛绿者列屋而闲居"，这些词语经改造都更简洁，也更有表现力。《吕氏春秋》上说"衣弊不补，履决不苴"，韩文中提炼为"补苴罅漏"；扬雄《解难》上说"抗辞幽说，闳意眇指"，韩文则改造为"张皇幽眇"，这些表达方式比原来的语言更显豁、通畅。《仪礼·特牲馈食礼》注中有"搞醯者染于醯"的说法，韩文改造为"目擩耳染"；李密《陈情表》中说"茕茕孑立，形影相吊"，韩文提炼为"形单影只"，如此等等，一些古语经他点染，顿现光彩，而且如此自然，真有"点铁成金"之妙。而从他所组织的词语的出处看，又极其广泛，经、子、史、集，广采博取，这也是他对前人遗产善于广泛师承的一个方面。他还善于凝缩一些形容语和描述性的短句，用比拟、描写、夸张的方法结构起来，成为一些具有独立性的语汇，例如《进学解》中的"爬罗剔抉""刮垢磨光""贪多务得""细大不捐""含英咀华""佶屈聱牙""俱收并蓄"等等，《送穷文》中的"不专一能""屏息潜听""转喉触讳""小黠大痴""垂头丧气""抵掌顿脚"等等。他的生动的语句，也有被后人提炼为成语的，如《进学解》中"冬暖而儿号寒，年丰而妻啼饥"精炼为"啼饥号寒"；《送孟东野序》中"大凡物不得其平则鸣"精炼为"不平则鸣"；《柳子厚墓志铭》中"酒食游戏相征逐"提炼为"酒食征逐"；"落陷阱不一引手

救,反挤之又下石焉"提炼为"落井下石";《原道》中"坐井而观天,
曰天小者,非天小也"提炼为"坐井观天";《送石处士序》中"若驷马
驾轻车就熟路"提炼为"驾轻就熟"等等,这都由于韩愈文章本身具
有表现力,后人加以改造才有可能。韩愈又常常提炼出一些生动
的短句,它们已成为今天的格言,如"闻道有先后,术业有专攻""事
修而谤兴,德高而毁来""足将进而趑趄,口将言而嗫嚅""业精于勤
而荒于嬉,行成于思而毁于随"等等。韩愈这样创造和使用语汇,
增加了他的文章的生动性和表现力,也是留在汉语史上的一笔巨
大财富。在现代汉语的成语构成中,有相当一部分出自韩愈的
手笔。

　　善用虚词。大量运用虚词,是唐、宋以来文体发展变化的一个
特征,也是言、文接近的表现。骈文在运用虚词上也形成了程式。
后来有些"古文"家认为多用虚词会使行文散缓卑弱,尽量避免使
用,结果造成行文涩滞。韩愈善于用虚词来壮文势、广文义,使文
章语气节奏更加灵活多变,跌宕生姿,而且可以突出所表达的文情
语气,例如《祭十二郎文》中写到听说老成之死内心感受的一段:

　　　　呜呼! 其信然邪? 其梦邪? 其传之非其真邪? 信也,吾
　　兄之盛德而夭其嗣乎? 汝之纯明而不克蒙其泽乎? 少者强者
　　而夭殁,长者衰者而存全乎? 未可以为信也。梦也,传之非其
　　真也,东野之书,耿兰之报,何为而在吾侧也? 呜呼,其信然
　　矣,吾兄之盛德而夭其嗣矣,汝之纯明宜业其家者,不克蒙其
　　泽矣。所谓天者诚难测,而神者诚难明矣,所谓理者不可推,
　　而寿者不可知矣! 虽然,吾自今年来,苍苍者或化而为白矣,
　　动摇者或脱而落矣,毛血日益衰,志气日益微,几何不从汝而
　　死也。

宋费衮《梁溪漫志》卷六论"文字用语助"指出,这一段文字,"仅三
十句,凡句尾连用'邪'字者三,连用'乎'字者三,连用'也'字者四,

连用'矣'字者七,几于句句用助辞矣。而反复出没,如怒涛惊湍,变化不测,非妙于文章者,安能及此"。他的《杂说四》,一百五十一个字,虚词就用了四十一个,其中说到"是马也,虽有千里之能……"用"也"字表示提顿,把对"马"的同情和赞叹凸显了出来;下面,"且欲与常马等不可得,安求其能千里也",用表让步的"且"字领起,加深了"不可得"的感慨;句末不用"乎"而用偏重肯定的"也"表反问,更加强了论辩力量;全文结尾的"其真无马邪? 其真不知马也!"重复使用语气词"其",前者表反诘,反者表推量,一问一答,排比整齐,非常简洁有力。前面已提到《画记》中连用"者"字。还有《送浮屠文畅师序》的结尾,谈到告佛徒以儒者之说,则是连用"也"字:

> 夫不知者,非其人之罪也;知而不为者,惑也;悦乎故不能即乎新者,弱也;知而不以告人者,不仁也;告而不以实者,不信也。

五个表判断的分句排比起来,全用"也"字收束,语气斩钉截铁,被评为"如破竹一段"(盛如梓《庶斋老学丛谈》卷中上)。由于善用虚词,不仅促进了抒情和议论的表达,而且使整个文章情意充沛,摇曳多姿。

韩愈对散文语言的创造,是他的一个重大的艺术成就。他的散文的艺术表现力,很重要的方面是得自其丰富多样,简洁精炼,在议论、描写、叙述、抒情等各种功能上都非常杰出的语言。韩愈在这方面的努力,特别富于成效。

第三,艺术表现手法方面。

韩愈在继承古人的优良散文传统的基础之上,对散文的艺术技巧和表现方法多有发展与创新。他虽然以"明道"为号召,但其优秀作品却决不是空疏肤阔地讲大道理,而善于用多种艺术手段与技巧表现内容,在艺术上深探力取,不断开拓,勇于创造,探索艺术表现的新天地,达到了古典散文艺术的新水平。

这里仅举出他的散文的几种表现技巧加以简要说明:

巧于运思,突出主题。林纾《春觉斋论文》论"用绕笔",举韩愈文章为例,实际上牵涉到构思问题。其中说:"如《代张籍与李浙东书》,不过一瞽目之人向人求丐耳,文却将'盲'字作无数旋折:'盲目不盲心'是主脑,然处处伤悼'盲'字,却处处绕转'心'字;如盲者当废于俗辈,不当废于有道之人;有道者,知'心'也,将'心'字一回顾。又言浙东七州,均不盲者,然当问其贤,不当计其盲;知贤者,知心也,又将'心'字一回顾。于是直说盲心无用,自己盲目不盲心之有用,又将'心'字一回顾。果能赐坐问言,则目盲而心不盲,尚能吐其心中平生所知见,又将'心'字一回顾。再言心果不以衣食乱,则所言或胜于丝竹金石也,复言诚不以畜妻子忧饥寒乱心,则并盲目亦可以愈。时时自憾其盲,尤时时自明其心,一纤小题目,百转迎环,似纠缠却有眉目,似拖沓却分浅深,神妙极矣。"接着又举出《答刘正夫书》,立一"异"字为学文真诀,又复绕到"能"字。这些例子,都足以说明韩文运思极严密,构想很新颖。还可以举出《送董邵南序》为例。董邵南去河北,是逆乱之地,不是韩愈所赞成的,因此写送序就难以置词。文章开始写"燕赵古称多感慨悲歌之士",然后指出董生适兹土,吾知其必有合,是决词;接着又说"吾恶知其今不异于古所云耶?聊以吾子之行卜之也",是疑词。在两层意思中,重复用"董生勉乎哉"做提顿,是勉励,也是讽谏。最后提出望诸君和屠狗者,表达对于收复河北的希望。这是围绕着勉励董生的立意,从各方面委婉地表示自己反对分裂、要求统一的政治观点。其他如《进学解》借鉴《答客难》的方法,设为太学生对自己的讥嘲;《张中丞传后叙》先以反驳对张、许二人评价的纷争立议,然后展开对睢阳保卫战与张、许、南等人功业的描述;《送孟东野序》以"不平则鸣"为中心展开议论;《送高闲上人序》由学习技艺要神完守固的道理说起,从尧、舜治天下一直讲到张旭的草书、高闲上人善草书，又指出浮屠氏一死生，解外胶，泊然无所起，淡然无所嗜，是难于写好字的，这就归结到反佛的主题。韩愈文章构思新颖，腾挪变化，波澜起伏，引人入胜，发人思索。

论事析理，透辟明快。韩愈的文章多是说理的；不但他的议论文字，就是他的书序一类文章，论理性也很强。但他说理条分缕析，论辩详明，无论是立论还是驳论，判断都准确清楚，推理合乎逻辑。《师说》是宣扬师道、批驳耻于相师的陋俗的。这个题目大而涉及"道统"的传播，小而关系到个人学问素养，所以是一个很重要的问题。韩愈从"古之学者必有师，师者所以传道、授业、解惑也"这个总认识讲起，然后批评士大夫间师道之不传，又从侧面讲巫医乐师百工之人不耻相师和圣人无常师，最后得出了师弟子需要教学相长的道理。这里讲到理论与实际、历史与现状，都围绕对"师"的不同看法加以组织，头头是道，突出了主题。《原毁》先用大半篇幅拿"古之君子"与"今之君子"作对比。两个层次都先做出判断："古之君子，其责己也重以周，其待人也轻以约"，"今之君子则不然：其责人也详，其待己也廉"，然后剖析其后果和表现。在对比的基础上，挖掘产生这种现象的思想根源——怠与忌，和它所造成的恶果——事修而谤兴，德高而毁来。最后发出慨叹，指出纠正这种风气对于治理国家的意义。《讳辩》是一篇驳难文字。韩愈的友人、诗坛新秀李贺应进士举，因为其父名晋肃，被人攻击为犯讳，韩愈著文为之辩驳。他先举出讲究名讳的条律：

> 律曰：二名不偏讳。释之者曰：谓若言徵不称在，言在不称徵，是也。律曰：不讳嫌名。释之者曰：谓若禹与雨、丘与蓲之类是也。今贺父名晋肃，贺举进士为犯二名律乎？为犯嫌名律乎？父名晋肃，子不得举进士，若父名仁，子不得为人乎？

这是由一般的道理，联系到李贺的实际，使用归谬的方法，以证明被批驳议论的荒唐无据。然后又举历史事实为证，而且举的是圣

贤事例:

> 夫讳始于何时？作法制以教天下者，非周公、孔子欤？周
> 公作诗不讳；孔子不偏讳二名。《春秋》不讥不讳嫌名：康王钊
> 之孙实为昭王；曾参之父名晳，曾子不讳昔。周之时有骐期，
> 汉之时有杜度，此其子宜如何讳？将讳其嫌，遂讳其姓乎？将
> 不讳其嫌者乎？汉讳武帝名彻为通，不闻又讳车辙之辙为某
> 字也；讳吕后名雉为野鸡，不闻又讳治天下之治为某字也。今
> 上章及诏不闻讳浒、势、秉、饥也，惟宦官宫妾乃不敢言谕及
> 机，以为触犯，士君子言语行事，宜何所法守也？

这里从周、孔一直讲到当代，例证凿凿，不容怀疑。用了一系列诘
问句，最后归结到宦官宫妾，再一次证明对方的悖谬，同时相对照
地表明士君子应当何所取法。最后，承上文加以总结，回应经、律，
对照周、孔与宦寺宫妾，使对方无以自辩，而自己的主张则章章然
无可怀疑了。韩愈的著名的论说文章如《原道》《论佛骨表》《杂说》
《争臣论》等，其气势豪横，雄辩有力，除了得力于语言的融炼之外，
很主要的一点在于逻辑严密，条理明晰。

描写与抒情。以"明道"为目标的韩愈散文，并没有忽视描写
与抒情的技巧。在这方面，他虽然不以专门描摹物态、塑造形象见
长，但在议论与记述中穿插的一些人物和场面的描绘，却相当鲜明
生动。他专门的抒情散文写得也不多，但他的许多文章感情都非
常饱满，爱憎表达得强烈、明朗。由这些也可以看出他借鉴辞赋、
传奇和诗歌艺术技巧的收获。《张中丞传后叙》写到睢阳保卫战中
的马军兵马使南霁云突围乞师，描摹非常生动:

> 南霁云之乞救于贺兰也，贺兰嫉巡、远之声威功绩出己
> 上，不肯出师救。爱霁云之勇且壮，不听其语，强留之，具食与
> 乐，延霁云坐。霁云慷慨语曰："云来时，睢阳之人不食月余日
> 矣，云虽欲独食，义不忍，虽食，且不下咽!"因拔所佩刀，断一

指，血淋漓，以示贺兰。一座大惊，皆感激，为云泣下。云知贺
兰终无为云出师意，即驰去。将出城，抽矢射佛寺浮图，矢着
其上砖半箭，曰："吾归破贼，必灭贺兰，此矢所以志也。"——
愈贞元中，过泗州，船上人犹指以相语。——城陷，贼以刀胁
降巡，巡不屈，即牵去，将斩之；又降霁云，云未应。巡呼云曰：
"南八，男儿死耳，不可为不义屈。"云笑曰："欲将以有为也，公
有言，云敢不死！"即不屈。

这里写了乞师、就义两个场面，通过行动、言语的描绘，使人物音容
形貌，如在目前。特别是断指、射箭两个细节，极其简洁地写出了
南霁云的忠义心怀，慷慨豪情。而作者过泗州的补笔，把传说坐
实，以浪漫笔法突出英雄人物的义烈勇武。牺牲前的对话和阳阳
一笑，不仅写了视死如归的精神，而且写英雄间精神契合、肝胆相
照，这也与前面对诬蔑英雄人物的错误言论的批判相呼应。《国子
助教河东薛君墓志铭》写了一个军府会射的场面：

　　后九月九日，大会射。设标的，高出百数十尺。令曰：
"中，酬锦与金若干。"一军尽射，莫能中。君执弓，腰二矢，指
一矢以兴，揖其帅曰："请以为公欢。"遂适射所。一座皆起随
之。射三发，连三中，的坏不可复射。中，辄一军大呼以笑，连
三大呼笑。帅益不喜。

不到一百字，写了一个群众场面。行动发展的层次、主从人物的关
系，交待得都很清楚。最后写射箭中的，群众欢呼，用语极其简洁，
把场面气氛写得活灵活现。韩愈往往在记叙议论之中插入一段描
写，涉笔成趣，使文章格外生动。《送幽州李端公序》转述李藩的
话，描写刘济迎接敕使的情景："（李藩）及郊，司徒公红袜首，靴袴
握刀，左右杂佩，弓韣服，矢插房，俯立迎道左。某礼辞曰：'公，天
子之宰，礼不可如是。'及府，又以其服即事。某又曰：'公，三公，不
可以将服承命。'卒不得辞。上堂，即客阶，坐必东向。"生动地写出

了刘济对朝廷奉命唯谨的神情。这虽然可能只是做个姿态,韩愈的描写则意在讽喻,但写的是很生动的。《蓝田县丞厅壁记》写到县丞工作情形:"文书行,吏抱成案诣丞,卷其前,钳以左手,右手摘纸尾,雁鹜行以进。平立,睨丞曰:'当署。'丞涉笔占位署惟谨,目吏问可不可。吏曰:'得。'则退,不敢略省,漫不知何事。"把县丞地位的低下可怜和官府的冠冕堂皇的虚假形式,写得淋漓尽致。官吏排队递送文书,县丞察看他们的眼色签署可否,更是传神之笔。这种生动的描写,大大增强了作品的感染力。至于抒情,韩愈写过《祭十二郎文》那样的抒情名篇,在叙事中抒情,回忆往事,琐琐道来,言辞哀恸,情意恳切,被称为是述哀文字中的千古绝调。他的更多的文章,把抒情融入议论之中,如《送孟东野序》《柳子厚墓志铭》,都在夹叙夹议之中,表达了自己的爱憎感情。他的议论文章的雄壮气势,也是得力于其内在感情的充沛。

比拟和比喻。这都是先秦以来散文的传统表现方法,韩愈运用得更纯熟,更生动,与整个文章内容的结合更浑融无迹。著名的《杂说四》,用伯乐与千里马的故事,比拟人才的识别和任用。处处说马,处处指人;讲伯乐与马的关系,暗示统治者与人才的关系。没有用另外的议论,只从识马、养马、知马比拟人才的发现、培养、任用,主题表现得一清二楚。《答刘正夫书》以家中百物所珍爱者必非常物,比拟为文不能因循旧辙,要勇于创新。《上贾滑州书》用丰山之钟不能自鸣,说明自己渴望有气类相感的人加以引荐。《送高闲上人序》以张旭与高闲上人相比,把讽喻寄托于其中。至于修辞上的比喻,韩愈也常常应用,并有所发展。著名的是所谓"博喻",这是佛典中常用的。韩愈运用起来,联想丰富,长短错落,很新鲜生动。如《送石处士序》说到主人公的议论:

> 坐一室,左右图书,与之语道理,辨古今事当否,论人高下,事后当成败,若河决下流而东注,若驱马驾轻车就熟路而王良、造父为之先后也,若烛照数计而龟卜也。

《韦侍讲盛山十二诗序》讲到对患难的态度：

> 夫儒者之于患难，苟非其自取之，其拒而不受于怀也，若筑河堤以障屋霤；其容而消之也，若水之于海，冰之于夏日；其玩而忘之以文辞也，若奏金石以破蟋蟀之鸣、虫飞之声，况一不快于考功、盛山一出入息之间哉！

这不是比喻的简单的堆垛，而是从各个角度来铺排地做比，以更丰满地表达内容。这种连贯的比喻，也有助于造成行文一泻千里的气势。

对偶和排比。这是骈体文的主要表现方法。韩愈广泛继承了骈文所取得的艺术成果，使用对偶与排比就是一个表现。对偶和排比运用得适当，在议论中可以从正反面或反复论说，在描写时可从多方面形容刻画，在抒情中则可取得一唱三叹的效果。骈文运用对偶和排比的缺点，在其滥用和公式化，而不在这些技巧本身。韩愈把它们作为表现内容的积极手段，融化在散体单行的"古文"中，取得了很好的艺术效果。他的有些文章如《进学解》《送穷文》等，骈散间行，造成一种特殊的浏亮顿挫而富于词采的格调。又例如《送李愿归盘谷序》中写到对待人生、仕途的三种不同人的态度，灵活自由地运用偶句，真正做到了"游刃余地，运斤成风"。这也是它被苏轼称赞为唐文中第一篇好文章的原因之一。韩愈的许多议论文章如《原道》《师说》《答李翊书》《与孟尚书书》等也都用了许多偶句，特别是在议论精彩处提炼偶语警句，更显得简劲有力。他的《祭十二郎文》，写到亲人死亡的伤痛，呼而问天："所谓天则诚难测，而神者诚难明矣；所谓理者不可推，而寿者不可知矣。"后面写到不能送死的悲哀："呜呼！汝病吾不知时，汝殁吾不知日，生不能相养以共居，殁不能抚汝以尽哀，敛不凭其棺，窆不临其穴，吾行负神明，而使汝夭……"等等，借助排偶倾泻出奔腾的感情。

韩愈作为散文艺术的"集大成者"与革新家，他的艺术成就是

多方面的。以上只是摘其要者,简略地加以说明。宋祁曾说过:
"夫文章必自名一家,然后可以传不朽。"(《宋景文公笔记》卷上)
韩愈与一切伟大作家一样,也表现出巨大的独创性。在服务于内
容表达的总的原则下,他善于选择最有表现力的艺术形式和语
言。在他的笔下,一切陈规成法都不起作用。宋人张耒说:"韩退
之穷文之变,每不循轨辙。"(《明道杂志》)刘大櫆说:"文贵变。
《易》曰:'虎变文炳,豹变文蔚。'又曰:'物相杂,故曰文。'故文
者,变之谓也。一集之中篇篇变,一篇之中段段变,一段之中句句
变,神变,气变,境变,音节变,字句变,惟昌黎能之。"(《论文偶
记》)但这种雄奇万变之中,又有艺术规律在。他真正做到了苏轼
所谓"出新意于法度之中,寄妙理于豪放之外"。他把散文写作的
各种艺术手段运用到融汇贯通、出神入化的程度,从而造成了中
国散文艺术的一个高峰。

　　韩愈创造了一种独特的表现风格。用柳宗元评价他的话,这
种风格特征是"雄深雅健""猖狂恣睢"。它浩气磅礴,势如破竹,意
高词丰,奇伟多变,具有强烈的艺术感染力。但他的风格又表现为
多样化的统一。他的文章中有抒情细腻委婉处,有描摹刻画精微
处,时而谐趣横生,时而悲慨深长……显示了多种多样的面貌。这
又是他艺术表现上的丰富充实的方面。有了这个方面,更增强了
他的表现上的艺术力量。

　　韩愈一生以承传"道统"为职志,但深刻认识到"文"的作用;
他反对"绣绘雕琢"的形式主义,又十分重视形式并努力于文章形
式的完美。他批判骈体"俗下文字",却又能从所批判的东西中汲
取有价值的滋养。他一生在艺术上刻意求精,深探力取,结果创
造出了散文史上空前完美的形式。他的"古文",不仅在内容的充
实、思想的正大等方面远远高出骈文,就是在形式上,包括骈文所
讲究的那些表现技巧如声韵、骈偶的运用等方面,也超过了骈文。
所以他的"古文"才能风靡文坛,取得不朽的艺术价值。他一生热

衷"明道"，但儒学上的成绩远不如文学上的成绩。而正因为这后一方面的成绩，才奠定了他在中国文化史上的特殊地位。韩愈重视艺术特殊规律，重视艺术形式的探求，这方面的经验应给我们以启发。

六

对于一个文学运动来说，领袖人物的水平往往代表了整个运动的水平，它的缺点和局限，也会给整个运动造成重大影响。从这个角度来看，分析一下韩愈的弱点和不足，不仅对全面认识他本人是重要的，对于评价整个"古文运动"也是重要的。

关键问题在于他的"道统"论。儒道作为一种唯心主义思想体系，不能不限制他的创作。当他以"文以明道"的原则反对形式主义的时候，"道"主要起积极作用；但当他要求创作中"约六经之旨以成文"的时候，情况就复杂了。有时他利用或发挥儒学中的某些有积极、进步意义的理论来认识、批判现实，写出了内容充实、主题进步的作品。但把一种观念作为创作中心和灵感源泉，终究是颠倒了文学与现实生活的关系的。他在《送高闲上人序》一文中，讲到要掌握一种技艺，就得"寓其巧智，使机应于心，不挫于气，则神完而守固，虽外物至，不胶于心"，姚鼐认为这也是他"自状所得于文事者"（《古文辞类纂》卷三二）。以"道"为中心，坚持"行之乎仁、义之途，游之乎《诗》、《书》之源"，就会流于两个偏向：一是他写了些"明道"之作，空疏迂腐，没有多少文学价值；二是从错误观念出发，有时会歪曲现实。例如他本来生活在一个矛盾丛生的时代，但他有时又说什么"臣罪当诛兮天王圣明"。在《子产不毁乡校颂》里，他提出了社会上言路阻塞会造成社会危机，但又说"有君无臣"，对最高统治者的皇帝取回护态度。《送崔复州序》揭露了"民就穷而敛愈急"的现实，却又归结到"刺史有所不闻，小民有所不宣"。他不能深入揭露整个统治阶级的罪恶，看不到一切社会问题的根本所在。他有时号召文人"讪其上"，另一个时候又要求他们替统治者歌功颂德。他自己也写了歌颂宦官俱文珍、权奸李实、强藩裴均、于頔等人的作品。应酬之作、谀墓之文在他的全部作品中占有一定的分量。在这些时候，尊经明道只成为口头上的豪言壮语，作品则流于矫饰、虚假。这表明他思想与创作中还有虚伪不实、不讲原则、怯懦委顺的一面。

　　"明道"本身的这矛盾的两方面，也带来了"道"与"文"的矛盾。他所倡导的"古文"本来是指有一定思想性与艺术性的文章，也是作为艺术创作的文学散文。但单纯强调"明道"，不仅会限制创作内容，而且会忽视艺术形式。从韩愈的"古文"观念说，固然是把"文"的内容充实了，界限扩大了，但也有把文学与著述相混淆的偏向。他对文学散文的特征不够重视。阮元说："昭明选例以'沉思'、'翰藻'为主，经、史、子三者皆所不选。唐、宋古文以经、史、子三者为本。然则韩昌黎诸人之所取，乃昭明之所不选，其例已明著于《文选序》者也。"（《扬州隋文选楼记》，《揅经室二集》卷二）这种指责当然过于偏激，但也确实触及到韩愈模糊了文学散文的性质的问题。

　　正由于他被"道统"论所局限，有时距现实生活较远，创作上难免流于"怪怪奇奇"。如前面分析过的，他的所谓"奇"，有"在流俗中以为奇，而其实则文之正体"（楼钥《答綦君更生论文书》，《攻媿集》卷六六）的一面，但也有以奇僻骇俗的一面。这表现在结构上，有时文章内容空洞，故意翻空出奇。如《祭十二郎文》，其中本无什么有意义的事实可记述，只好在叙情上反复回宕，曲意抒写哀、悔、疑、憾的心情；又如《殿中少监马君墓志》，马继祖是个无能的贵公子，也没什么事迹，韩愈只能从自身哀其三世上虚写，这类作品，虽然有以技巧弥缝内容空虚之弊，但构思上因难见巧，绝处逢生，在艺术上很见功力，还是有不少长处的。缺点较严重的是他有时在文字上求艰深，例如《刘统军碑》《贞曜先生墓志铭》等作品，专用生词僻语，实际是以反穿衣冠、倒置眉目为新异。前人说："如退之文，'苗薅发栉'、'目擩耳染'、'刳目钌心'、'刃迎缕解'、'钩章棘句'、'间见层出'、'曹诛五界'、'变索'、'嘻嘻'，他如'喁唲'、'瘢疣'、'媕娿'、'窀窆'，此类甚多，皆对《广韵》抄撮，而又颠倒用之，故意聱牙。鹿门以为生割，甚为退之不取也。"（《全唐文纪事》卷五八引《通雅》）这里举出的例子不尽适当，但指出的问题还是中肯的。

　　总的说来，韩愈作为一代文坛的代表人物，以自己的卓越才能和不懈努力，为"古文运动"开拓了新局面，为中国散文开创了新时代。此后的中国散文，无论是从理论上还是实践上，一直是在他的影响下发展的。他继承发展了中国散文的传统，又创立起一个传统。对这个传统如何估计，可以有不同的看法；但他用这个传统指导了中国散文的进一步发展，则是历史上的事实。我们今天研究中国散文的传统，分析它的好的方面和有缺陷、有局限的方面，总结它的经验和教训，都不能不充分重视韩愈。从主要方面看，应当肯定他给后代留下了宝贵的文学遗产，直到今天仍是具有巨大的借鉴意义的。

第六章　柳宗元

一

如果说，韩愈以一代文坛宗师的身份，把"古文运动"推向高潮，那么柳宗元就是他的最杰出的赞助者。柳宗元以其特殊的贡献，发展、充实了韩愈所取得的成果，提高了"古文"的水平，扩大了它的影响。柳宗元与韩愈共同领导了"古文运动"，他是中国古典散文艺术的又一位"集大成者"。

柳宗元(773—819年)，字子厚，河东解县(今山西运城县)人，生于长安。河东柳氏是北朝著名的士族，并曾支持李唐王朝的创建者取得政权。柳宗元的高伯祖柳奭，贞观中任中书舍人，高宗朝为相，他的外甥女王氏是高宗李治的皇后。当时柳氏在朝廷很有势力，同时在尚书省任职的就有二十多人。但此后到柳宗元出生的百余年间，却发生了两次大的变故，使"奕叶贵盛，而人物尽高"(《因话录》卷一)的柳氏一族地位陟降了。一次是武则天篡权时，柳奭作为元老重臣成为反对派，曾与褚遂良等人谋立王皇后所生的李忠为太子，后被以朋党谋逆罪处死，株连治罪，使柳氏"子孙亡没并尽"(《旧唐书》卷七七《柳亨传》)。柳宗元曾回顾说："人咸言吾宗宜硕大,有积德焉。在高宗时,并居尚书省二十二人。遭诸武,以故衰耗。武氏败,犹不能兴。为尚书吏者,间十数岁乃一人。"(《送澥序》,《柳河东集》卷二四)结果,从柳宗元的曾祖父到父辈,都屈居州县僚佐的职位。另一次是柳宗元出生前不足二十年开始的"安史之乱"。变乱发生的当时,其父柳镇刚刚明经及第。叛军占领长安,他先是携家到王屋山避乱,后来又流寓南方。在此期间,这个家庭过了一段相当困顿的生活,甚至靠告贷维持生计;柳宗元的母亲竟须节食挨饿以供养亲族。这样的家庭出身,一方面培养了柳宗元对于祖先德风与"功业"的向往,并自幼就感受到时代动乱的冲击,另一方面,也留给他一定的地主阶级的消极意识。

柳宗元出生的时候,正当河北三镇叛象日彰,战乱继起。到他九岁那一年,"安史之乱"后的另一次大规模割据战争——"建中之乱"爆发了。他与韩愈一样,也向南方逃难。其时他的父亲柳镇正在鄂岳沔三州防御使、鄂州刺史李兼处做幕僚。柳宗元随他到了夏口(今湖北武昌),并亲经李希烈叛军围攻夏口的战火。后来,李兼转江西,柳镇随迁,柳宗元又得以历览北到九江、南至长沙的广大地区。这段阅历,给了柳宗元深刻教育。他一生中反对藩镇割据、关心民间疾苦,与他少年时期的见闻、体验有关。

柳宗元没有受过正规的儒学教育,他是在"乡闾家塾,考厉志业"的。他的母亲卢氏聪明贤淑有学识,在他四岁时就教他背诵古赋十四首。他的父亲柳镇深明经术,善诗文,并不是不通世务的迂儒。从柳宗元为他写的墓志看,他热心世务,反抗强暴,所写诗文也多是针对现实而发。这种家庭影响,培养了柳宗元的视野开阔、不根师说的品格。在这一点上,他是与热衷于儒家一家之道的韩愈很不相同的。

良好的教育和独特的生活经历,发展了柳宗元早熟的才华。他自幼就被视为"奇童";贞元初,入京求举,已有盛名于文坛间。但贞元五年(789年),时为殿中侍御史的柳镇被权奸窦参所陷害,贬夔州司马,这对柳宗元是一次沉重打击;三年后,窦参得罪贬死,陆贽出任宰相,柳镇才被昭雪。次年,已连续四年参加科举考试的柳宗元才得进士及第。然后,因服父丧,北游邠疆。贞元十四年(798年),经吏部制科试,任集贤殿正字,从此正式踏入了仕途。

柳宗元青少年时期的经历,使他对现实矛盾感受甚深。他立志颇大,自视很高。他说:"始仆之志学也,甚自尊大,颇慕古之大有为者。"(《答贡士元公瑾论仕进书》,《柳河东集》卷三四)他不求小官,不徇常调,以兴尧、舜、孔子之道、利安元元为务,抱着"行乎其政""理天下"的理想。但当时朝廷中陆贽已经罢相,宦官窦文场、霍仙鸣,权奸裴延龄、李齐运、韦渠牟、李实等专权,政治上因循苟且,黑暗腐败,根本没有柳宗元这样的青年人施展才能的出路。这时候,出身寒微、以棋艺入侍东宫的王叔文正在结纳时俊,培植羽翼。这是一个受太子李诵支持的政治改革集团,他们预谋一旦李诵即位,即执政掌权,实现自己的政治理想。

柳宗元说自己"早岁,与负罪者亲善"(《寄许京兆孟容书》,《柳河东集》卷三〇)、"与罪人交十年"(《上萧翰林俛书》,《柳河东集》卷三〇);他后来又一再陈说自己"罪过"重大,可见他与王叔文的特殊关系和在这个集团中的重要地位。他的好友刘禹锡与他同科进士,贞元十一年任太子校书,也是东宫属官。至迟这时他们已与王叔文结交。柳宗元才华横溢,学识渊博,青年有为,时名甚高,因此被王叔文特别倚重。贞元十七年(801年),柳宗元出任蓝田尉,这是升进为近侍官的必经的准备。他留京兆府主文书,并没有实际到任所。十九年,他被越资提拔为监察御史里行。

这时候,德宗年事日高,李诵即将即位,保守派与改革派斗争已很激烈。到贞元二十一年(805年)正月,李适病死,李诵即帝位,王叔文一派执政柄。但李诵在位,仅短短半年,后期又由于太子李纯支持下的保守派势力渐张,改革派的政令已不能推行。就在这困难重重的短暂时期里，王叔文一派裁抑宦官，打击强藩，减免赋税，"罢进奉、宫市、五坊小儿，贬李实，召陆贽、阳城，以范希朝、韩泰夺宦官之兵柄，革德宗末年之乱政，以快人心，清国纪"（王夫之《读通鉴论》卷二五），大刀阔斧地施行了一系列改革措施。柳宗元作为改革派的核心人物，被提升为礼部员外郎，参与谋议，采听外事，并发挥他的卓越文才，执掌章奏。顺宗一朝文献，由于政治改革失败，现已存留不多了。柳集中有一篇《故尚书户部侍郎王君先太夫人河间刘氏志文》，是为王叔文亡母所作。王母六月去世，其时朝廷两派斗争正剧。王叔文要服母丧，给了保守派压迫他交出政柄之机。柳宗元此文就写在这改革失败前夕的紧迫时期。文章名为志刘氏，实为颂王叔文，为起复王叔文大力鼓吹。从这个例子，也可以看出柳宗元在改革斗争中的作用。改革派被称为"二王、刘、柳"，他是四个领导人物之一。他在改革进行前和进行中写的许多理论文章，如《辩侵伐论》《守道论》《时令论》《断刑论》《晋文公问守原议》《桐叶封弟辩》等，不仅是他的重要的理论建树，也是改革派在舆论上的战斗实绩。

改革派依靠了一个病弱的皇帝，内部又鱼龙混杂，矛盾重重，加上这一批激进的人物在策略上犯了不少错误，例如排斥了一些本来可以争取的元老重臣，在夺取宦官手中的神策兵权时失于策划等等。更重要的是这次仅限于朝廷上层的改革没有可依靠的社会基础，而宦官、强藩、保守派官僚的势力互相勾结，非常强大。结果改革派执政不久，保守派即拥立反对改革的李纯为太子；朝廷中的旧官僚或相继归卧，或阴谋阻挠；河东严绶、荆南裴均、西川韦皋等三大藩帅连上章奏，逼李诵退位。这样，在保守派压迫下，李诵于八月禅位给李纯，短命的政治改革即此失败。九月，参与改革的骨干分子先后被贬黜，柳宗元得邵州（今湖南邵阳市）刺史。赴贬所途中，朝议以为贬之太轻，加贬为永州（今湖南永州市）司马。同时被贬为远州司马的还有刘禹锡等七人，这就是历史上的"八司马事件"。

柳宗元的政治斗争就这样失败了。他的利安元元的理想也破产了。但"永贞革新""上利于国,下利于民,独不利于弄权之阉宦,跋扈之强藩"(王鸣盛《十七史商榷》卷七四《顺宗纪所书善政》),其进步意义和历史作用是不可抹煞的。这次斗争给柳宗元的教育是有益的。他亲自参与了社会上层的斗争,从更广泛的角度认识了统治阶级的黑暗和李唐王朝的危机;他身受保守势力的打击和污陷,更坚定了他对现实的批判态度;而他终于被排斥到统治集团核心之外,以流囚的身份被弃置在边荒小州,给了他以接近社会下层的条件。韩愈说:"然子厚斥不久,穷不极,虽有出于人,其文学辞章,必不能自力,以致必传于后如今无疑也。虽使子厚得所愿为将相于一时,以彼易此,孰得孰失,必有能辨之者。"(《柳子厚墓志铭》,《韩昌黎全集》卷三二)这话是有一定道理的。

柳宗元在永州的职务名称是"司马员外置同正员",即是个编制外的闲员,实际上是作为一个"系囚"而被安置的。到这里以后,他生活非常困顿,与他一起流落"南荒"的老母到这儿不久就因为水土不服、医护不周而去世了。柳宗元早年丧妻,没有正式续娶。他没有住处,开始时寄居在永州龙兴寺西厢房里。几次遇到火灾,衣物损失殆尽。直到元和五年(810年),才卜居永州西郊冉溪上,营建草堂以为久住之计。政治上又继续受到严酷打击。朝中的政敌唯恐他这一派人东山再起,虽几经恩赦,但赦文中都附加了"八司马"不在赦限的条文,以致亲交故旧都不敢与之通音问。元和四年(809年),他在给旧交的书信中形容自己的处境是"立身一败,万事瓦裂,身残家破,为世大僇"(《寄许京兆孟容书》,《柳河东集》卷三〇),"自遭责逐,继以大故,荒乱耗竭。又常积忧恐,神志少矣。所读书随又遗忘。一二年来,痞气尤甚,加以众疾,动作不常,眊眊然骚扰内生,霾雾填拥惨沮……"(《与杨京兆凭书》,《柳河东集》卷三〇)。但他虽然历尽艰难,贫病交集,斗争的意志并没有衰竭。

他在卜居冉溪时写诗说：

> 少年陈力希公侯，许国不复为身谋。风波一跌逝万里，壮心瓦解空缧囚。缧囚终老无余事，愿卜湘西冉溪地。却学寿张樊敬侯，种漆南园待成器。

诗的最后用东汉樊重典，表示自己俟时待用的决心，流露出宏图再举的希望。

中国古代的知识分子，一般都遵奉达则兼济、穷则独善的信条，政治一失意往往就走上消极退避的道路。柳宗元在受打击后，虽然也流露出消极情绪，特别他信佛日深，但总的看来，生活意志和斗争精神并没有消失。他主张："仕虽未达，无忘生人之患。"（《答周君巢饵药久寿书》，《柳河东集》卷三二）自己继续言道讲古穷文辞，坚持辅时及物的理想。实际上，虽然他这时被迫远离朝廷政治斗争的中心，但却由于有机会深入社会下层，因而又有可能投身在更广阔的社会斗争的漩涡之中。所以他没有如王维、白居易那样在政治道路上受到挫折就消沉、颓唐，而是以不屈的斗争，探索着一条继续奋斗的道路。

"久为簪组累，幸此南夷谪。闲依农圃邻，偶似山林客。"（《溪居》，《柳河东集》卷四三）柳宗元生活地位的变化加深了他对现实社会的认识。在这里，他首先结交了一些谪官、迁官。例如后来拒绝了强藩吴元济的招聘、并曾举拔诗人杜牧中进士第的吴武陵，被叛乱的镇海节度使李锜所诬陷的原睦州刺史李幼清，"安史之乱"中睢阳保卫战领导人之一的南霁云之子南承嗣等等，其时都被贬来永州。柳宗元与他们结交，不仅同病相怜，得到了精神上的寄托，而且从这些人的遭遇中，更加了解到政治的腐败和社会的黑暗。他所写的牵涉到这些人的诗文，都表达了对这些被迫害、被侮陷者的同情；有些作品实际是对造成这些悲剧的社会的批判和控诉。他更与农夫、渔父、猎人结交，了解了人民群众的困苦生活和思想感情。柳宗元早年在南方，中进士后在邠疆，都曾与劳动群众有所接触。但当时他是阅事不多的贵族青年，短时间的深入实际也是浮光掠影。而现在他自己的生活地位已与群众接近了，又长期生活在普通人中间。他曾过访农家，看到农民世世代代过着"尽输助徭役，聊就空自眠"，"蚕丝尽输税，机杼空倚壁"（《田家》，《柳河东集》卷四三）的生活；他也曾遇到像捕蛇者蒋氏那样终年在死亡线上挣扎的人，了解到在苛赋重役下广大农民走死逃亡的情形；他曾看到农民们在山田里辛勤耕耘，发出了"侧耕危获苟以食兮，哀斯民之增劳"（《囚山赋》，《柳河东集》卷一）的浩叹；他也曾遇到在钴鉧潭上耕种的农民，"不胜官租私券之委积，既芟山而更居，愿以潭上田贸财以缓祸"（《钴鉧潭记》，《柳河东集》卷二九）。如此等等，他越是接近民众，就越培养起愧对人民的感情，使他"心乎生民"的观念更坚定了。

　　他丧失了参与实际政治斗争的可能，就集中精力于理论著述和文学创作。永州时期，成为柳宗元创作活动的又一个繁荣期。他不顾所遭遇的是非荣辱，求得经史诸子，常候战悸稍定，时即伏读，并以立言传世为职志，勤奋著述。在这个时期，他既对古人的理论遗产进行了周密深入的研究，又积累了参与政治斗争的实践经验，因此他的理论著作在理论深度与系统性上都达到了新的水平。他写出了《贞符》《封建论》《天说》这样的重要论著以及系统批判《国语》的专书《非国语》。在文学创作方面，他写了大量散文、诗歌、小说、辞赋作品，并热心于倡导"古文运动"，在理论与实践两方面都大力支持韩愈改革文体、文风和文学语言的活动。特别值得注意的是，他集中精力于文学散文的创作，在杂文、寓言、游记等文体上取得了巨大的收获，这是对"古文"写作领域的重大拓展。离开永州前，柳宗元写《囚山赋》，说自己十年中囚禁在永州郊野的群山中，"匪兕吾为柙兮，匪豕吾为牢。积十年莫吾省者兮，增蔽吾以蓬蒿"。但这种拘囚生活，却使他打开了理论与创作的新局面。这表现出他世界观的强有力的方面,使人不能不赞佩他的斗争精神和意志力量。

在"八司马"流贬期间,朝廷中几次有起用他们的拟议,终因政敌的阻挠而没有实现。到了元和九年(814年),淮西吴元济反,围绕着讨淮西的问题朝廷内部的斗争也激化起来。可能与这种形势有关,当年被流贬的"八司马"中尚存活的几位受召北返。诏书到永州,已是次年正月。柳宗元以极其兴奋的心情奔赴长安。

柳宗元等人二月入京。但这些人并没有"悔过"的表现,这就成了再一次受到政敌排斥的原因。三月,他们又被分发为远州刺史,柳宗元得柳州(今广西柳州市)。这次的任命是官虽进而地益远,虽然做了实任的地方官,实际仍是像流囚一样被发配到边荒。这对柳宗元是个更沉重的打击。

唐代的柳州,还十分荒僻,人烟稀少,郊外是未开发的亚热带丛林。柳宗元写《寄韦珩》,描绘他到柳州以后的生活情形说:

> 炎烟六月咽口鼻,胸鸣肩举不可逃。桂州西南又千里,漓水斗石麻兰高。阴森野葛交蔽日,悬蛇结虺如蒲萄。到官数宿贼满野,缚壮杀老啼且号。饥行夜坐设方略,笼铜枹鼓手所操。奇疮钉骨状如箭,鬼手脱命争纤毫。今年噬毒得霍疾,支心搅腹戟与刀。迩来气少筋骨露,苍白箭泪盈颠毛……

这个时期,柳宗元正当壮年,但疾病缠身,已垂垂老矣。即使如此,他仍不甘寂寞,还是保持着"辅时及物"的热忱。他在就任刺史时曾表示:"是岂不足为政耶?"(韩愈《柳子厚墓志铭》,《韩昌黎全集》卷三二)他尽自己的所能,为柳州人民留下了一些治绩。例如当时南方掠卖奴隶之风甚盛,穷人借债,往往没身为奴,官吏也因以为利,造成户口虚耗,柳宗元设下条例,让那些卖身的人按劳力计工钱,与债款相抵,即脱身为民,这就解放了一大批奴隶。他还植树造林,发展生产。韩愈后来在《柳州罗池庙碑》中表扬他说:"凡令之期,民劝趋之。无有后先,必以其时。于是民业有经,公无负租。流逋四归,乐生兴事。宅有新屋,步有新船。池园洁修,猪牛鸭鸡,肥大蕃息……城郭巷道,皆治使端正,树以名木,柳民既皆悦喜。"此外,他还教授生徒,发展文化。他对柳州的开发是做出了一定贡献的。

他在柳州生活的这几年,朝廷正在裴度等人的主持下进行削藩战争,先后取得了平淮西和讨平淄青李师道、成德王承宗的胜利。柳宗元对这一斗争十分关心。元和十年(815 年)六月,李师道派刺客谋杀宰相武元衡和御史中丞裴度,柳宗元写了《古东门行》,对在辇毂之下发生谋刺大臣事件进行讽刺。淮西平定,他写《平淮夷雅》两篇。在给朝廷献这两篇诗的奏章中他说,自己"有方刚之力,不得备戎行,致死命,况今已无事,思报国恩,独惟文章",希望自己的作品"施诸后代,有以佐唐之光明"(《柳河东集》卷一)。在给李愬的信中又说:"宗元身虽陷败,而其论著,往往不为世屈。意者殆不可自薄自匿,以坠斯时。苟有辅万分之一,虽死不憾。"(《上襄阳李愬仆射献唐雅诗启》,《柳河东集》卷三六)从中不仅可以看出他对国事的关心,同时也流露出他穷老不衰的斗争意志。为了朝廷削藩的胜利,他还写了一系列表章,表示自己对统一事业的支持。

柳宗元在柳州的时期,友人吴武陵曾向裴度荐举他,没有结果。他的精神是很苦闷的。他有《与浩初上人同看山寄京华亲故》一诗说:

> 海畔尖山似剑铓,秋来处处割愁肠。若为化得身千亿,散在峰头望故乡。

望故乡都不可得,归故乡更没有希望了。元和十四年(819 年),他寂寞地死于柳州,终年四十七岁,死后家境十分凄凉。他没有正式续娶,由同居妇人生二男二女。资财全无,竟无力治丧,由友人桂

管经略使裴行立资助,把灵柩运回万年县先墓。刘禹锡在《重祭柳员外文》中悲悼他说:

> 出人之才,竟无施为。炯炯之气,戢于一木。形与人等,
> 今既如斯。识与人殊,今复何托。生有高名,没为众悲。异服
> 同志,异音同叹。(《刘宾客外集》卷一○)

柳宗元的一生是悲剧的一生。按照恩格斯所说,"历史的必然要求与这个要求的实际上不可能实现"之间的矛盾,构成了真正的"悲剧性的冲突"(《恩格斯致斐·拉萨尔》,《马克思恩格斯选集》第四卷第三四六页)。柳宗元一生正处于这样的悲剧冲突之中。他的具有唯物主义倾向的世界观、进步的政治理想、积极的人生态度,都反映了历史进步的要求,具有属于未来社会的先进内容,这些在当时都是不可能实现的。但正是在这种悲剧冲突中,他成了时代先进人物的代表。他一身兼具政治家、思想家、文学家的品格。他的政治斗争和先进的政治思想,也进一步促使他成为"古文运动"中的具有独特贡献的人物,对他的文学活动产生了重大而积极的影响。

二

柳宗元的特殊的生活经历,特别是他的政治活动和学术素养,形成了他对现实问题的批判态度、明晰的理论意识和深刻的历史观念。这些,使他的创作在思想深度和现实内容方面都具有了更高的水平。在"古文运动"的主要参加者中,他在思想上、政治上是最为激进的,他的创作的思想性也是最充实、最丰富的。

袁枚曾说过这样一段话:"文人学士,必有所挟持以占地步,故

一则曰明道,再则曰明道,直是文章家习气如此。而推究作者之心,都是道其所道,未必果文王、周公、孔子之道也。"(《答友人论文第二书》,《小仓山房文集》卷一九)。就柳宗元来说,他自认是孔子之徒,他的基本思想倾向也是主张儒家"圣人之道"的。但他所理解的"圣人之道",在理论内容与治学方法上都更多地受到啖助、赵匡、陆质一派"春秋学"的影响。他本人与陆质关系很密切。在长安时期,他就从友人韩泰处得到《春秋微旨》一书,又从吕温处得到《春秋集传纂例》一书,并同友人们热心研读过这些著作。顺宗朝,王叔文集团执政,他与陆同为这个集团的骨干,同时被擢升,他们又居处近邻。柳宗元拜陆质为师,"时闻要论,尝以易教诲见宠"(《答元饶州论〈春秋〉书》,《柳河东集》卷三一)。陆质故去,政局正在动荡之中,柳宗元写了《唐故给事中皇太子侍读陆文通先生墓表》,对陆的为人和思想给以很高评价,这也是对革新派的舆论上的支持。到永州后,他又从凌准处求得陆质的三部著作。他认为:"《春秋》之道久隐,而近乃出焉。"(同上)又说陆质"能知圣人之旨,故《春秋》之言及是而光明,使庸人小童,皆可积学以入圣人之道,传圣人之教。是其德岂不侈大矣哉!"(《唐故给事中皇太子侍读陆文通先生墓表》,《柳河东集》卷九)可见他对陆质学说的推崇。这也表明了他自己的治学企向。

陆质一派空言说经,以经驳传,不守旧说;并采取会通的方法,论学不主一家,提倡"圣人夷旷之体"(《春秋集传纂例》卷一《三传得失议第二》)。他们被视为"异儒",表现了对传统儒学的大胆怀疑精神,对于冲破旧的儒学观念的束缚,起了某种思想解放作用。如果说韩愈只是消极地接受了这个学派所代表的思想潮流的影响,那么柳宗元则积极地继承、发挥了它的观点,在理论上达到了更高的水平。

柳宗元经常讲"圣人""圣人之道""圣人之意",但他却竭力打破对圣人偶像的迷信。在他看来,"伏羲氏、女娲氏、孔子氏,是亦人而已矣"(《观八骏图说》,《柳河东集》卷一六)。他在《天爵论》中批判孟子"天爵"之说,认为"道德忠信"不是天赋的,人"受于天"的只有"明"与"志"的不同。"敏以求之,明之谓也;为之不厌,志之谓也",而"使仲尼之志之明,可得而夺,则庸夫矣;授之于庸夫,则仲尼矣"(《柳河东集》卷三),这就大大缩小了圣、凡之间的界限。他在《与杨诲之第二书》中又指出:"然则自尧、舜以下,与子果异类耶? 乐放弛而愁检局,虽圣人与子同。圣人能求诸中,以厉乎己,久则安乐之矣,子则肆之。其所以异乎圣者,在是决也。若果以圣与我异类,则自尧、舜以下,皆宜纵目印鼻,四手八足,鳞毛羽鬣,飞走变化,然后乃可。苟不为是,则亦人耳。"这就明确了"圣人"不是如广大教化主似的"异类",与人有同样的情欲。他把"圣人"的地位下降了,实际是把"圣人"之言的现实性提高了。

因为圣人是"人",所以他的"作言语,立道理,千百年天下传道之"(同上)的经典,应当是"辅时及物"之言,而不是神圣不可动摇的教条。因而柳宗元猛烈的抨击"章句之学"。他不满于汉儒的繁琐拘泥的学风,说:"马融、郑玄者,二子独章句师耳。今世固不少章句师,仆幸非其人。"(《答严厚舆秀才论为师道书》,《柳河东集》卷三四)他主张学"仲尼之说",要把握其"大趣"。在论及历来解释《春秋》的弊端说:"孔子作《春秋》千五百年,以名为传者五家,今用其三焉。秉觚牍,焦思虑,以为论注疏说者百千人矣。攻讦很怒,以辞气相击排冒没者,其为书,处则充栋宇,出则汗牛马,或合或隐,或乖或显。后之学者,穷老尽气,左视右顾,莫得而本,则专其所学以訾其所异。党枯竹,护朽骨,以至于父子夷伤,君臣诋悖者,前后多有之。甚矣圣人之难知也。"(《唐故给事中皇太子侍读陆文通先生墓表》,《柳河东集》卷九)他对于那些"拘儒""陋儒"的专守章句是特别不满的。他谈到自己治学的经过时说:"始仆之志学也,甚自尊大,颇慕古之大有为者。汩没至今,自视缺然,知其不盈素望久矣。上之不能交诚明,达德行,延孔子之光烛于后来;次之未能励材能，兴功力，致大康于民，垂不灭之声。退乃伥伥于下列，呫呫于末位，偃仰骄矜，道人短长，不亦冒先圣之诛乎！"(《答贡士元公瑾论仕进书》，《柳河东集》卷三四)这段检讨自己人生道路的话，强调治学要"大有为"，把"延孔子之光"与"致大康于民"一致起来，清楚说明他的通经致用的精神。

他对"圣人"与"圣人之道"的这种比较现实的态度，使他在思想上并不专守圣人一家之道，而对诸子百家兼收并蓄，取为己用。他说"儒、墨、名、法"都具有"有益于世"(《覃季子墓志》，《柳河东集》卷一一)的内容，又说"杨、墨、申、商、刑、名、纵横之说……皆有以佐世"(《送元十八山人南游序》，《柳河东集》卷二五)。他兼容各家，也及于佛教，倡"统合儒释"之说，当然是消极的；但他没有韩愈那种"统"的观念，思想上开阔得多。他能借鉴百家学说中有益的思想观点来解决现实问题，甚至用来批驳儒家唯心主义谬论，在思想战线和文坛上都是起了积极作用的。

上一节介绍了柳宗元的政治活动，结合这里介绍的他学术思想的特点，我们可以看出二者是有内在关系的。而这些又决定了他的创作的思想内容。

柳宗元的创作按内容划分，可分为两大类：一类侧重阐述理论问题，这是他的"明道"之作，其中有些是学术论文或政治论文，当然它们也有一定的文学性；另一类则是反映现实生活各种题材的文学散文，这类作品体裁、形式多样，表现方法更富于艺术性，在艺术上也取得了更高的成就。

先介绍他的理论建树方面。

柳宗元是个具有唯物主义倾向的优秀的思想家。他在唐代唯物主义与唯心主义两种世界观和两条认识路线的斗争中发表的许多重要观点，达到了当时理论和认识的先进水平。

他在《贞符》《天说》《天对》《非国语》等文章和著作中，对唯心主义"天命"观、"天人感应"论以及形形色色的迷信思想开展了尖锐的批判。他继承和发展了荀子、王充以来的"天人相分"的观点，适应时代思想斗争的要求，对历史上关于"天人之际"的问题做出了新的理论总结。他不承认存在有意志、能主宰的天，坚持唯物主义的元气一元论的观点。在《天对》中对答《天问》关于开天辟地的问题时他说："本始之茫，诞者佳焉。鸿灵幽纷，曷可言焉。曶墨晰眇，往来屯屯。庞昧革化，惟元气存，而何为焉。"（《天对》，《柳河东集》卷一四）因此，他认为天为一"物"，未有能赏功罚祸的道理，天人交感之说也是荒唐无稽的。他在《天说》中批评韩愈求"知天"的论点，指出：

> 彼上而玄者，世谓之天；下而黄者，世谓之地；浑然而中处者，世谓之元气；寒而暑者，世谓之阴阳。是虽大，无异果蓏、痈痔、草木也。假而有能去其攻穴者，是物也，其能有报乎？蕃而息之者，其能有怒乎？天地，大果蓏也；元气，大痈痔也；阴阳，大草木也。其乌能赏功而罚祸乎？功者自功，祸者自祸，欲望其赏罚者大谬；呼而怨，欲望其哀且仁者，愈大谬矣。子而信子之义以游其内，生而死尔，乌置存亡得丧于果蓏、痈痔、草木耶！

这就与一切对天命的迷信划清了界线。特别值得注意的是，他在当时科学发展和理论思维已达到的水平上，论证了关于物质的自我运动（如《非国语·三川震》："山川者，特天地之物也；阴与阳者，气而游乎其间者也。自动自休，自峙自流，是恶乎与我谋；自斗自竭，自崩自缺，是恶乎为我设。"）、宇宙的无限性（如《天对》："无极之极，漭瀇非垠。或形之加，孰取大焉？""无青无黄，无赤无黑，无中无旁，乌际乎天则？"）、"天命论"在政治上与认识上的根源（如《断刑论》下："且古之所以言天者，盖以愚蚩蚩者耳，非为聪明睿智者设也。"又《非国语·神降于莘》："力足者取乎人，力不足者取乎神。所谓足，足乎道之谓也。"）等问题，对唯物主义"天人相分"的理论做出了重大的发展。特别是他的反对"天人感应"论的思想，与他的政治改革思想密切联系着，充分发挥了唯物主义在政治斗争中的巨大作用。他的《贞符》，批判了三代受命的符瑞之说，对儒家经典以至从董仲舒到班固等汉儒宣扬的天命思想加以全盘否定，在此基础上，他阐扬了"受命于生人之意"的理论：

> 是故受命不于天于其人，休符不于祥于其仁。惟人之仁，匪祥于天；匪祥于天，兹惟贞符哉！未有丧仁而久者也，未有恃祥而寿者也。商之王以桑谷昌，以雉雊大，宋之君以法星寿，郑以龙衰，鲁以麟弱，白雉亡汉，黄犀死莽，恶在其为符也？不胜唐德之代，光绍明浚，深鸿庞大，保人斯无疆，宜荐于郊庙，文之雅诗、祗告于德之休。帝曰：谌哉。乃黜休祥之奏，究贞符之奥，思德之所未大，求仁之所未备，以极于邦理，以敬于人事……

这就是他的所谓"圣人立极之本"。他要求统治者把自己的统治建立在"仁""德"上，而不是建立在"天命"上。他的《时令论》（上）提出"圣人之道，不穷异以为神，不引天以为高，利于人，备于事，如斯而已矣"、《断刑论》（下）提出"或者务言天而不言人，是惑于道者也。胡不谋之人心，以熟吾道？吾道之尽，而人化乎是知。苍苍者焉能与吾事而暇知之哉？"如此等等，都通过批判"天人感应"的迷信，提出了改革政治的要求。

柳宗元反对那种认为存在着先知先觉、全知全能的圣人的先验论的观点，这在上面已提到过。他在《非国语》的《羵羊》《骨节专车·楛矢》两条中，都批驳了孔子有先知之能的说法，认为"君子于所不知，盖阙如也。孔氏恶能穷物怪之形也？"他的《天对》，辨析上古圣人的传说，在他的笔下，禹、汤等等都是勤劳民事的人，而没有超现实的、先验的"神"性。他不同于韩愈那样信守"性三品说"，所以在《六逆论》里才为被视为"逆"的"贱妨贵、远间亲、新间旧"辩护，认为出身微贱的人或"远而新者"只要"圣且贤"，就有参与政权、受重用的权利，而那些亲贵旧臣如果不是圣贤，就不应再被任用。他在《永州铁炉步志》等作品中更对无才无德而凭门第居上位的人大加抨击。这都显示了唯物主义认识论的战斗品格。

在否定"天命"的基础上，他提出了"生人之意"起决定作用的历史发展观点。在《贞符》《封建论》等作品里，他对历史发展做出了与"圣人创世"说完全不同的描述。他说：

> 彼其初与万物皆生，草木榛榛，鹿豕狉狉，人不能搏噬，而且无毛羽，莫克自奉自卫。荀卿有言：必将假物以为用者也。夫假物者必争，争而不已，必就其能断曲直者而听命焉。其智而明者，所伏必众，告之以直而不改，必痛之而后畏，由是君长刑政生焉。故近者聚而为群，群之分，其争必大，大而后有兵有德。又有大者，众群之长又就而听命焉，以安其属，于是有诸侯之列，则其争又有大者焉。德又大者，诸侯之列又就而听命焉，以安其封，于是有方伯、连帅之类，则其争又有大者焉。德又大者，方伯、连帅之类又就而听命焉，以安其人，然后天下会于一。是故有里胥而后有县大夫，有县大夫而后有诸侯，有诸侯而后有方伯、连帅，有方伯、连帅而后有天子。自天子至于里胥，其德在人者，死必求其嗣而奉之。故封建非圣人意也，势也。

这是他对自原始人类到分封制国家形成的历史发展过程的看法。这里值得注意的是：一、他认为这个发展是一个历史进化过程，而与传统的对三代禅让的美化不同；二、发展的基本原因在人类自身，即由于饥渴牝牡之欲不得满足而引起的斗争；三、刑、政、兵、德即阶级国家是人类历史发展到一定阶段的产物；四、是历史发展造就了统治者及它们的代表"圣人"，而不是"圣人"创造了历史。柳宗元的这种观点，把"生人之意"看作历史发展的决定性力量，这仍然是唯心史观；但他否定了天命与"圣人之意"的作用，在认识人类历史的客观运动上确实前进了一大步。从这种认识出发，他才强调治理天下"宁关天命，在我人力"（《愈膏肓疾赋》，《柳河东集》卷二）。他的《舜禹之事》，评曹丕受魏禅一事，辨析古代禅让的传说，认为尧之传舜、舜之传禹，都由于后者有大德于天下，其功系于人者多，因此受到人民的拥戴。他在《天对》中说到桀、纣等暴君的失国，也强调他们的暴虐引起人民的怨愤。柳宗元在一定程度上看到了人民群众的历史决定作用，主观上要求顺应人民的意志和愿望，这在当时是相当进步的观点。它包括正确认识人类历史的客观真理成分。在古代，同情人民的思想历代多有，但在理论上如此有力地论证人民的作用的还是少见的。与"圣人之意"对立的"生人之意"的提法本身，就是理论上的一大突破。柳宗元正是从这种历史观出发，提出了一系列革新政治的要求。而像他那样把理论应用于现实斗争，更是难能可贵的。

对于柳宗元的这些理论主张，后人多提出批评。欧阳修说他与韩愈相比，"其为道不同，犹夷夏也"（《唐柳宗元般舟和尚碑》，《集古录跋尾》卷八）。这里有指责他信佛的意思，但也是指他整个观念有悖于传统儒道。苏轼说"柳子之学，大率以礼乐为虚器，以天人为不相知，云云虽多，皆此类尔。此所谓小人无忌惮者"（《与江惇礼秀才》，《东坡续集》卷五）。苏轼很推崇柳宗元的诗文，但对其批判天命表示反对。他所指为柳宗元要害的两点，正是其思想的精华。此后，指责柳宗元"文章虽显而道德无以过人"（韩元吉《代贺叶观文致仕启》，《南涧甲乙稿》卷一二），"是非多谬于圣人"（黄震《黄氏日抄》卷六〇、六二），"文章精丽，而心术不掩焉，故理意多舛驳"（罗大经《鹤林玉露》卷一四）的不乏其人。这也成为他在历史上往往受到贬抑的一个重要原因。但今天，我们重新评价柳宗元，却深感他理论思想的进步的、科学的内容的价值及其巨大的历史意义。

　　从文学史的角度讲,他的艺术散文更值得重视。柳宗元的许
多作品,广泛而深刻地反映了现实问题,揭示了时代的某些本质方
面,表现了积极的思想内容。下面概述他这方面的成绩。

　　他的直接反映民生疾苦的作品篇数并不多,但它们写得却很
有深度。《田家三首》是描写农村贫困生活真实情景的杰出诗篇。
《捕蛇者说》则是概括天宝以后六十年农村破产失业情形的控诉
书。后来人评论该文,指出其出以寓言,不必实有其事,是有道理
的;从文章看,其典型概括的程度确实是很高的:

　　　　自吾氏三世居是乡,积于今六十岁矣,而乡邻之生日蹙。
　　殚其地之出,竭其庐之入,号呼而转徙,饥渴而顿踣,触风雨,
　　犯寒暑,呼嘘毒疠,往往而死者相藉也。曩与吾祖居者,今其
　　室十无一焉;与吾父居者,今其室十无二三焉;与吾居十二年
　　者,今其室十无四五焉。非死而徙尔,而吾以捕蛇独存。悍吏
　　之来吾乡,叫嚣乎东西,隳突乎南北,哗然而骇者,虽鸡狗不得
　　宁焉。吾恂恂而起,视其缶,而吾蛇尚存,则弛然而卧,谨食
　　之,时而献焉。退而甘食其土之有,以尽吾齿。盖一岁之犯死
　　者二焉,其余则熙熙而乐,岂若吾乡邻之旦旦有是哉!……

这里,有总的情况的叙述,有具体情景的刻画,有数字,有比较,通
过一个家庭及其周围的实例,表现了整个社会的困弊,无论深度、
广度都达到了很高的水平。其他如《童区寄传》反映了岭南贩卖奴
隶问题、《永州八记》写到农民破产卖田逃入深山的情形等等,也触
及到人民生活中的一些重大矛盾。

　　值得注意的是,柳宗元不限于一般地同情人民并在作品中揭
示他们的苦难,他还用艺术的形式就如何调整统治阶级与人民群
众的关系发表了许多有价值的意见。他的《种树郭橐驼传》,揭露
了统治者繁苛的政治对人民是“虽曰爱之,其实害之,其曰忧之,其
实仇之”,并以养树比拟养人之术,提出了“蕃吾生而安吾性”的主

张。这种顺人之性、遂人之欲的观点,实际上是以承认人民的生存权利为前提,要求统治者尊重他们的求生欲望。他的《晋问》模仿枚乘《七发》的体裁,以自己是晋之人,设为吴武陵问以晋之故,而对之以山河坚固、金铁坚利、名马、善材、河渔、池盐,最后讲到晋文公的霸业,提出了"安其常而得所欲,服其教而便于己,百货通行而不知所自来,老幼亲戚相保而无德之者,不苦兵刑,不疾赋力,所谓民利民自利者是也"。他还提出了"官为民役"的主张。《送宁国范明府诗序》是他在监察御史里行任上送范传真所作,文中通过范氏之口说:

> 夫仕之为美,利乎人之谓也。与其给于供备,孰若安于化导,故求发吾所学者,施于物而已矣。夫为吏者,人役也,役于人而食其力,可无报耶?今吾将致其慈爱礼节,而去其欺伪凌暴,以惠斯人,而后有其禄,庶可平吾心而不愧于色,苟获是焉足矣。

后来到永州,他在《送薛存义序》中进一步发挥了这个看法:

> 凡吏于土者,若知其职乎?盖民之役,非以役民而已也。凡民之食于土者,出其什一佣乎吏,使司平于我也。今我受其直、怠其事者,天下皆然。岂惟怠之,又从而盗之。向使佣一夫于家,受若直,怠若事,又盗若货器,则必甚怒而黜罚之矣。以今天下多类此,而民莫敢肆其怒与黜罚者,何哉?势不同也。势不同而理同,如吾民何?有达于理者,得不恐而畏乎?

他就这样明确地主张是老百姓养活了官吏,而不是官吏养活老百姓;他还揭示了官吏为盗是"天下皆然";他更肯定了老百姓可以黜罚官吏之"理";也看到了人民反抗对统治者造成的威胁,这些都是认识社会形势的真知灼见。尽管他所谓"民之役"不过是"蚤作而夜思,勤力而劳心,讼者平,赋者均,老弱无怀诈暴憎"的清官政治,他提出问题的出发点还是为维护封建统治的长治久安,但"官为民役"的提法以及他的整个依据仍不失为石破天惊之论。正是出于这种对人民利益与愿望的尊重,柳宗元才写出了一些表扬安利民生、宣传利民爱民的作品,如《兴州江运记》《零陵郡复乳穴记》《井铭》《全义县复北门记》等等。

　　时代的许多重大社会问题在柳宗元作品中都有所表现。贞元、元和时期,朝廷与藩镇的斗争是社会的主要矛盾。柳宗元一直对这个问题非常关心。在他早年游邠疆时,就曾深入到老校退卒中去,了解"建中之乱"时义不降贼的爱国志士段秀实的事迹,写成《段太尉逸事状》,特别表扬了他与骄兵悍将斗争的行动。贞元十五年(799年)淮西吴少诚反,朝廷初则谋求苟安,继则仓皇应敌,时为集贤殿正字的柳宗元作《辩侵伐论》,通过阐释《春秋》关于"侵伐"之说,对朝廷的举措失宜提出批评,并指出讨逆伐叛首先要做到道义、人力、货食三有余,然后立礼、正名、修辞,分别情况,仗顺兴师。这种观点是很为切中时弊的。特别是他的《封建论》,通过辨析历史上分封制与郡县制的得失,表现了维护中央集权、反对分裂割据的政治主张。文章在上面已介绍的以"生人之意"为动力的历史观的基础上,列举周、秦、汉、唐四朝的史实,反复论证了分裂割据之祸国害民。特别是他在分析历史时把"政"与"制"分别开来,说明一种先进的制度还要有良好的政治去发挥它的功能,这在理论上是有见地的,在实践中也是富有批判意义的。他用这个观点来分析秦王朝,精辟地指出其败端在政不在制:

　　　　秦有天下,裂都会而为之郡邑,废侯卫而为之守宰,据天下之雄图,都六合之上游,摄制四海,运于掌握之内,此其所以为得也。不数载而天下大坏,其有由矣。亟役万人,暴其威刑,竭其货贿,负锄梃谪戍之徒,圜视而合从,大呼而成群,时则有叛人而无叛吏。人怨于下,而吏畏于上,天下相合,杀守劫令而并起。咎在人怨,非郡邑之制失也。

这是在历史上较客观、有分析地对秦王朝的评价。在对其成败原因的剖析中,表现了深刻的历史发展观念;在对其暴刑酷役的揭露中,隐含着对现实的批判。《封建论》还批评分封制的"继世而理",肯定郡县制的选贤用能,则代表了地主阶级更广泛阶层反对政权被门阀士族垄断的思想。总之,这篇文章为我国历史上关于分封制与郡县制优劣的长期争论作了总结,也从理论上对宣扬分裂割据的言论作了总清算。苏轼对柳宗元的"天人相分"的宇宙观是不赞成的,但关于《封建论》,他说:"昔之论封建者,曹元首、陆机、刘颂及唐太宗时魏徵、李百药、颜师古,其后则刘秩、杜佑、柳宗元。宗元之论出,而诸子之论废矣。虽圣人复起,不能易也。"(《论封建》,《东坡续集》卷八)李贽说:"柳宗元文章、识见、议论,不与唐人班行者。《封建论》卓且绝矣。"(《藏书》卷三九)《封建论》是柳宗元在永州的后期所作,如前已指出的,当时朝廷讨伐藩镇的斗争正在进行,统治集团内部关于这个问题的争论也十分激烈。他的这篇作品也是针对现实而写的。它是理论性与现实针对性相结合的典范。柳宗元远在"南荒",一直关心讨叛战争,有许多文章直接或间接地表现了这一主题。这里还可以举出《敌戒》。此文写作年代不可确考,但从其内容可以大致推断其创作动机,特别是文中论述的对于强敌外临应取的态度十分精辟:

> 皆知敌之仇,而不知为益之尤;皆知敌之害,而不知为利之大。秦有六国,兢兢以强,六国既除,诎诎乃亡。晋败楚鄢,范文为患;厉之不图,举国造怨。孟孙恶臧,孟死臧恤,药石去矣,吾亡无日。智能知之,犹卒以危,矧今之人,曾不是思。敌存而惧,敌去而舞,废备自盈,只益为愈。敌存灭祸,敌去召过,有能知此,道大名播。惩病克寿,矜壮死暴,纵欲不戒,匪愚伊耄。我作戒诗,思者无咎。

这篇短短的韵文,讲了对待强敌要自强不息、勇于斗争;取得胜利时不能骄矜、懈惰；讲了外患与自身的关系。这些都是相当深刻并有深意的。又如《设渔者对智伯》，则以寓言对贪婪地扩地攻城的强藩给以辛辣的讽刺。

对于中唐时期的宦官专权问题，柳宗元也明确地表示了自己的态度。在宦官权势骄横、炙手可热的情况下，这是需要斗争勇气的。他的《晋文公问守原议》，评论《左传》记载晋文公受阳樊、温、原、攒茅之田于周王，因问原守于寺人勃鞮一事，指出政事"不宜谋及媟近"。认为像晋文公那样的霸主，由于"择大任，不公议于朝，而私议于宫，不博谋于卿相，而独谋于寺人"，造成贼贤失政的开端。作者还举了许多宦官误国的史实来论证自己的看法。又如《梁丘据赞》，赞颂一个不干政事的"嬖大夫"，说"梁丘之媚，顺心狎耳，终不挠厥政，不嫉反己"，"后之嬖君，罕或师是，导君以谀，闻正则忌，谗贤协恶，民蠹国圮"。这样的作品，讽刺意味很鲜明，现实针对性也是很强的。

柳宗元还用多种形式对统治阶级的暴虐凶残、贪否无耻以及当时社会的道德习俗做了尖锐的抨击和深刻的揭露。他的政论文如《时令论》《断刑论》等，揭发了当时礼乐刑政的虚伪和仁德掩饰下的残暴，以及统治者依靠昏邪淫惑的邪说以支持自己作恶的虚弱本质。他在寓言中把统治阶级比拟为老鼠、蝜蝂、尸虫、蝮蛇等等。他的《鞭贾》《辩伏神文》批判了社会上的欺诈矫饰；他的《哀溺文》讽刺贪欲丧身，"大货溺大氓"……这都从一定侧面揭露了统治阶级的本质特征。这些作品，有的本身就是直接参与政治斗争的产物，有的包含着作者痛苦的人生体验，所以它们的政治性很强，认识也特别尖锐和深刻。

柳宗元的一些书序类作品，抒写个人的遭遇，表达内心的矛盾与痛苦，具有一定的典型意义。他被贬永州以后，起初由于朝廷对"八司马"管束甚严，亲戚故旧不敢通音问。到了元和四年（809年），先友许孟容给柳宗元一信表示慰问，柳宗元才连续给许孟容、萧俛、裴埙等人写了几封信。其中表明心迹,辨析是非,倾诉不平,提出希望,成了作者人生的控诉状。有人把它们与司马迁《报任安书》相比(见茅坤《唐宋八大家文钞》对《与许京兆孟容书》评语)。例如《寄许京兆孟容书》说:

> 宗元早岁,与负罪者亲善,始奇其能,谓可以共立仁义、神教化。过不自料,勤勤勉励,唯以中正信义为志,以兴尧、舜、孔子之道、利安元元为务。不知愚陋,不可力强,其素意如此也。末路孤危,厄塞艰轗,凡事壅隔,很忤贵近,狂疏缪戾,蹈不测之辜,群言沸腾,鬼神交怒。加以素卑贱,暴起领事,人所不信,射利求进者填门排户,百不一得,一旦快意,更造怨谤。以此大罪之外,诋诃万端,旁午搆扇,尽为敌仇,协心同攻,外连强暴失职者,以致其事……

这是揭示"永贞革新"真相的宝贵史料。其中写出了改革派人物大志受挫的悲剧以及贵近宦官、强暴军阀以及不得志的朝官联合起来攻击改革派的真实情景。他在《与萧翰林俛书》中还写到既遭贬抑,仍不能塞众人之怒,结果身受攻訾,日为新奇,万罪横生,不知其端,表现了在一个保守势力当道的时代里改革派的悲惨命运。他的这些书信,议政论学,陈述心迹,内容是相当丰富的。虽然也往往流露出自己的消极、矛盾心理,但我们从中却听到了一个崇高心灵受迫害的痛苦的呼声。另外如《对贺者》《愚溪对》《愚溪诗序》《起废答》等等,也都是抒写内心愤懑不平的作品。《愚溪对》写自己居愚溪,夜梦溪神问以改冉溪为愚溪之说,作者讲了一番"明王之时,智者用,愚者伏,用者宜迹,伏者宜远"的道理,实际是以反语批评朝廷贤愚不分,压抑人才,最后他说:

> 柳子曰:汝欲穷我之愚说耶? 虽极汝之所往,不足以申吾喙;涸汝之所流,不足以濡吾翰。姑示子其略:吾茫洋乎无知,冰雪之交,众裘我绤;溽暑之铄,众从之风而我从之火;吾荡而

趋，不知太行之异乎九衢，以败吾车；吾放而游，不知吕梁之异
乎安流，以没吾舟；吾足蹈坎井，头抵木石，冲冒榛棘，僵仆虺
蜴，而不知怵惕。何丧何得，进不为盈，退不为抑，荒凉昏默，
卒不自克。此其大凡者也。愿以是污汝可乎？于是溪神深思
而叹曰：嘻！有余矣，是及我也。因俯而羞，仰而吁，涕泣交
流，举手而辞，一晦一明，觉而莫知所之。遂书其对。

这就写出了一个不惧危难、不计利害、坚持操守、不顾颠踬的志士
的形象。它的讽刺意义也是很明显的。

　　柳宗元描写自然山水的游记，是他在散文写作上的重大创获。
这种作品，虽然不可能从正面表现重大的社会问题，但仍曲折地反
映了对一些社会现象的认识。例如《永州八记》中就曾写到农村的
破产。作者又通过美好山水的被弃置，发抒了人才被遗弃的感慨。
更主要的是，它们描绘了自然美，开拓了散文表现的新领域。而对
自然美的感受，对大自然的欣赏和热爱，也是人与现实生活关系的
一个不可缺少的方面，曲折地反映了对社会和人生的看法。柳宗
元描绘自然的艺术上的高度成就，使他的这类作品成了千古传诵
的名篇。

　　此外，柳宗元还有一些叙交谊、陈友情的文字。和他交往的人
物很多都是沦落受抑的人物，例如在永州的流人吴武陵、李幼清、
南霁云以及他的知交刘禹锡、吕温、韩泰等等。与这些人有关的
书、序、碑志等文章，也多从某个侧面反映了现实问题。例如《祭吕
衡州温文》，为悼念早年夭亡的亡友吕温而作，感情饱满，垂泣以
道，相当生动感人。

　　总之，柳宗元作品在反映现实的深度与广度、思想的先进与深
刻以及政治上的鲜明性和针对性等方面，都在韩愈之后创造了新
的水平。特别是他在使"古文"为现实斗争服务，充实以积极思想
的政治内容上更是成就卓著，影响深远。他对提高古文的水平，加
强它的战斗性，是做出了巨大贡献的。

三

　　柳宗元倡导"古文"，较韩愈为后；他所提出的理论主张，也不如韩愈那样系统和严密。但由于他具有先进的思想观点和独特的创作经验，所以能在"古文"理论上提出一些新看法，有些是弥补了韩愈的局限或缺陷，有些则对韩愈的理论有所发挥。这样，他发展了"古文运动"的理论，与韩愈同样，在以理论思想指导一代文坛上起着巨大作用。

　　柳宗元自述创作经历时说："宗元自小学为文章，中间幸联得甲乙科第，至尚书郎，专百官章奏，然未能究知为文之道。自贬官来无事，读百家书，上下驰骋，乃少得知文章利病。"（《与杨京兆凭书》，《柳河东集》卷三〇）由此可知，他认真倡导"古文"是在被贬官到永州以后。在长安时期，他已写过不少"古文"作品，但当时他还没有提出韩愈那样明确的文体改革主张。而他在年青时有文名，主要是因为善写流行的骈体文即时文。他在京兆府主文章，在朝廷专百官章奏，都是应用骈文。他当时指导青年做应试文字，一天有几十人到门下求教，教的也是骈文。贞元十八年（802 年），他写《杨评事文集后序》，提出要遍悟文体，他引为文章楷模的是陈子昂、张说、张九龄等人。其中陈子昂倡诗文复古，但文章基本是骈体，而张九龄、张说更是骈文的"大手笔"。但在这时，韩愈已写出了《送孟东野序》和《答李翊书》等"古文运动"的纲领性文献。直到柳宗元流贬永州，客观上已不需要他去写官方应酬文字，特别是出于现实斗争的需要和个人创作经验的总结，他才走上了全力倡导"古文"的道路。他这时写文章已基本用"古文"，并写了《答韦中立论师道书》《报袁君陈秀才避师名书》《报崔黯秀才论为文书》《与吕

道州温论〈非国语〉书》等著名的论文书信。他还接引后进,广做宣
传。韩愈称当时湘衡以南学文者皆以他为师法,而事实上他的影
响范围当远为广泛。

　　柳宗元与韩愈一样,也主张"文以明道"。他说:"始吾幼且少,
为文章,以辞为工。及长,乃知文者以明道,是固不苟为炳炳烺烺,
务采色、夸声音而以为能也。"(《答韦中立论师道书》,《柳河东集》
卷三四)这就明确解决了文章内容与形式的关系。在永州,有一个
青年人崔黯向他求教,这个人"好辞工书",热心钻研科场上使用的
"无用之文",柳宗元在《报崔黯秀才论为文书》中批评说:

　　　　圣人之言,期以明道。学者务求诸道而遗其辞。辞之传
　　于世者,必由于书。道假辞而明,辞假书而传,要之之道而已
　　耳。道之及,及乎物而已耳。斯取道之内者也。今世因贵辞
　　而矜书,粉泽以为工,道密以为能,不亦外乎? 吾子之所言道,
　　匪辞而书;其所望于仆,亦匪辞而书,是不亦去及物之道愈以
　　远乎? ……凡人好辞工书,皆病癖也。吾不幸,蚤得二病。学
　　道以来,日思砭针攻熨,卒不能去,缠结心腑牢甚,愿斯须忘之
　　而不克,窃尝自毒。今吾子乃始钦钦思易吾病,不亦惑乎?

他通过自己的切身体验,再一次明确了文章应以"明道"为目标,而
书法和文辞不过是表达"明道"内容的工具。基于这个出发点,他
到永州后开始批判骈文。他在《乞巧文》中有一段文字抨击"文
巧",对骈文的浮艳柔靡之弊做了淋漓尽致的揭露:

　　　　眩耀为文,琐碎排偶。抽黄对白,啴咺飞走。骈四俪六,
　　锦心绣口。宫沉羽振,笙簧触手。观者舞悦,夸谈雷吼。独溺
　　臣心,使甘老丑。謇昏莽卤,朴钝枯朽。不期一时,以俟悠久。
　　旁罗万金,不鬻弊帚。跪呈豪杰,投弃不有。眉矉颊戚,喙唾
　　胸欧。大叔而归,填恨低首。

《乞巧文》本是骚体的寓言文,它以讽刺夸张的笔法刻画了社会上

机巧佞媚之徒的丑恶嘴脸,相对比地表达了自己的操守。柳宗元在这里把"文巧"当作政治上钻营、道德上堕落的表现来唾弃,可见他的认识深刻处。这也就表明他是与骈文那种浮艳文风彻底决裂了。他所用的"骈四俪六"一语,后来缩减为"骈俪""四六",成为用以称呼那种对偶严格,以四、六句为主的"时文""今文"的专用语。

提倡"文以明道",而所明之道又是圣人之道,在这个大方向上柳宗元和韩愈是一致的。从这个角度看,柳宗元是重复了韩愈的口号,是韩愈的有力的支持者。但正如上文所指出的,柳宗元所谓的"圣人之道"有其独特的内容,所以他对在文章中表现这个"道",也就有了特殊的要求。他的认识有一个过程。他在《答吴武陵论〈非国语〉书》中说:

> 仆之为文久矣,然心少之,不务也,以为是特博奕之雄耳。
> 故在长安时,不以是取名誉,意欲施之事实,以辅时及物为道。

由此可见,当时他还是把"为文"与"行道"相对立地看待的。他强调"行道"则要"辅时及物","辅时"就是辅助时政,"及物"就是惠及生物;而当时流行的文章是空洞浮靡的骈体文,所以热心于实际政治活动的柳宗元,对它就"心少之"了。他应制科考试不第,曾发感慨说:"若宗元者,智不能经大务、断大事,非有恢杰之才;学不能探奥义、穷章句,为腐烂之儒。虽或置力于文学,勤勤恳恳于岁时,然而未能极圣人之规矩,恢作者之闻见,劳费翰墨。徒尔拖逢掖,曳大带,游于朋齿,且有愧色,岂有能乎哉!"(《上大理崔大卿应制举不敏启》,《柳河东集》卷三六)这里他提出了对于什么是"有能"的看法,也强调实际政治业绩与搞"文学"的写作"无用之文"的矛盾。这样的观点显然是低估了"文"的价值和作用的。但他强调人生要重"辅时及物"的实践活动,则是有意义的。到写《杨评事文集后序》的贞元末年,他又提出了"文之用,辞令褒贬、导扬讽谕"的观点。褒贬讽喻,指文学评价、批判现实的作用。肯定了这一点,也就意味着他已把"文"和实际的社会斗争联系起来。到永州后,他则进一步表示:"自为罪人,舍恐惧则闲无事,故聊复为之。然而辅时及物之道,不可陈于今,则宜垂于后。言而不文则泥,然则文者固不可少耶?"这样,文学在他看来就是把"辅时及物"之志立言垂后的大事业了。

韩、柳之间有过一次就"史官"的论争。元和八年(813年),韩愈升任比部郎中、史馆修撰,写过一篇《答刘秀才论史书》,意谓不能以史为褒贬,否则"不有人祸,则有天刑"。他一则说自己"无他才能,不足用",宰相"苟加一职荣之耳";再则说唐朝二百年间圣君贤相功业无数,自己年志已衰无力记述;三则说现存史料"传闻不同,善恶随人所见",无从取信。总之,他平时以"诛奸谀于既死,发潜德之幽光"自任,这时遇到了现实矛盾,就规避退缩了。柳宗元写了《与韩愈论史官书》,根据自己一贯的居官则行道的原则,对韩愈的看法逐条加以批驳。他说,像韩愈那样冒居史职,"近密地,食奉养,役使掌固,利纸笔为私书,取以供弟子费,古之志于道者不若是"。他尖锐地批评道:

> 史以名为褒贬,犹且恐惧不敢为。设使退之为御史中丞、大夫,其褒贬成败人愈益显,其宜恐惧尤大也;则又扬扬入台府,美食安坐,行呼唱于朝廷而已耶? 在御史犹尔,设使退之为宰相,生杀、出入、升黜天下士,其敌益众,则又将扬扬入政事堂,美食安坐,行呼唱于内廷外衢而已耶? 何以异不为史而荣其号、利其禄者也?

这段话,生动地勾画出韩愈往往空言"卫道",而遇到实际利害则丧失原则的表现,同时也提出了作文要坚持原则、忠于事实的问题。这场争论虽然是关于修史的,实际也是论文的。韩愈政治上的保守确乎导致他有时不免歪曲现实。宋朝的洪迈在《困学纪闻》里就曾指出过:韩愈为郑权出使岭南作序,称赞郑的功德可称道,家属百口,无数亩之宅,僦屋以居,可谓贵而能贫,为仁者不富之效;但较之唐史,其中多记录其贪财纳贿的劣迹,并不合史实。这类例子,在韩文中还有一些。柳宗元虽然迫于时世,也写过一些官样文章、颂谀之词,但在涉及重大原则问题上,他却敢于正视事实,揭露矛盾。特别是在他到永州以后,"所忧在道,不在乎祸"(《忧箴》,《柳河东集》卷一九),以冲罗陷阱、不知颠踣的精神,在文章中大胆揭露了诸如藩镇割据、宦官专权、赋役苛重、吏治腐败以及当时的奴隶问题、民族问题等等,在"古文"反映现实的深度和广度上,都开拓了新的境界。

　　总之,柳宗元也讲"文以明道",但由于他对"道"的内容有新的理解,他对实现这个"道"有坚定的态度,使他在文学上更忠实于现实。因而在他那里,政治性与现实性之间也就较少矛盾。

　　柳宗元在反对绣绘雕凿的文风方面,与韩愈的态度也是一致的。他曾指出,写文章"务富文采,不顾事实,而益之以诬怪,张之以阔诞,以炳然诱后生,而终之以僻,是犹用文锦覆陷阱也"(《答吴武陵论〈非国语〉书》,《柳河东集》卷三一)。他后面用的这个譬喻,很能表明他对内容与形式关系的辩证态度:用文锦覆陷阱,罪过当然不在文锦自身,而在它所覆盖的陷阱。就是说,形式主义的弊端不在追求形式,而在以华美的形式文饰了错误的内容。所以他批判《国语》一书,要害在"背理去道以务富其语","以彼庸蔽奇怪之语,而魋黻之,金石之,用震曜后世之耳目,而读者莫之或非,反谓之近经,则知文者可不慎耶?"(《非国语后序》,《柳河东集》卷四五)因此,他反对形式主义,却充分认识到艺术形式的重要性,务求形式的完美。他在《送豆卢膺秀才南游序》中,讲到"君子"的修养之道,说:

　　　　君子病无乎内而饰乎外,有乎内而不饰乎外者。无乎内而饰乎外,是则设覆为阱也,祸孰大焉。有乎内而不饰乎外,则是焚梓毁璞也,诟孰甚焉。于是有切蹉琢磨镞砺括羽之道,

　　圣人以为重。

这里"内"指思想道德，"外"指礼仪文采。他"内"与"外"并重。他
不以为真体内充则必然英华外发，而是强调有乎内同时要饰乎其
外。用这个道理看待做文章，就是看到了艺术形式的独立性及其
巨大的作用，在艺术上也要讲求切蹉琢磨之道。因此，他一再讲到
"学存也，辞不至焉，不可也"（《送表弟吕让将仕进序》，《柳河东集》
卷二四）的道理，申明自己"知文之可以行于远"（《非国语后序》，
《柳河东集》卷四五）。

　　对于文体、文风、文学语言的改革，他的意见大体与韩愈相似，
但不如韩愈那样系统、简明。例如他很重视文辞。《辩列子》中说：
"其文辞类《庄子》，而尤质厚，少为作，好文者可废耶?"《辩文子》中
说："其辞时有若可取。"他自称"言道讲古穷文辞"，并评价韩愈文
章"过扬雄远甚，雄之遣言措意，颇短局滞涩，不若退之猖狂恣睢，
肆意有所作"（《答韦珩示韩愈相推以文墨事书》，《柳河东集》卷三
四）。他要求写文章"引笔行墨，快意累累，意尽便止"，"立言状物，
未尝求过人"；用助字要"当律令"（《复杜温夫书》，《柳河东集》卷三
四）；反对"建一言，立一辞，则甄甄而不安"（《六逆论》，《柳河东集》
卷三），等等。这些，与韩愈"文从字顺""与事相侔"等主张大体是
相通的。他的议论独到处在讲到创作态度和散文艺术特殊规律那
些地方。

　　元和七、八年间，时任永州刺史的韦彪之孙韦中立向柳宗元请
教为文之道。柳宗元写了《答韦中立论师道书》。这是他多年倡导
"古文"的理论总结，也是"古文运动"的一篇纲领性文章。其中在
讲过前已引用过的"文以明道"的观点后，专门讲到写作时应有的
态度：

　　　　故吾每为文章，未尝敢以轻心掉之，惧其剽而不留也；未
　　尝敢以怠心易之，惧其弛而不严也；未尝敢以昏气出之，惧其

> 昧没而杂也;未尝敢以矜气作之,惧其偃蹇而骄也。抑之欲其
> 奥,扬之欲其明;疏之欲其通,廉之欲其节;激而发之欲其清,
> 固而存之欲其重。——此吾所以羽翼夫道也。

他说自己在写作的时候,不敢稍存轻率之心、怠堕之心、昏愦之气、
骄矜之气,也就是说在主观上要做到郑重、勤奋、清醒、谦虚,从而
使文章减少弊病。他这样要求作者在创作时有个端正的精神状
态,实际也是强调认真对待和处理好艺术表现的问题。而下面讲
到在具体写作时,又要求尽心竭力,字斟句酌,"抑之""扬之""疏
之""廉之""激而发之""固而存之",即在构思时运用多种表现方
法,务使文风不流于一偏,在文章表达上做到"奥"与"明"、"通"与
"节"、"轻"与"重"的统一。这种见解,反映了他对艺术方法和艺术
风格的多样性的统一的要求,也表明他千方百计创造丰富生动的
艺术效果的努力。

柳宗元基于长期的创作经验和对文学发展史的认识,深刻懂
得"古今号文章为难"的道理。即是说,创作的艰难之处在用"文
章"把内容表达出来。写作的关键不只在于确定内容,还在于表现
内容的"文章"。这与他早年认为文章是"博奕之雄"的看法根本不
同。他在《与友人论为文书》中说,写文章不仅有"比兴之不足,恢
拓之不远,钻砺之不工,颇颣之不除"的技巧问题,更有"得之为难、
知之愈难耳"的问题。"知之愈难"属于文学批评范畴,他深深感慨
当时客观、公正批评之难得。因为在"信而好古"的传统偏见的统
治之下,文坛上弥漫着"是古非今"的风气,任何艺术上的创新与突
破都难以被人们承认和接受。"得之为难"则属于创作过程中的
事,他说:

> 苟或得其高朗,探其深赜,虽有芜败,则为日月之蚀也,大
> 圭之瑕也。曷足伤其明、黜其宝哉?且自孔氏以来,兹道大
> 阐,家修人励,刓精竭虑者,几千年矣。其间耗费简札,役用心

神者,其可数乎? 登文章之箓,波及后代,越不过数十人耳。其余谁不欲争裂绮绣,互攀日月,高视于万物之中,雄峙于百代之下乎? 率皆纵臾而不克,踯躅而不进,力薾势穷,吞志而没,故曰"得之为难"。

他这里写出了作文的甘苦,写出了创作中确立主观意图与在艺术上实现这一意图的矛盾。他认为,搞创作要思想高超,见解深邃,即或有粗疏失误之处,也无伤大体;但问题在孔子以后的近千年间,无数作者劳心神、尽精力于雕绣藻绘,自以为高出世表,结果绝大多数人并无所获。他讲这个矛盾,表明他深刻认识到追求更完美的艺术表现形式的必要性和艰难处。他反对"争裂绮绣,互攀日月"的单纯追求形式与模拟,而树立了一个"得其高朗,探其深赜"的高标准。他在艺术上的这种认识,说明他在"文以明道"之外,已意识到艺术创作的特殊要求。

关于散文艺术的具体见解,在他对《毛颖传》的评论中谈得更为突出。韩愈的《毛颖传》是一篇很富于独创性的作品,它以史传体的形式写了一个寓言故事,描摹的生动细腻,文笔的雄奇风趣,在唐代散文中很具特色。作者写出后,受到一些拘泥旧习的人的攻击。有些人来到永州,谈起这部作品,不能举其辞,独大笑以为怪。这也表明,文学上的创新,总会受到重重的阻力。当时柳宗元的岳父杨凭贬临贺尉,其子杨诲之前往省父过永州,带来了《毛颖传》。柳宗元读后,写了一篇题为《读韩愈所著〈毛颖传〉后题》的长文,不仅给《毛颖传》以高度评价,也针对文艺创作问题发表了一些重要见解,是古代文学批评史上的一篇重要论著。其中说:"始持其书,索而读之,若捕龙蛇、搏虎豹,急与之角而力不敢暇,信韩子之怪于文也",这讲的是强烈的艺术效果问题,实际上也就指出了,韩文之高明不在说理,而在以特殊的艺术表现方法创造了强烈的艺术感染力。柳宗元批评不理解韩文的价值的人是"模拟窃窃,取青媲白,肥皮厚肉,柔筋脆骨而以为辞者",这是柳宗元的第一个观点。第二，他还在其中肯定"俳又非圣人之所弃者"，认为"学者终日讨说答问，呻吟习复，应对进退，掬溜播洒，则罢愈而废乱，故有息焉游焉之说"。韩愈雅好驳杂无实之说，曾受到裴度、张籍等人的批评，认为这不符合"明道"的要求。柳宗元与他们的意见正好相反，肯定俳"有益于世"。他这就不只肯定了一种特殊的艺术表现方法，实际上把像《毛颖传》这样的作品与学者的经术文章区别开来，强调它的娱乐性，这也是文学实现其社会作用的必有的特性。第三，他认为应"尽天下之味以足于口"。他作譬喻说："大羹玄酒，体节之荐，味之至者；而又设以奇异小虫水草楂梨橘柚，苦咸酸辛，虽蜇吻裂鼻，缩舌涩齿，而咸有笃好之者。"这就说明了艺术趣味是多样的，作品的风格、手法也应该是多样的。第四，他解释韩愈的创作意图，说："凡古今是非六艺百家，大细穿穴用而不遗者，毛颖之功也。韩子穷古书，好斯文，嘉颖之能尽其意，故奋而为之传，以发其郁积，而学者得之励，其有益于世欤？"这就肯定了韩文用讽刺寄托的艺术手法，表现了具有社会意义的主题。以上几点，都涉及文学创作形象思维的特殊规律。

柳宗元在韩愈文体、文风、文学语言改革理论的基础上，对文学创作艺术规律作了多方面的探讨，这是对"古文"理论的重大发展，也反映了他在发展文学散文上的特殊的努力。也正是在这种努力之下，他在如山水记、寓言文等文学散文文体的写作上，取得了突出成绩，大大扩展了"古文"的领域，提高了它的文学水平。

柳宗元在继承古代遗产方面，取旁推交通的态度，师承非常广泛。这一点与韩愈也相似。他在《答韦中立论师道书》中说：

> 本之《书》以求其质，本之《诗》以求其恒，本之《礼》以求其宜，本之《春秋》以求其断，本之《易》以求其动——此吾所以取道之原也。

> 参之穀梁氏以厉其气，参之《孟》、《荀》以畅其支，参之《庄》、《老》以肆其端，参之《国语》以博其趣，参之《离骚》以致

其幽，参之太史公以著其洁——此吾所以旁推交通而以为之
文也。

他划分出"本之"与"参之"的两类典籍。显然，对前者"取道之原"，
是指遵循其"圣人之道"的内容；而对后者则注重借鉴其文章和语
言。从"取道之原"看，他要从《书经》中求其质直，从《诗经》中求其
恒久，从《礼记》中求处事得宜，从《春秋》中求论断坚正，从《易经》
中求变通流动。这里包括他对经典的个人理解，我们不加深论。
值得注意的是他对"参之"一类典籍的认识。他要从《穀梁传》学习
磨砺文章气势，从《孟子》《荀子》中学习行文畅达有条理，从《老子》
《庄子》中学习文思放荡无涯涘，从《国语》中学习表达多有奇趣，从
《离骚》中学习其深幽微渺，从《史记》中学习其行文雅洁。对这些
内容、风格、语言、表达方面各不相同的作品，他都努力取其精粹。

柳宗元对古代文学遗产有高度赏鉴力。他能发现历代文学宝
藏中的特点和真正有价值的东西。他上面所说的有取于各家之
处，确乎是抓住了它们各自的艺术特征的。他在《与杨京兆凭书》
中还做过"博如庄周，哀如屈原，奥如孟轲，壮如李斯，峻如马迁，富
如相如，明如贾谊，专如扬雄"的论断，也能用一个字较准确地概括
出所提到作家的独特成就。这种艺术上的识别能力，是他的艺术
才华和艺术素养的证明。

他在对古代作品的思想与艺术的分析上，颇有辩证观点。可
以举他对《国语》的态度为例。他对《国语》内容的淫诬不经、宣扬
天命神怪之说持否定态度，专门作《非国语》，斥之为"以文锦覆陷
阱"。但他却一再提倡学习《国语》的文章，自己也身体力行。后来
有人指出：柳宗元非《国语》，又学习《国语》，言行是矛盾的。实际
上这正表现了他的识见高明之处。他对《孟子》的态度也是一样。
他在许多文章中直接批驳过《孟子》的观点，并赞成友人李景俭写
作指责孟子的《孟子评》，但他议论的雄辩、寓言的机巧，显然继承
了《孟子》的传统。他在论诸子的考辩文章中，也常常批驳其内容

而肯定其文辞可取。由于他有这样广阔的视野和分析的态度,才能做到"纵横于百家"(姚华《弗堂类稿》甲《论文后编》),博采众长,以为自己从事创作的滋养。

研究他对古代遗产的具体认识,应当提到他对诸子、屈原以及辞赋和西汉文章的重视。

先秦诸子文章的被全面重视,其功劳应归韩、柳,并以柳的功劳为多。秦皇焚书,汉武罢黜百家,诸子书大部散佚。除了老、庄一派,由于汉初崇黄、老,魏、晋盛玄学,唐王朝又以李耳为始祖,再加上道教的兴起等原因传延不绝外,其他子书很少有人提及。韩愈很推崇《墨子》和《荀子》,这在前面已提到过。柳宗元对搜求、考订、研习诸子书更下了很大功夫。他除了在思想上对诸子学说有所汲取外,在文章上更从中得益颇多。《庄子》,他经常提到。对于《列子》《文子》等书的文章,他也给以肯定,这在前面已指出过。他的议论文章与寓言,显然受到诸子文章的直接的影响。

柳宗元十分敬仰屈原。他政治上受到打击,流落"南荒",感到与屈原是精神上的同道。他在南谪途中驻舟汨罗,写下了有名的《吊屈原文》。永州十年,他"投迹山水地,放情咏《离骚》"(《游南亭夜还叙志七十韵》,《柳河东集》卷四三),更自觉地继承屈原的文学传统。从前面引用的文字中可以看出,他曾一再强调学习屈原;在他的作品中,也经常出现取自屈赋的事典。屈原和庄子,在战国时期的文坛上,是属于与中原文化风格不同的楚文化传统的,它们都更富于形象性,富于理想和浪漫色彩。而正如前面已指出过的,唐代许多"古文家"对他们是做否定评价的。韩、柳肯定它们,借鉴它们,对发展"古文"艺术是有重大意义的。特别是柳宗元,被看作是唐代深得骚学的唯一的人。

柳宗元称赞友人吴武陵"才气壮健,可以兴西汉之文章"(《与杨京兆凭书》,《柳河东集》卷三〇)。他还曾指导随从他求学的堂弟柳宗直编过一部四十卷的《西汉文类》,这是集录编次班固《汉书》所收录文章而成的文章总集。他在《柳宗直〈西汉文类〉序》中说："文之近古而有尤壮丽，莫若汉之西京。"又说："殷、周之前，其文简而野；魏、晋以降，则荡而靡。得其中者汉氏。汉氏之东，则既衰矣。"他的这种看法，是很有发展观点的。他说的简而野，就是艺术形式和艺术技巧还欠发达，显得简古粗糙。由此也可以看出，他并不是绝对地崇古尚简的。他说的荡而靡，则指流荡忘返，靡丽浮艳。在这个历史发展中，他特别推崇西汉，认为当时的贾谊、公孙弘、董仲舒、司马迁、司马相如等人的赋颂、书奏、诏策、论辩之辞，不仅内容充实，而且文质适中，因而西汉二百年间，是文章灿然的时代。他肯定西汉文风"壮丽"，可见他很重视辞采，认为辞采发达也是文章表现艺术提高的结果。

柳宗元早年学习、写作骈文，水平很高。方苞指责他"杂出周、秦、汉、魏、六朝诸文家"(《书柳文后》,《方望溪先生全集》卷五)，这实际上是他师法古人阔通不拘的优点。他写"古文"，对骈文技巧也多有汲取。他的"永州八记"等名作，都不避偶俪，骈散间行。包世臣说："讨论体势，奇偶为先。凝重多出于偶，流美多出于奇。体虽骈，必有奇以振其气；势虽散，必有偶以植其骨。仪厥错综，致为微妙。"(《艺舟双楫·论文一·文谱》)柳宗元就深得这种妙处。他还写了《唐故特进赠开府仪同三司扬州大都督南府君睢阳庙碑》等优秀的骈文。骈文艺术成了他的"古文"的有机部分。

柳宗元尊重遗产，善于鉴别，勇于学习，但他并不一味地迷恋古人。他一再批评那种"荣古虐今"的倾向，反对那种"渔猎前作，戕贼文史，抉其意，抽其华，置齿牙间。遇事蓬起，金声玉耀，诳聋瞽之人"(《与友人论为文书》,《柳河东集》卷三一)的做法。他对待遗产，不是生硬地模拟和简单地照搬，而是继承传统，突破传统，大胆独创。他在唐代文学家中，是最富于创造精神的人之一。他在诸子寓言和佛经譬喻的基础上，创造出独立的寓言文体；他在六朝山川记、山水小品的基础上，创造出独立的山水游记文体，都可以作为例证。有所批判地广泛继承,在学习的基础上勇于创新,是柳宗元成功的一个原因。

柳宗元论创作过程,强调"行"的重要性,这也是对韩愈理论的发展。韩愈出于"明道"的要求,强调创作过程中主观修养的重要。他说:"夫所谓文者,必有诸其中,是故君子慎其实。实之美恶,其发也不掩。本深而末茂,形大而声宏,行峻而言厉,心醇而气和,昭晰者无疑,优游者有余。"(《答尉迟生书》,《韩昌黎全集》卷一五)但如何使得"中"充实呢?他指出的主要是读书和涵养工夫。柳宗元也强调主观世界的作用,他比喻说:"源而流者,岁旱不涸。蓄谷者不病凶年,蓄珠玉者不虞殍死矣。"(《报袁君陈秀才避师名书》,《柳河东集》卷三四)但他还说:

> 文以行为本,在先诚其中。其外者,当先读六经,次《论语》、孟轲书,皆经言;《左氏》、《国语》、庄周、屈原之辞,稍采取之;穀梁子、太史公甚峻洁,可以出入;余书俟文成异日讨也。其归在不出孔子。

他把孔子的圣人之道当作创作归宿的目标,实现这个目标,他也强调"诚其中",而在这以前又提出个"文以行为本"的要求。虽然较比韩愈的观点只加了这一层意思,但在对创作过程的理解上却有了关键性的不同。他指出了作家深入社会实际、参与现实斗争的重要性。

由于他重视文人的"行",因而也就明确了做人与作文的关系。他在《与杨京兆凭书》中说:

> 今之世言士者,先文章。文章,士之末也,然立言存乎其中。即末而操其本,可十七八,未易忽也。……天下方理平,今之文士咸能先理。理不一断于古书老生。直趣尧舜之道、孔子之志,明而出之,又古之所难有也。然则文章未必为士之末,独采取何如尔。

他认为，文章比起德行事功来，是人的"末"节，但它作为"立言"的手段，却反映着人的本质，因而未可忽视。他又指出，真正能用文章明"圣人之道"，是自古以来所难能的，因为依靠裨贩古书是不能断定是非的。这样看来，文章又不应看作是人的末节了。实际上他这是指出了：写文章本身也是人的一种实践，而写好文章正是实践中努力的结果。从这种观点出发，他评价人物"行"第一，"言"第二。在论及举人时他说："即其辞，观其行，考其智，以为可化人及物者，隆之；文胜质，行无观，智无考者，下之。"（《送崔子符罢举诗序》，《柳河东集》卷二三）他反对言行不一、矫饰做伪，这种观点是很有积极意义的。比较起来，韩愈就有较多的言不顾行、进退失据的地方，而柳宗元作为热心改革事业的政治家，奋斗终身，生生不已，其伟大的人格辉映历史，足资后世的楷模。而他的一生实践活动，正是他卓越的文学活动的基础。

从以上几个方面可以看出，柳宗元在倡导"古文"运动的理论斗争中，不仅仅是韩愈的响应者、支持者，而且是他的理论的发展者。韩愈倡导于前，柳宗元发展于后。就历史进程说，韩愈有首创之功；而就理论水平来说，在几个关键问题上柳宗元是超过了韩愈的。所以仅就这方面来说，像历史上有些人那样把柳宗元看作韩愈的附庸来评价，是远远不够的。

<h1 style="text-align:center">四</h1>

在"古文"创作的实践方面，柳宗元也有许多重大的突破，取得很高的艺术成就。

对于柳宗元文学创作的高水平，当时和后代人早有评价。韩愈对他曾以文墨事相推避，在其死后又慨叹"子之文章，而不用世。

乃令吾徒,掌帝之制"(《祭柳子厚文》,《韩昌黎全集》卷二三),显然是自认弗及的。刘昫评论当时文坛说:"贞元、大和之间,以文学耸动搢绅之伍者,宗元、禹锡而已。其巧丽渊博,属辞比事,诚一代之宏才。如俾之咏歌帝载、黼藻王言,足以平揖古贤,气吞时辈。而蹈道不谨,昵比小人,自致流离,遂隳素业。故君子群而不党,戒惧慎独,正为此也。韩、李二文公于陵迟之末,遑遑仁义,有志于持世范,欲以人文化成,而道未果也。至若抑杨、墨,排释、老,虽于道未弘,亦端士之用心也。"(《旧唐书》卷一六〇)这段话,在评论韩、柳的政治立场和思想倾向方面,囿于偏见,抑扬失实,但肯定柳宗元的文章成就,是有一定道理的。宋代的晏殊也有同样的看法:"韩退之扶导圣教,铲除异端,是其所长。若其祖述坟典,宪章《骚》、《雅》,上传三古,下笔百氏,横行阔视于缀述之场者,子厚一人而已矣。"(陈善《扪虱新话》下集卷三)明代的胡应麟则说:"论诗文雅正,则少陵、昌黎;若倚马千言,雄辞追古,则杜、韩恐不及太白、子厚也。"(《少室山房笔丛》卷七)这也都肯定了柳宗元的杰出文才和创作上的成就。在韩、柳之间分高下,甚至按某种偏见和趣味肆意抑扬,正如搞"李、杜优劣论"一样,是毫无意义的。但我们可以通过比较,加深认识他们每个人的独特之点,体会到各自艺术上的长处。就创作实践看,韩愈在文学语言的建设、文风的改造等方面的成绩,是柳宗元所不及的;而在文体改革、散文艺术技巧等方面,柳宗元却做出了重大的发展,比韩愈又前进了一大步。

下面,先讲文体改革方面。

韩愈在六朝"篇什"的基础上发展出古典散文的各种文体。但他受到"明道"要求和生活实践范围的束缚,文体改革上也受到一些限制。韩愈的创作中最多的是碑志,三十二卷文章中占十二卷;其次是书、序,占九卷。前者是史传的继续,后者是议论的旁支。再有杂著四卷,包括论文、杂文两大类。而柳宗元创作所用功力的重点与他很不相同。他除了写作许多优秀的议论文字之外,写的最多的是杂文,四十三卷中占十一卷;他也如韩愈一样写了许多书、序;同时又努力发展了山水记、寓言文、骚体文这样的文学散文文体。他在这些方面的成绩,给散文发展史带来了不少新的成果。

柳宗元的杂文题材广泛,形式多样。他针对哲学、政治、意识形态以及社会现实中的许多重大问题,随事立意,思想活泼,论辩大胆,阐释主题往往别具只眼,独出新义。而写法上则善于以小见大、就事论理,构思新颖、旁敲侧击,又能巧妙利用叙述、议论、抒情等多种手法,使行文新鲜活泼,富有感染力。如《永州龙兴寺息壤记》是只有二百余字的短文,驳辩龙兴寺中息壤地长的传说,征之古籍,验以异书,证明迷信谬说之无据,并推测执锸触息壤者尽死是因为"南方多疫,劳者先死",流露出同情劳动人民的思想。这篇文章实际上表现的是反对哲学唯心主义天命观的重大课题。《观八骏图说》是一篇评画作品。《八骏图》是六朝以来就流传的名画,描绘传说中周穆王游天下时驾车的"八骏""雄凌趏腾,彪虎文螭之流,与今马高绝悬异"(李观《周穆王八骏图序》,《李元宾文集》卷二)的神奇形象。唐人有许多诗文赞扬这幅画。但柳宗元一反常调,他批评那种把"八骏"描绘成"若骞若翔,若龙凤麒麟,若螳螂然"的做法是荒诞不经的。他由此做出一番引申:千里马与凡马,同样是"毛物尾鬣,四足而蹄,龁草饮水"的,推言到"骏"马,也不会两样。用这个观点看人,"视之圆首横目,食谷而饱肉,绨而清,裘而燠,一也。推是而至于圣,亦类也。然则伏羲氏、女娲氏、孔子氏,是亦人而已矣"。因而,"慕圣人者,不求之人,而必若牛若蛇若俱头之间,故终不能有得于圣人也"。他最后得出结论说:"诚使天下有是图者举而焚之,则骏马与圣人出矣。"这样,这篇文章的意义远远超出了评画,它批评了唯心主义的先验论,对社会上压抑人才的弊俗也有所讽刺。《永州铁炉步志》写一个地名的名不符实,由于经过世事变迁,铁炉步已不见铁炉了。就这样一个常见现象,作者发出一段议论:

　　余曰:"嘻!世固有事去名存而冒焉若是耶?"步之人曰:"子何独怪是?今世有负其姓而立于天下者,曰'吾门大,他不我敌也'。问其位与德,曰'久矣其先也'。然而彼犹曰我大,世亦曰某氏大,其冒于号有以异于兹步者乎?向使有闻兹步之号,而不足釜锜钱镈刀铢者,怀价而来,能有得其欲乎?则求位与德于彼,其不可得亦犹是也。位存而德无有,犹不足大其门,然世且乐为之下。子胡不怪彼而独怪于是?大者桀冒禹,纣冒汤,幽、厉冒文、武,以傲天下,由不知推其本而姑大其故号,以至于败,为世笑僇。斯可以甚惧。若求兹步之实,而不得釜锜铁镈刀铢者,则去而之他,又何害乎?子之惊于是,末矣!"

　　这样,他揭露了社会上重等级身份而不重才德的习俗,讽刺了统治阶级中欺世盗名的恶劣风气。他的《晋文公问守原议》和《桐叶封弟辩》,都取史评的形式,前者反对亲信宦官,后者表现处事求"当"的富于变革的思想,也都接触到政治斗争中的重大问题。柳宗元注重文学为现实政治斗争服务,杂文中多表现出重大的主题和独到的见解,但他是用这类多种多样的艺术手法表现的。它们立意新颖、构思不落俗套,善用比喻、类比、引申以及以古喻今的手法,并多含讽刺。许多文章还有生动的情节和鲜明的形象。因此如清人陈衍所说:"柳文,人皆以杂记为第一。"(《石遗室论文》卷四)柳宗元的杂文对后代产生了特别深远的影响。

　　柳宗元的山水游记,文富诗情,是他的散文中最富于艺术特色的一部分。它们雕刻众形,"语语指划如画,千载之下,读之如置身于其际"(林云铭《古文析义》初编卷五),表现了人对自然美的新鲜感受,丰富了描绘自然山水的艺术技巧,开拓了散文反映现实与人生的新领域,从而确立起山水游记这个体裁在文学史上的独立地位。他写山水,不取六朝文人中流行的那种"模山范水""流连光景"的态度和"雕缋满眼"的方法。由于他在流落南荒的孤独困苦的生活中对自然美获得了深切感受，又由于他广泛继承了前人描写山水的艺术技巧，因此他写出了充满个人生活体验和思想感情、反映他的审美理想的自然美景。山水对他本不是游乐的场所，他游览山水时精神也是痛苦的。他在《与李翰林建书》中说："永州于楚为最南，状与越相类。仆闷即出游，游复多恐。涉野有蝮虺大蜂，仰空视地，寸步劳倦。近水即畏射工沙虱，含怒窃发，中人形影，动成疮痏。时到幽树好石，暂得一笑，已复不乐。何者？譬如因拘圄土，一遇和景，负墙搔摩，伸展肢体，当此之时，亦以为适。然顾地窥天，不过寻丈，终不得出，岂复能久为舒畅哉！"所以，他在观赏山水时，是怀抱着内心里深刻的激愤不平的。他把自己的感情"移入"到自然之中，他描绘出反映着自己审美理想的自然。在有些篇章里，他还接触到某些重大的社会问题，如《钴鉧潭记》写到原住潭上的居民"不胜官租私券之委积，既芟山而更居，愿以潭上田贸财以缓祸"，就写出了农民在赋税和高利贷压迫之下破产流亡、逃入深山的情形；又如《钴鉧潭西小丘记》写到潭上有唐氏弃地，价止四百而不售，也反映了由于农民大批逃亡而造成地价低廉，土地荒芜。但代表他的山水游记的独特成就的，不是这些内容，更主要的是他表现了一种诗情画意的自然美。那荒郊野外的平凡山水，常见景物，被他写得千娇百媚、姿态横生。它们经过艺术上的升华，被表现得单纯、宁静、清新、美丽，而又生机蓬勃，似乎一树一石都在向人呈伎献巧。他写道：

> 自余为僇人，居是州，恒惴慄。其隙也，则施施而行，漫漫而游，日与其徒上高山，入深林，穷回溪，幽泉怪石，无远不到。到则披草而坐，倾壶而醉，醉则更相枕以卧，卧而梦，意有所极，梦亦同趣。觉而起，起而归。以为凡是州之山水有异态者，皆我有也。（《始得西山宴游记》）

结果他在山水间"心凝形释，与万化冥合"，山水的"清泠之状与目

谋,潏潏之声与耳谋,悠然而虚者与神谋,渊然而静者与心谋"(《钴
铒潭西小丘记》)。自然美与他的精神相契合,与痛苦的人生和鄙
俗的现实相对立,因而在这种抒写中,也流露着一定的批判现实的
意义。有时候,他把一种牢骚不平的情绪直接表现出来,在《小石
城山记》中说:

> 噫! 吾疑造物者之有无久矣,及是,愈以为诚有。又怪其
> 不为之中州,而列是夷狄,更千百年不得一售其伎,是固劳而
> 无用。神者傥不宜如是,则其果无乎? 或曰:以慰夫贤而辱于
> 此者。或曰:其气之灵,不为伟人,而独为是物,故楚之南少人
> 而多石。是二者,余未信之。

像这样,他通过赞颂被弃置、被沉埋的美,发抒了贤才被抑的天涯
沦落之感,表现了对美好事物被压抑、被遗忘的不平,从而引申出
对于黑暗现实的怀疑。

　　柳宗元写山水,又绝没有把精神消融在幽远神秘的自然之中。
他不是如某些山水诗人那样单纯玩赏自然,或到山水田园中寻求
"禅悦"的境界。他生动地抒写了人们发现和开拓自然胜景的喜
悦,表现了人们追求美、欣赏美的积极热情。在《永州八记》里,他
写出自己与友人怎样"入高山,穷回溪""斫榛莽,焚茅筏",不避艰
险地以探寻山水为乐;又如何"铲刈秽草,伐去恶木",使得"嘉木
立,美竹露,奇石显",通过自己的劳动,使自然更加美好。这种自
然美的描写,充满了生活情趣和积极精神,鼓舞着人们净化、提高
审美感情,给人以感情上的陶冶。这样,柳宗元的短短的山水记,
每一篇都是艺术上的发现,特别是在人与自然的关系和自然美的
表现上,更有重大的突破,因而也就取得了不朽的艺术价值。从柳
宗元开始,中国散文史上才确立了具有独立艺术价值的山水游记
体裁。

　　柳宗元的寓言文,寓意深刻,生动活泼,是他的散文中最富于

独创性的另一个组成部分。诸子寓言和佛经譬喻故事，严格说来还是论理的辅助手段。在唐代"古文家"中，李华、元结等人已开始创作寓言文。柳宗元汲取了前人的传统，又借鉴了杂文和小说的艺术技巧，发展出一种思想深刻、概括性强而又形象鲜明、情节生动的寓言文体。柳宗元的诗歌、辞赋、杂文中都好用寓言，而以这种寓言散文写得最好。首先，它们具有强烈的现实性和高度的概括性。一般说来，一个作家写作寓言往往确有所指，但优秀的寓言却应当揭示现实中的一些规律性的东西，具有一定的典型性。只有这样，它们才能有远远超出作者主观意图的客观意义。寓言的生命力，就决定于它的现实针对性和典型性的统一。柳宗元的寓言，在概括和揭露现实上有着巨大深度，比较完满地做到了这一点。例如他的《黔之驴》，是个富于哲理的动物寓言，前人解释它的创作意图，有人以为是在讥刺那些腐败无能的世家旧族，也有人认为它是抨击朝廷中的保守派。作者的本意如何，现在是难以用确切资料证明了，但它所表现的那个无能无德而又无自知之明的驴子被老虎吃掉的故事，它所揭示的力量大小、强弱之间依本质的不同而互相转化的道理，却说明了事物的客观规律，不仅在当时具有讽世的作用，对后人也很有教育意义。它的艺术力量，就在于艺术地表现了一个具有普遍性的哲理。同样，《永某氏之鼠》讽刺统治者的贪婪和肆无忌惮、《罴说》揭露"以藩治藩"政策的失败，也都通过针砭时弊，批判现实，讲出了一些具有客观规律性的道理。这是他的寓言文的一个重要长处。其次，柳宗元还善于绘声绘影，因物肖形，创造出较完整的、个性化的寓言形象，就如鲁迅说的"论时事不留面子，砭锢弊常取类型"（《伪自由书·前记》）。他的动物形象，如黔之驴、永某氏之鼠、蝜蝂等等，集中了动物本身的特征，形象非常鲜明生动。作者用这样完整生动的形象来对现实加以影射比喻，比起诸子书中"刻舟求剑""守株待兔"等故事中那种比较简单的以事明理的办法大大前进了一步。特别应当指出的是，如柳宗元笔下的蝜蝂那样的"形象"，是他的艺术创造：

> 蝜蝂者，善负小虫也。行遇物，辄执取，卬其首负之。背愈重，虽困剧不止也。其背甚涩，物积，因不散，卒踬仆不能起。人或怜之，为去其负，苟能行，又执取如故。又好上高，极其力不已，至坠地死。

在这里，柳宗元是集中了许多善执物、好上高的小虫的特点，塑造了一个贪婪、愚顽的蝜蝂小虫。就是他不再另作后半篇那样的说明，形象本身已包含着嘲讽追求名位、贪不知止的丑行的意义。由于作者加上一段"今世之嗜取者"与"小虫"的对比，批判意义就更为明显了。形象生动逼真，譬喻者和被譬喻者在形貌间逼肖无间，大大加强了寓言的艺术力量。第三，柳宗元的寓言文已有比较复杂曲折的情节，而不像前人那样粗陈事理。《永某氏之鼠》中表现由于某氏拘忌迷信而纵容鼠患；群鼠猖狂肆虐，盗暴无忌；直到后来者坚决灭鼠以除鼠害，写得相当地生动。《黑说》中写猎人玩弄计谋，学鹿鸣引鹿而引来了貀，学虎鸣驱貀而感虎至，学黑鸣赶虎又引黑来，由于虚张声势、不依恃自己的力量而一步步陷入越来越窘迫的境地，写得也很曲折有层次。至于柳宗元寓言语言上的尖锐犀利、结构上善于使用"卒章明志"的办法，以及运用讽刺笔法等等，都很明显，不必赘述。柳宗元的这一类作品篇数虽不多，但由于它们艺术上富于矜创，每一篇都经得起推敲，因而在散文史上占有着一定地位，并在历史上流存久远，受人喜爱。这个事例也表明，艺术上的价值，很大程度上取决于它的独创性，是不在篇幅大小和数量多少的。

柳宗元在辞赋创作上也取得了突出的成就。严羽说"唐人惟柳子厚深得骚学"（《沧浪诗话·诗评》）。他的著名的"九赋"，或抒情，或咏物，都有较充实的现实内容，而不是"雕虫篆刻""从容辞令"之作。他是深得屈赋的神髓的。刘昫说，柳宗元"既罹窜逐，涉履蛮瘴，崎岖堙厄。蕴骚人之郁悼，写情叙事，动必以文。为骚文十数篇，览之者为之悽恻"（《旧唐书》卷一六〇《柳宗元传》）。由于他与屈原有相似的遭遇，相似的政治革新精神，他在永州所写的悲悼身世、抒写愤懑的《惩咎》《闵生》《梦归》《囚山》等赋，就不仅在形式上，而且在内容上也继承了屈原《九章》的传统。他的咏物的《牛赋》《瓶赋》等，都寓意深刻，富于讽喻。例如《牛赋》，是托兴深微、形象生动的杰作：

> 若知牛乎？牛之为物，魁形巨首。垂耳抱角，毛革疏厚。牟然而鸣，黄钟满胵。抵触隆曦，日耕百亩。往来修直，植乃禾黍。自种自敛，服箱以走。输入官仓，已不适口。富穷饱饥，功用不有。陷泥蹶块，常在草野。人不惭愧，利满天下。皮角见用，肩尻莫保。或穿緘縢，或实俎豆。由是观之，物无逾者。不如羸驴，服逐驽马。曲意随势，不择处所。不耕不驾，藿菽自与。腾踏康庄，出入轻举。喜则齐鼻，怒则奋掷。当道长鸣，闻者惊辟。善积门户，终身不惕。牛虽有功，于己何益？命有好丑，非若能力。慎勿怨尤，以受多福。

这篇作品生动地描绘出牛的魁伟、纯朴的形象，歌颂了他的勤劳、正直、无私品格与牺牲精神。与它相对照，又描绘了羸驴不劳而获、投机钻营、无所作为、飞扬跋扈的卑劣性格。这就展现了两种思想境界、两种人生观的对立，再一次表现出作者那种"厚人之生"、兴利除患的社会理想。前人解释这篇作品，有的以为牛指王叔文，又有的说牛是自喻。具体比喻什么，今天也难以确定了，但其形象中提供的客观内容是清楚的，就是到今天仍有一定现实教育意义。柳宗元的十篇骚体文，多用寓言。如《骂尸虫文》《宥蝮蛇文》《斩曲几文》《憎王孙文》等，都无情地讽刺、鞭挞了社会中的丑恶事物，那尸虫、蝮蛇、曲几、王孙，都是社会上某种人或某种丑恶品质的象征。例如《骂尸虫文》写一种寄居在人体内的"阴秽小虫",它"妒人之能,幸人之失",而上帝却"纵其狙诡,延其变诈,以害于物,而又悦之以飨",这显然是影射那些专事谣琢谄谀、妒害贤良的亲贵近侍的。作品不只鞭挞了"小虫",而且直指号称"聪明正直"的"上帝",是很有深意的。作者借这个主题,提出了"下苏其民"的要求。《憎王孙文》写了德异性、不能相容的两种动物——猿与王孙。猿"仁让孝慈",王孙却"跳踉叫嚣兮冲目宣龂。外以败物兮内以争群。排斗善类兮哗骇披纷。盗取民食兮私己不分。充嗛果腹兮骄傲欢欣"。作者对比着描绘了居住在山上的两种动物造成的两种后果。他实际是用这个寓言,影射两种政治、两种统治方式。作者最后大声疾呼:"王孙兮甚可憎,噫!山之灵兮,胡独不闻!""噫!山之灵兮,胡逸而居?"也是把矛头指向了上层统治者。柳宗元的《乞巧文》《辩伏神文》《哀溺文》等,或述身世,或讲传闻,以生动的故事,来讽刺社会习俗。《乞巧文》借七夕乞巧的一篇祝辞,以谐谑的文笔,从志、行、言、文四个方面淋漓尽致地刻画了社会上佞巧欺诈的丑行,表述了自己"抱拙终身"的志愿。《哀溺文》讽刺"不让禄而辞富",终取灭亡,也是批判统治阶级的贪婪的。总之,柳宗元的辞赋题材广泛新颖,写法生动活泼,寓意深刻,现实性强,所以叶梦得说:"至于诸赋,更不蹈袭屈、宋一句,则二人(与韩并指)皆在严忌、王褒上数等也。"(《避暑录话》卷上)

　　以上所论述的柳宗元的杂文、山水记、寓言文、辞赋等,都是真正的文学散文。他的成就在唐代"古文"家中是很突出的。只有他在这方面用了那么大的功夫,取得了那么大的收获,在散文发展史上产生了那么大的影响。前已指出,唐代的文体革新,有以散代骈的行文体制变革和发展文学散文两部分内容。在前一方面,韩愈贡献巨大,而在后一方面,柳宗元用力为多。这表现了他的文学观念的开阔精到之处。这样,柳宗元在散文文体的创新上,就打开了一个新天地。

　　再来谈谈柳宗元散文的艺术技巧。

　　与他的整个文学观念和文体改革的努力相适应,柳宗元的散文创作不仅在文体、文风和文学语言的创造上下了功夫,而且发展了多种多样的艺术手法和表现技巧。这里仅就其中的突出者加以简略分析。

　　善于叙事。柳宗元在《送班孝廉擢第归东川觐省序》中说"陇西辛殆庶,猥称吾文宜叙事"。他称赞杨凌文章"遍悟文体,尤邃叙述"(《杨评事文集后序》,《柳河东集》卷二一)。可见他很重视叙事技巧。刘禹锡读了他的《筝郭氏墓志》,称赞其叙事"曲尽",使人"如闻善音,如见其师,寻文窥事,神骛心得"(《与柳子厚书》,《刘宾客文集》卷一〇),也指出了他的文章长于叙事的特点。柳宗元一些记事文章,叙事是清晰生动的。如《种树郭橐驼传》《宋清传》《段太尉逸事状》以及前述寓言、游记之类,都是如此。《种树郭橐驼传》本是"幻设为文","以寓言为本"(鲁迅《中国小说史略》)。顾炎武说它是"稗官之属"(《日知录》卷一九)。其中通过种树的成败讲"遂物之性""利人之生"的大道理。但前半用简单的笔触写出了一个残废人种树"硕茂早实以蕃"的生动故事,拿它与为官理民作类比,有力地表现了主题。特别是他的一些说理文章,也往往因事立意,借事明理,而不是空讲大道理。生动的故事,曲折的情节,往往又加上人物及其语言、行动的点染,使这些文章趣味横生。所阐扬的道理寓于这种叙述之中,更发人深思。《零陵郡复乳穴记》[1]就是讲了一个开采石钟乳的故事。其中写连州上贡的石钟乳怎样停产告罄,新刺史上任后怎样又恢复了生产,人们怎样认为是祥瑞,"穴人"又怎样揭穿了真相:原来是由于官府"贪戾嗜利",奴役"穴人"不给报酬,因而他们谎报石钟乳采光了。这个故事颇有"喜剧"性,它不仅深刻揭露了苛役暴敛的害民,而且表现了"穴人"如何机智地与官府斗争,还具体地阐发了"休符不于祥于其仁"的观点。　又

----

[1] 根据文意,"零陵"应为"连山"之讹。

如《棋序》,写堂弟宗直、宗一与友人房直温弹棋,通过棋子制作,比拟人世间升迁变化如棋局,贤不肖混杂不分。由于善于把主题表现在生动的情节之中,使那些本来是以说理为主的文章也显得特别生动有情趣,而绝无空泛枯燥或连篇训诫的弊病。应当指出的是,叙事生动依赖于对现实的体察。柳宗元作文主"明道",但这是"辅时及物""思利乎人"的"大中之道",因而就不能盗窃陈篇或空谈义理。他在贬官前,即是一个实际的政治活动家;贬官后,更深察社会积弊,了解民间疾苦。现实生活给了他大量素材,当他写作的时候,就有无数生动的故事供他叙说、铺衍。所以,他的散文所"叙"之"事",是观察与提炼生活的结晶。

　　注重形象描绘。柳宗元又自称他善于"漱涤万物,牢笼百态"(《愚溪诗序》,《柳河东集》卷二四),他具有高超的形象描绘技巧。唐代的有些"古文"家,没有分清雕饰藻绘与描绘形象的界限,片面地尚简尚朴,甚至对《左传》《史记》中的那种还比较朴素的描写手法也加以反对。但柳宗元却吸收了辞赋、诗歌、小说的描写形象的技巧,塑造出栩栩如生的形象。例如他的《段太尉逸事状》,这是他显示"史才"的作品,显然借鉴了《史记》描绘人物的笔法。其中写到段秀实只身入郭晞幕、卖所乘马代农夫偿大将焦令谌,都以典型的细节,刻画人物的音容面貌,使高大形象矗立在读者面前。他写的种树老人、梓工(《梓人传》)、牧童(《童区寄传》)等,也都通过简洁的外貌、行动、语言的描绘,突现出具有个性特点的人物面貌。他的《鞭贾》中描绘一个奸商:"市之鬻鞭者,人问之,其贾宜五十,必曰五万。复之以五十,则伏而笑;以五百,则小怒;五千,则大怒。必以五万而后可。"寥寥几笔,写出了奸商欺奸诈狡、装腔作势的丑态。他的那些寓言文,描写一些动物,也因物肖形,活画出它们的习性与特征,如黔之驴的颟顸,在不胜怒时竟以蹄踢虎;永之鼠的"昼累累与人兼行,夜则窃啮斗暴,其声万状"等等,都通过细密的观察捕捉了对象的活动特点。特别是在描绘自然景物方面,他博

览物象,穷态极妍,细腻而优美,充满了诗情画意。但他的细腻不
伤于雕琢,优美不流于华靡。他善于以清词丽句,生动刻画出一山
一水、一树一石的细微之处;同时又能以简洁的笔触,勾勒出整体
的印象。他的仅二百余字的《钴铒潭记》,不只清清楚楚地写出了
潭水的位置、成因、形状、购置的经过,而且抓住特征,生动描绘出
"颠委势峻,荡击益暴"的溪流,"流沫成轮"的潭水,以及"有树环
焉,有泉悬焉"的潭水全景,把一幅充满诗意的风景画展现在读者
面前。又如《至小丘西小石潭记》:

> 从小丘西行百二十步,隔篁竹,闻水声,如鸣佩环,心乐
> 之。伐竹取道,下见小潭,水尤清冽。全石以为底,近岸卷石
> 底以出,为坻为屿,为嵁为岩。青树翠蔓,蒙络摇缀,参差披
> 拂。潭中鱼可百许头,皆若空游无所依。日光下澈,影布石
> 上,怡然不动,俶尔远逝,往来翕忽,似与游者相乐。潭西南
> 而望,斗折蛇行,明灭可见。其岸势犬牙差互,不可知其
> 源……

这里未写潭水,先闻水声,而水声如佩环叮当;既写潭水,又见水
色,不仅给人以视觉上的"清",还给人以触觉上的"冽"。水底的怪
石,水上的绿树,有形有色地烘托出一个优美的背景。然后着力写
水中游鱼:鱼群在石底上的投影衬托出水的"清",鱼群怡然不动表
现了环境的"静",而游鱼"与游者相乐"更把人带向一个物我无间
的境界。前面由潭外写到潭上,接着由潭上以见潭外:流入潭中的
溪水"斗折蛇行,明灭可见",准确鲜明地再现了阳光照耀下的溪流
给人的视觉印象。这样描绘山水,笔法的细腻,构思的新巧,在柳
宗元以前还没人达到过。此外,柳宗元笔下的自然山水,又生动活
泼,充满生机,反映了大自然的蓬勃情趣。他善于以动写静。他写
的那些如怒兽奔突的怪石,如鸣琴奏乐的溪水,给人的印象十分深
刻。请看他《袁家渴记》中的一段。

> 舟行若穷,忽又无际,有小山出水中。山皆美石,上生青
> 丛,冬夏常蔚然。其旁多岩洞,其下多白砾,其树多枫、楠、石
> 南、梗、楮、樟、柚。草则兰芷,又有异卉,类合欢而蔓生,轇轕
> 水石。每风自四山而下,振动大木,掩苒众草,纷红骇绿,蓊葧
> 香气。冲涛旋濑,退贮溪谷,摇飏葳蕤,与时推移。其大都
> 如此。

这个荒僻的谿谷,被写得如许景色迷人,描绘山风的二十多个字,写的风声、树色、花香、水啸,纷至沓来,气象万千。这样描绘自然,形象飞动,情景交触,展现了自然美的新境界。苏轼称赞"每风自四山而下"几句,说"善造语,若此句殆入妙矣"(《东坡题跋》卷二)。

独特的抒情笔法。柳宗元是一位对现实感应十分热烈的、具有诗人气质的人,特别是在贬官后长期受压抑,内心矛盾郁积无可发泄,借诗文以抒愤懑,造成其散文的强烈抒情性的特点。他讲到作诗,说"感激愤悱……形于文字"(《娄二十四秀才花下对酒唱和诗序》,《柳河东集》卷二四)。他的散文也一样,写景,则情景交融;写物,则物我无间;写人和事,无不表现出热烈的爱憎。韩愈的文章也很富于感情。其特点是"气壮声宏",以句式错综、音节顿挫、声调抑扬造成一泻千里的气势,以辞严突出义正。而柳宗元的办法不同。他没有韩愈那种"霸气",而把感情沉埋在所写的事与理之中。例如著名的《捕蛇者说》,作者只是客观地描述一个在死亡线上挣扎的捕蛇人的悲惨遭遇,记录了他推辞作者想向地方官说情免除他捕蛇劳役的好意的一席话,但整个文章中表现的人民在暴赋酷役之下走死逃亡的情景,成为对现实的充满激情的控诉。文中的"问之""余悲之""余闻而愈悲",三次简洁地表现主观态度,却如画龙点睛,层层加深地表达了作者的感情世界。又如《吊屈原文》,真切地描述了屈原内心的痛苦、矛盾,其中说:

> 穷与达固不渝兮,夫唯服道以守义。矧先生之悃愊兮,滔

大故而不贰。沉璜瘗珮兮，孰幽而不光？荃蕙蔽匿兮，胡久而不芳？先生之貌不可得兮，犹仿佛其文章。托遗编而叹喟兮，涣余涕之盈眶。呵星辰而驱诡怪兮，夫孰救于崩亡？何挥霍夫雷霆兮，苟为是之荒茫。耀婲辞之暚朗兮，世果以是之为狂。哀余衷之坎坎兮，独蕴愤而增伤！

像这样，为屈原诉不平，实际在抒写自己的怀抱。他对屈原内心世界的深刻了解，正表明自己与先辈伟大诗人精神的契合。柳宗元的山水记，可做散文诗来读，诗情洋溢是它们艺术感染力的来源之一。如前所述，他游历山水，是在拘囚生活中寻慰藉，内心是痛苦的；他用作描绘素材的永州山川，在南国风光中也不算什么胜境；他把一处处景致写得千娇百媚，这已不是自然景物的机械复制，而是充满了他的爱憎与理想的艺术创造。他在《始得西山宴游记》中又说：

> 攀援而登，箕踞而遨，则凡数州之土壤，皆在衽席之下。其高下之势，岈然洼然，若垤若穴，尺寸千里，攒蹙累积，莫得遁隐，萦青缭白，外与天际，四望如一。然后知是山之特立，不与培塿为类，悠悠乎与颢气俱而莫得其涯，洋洋乎与造物者游而不知其所穷。引觞满酌，颓然就醉，不知日之入。苍然暮色，自远而至，至无所见而犹不欲归，心凝形释，与万化冥合。然后知吾向之未始游，游于是乎始……

这真是"写山则情满于山"！他写登高望远所见到的开阔的风景，实际抒发了自己超脱恶浊现实的心境；他写西山的雄奇不凡，也流露出自己的人生理想。他这是纪游，也是抒写心迹。他的山水记充满真情实感，这是与六朝那些"模山范水"之作的根本不同之处。柳宗元的议论文字以严谨精密见长，但主观爱憎同样也是很明显的。《送薛存义序》表达的对友人的热烈期望和对现实危机的隐忧，就给其中的说理以更强烈的感染力。就是如《封建论》这样的理论著述,爱憎感情也是包蕴其中的。

结构多奇变。柳宗元反对贪常嗜琐、鱼馁而肉败的陈腐文风,提倡文章"猖狂恣睢"(《答韦珩示韩愈相推以文墨事书》,《柳河东集》卷三四)。他曾一再称赞韩文的"奇"。他的创作,也正如韩愈所评论的,"为词章,泛滥停蓄,为深博,无涯涘"(《柳子厚墓志铭》,《韩昌黎全集》卷三二)。他努力使文章的立意与构思多奇变,避平庸,富有独创性。柳宗元构思的奇变是以创意的新颖深刻为基础的。他能从平凡的、人所常见的事实或历史资料中出人意表地引发有意义的主题。例如《复吴子松说》,通过讨论松树的奇异纹理的成因,以比拟人的气质的形成,说明人性善恶是"气之寓"而不是天定的;前面论及的《观八骏图说》,从对一幅图画的评论,联想到圣人出于凡人之中,又引申出对人才的选拔和任用的看法;《辩伏神文》从假药之害人,推引到"物因多伪",批判社会上虚伪欺诈的弊俗。他的历史题材的文章,善于翻旧案,从陈旧的、有定评的史料中发现新鲜道理。《桐叶封弟辩》《晋文公问守原议》《梁丘据赞》《伊尹五就桀赞》《舜禹之事》等等,都是如此。而组织、表达那些发人之所未发的创见,又很见工巧。《设渔父对智伯》是写一个历史传说,描述春秋时晋国智伯兼地夺城的故事。他把这作为寓言,而寓言中又套着一个渔父讲的群鱼争食的寓言,对拥兵割据、贪得无厌的强藩进行了尖刻的讽刺。《捕蛇者说》的主题是比较平凡的,唐人指责苛赋重役之害民,言辞激烈者不乏其人。但柳宗元的文章更以构思奇特取胜。他选择了一个服特殊劳役的人——捕蛇者,这是生活中个别的、特殊的现象,由于特殊就使人感到新鲜;他极力写蛇之毒,用它来衬托赋敛之害;又借蒋氏之口,把捕蛇与一般的赋役作了对比。这样层层对比和衬托,就展示了"安史之乱"以后六十年间广大农村破产流亡的悲惨图面,使一个平凡的主题产生了惊心动魄的艺术效果。《贺进士王参元失火书》的构思也很特别,文章开头说:

得杨八书,知足下遇火灾,家无余储。仆始闻而骇,中而疑,终乃大喜。盖将吊而更以贺也。道远言略,犹未能究知其状。若果荡焉泯焉,而悉无有,乃吾所以尤贺者也……

失火而贺,题目就很新奇。开头写到听说朋友家失火由骇而喜、转吊为贺的心情,可谓语语出奇。但接下来,作者解释了心情如此变化的道理,表明开头所说绝非戏言。他一方面指出王参元是豪富子弟,虽然能文章、善小学,但由于家饶于财,为好廉名者所避忌,因而以积货而累真才;另一方面表白自己虽曾为之廷誉,但由于王的豪富,终恐扬其善而得谤。这次一把大火,把王家财产烧光了,反倒给了他显扬才名的好机会,所以是可喜可贺的。这样,以奇特的构思,曲折地反映了当时社会上以财论交的风气和科场上权豪当道、欺诈公行的积弊,以出奇的文思突现出严正的主题。唐代以及后代的一些"古文"家们,受宗经明道的框子束缚,强调文思雅正,因而不太注意结构的新变,结果有些文章体裁又形成了一些格式。特别是像墓志铭、书、序这类体裁,不同程度地又局束于一种"规范"之中。明、清的评点派们专门在"古文"中找转折注措、抑扬敛散之法,当然表明了这些评点家的鄙陋,但不能不承认这也反映了"古文"本身发展中的毛病。这也是封建意识形态限制文学创作的一个表现。这也就造成了一般"古文"家大体上构思比较板滞,行文比较散缓,照顾逻辑严整有余而奇思逸想不够的偏向。而散文的艺术性,很重要地正表现在构思方面。柳宗元在这方面有着突出的优点。

多用讽刺。讽刺的生命是真实;但艺术上真实的并不一定是讽刺。讽刺除反映真实外,还要有夸张谐谑、冷嘲热讽的表现形式。韩愈"多尚驳杂无实之说",就喜用讽刺笔法,著名的如《进学解》《送穷文》《毛颖传》等。但如宋人李涂指出:"退之虽时有讥讽,然大体醇正,子厚发之以愤激……"(《文章精义》)柳宗元的特殊的生活体验和思想感情,使他的讽刺表现得更尖刻。他公然主张俳不为圣人所弃，把被人轻视的俳谐手法提到"有益于世"，即有助于发扬圣人之道的地位，表明他是有意识地使用讽刺手段的。他还曾说过："嘻笑之怒，甚乎裂眦，长歌之哀，过乎恸哭！"（《对贺者》，《柳河东集》卷一四）他懂得以嘻笑的讽刺之笔，来表现强烈愤慨之情的艺术力量。他巧妙地利用嘲谑、讥刺、反语、夸张等艺术手段，写了如《乞巧文》《愚溪对》《起废答》《鞭贾》之类的讽刺作品。《乞巧文》设七夕乞巧对天神的一番祷告，极力形容"我"之"拙"与"人"之"巧"，而最后青袖朱裳的仙人不但不赐给他"巧"，反而给了"坚汝之心，密汝所持"的忠告，自己也只好表示要"抱拙终身"了。天神对人世的机诈无能为力，甚至是不辨是非，不助善人，这是对"世道"的讽刺。文中"巧""拙"的对立，将作者的意图以反语出之，在表达上更有力量。《愚溪对》假托自己与冉溪溪神的对问，解释改溪名为愚溪的理由，其中处处说我之"愚"，实际是表白自己性不谐俗、众醉我醒的高洁品格。作者那段高度夸张而又富于幽默感的"愚说"，塑造了一个被压抑的有志之士执着理想、不避艰危的形象，抒写了作者身世坎坷、不为世容的激愤。除了这类讽刺文之外，柳宗元许多作品都文思机智，言词幽默，往往点染以嬉笑怒骂的笔墨。这也反映了他对社会上的丑恶黑暗势力决不屈服的斗争品格。他的《九赋》《十骚》和那些寓言文，几乎篇篇都带有讽刺色彩。那宁可溺死不弃钱财的永之氓，那以老芋代伏神的欺人庸医，那害人的蝮蛇、王孙、老鼠等等，都可以看作是讽刺典型。议论文章如《梁丘据赞》，称赞一个自古有名的"嬖大夫"；《与李睦州论服气书》，劝说友人停止妄求长生行服气，也都用讽刺笔法出之。柳宗元在以讽刺手法表现严肃社会主题上，取得了良好的艺术效果，对以后讽刺散文的发展产生了深远影响。

行文峻洁。柳宗元要求写作时"参之太史公以著其洁"（《答韦中立论师道书》，《柳河东集》卷三四），他还称赞"穀梁子、太史公甚峻洁"（《报袁君陈秀才避师名书》，《柳河东集》卷三四）。行文尚

洁，是他创作的一个特点。什么是"洁"，他自己有一段话可作为注
解："吾虽少为文，不能自雕斫，引笔行墨，快意累累，意尽便止，亦
何所师法。立言状物，未尝求过人。"（《答杜温夫书》，《柳河东集》
卷三四）由此可见，尚洁与尚简不同。尚简是有意求简约，甚至有
时会影响内容的表达，如宋祁在《新唐书》中改《段太尉逸事状》中
段太尉的话"吾戴吾头来矣"，去掉后一个"吾"字，就不知道是什么
人的头了（见邵博《邵氏闻见后录》卷一四）。而尚洁把达意作为目
标，意尽而言止。既要求不刻意雕凿，去掉冗言赘语，也不有意求
含蓄，故作掩抑收敛之态。柳宗元的语言，清新明快，峻洁廉悍，很
有表现力，而绝没有含混、拖沓、雕琢之弊。例如《送薛存义序》，按
当时行文习惯，这类文章需要叙说缘由、祝福前途、表示友谊等等，
但柳宗元却摆脱了这个老套子，开头说：

> 河东薛存义将行，柳子载肉于俎，崇酒于觞，追而送之江
> 之浒，饮食之，且告曰……

这样，简明地点了题。写置酒肉以送行，既表明了二人的友谊，又
包含着自己的希望。然后就有层次地论述了"官为民役"的主张。
这就洗清了一切客套浮辞，使内容表达得更为精辟。《永州龙兴寺
息壤记》，先说明有关息壤的传说，然后引据典籍，以见息壤之说的
荒诞不经，其后又提出"劳者先死"的解释，最后作出"土乌能神"的
论断，有说明，有考辩，有论述，一共不过用了一百九十五个字。他
的记叙文字，用笔极其精审，刻画非常生动。《种树郭橐驼传》说郭
橐驼种树：

> 郭橐驼，不知始何名。病瘘，隆然伏行，有类橐驼者，故乡
> 人号之驼。驼闻之曰：甚善，名我固当。因舍其名，亦自谓橐
> 驼云。其乡曰丰乐乡，在长安西。驼业种树，凡长安豪富人为
> 观游及卖果者，皆争迎取养。视驼所种树，或移徙，无不活，且
> 硕茂蚤实以蕃。他植者虽窥伺效慕，莫能如也。

这里交待一个人物，年龄形貌都不写，只写一个"驼"字，由隆然伏
行到自承名驼，写出了这个贫苦种树人的纯朴性格。接着写种树
技艺，没有用赞美词句，专用衬托之笔写出，把如何种树的奥秘留
给他本人说出，更能显示他的智能绝异。这篇文章本不以写人物
为主，但通过几个侧面把人物写得很鲜明。他写童区寄，写段秀
实，也都是运思置词非常精密简括。至于他的山水记写自然山水，
更能抓住描写对象的特点，在应铺衍处不惜笔墨，充分地展开描
绘，但又不用一笔一墨去做一般的、空泛的叙写。然而也应当指
出，柳宗元要求"意尽言止"，又并不是对语言不加锤炼。他在"善
造语"（苏轼《东坡题跋》卷二）方面是很杰出的。就拿山水记来说，
写水声"如鸣佩环""响若操琴""类毂雷鸣"，写流水形象"来若白
虹""流若织纹""斗折蛇行"等等，都写前人所不能写。他的议论文
字，更是概念清楚、判断准确、推理合乎逻辑。他也不愧是一位杰
出的语言大师。

　　文章的风格，与一个人的人品、思想、学问、经历有密切关系。
柳宗元是个政治家，又是思想家。特别是他后半生窜斥"南荒"，埋
厄郁抑，寓之于文章，使他的文章呈现出特殊的风貌。借用韩愈的
评价，他的文章可说是"隽杰廉悍，踔厉风发"。它们意想超拔，运
思精密，语言雅洁，表现清峻。这与韩文的浩气磅礴来比较，格调
很不相同。在论理文章中，韩以气势胜，柳以细密胜；在叙事文章
中，韩放荡无涯，不受羁束，柳牢笼物态，真切生动。当然，并不是
说柳宗元没有风格上丰富、多样的一面。特殊的风格造成特殊的
美感效果，这也是作家在艺术上高度成熟的标志。

　　总之，柳宗元对于"古文"写作艺术确有重大的发展。由于他
的努力，"古文"的领域扩大了，"古文"的艺术手法丰富了，"古文"
的表现力也大大提高了。这对整个"古文运动"的发展和成功起了
重大的作用。柳宗元在散文史上的地位是不可低估的。

五

　　正如前面已提到的，对韩、柳的评价是文学批评史上的一个久经争论的问题，这里也包括对韩、柳之争的评价。

　　韩、柳二人终生保持着亲密的友谊。柳宗元死前，曾向韩愈托孤；死后，韩愈为之写《墓铭》和《罗池庙碑》，虽由于观点不同而有褒贬失宜之处，但仍不失为描述和评价柳宗元一生功绩的好文章。但他们二人进行过多次争论，直接交锋的如关于"知天"的，关于"修史"的，间接交锋如关于对"永贞革新"的评价的，以及关于认识论、政治变革等等具体问题的认识的。在这些斗争中，柳宗元多是站在比较正确的方面。但在历史上，由于封建统治阶级偏见，"扬韩抑柳"成为风气。再加上柳宗元的许多理论见解，也有当时一般人难以理解的地方，这也增加了认识他的作品的困难。现在，学术界已经开始对韩、柳及其争论作出深入的探讨和公允的评价。我们应当坚持历史主义的原则、实事求是的态度，不去随意褒贬，妄分高下，根据历史实际正确认识他们各自的贡献，给他们以应得的历史地位。

　　虽然在思想上、理论上柳宗元较韩愈远为积极、进步，在散文创作上又取得了独特成绩，但在两个问题上他有严重弱点：一是他信佛，并为佛教辩护。尽管他提出了一些理由，譬如提出佛教徒远名利、嗜闲安之类，似有批判现实的意味，但从总的方向上，却是配合了佞佛的逆流。

　　柳宗元自幼好佛。到永州后，与僧徒结交，流行南方的天台宗对他产生了严重影响。他一生中写了不少释教碑，也写了不少其他宣扬佛教的文字。这造成了他思想上重大的矛盾和局限，对后代也产生了消极作用。佛教徒甚至把他纳入天台宗传法体系之中，列为九祖荆溪湛然的再传弟子。这是他整个世界观与创作上的重大弱点。

二是他在文体改革方面也有不足之处。他从骈文入手学文。改习"古文"后，仍保留了一些影响。这种影响有好的方面，但有时则偶俪习气过重；他又常常为求行文峻洁而使用生词僻语和生涩句法，妨碍文章的平顺畅达。他在散文的艺术表现手法上成就杰出，而对语言和文风则不如韩愈用功深，创获多。就散文写作来说，这后一方面又正是非常重要的。这也就影响了他的文章的普及。在"古文运动"中，他的声誉和影响不如韩愈大，除了他提倡"古文"较晚以及后来评价者的偏见诸因素外，其实践上的这些弱点也是一个重要原因。

当然，这两方面的弱点和失误，对一个大作家来说只能算是枝节。柳宗元的成就是巨大的。他和韩愈能互相学习、互相支持、互相补充，对"古文"的大繁荣更有重大意义。在唐代，诗坛上的李、杜，文坛上的韩、柳，都以他们的友谊给后代留下了文坛上的佳话。他们友好交往、亲密合作，促成文学上的发展，这本身就是一条宝贵的历史经验，也给后人留下了光辉的榜样。

第七章 "古文"创作的全面繁荣

一

文学风气的转变是现实社会及其思想潮流的变化的反映，它是许多人共同努力的结果；文学上的伟大人物登上他们成就的顶峰，往往有无数较次要的人作为他们的阶梯，是这些人的成绩滋养了他们，支持了他们。唐代"古文运动"就是如此。韩、柳最集中、最卓越地代表了时代对文体改革和散文革新的要求，因而他们成了一代文坛的宗师、散文发展史上的伟人。而他们前后左右，还有许多人为"古文运动"做出过贡献。这些人不仅以各自的努力丰富了"古文运动"的成果，推动了整个运动的发展，有些人还直接支持、帮助过韩、柳二人，给他们的理论和实践以有益的影响。

中唐文坛上的一个特殊的新现象，就是自由结合的文人"集团"的形成。在唐代政治生活中，由于门阀等级专制的瓦解，新的地主阶级各阶层品级联合的构成，代表各阶层、各集团的政治派别——朋党之间的斗争加剧了。相应地表现在文坛上，文人们不再如汉魏六朝那样依附于帝王或某一门阀要去"帮忙"或"帮闲"；他们往往按各自的政治态度、文学观点、仕途出路的不同，结成一些"集团"。这些集团虽然并没有后来的文学宗派、团体、结社那样固定的形式、明确的纲领和有组织的活动,但参加者由于在社会地位、政治观点、创作倾向等方面的相似,结成了亲密关系,互相支持,互相影响,实际上就成了一些不太固定的小团体。参加"古文运动"的,也有这样一些小团体。李翱《韩文公行状》说,"自贞元末以至于兹,后进之士,其有志于古文者,莫不视公以为法"(《全唐文》卷六三九)。中唐热心于"古文"的主要人物,首先应提到的就是以韩愈为中心的这一批人。旧称他们是"韩门弟子",并不确切。他们中有些人如欧阳詹、李观,年岁长于韩愈,写作"古文"也很早;还有些与韩愈谊兼师友,并不同于受业的门生。但韩愈由于其独特的成就,也由于他倡导、组织的热忱与能力,处于自己一派人的领袖地位,则是没有疑问的。

韩愈"集团"的人,包括欧阳詹、李观、张籍、李翱、李汉、皇甫湜、沈亚之、樊宗师等(以诗名者如孟郊等除外),都是一些出身地位较低、仕途不甚顺利的"文章之士"。他们思想上尊儒重道,文学上崇尚"复古",又都抱着以"文治"整饬天下的幻想。无奈在当时的社会条件下,他们没能取得政治上的出路,生活视野又比较狭窄,因此创作的思想高度和艺术水平都受到了限制。

欧阳詹(759? —799年?)和李观(766—794年)的生平经历大体相似。他们都是江东人。欧阳自称长沙人,实居于泉州晋江(今福建泉州市),建中初,常衮为福建观察使,荐举他入京应科第;李自称"江东布衣","长于江湖之乡"(《与膳部陈员外书》,《全唐文》卷五三三);又称赵郡(今河北赵县)人,则是指郡望。他们与韩愈同于贞元八年(792年)在陆贽门下及进士第,所以他们是"同年"关系。李观在文章里曾特别提到陆贽的知遇之恩。他进士及第后,登博学宏辞科,授太子校书郎,过两年就去世了,年仅二十九岁。欧阳詹曾游览荆汉吴越,到过四川,后入京为国子监四门助教,死于贞元十五年稍后,年也仅四十余。《欧阳行周文集》有十卷本和八卷本,《李元宾文编》三卷,外编二卷。按他们的行年计算,写作也算颇有成绩。而且值得注意的是,他们是在韩愈大力倡导"古文"以前写作"古文"的。欧阳死后,韩愈为其写《哀辞》和《书哀辞后》,对他的才德、文章评价很高。李死后,韩写《墓志》,说他"才高乎当世,而行出乎古人"。李翱在《与陆傪书》中提到李观说:"李观之文章如此,官止于太子校书郎,年止于二十九,虽有名于时俗,其卒深知其至者,果谁哉!……予与观平生不得相往来,及其死也,则见其文。尝谓使李观若永年,则不远于扬子云矣。"(《全唐文》卷六三五)当时人的这些评论,反映了他们的成就和文坛地位。

　　欧阳、李二人中,李观成就为高。他尊儒学,有经世志,自述"十岁读书,十六能文,不止能文,亦有壮心。及兹弱冠,颇览古今,辄不自量,谓可以取天下之名"(《与右司赵员外书》,《全唐文》卷五三三);他给陆贽上书中又说"颇常思古今治乱,邦家大体,生民之难,君臣之际,以为意也。岂徒焦气力,劳形神,润饰言辞以自贤"(《上陆相公书》,《全唐文》卷五三三)。但他"养民活国"的宏愿徒成泡影,连挫于科场,位终于下僚,英才早逝。他的生命短促,阅历较浅,限制了他的文学成就。他的文集编辑人陆希声序其文,谓"退之虽穷老不休,终不能为元宾之辞;假使元宾后退之之死,亦不能及退之之质……退之乃大革流弊,落落有老成之风。而元宾则不古不今,卓然自作一体,激扬发越,若丝竹中有金石声。每篇得意处,如健马在御,蹀躞不能止,其所长如此"(《唐太子校书李观文集序》,《全唐文》卷八一三)。也有人认为李和韩才能不相上下,如假李以永年,文章当在韩愈之上。这是推想之词,没有多少意义。

　　李观给他弟弟的信中说:"明经世传,不可堕也;文贵天成,不可强高也。"(《报弟兑书》,《全唐文》卷五三三)这可看作是他写作的纲领。他的《谒夫子庙文》,极力推尊孔子,这是韩愈建立"道统"论的先声。他在行役宦游途中,写过一些感伤时事之作,往往不假蹈袭,出以新意。例如他初举不第,曾西出长安,游邠州边地,写

《安边书》上宰相,批评和亲、宿兵之非计,揭露当时执政柄者安边无策,昧于远图,"以小者近者为怀",造成"戎无却年""边无安期""财有尽朝"三大弊端,并进而提出了使用"哥舒翰之将""晁错之策"(指积粟)、"赵充国之奏"(指屯田)三条对策。文章议论宏阔,颇有见识,有晁、贾策论之风。他的《汉受降城铭》,指出"天子有道,守在四夷,知守者非殚师远征,穷徼成城,害元元之生,黩明明之灵,盖在义以讨,仁以扰"(《全唐文》卷五三五),则是借古以讽今,批评当时处置边事的举措失宜。他的《周苛碑》和《项籍碑铭》,也是借史事以立意。《周苛碑》写周苛为刘邦守荥阳,城陷被俘,处死守节,写得很生动,表达了反抗强暴的思想。《项籍碑铭》则批评项羽"实勇而无谋,刚而无亲,忌而信谗,暴而残人。是以人得蹈其资,兵得害其身,真自亡也,岂天亡乎",实际是指出了民心向背之重要,有批判"天命论"的积极内容。后来柳宗元、刘禹锡、吕温等人都发挥过这种观念。他的《上陆相公书》,写到"昔人曰:未遇伯乐,则千载无一骥。明其士无时无特达也,犹马无时无千里者也",比拟新颖而贴切,是韩愈《杂说四》之所从出。他的《请修太学书》,致慨于儒学衰颓的现状。其中说:

> 长国之术,在乎养士;养士之方,在乎隆学。夫学废则士亡,士亡则国虚,国虚则上下危,上下危则礼义销,礼义销则狂可奸圣,贼可凌德,逶迤不知其终。

这就比较清楚地表达了他对儒学的兴衰、士人的命运与国家政治的关系的看法,也是当时很多知识分子的共同观点。他又强调,自己所求在"立行师古",所说在方伯政本,"非竖儒之谈"(《与张宇侍御书》,《全唐文》卷五三三),这也有反章句之学的含意。

他说"文贵天成"。什么是"天成"?可以用他自己的话解释,就是"上不罔古,下不附今,直以意到为辞,辞讫成章"(《帖经日上侍郎书》,《全唐文》卷五三三)。"不罔古"就是不依傍古人,"不附今"就是不趋附时流。他的文章确实颇能崭然自异,不肯一语犹人。他是"古文"家中,最初有意识提倡"意尽言止"之说的。例如他有《吊韩弇没胡中文》。韩弇是韩愈的从兄,贞元三年(787年),在汉蕃土梨树会盟中唐朝方面中计时没于吐蕃,以后不知死生。就此人此事写哀吊文,本难于设辞。李观在写到中计被擒时说:"有备无患,军志也,戎人安所暴其诈;千虑一失,圣人也,韩君是以为之虏。天其或者将用警我,非福戎也。"这段评论,于慰解中见讽喻,希望朝廷从中汲取教训;而后悲悼韩之没于"流沙无波,阴山无春,边草不绿,塞鸿不宾"的边地,不知死生,又对当年"可疑不疑,固用阽危"表示痛惜。文章感情真切,议论极有分寸,所使用的是韵文,但流利畅达,很少用典,行文比较自由。李观是诗人李益的同宗,李益称赞他"长于记事"(《邠宁庆三州节度使飨军记》,《全唐文》卷五三四)。他在记叙和描写上确实很有技巧。如《代李图南上苏州韦使君论戴察书》,写到戴被胥吏迫害一节,吏人的横暴、戴察父子的贫窭软弱,形容刻画如在目前。《报弟兑书》说到自己穷居长安,只有一童仆"服事祇勤,庸蓄以给余,为隶以奉余,久而不求直,殆而不施劳",然后想到孔门弟子穷陬见愠、老子从者徐甲求去,说:

> 夫孔、老之道于我也则小大较然,其门人、从者之操则何远斯童哉!吁!我尝独歌而悲。容有造曰:"子之穷达,在时与人。"我曰:"不在时,乃在人;不在人,乃在斯童。何者?仲尼适周,鲁君乃与一乘车、两马、一竖子。自周而还,其道益明。则圣人经为亦用其资,独作恒人乎?今我所以能于京师保穷居,读书著文无废日时者,乃斯童之力也,非我之能也。"

这种构思、语言,风趣而又新巧,于幽默中表现了身世的感伤。

李观的"古文",还不够成熟,因此融炼之功尚缺。这表现在:一方面,他的有些文章偶俪之习未脱,甚或意浅语枝,颇形浅陋。

晁公武《郡斋读书志》评为"辞胜理";另一方面,有时又露凿削痕迹,格格不能自达其意。但如果考虑到他所处的时期、他的年龄,成绩应当说是很突出的。

欧阳詹的成就不及李观。从留存的作品看,以杂文和书信写得较好,多表现怀才不遇的愤慨。他在《与郑伯义书》中提出:"国家设尊官厚禄,为人民也,为社稷也。在求其人,非与人求;在得其人,非与人得。"(《全唐文》卷五九六)从正面提出了求贤的重要性,也暗示了苟求禄位、谋求私利的腐败现实。由此出发,他主张"选才如选材",应当"方圆毕至,择其利用者"。他的《与张尚书书》《与郑相公启》等作品,虽有求援乞怜之词,但也包含了对社会的讽喻。如后文中指出当时仕途上"限以四考,格以五选,十年方易一官",这种"循资历级"的办法,耗费了人才。他的《吊九江碑材文》,是一篇取材新颖、寓意深刻的杂文。原来九江驿碑的碑材,为颜真卿任湖州牧时所得,辗转负载,慎选胜地,于浔阳城北立为祖亭碑,颜并自制碑文而手勒之。这样,"公文为天下最,书为天下最,斯亭之地亦天下最。庶资三善,加以斯碑之奇,相持万古,而采异留名之致一得也"。但后来州吏修九江驿,却铲斯碑以记述劳绩。作者凭吊这块碑材,叙写它"先荣后辱"的遭遇,寄喻了才德之士被遗弃的愤慨。他说,这正如"去兰室而居鲍肆,舍牢醴而食糟糠,脱锦绣而服枲麻,黜诸夏而即夷狄,可悲之甚者"(《全唐文》卷五九八)。这篇文章通篇设喻,意味深长,用比拟和联想表现主题,取材、构想都很新鲜。《刖卞和述》的构思也很独特。作者以为卞和被刖,是楚怀王不贵难得之货的表现,是有意"抑奇玩,却无益,剪奢靡之萌,启淳庞之迹",否则不会因爱玉人须臾之功而不试以琢磨。这是一篇翻案文章,意在讽刺现实中的奢靡之风的。

李贻孙《故四门助教欧阳詹文集序》说:"与君同道而相上下者,有韩侍郎愈、李校书观洎君,并数百岁杰出,人到于今伏之。"(《全唐文》卷五四四)这里把韩、李、欧阳三人并列,视为"同道",在当时是符合历史实际的。在贞元前期文坛上,当韩愈的创作成就还很有限的时候,李、欧阳是推动"古文运动"的重要人物。

经过韩、柳等人的努力,贞元、元和年间文坛风气大变,对于"古文"由哗笑贬抑到"今之人于文章无不慕古……盖为古文者得名声"(刘禹锡《答道州薛郎中论书仪书》,《刘宾客文集》卷一○)。韩愈遂被许多人所师法。张籍、李翱、皇甫湜、沈亚之等都从游于他的门下。但这些人与韩愈的关系不同,创作态度也不尽一致。特别由于韩愈的理论与实践中有"文"与"道"歧而为二的矛盾,拥护和后继他的人们也就各有所偏。强调重道,则更注重思想的纯正、道德的完善、学行的修养,文章则求简易清通,达意即可;而重文章的人,则更强调形式与文采,追求表达效果,而不满足于一般的发明儒学。张、李的观点侧重前者,皇甫、沈等人则偏向后者。好在唐人的眼界心胸一般比较开阔,不走极端,这些人又终究是文人,都很用力于创作实践,所以他们在发展"古文运动"上的成绩在一定程度上克服了认识上的片面性。

张籍(767年?—830年?),字文昌,祖籍吴郡(今江苏苏州市),侨寓和州乌江(今安徽和县)。贞元十四年(798年),自汴州拔解,韩愈为考官,次年中进士。曾任太常寺太祝、水部员外郎、国子司业等职。他能诗,以创作"新乐府"著名,是白居易倡导的"新乐府运动"的积极参加者。他比韩愈年长一岁,但就学于韩,因而韩视他为弟子。这里也表现了韩的自负不凡处。从韩愈的一些评论看,张籍"古文"似有一定成就。但《张司业集》只录歌诗,文今仅存两篇,即写于汴州的《上韩昌黎书》和《上韩昌黎第二书》。

董晋节制汴州,韩、张同在其幕下,二人为僚友。新史称张籍性狷急,他的两封信颇显露出不循势力、勇于为言的态度。第一封信提出了三点:一是督促韩愈著书,"以兴存圣人之道",他讲到孔宣以后,儒道陵夷,世俗颓靡,佛、道相沿而炽,人情溺乎异学,还讲到儒道的作用以及对孟轲、扬雄的评价;二是责备韩愈"多尚驳杂无实之说"，议论好胜人；三是劝韩停止"博塞之戏，与人竞财"。韩愈在回信中为自己辩护，说著书时机未到，而博塞之类"比之酒色，不有闲乎"，并指张籍为"似同浴而讥裸裎"，仍表现一种讥戏强辩的作风。因而张籍又上第二封书，继续阐述自己的主张。张籍的看法，很有迂阔的地方。特别是在做文章方面。所谓"驳杂"就是不纯正，有悖于儒道；所谓"无实"，则是虚构。韩愈写的一些杂文，特别是俳偕体的文章，确实有这样的特点。但一般地说，这是文学创作所容许的，可说是思想上、艺术上的丰富性的表现。至于博塞之类，是唐代知识分子间习俗之风，不足深责。张籍强调儒家一家之道，尊孟、扬，反佛、老，这是与韩愈后来的主张相同的。他文章崇尚平顺正大，自己这两篇书信也实践了这种要求。

李翱（772年—836年①），字习之，陇西成纪人，一说赵郡人。幼勤儒学，博雅好古，曾受知于梁肃。时梁肃誉塞天下，属辞求进士者奉文章走其门，盖无虚日。他的文章显然也受到梁肃影响。贞元十二年（796年），在汴州结识韩愈。自是，从韩愈"讲道析文"，并娶愈从兄弇之女为妻。贞元十四年，进士及第，授校书郎，并与柳宗元交游。元和初，转国子博士、史馆修撰，后历任内外官。大和九年（835年），为检校尚书户部、襄州刺史、山南东道节度使，后卒于镇。今存《李文公集》十八卷，《补遗》一卷。

李翱非常赞佩韩愈。他的《与陆俣书》，写于贞元年间，时韩愈初有文名，他说："又思我友韩愈，非兹世之文，古之文也；非兹世之人，古之人也。其词与其意适，则孟子既没，亦不见有过于斯者。"（《全唐文》卷六三五）这是最早给韩愈以高度评价的文字。他以振兴儒道为己任："吾之道，非一家之道，是古圣人所由之道也。吾之道塞，则君子之道消矣。吾之道明，则尧、舜、文、武、孔子之道未绝

---

① 李翱卒年，一般据《旧书》本传"会昌中"说，定为会昌元年（841年）。此据陈尚君《李翱卒年订误》，《中华文史论丛》一九八一年第一辑。

于地矣。"(《答侯高第二书》,《全唐文》卷六三五)态度与韩愈相同。他也讲辟佛,说:"佛法害人,甚于杨、墨,论心术虽不异于中土,考教迹实有蠹于生灵,浸溺人情,莫此之甚,为人上者,所宜抑焉。"(《再请停率修寺观钱状》,《全唐文》卷六三四)他在儒学上的特殊贡献,是在韩愈《原性》的基础上,提出了"复性说",是为宋明理学讲心性一派的先驱。孔子讲性三品,孟子讲"性善",都试图论证他们的仁义道德之说、君臣父子之义是人的本性。但在实践上解释人的这种本性如何决定他们的社会行为、如何实现"人性"的完善,却有很多格碍。佛教传入中国,讲佛性,观点纷纭,实际上也是在神学形式下讲人性问题。后来禅宗兴起,讲见性守心之说,以为法身遍一切境,人人具有的净心就是佛性,所以一念悟即可成佛,内心中自有净土。这是一种现世成佛法,哲学上是极端唯心的,是试图从极端神秘的主观领悟中找到解决人性问题的道路。这种观点,与儒学固有的正心诚意理论正相契合。韩愈援以论"性",分"性"与"情"为二,做先天、后天之大别,正是偷用了佛教义理。李翱在这个方向上更进一步。他作《复性书》三篇,上篇讨论人的性与情的关系,中篇论成为圣人的修养方法,下篇强调致力于修养道德的必要性。其基本观点是:

> 人之所以为圣人者,性也;人之所以惑其性者,情也。喜、怒、哀、惧、爱、恶、欲七者,皆情之所为也。情既昏,性斯匿矣。

这与禅宗说七情六欲掩盖了"净心"的观点是一致的。他又说:"情由性而生,情不自情,因性而情;性不自性,因情以明。"因此就有个"复性"问题。"复性"的手段就是"正思",既无思无虑,抑哀乐,节嗜欲,达到一种本无思虑的"至诚"的境界。这个境界,实即宇宙的本体。体认这种境界的人,就是参赞天地、化育万物的圣人,这与禅宗主张"静心""顿悟"也是一致的。所以,"复性"论是在调和儒释心性学说的基础上,用传统儒学的语言论述了明心见性问题,以窃取佛教的理论内容的办法来反对佛教,这对宋代理学的建立产生了很大影响。因此,宋代以后,他的学术地位被理学家们抬得很高。叶梦得甚至以为其学力实过于韩愈(《岩下放言》卷下);宋濂谓"其《复性》、《平赋》二书,修身治人之意,明白深切,得斯道之用,盖唐人之所仅有……习之识高志伟,不在退之下。遇可畏如退之而不屈,真豪杰之士哉"(《胡仲子文集序》,《宋学士文集·芝园前集》卷二);全谢山亦有相似看法(见《李习之论》,《鲒埼亭集》外编卷三七)。

李翱的文学成就,在韩愈"集团"中是较高的。刘禹锡记述他的自负语说:"翱昔与韩吏部退之为文章盟主,同时伦辈,惟柳仪曹宗元、刘宾客梦得耳。"(《唐故中书侍郎平章事韦公集纪》,《刘宾客文集》卷一九)宋人把他与韩愈并称为"韩李"。这主要是从道学观点看的,但也是因为他的文风对宋人很有影响。元白珽认为唐文人中"能拔足流俗,自成一家,韩、柳、李义山、李翱数公而已"(《湛渊静语》卷二)。后来更有人在唐宋八家外加上他与孙樵凑足十家。陈振孙《直斋书录解题》卷一六称其文委源于韩愈,但才气不能及,可视为定评。

李翱的文学观点,表现在《答朱载言书》《寄从弟正辞书》等文章中。出于他的儒学观,他与韩、柳一样,也是以孔孟圣人之道为文章大本大原的。他说:"吾所以不协于时而学古文者,悦古人之行也;悦古人之行者,爱古人之道也。故学其言,不可以不行其行;行其行,不可以不重其道;重其道,不可以不循其礼。"(《答朱载言书》,《全唐文》卷六三五)因此他反对"文为一艺"之说,认为文章与仁义同生于内心,仁义之辞是道德修养的表现:"夫性于仁义者,未见其无文也;有文而能到者,吾未见其不力于仁义也。由仁义而后文者,性也;由文而后仁义者,习也。犹诚、明之必相依而。"(《寄从弟正辞书》,《全唐文》六三六)这是修辞立其诚的观点的发挥,是宋儒"道胜而言文"论的先声,是由他的"复性说"派生出来的文学观。

但在具体实践中，他却又不满足于涵养道德，而提出了创意、造言两个要求。这又是韩愈“能自树立，不因循”的主张的具体化。他比韩愈讲得更明确；但惟其明确，也显得拘泥。所谓“创意”，要求做到“义深则意远，意远则理辩，理辩则气直，气直则辞胜，辞胜则文工”(《答朱载言书》，《全唐文》卷六三五)，即要求在文章中对圣人之道的义理做出深刻的阐述；所谓“造言”，则是主张从文、理、义三者的统一出发，用新鲜的语辞来表达内容，使“能极于工”。他反对文章尚异求偶、爱难爱易之说，反对“情有所偏，滞而不流”。因而，从总的倾向看，他发扬了韩愈文章内容纯正、表达流畅的一面，不赞成追求“怪怪奇奇”，也不尚藻绘工丽。

李翱在创作实践上，注重表现兴功济世的内容，颇写了些具有社会意义的篇章。如《平赋书》论政理，与柳宗元致元饶书论均赋、元稹在同州论均田的主张相同。他以孔子“敬事而信，节用而爱人，使民以时”的主张为出发点，先从正反两面，从理论上说明“善为政者莫大于理人”，自古危亡之道在刻剥百姓，然后提出轻敛可以多财的道理，最后揭露了仁义不行的根本原因在嗜欲之害。文章发挥了儒学中重视民生的积极一面，写法上细密平实，丝丝入扣。他的《与本使杨尚书请停率修寺观钱状》《去佛斋文》是辟佛的，着重揭露佛教大兴土木、修建塔寺之蠹害生灵。他的一些杂文如《知凤说》《国马说》《题峡山寺》等，也有一定寓意。如《题峡山寺》，从“虎邱之剑池不流，天竺之石桥下无泉……”等山水之难以全美，联想到“求友择人而欲择全”的不当，阐明“去其所阙，用其所长，则大小之材无遗，致天下于治平也弗难矣”(《全唐文》卷六三八)，设想颇为新异，立意也有现实性。碑传文字《高愍女碑》《杨烈妇传》表扬反抗强藩的“勇烈之道”，也是有感于现实而作的。李翱在《答皇甫湜书》中说：“凡古贤圣得位于时，道行天下，皆不著书，以其事业存于制度，足以自见故也。其著书者盖道德充积，抑摧于时，身卑处下，泽不能润物，耻灰泯而烬灭，又无圣人为之发明，故

假空言是非一代,以传无穷而自光耀于后。"(《全唐文》卷六三五)
他是抱着立言传世的事业心和褒贬善恶的自觉性来写这些文
章的。

　　李翱文章表现上的特点,借用他评司马迁、班固的话,可说是
以"叙述高简"见长。他任史职时,也自负能"指事书实,不饰虚
言"。他的文章不如韩愈那样气势磅礴,猖狂恣睢,肆意有所作,也
不如柳宗元那样辞精理密,辞采工美,而是平易畅达,简净清通。
《韩文公行状》被人视为集中第一篇文字,写人物一生由生至死,平
平写去,如河水荡荡而流,高高下下相因,只是据事直书,不骋雄
辞,不假铺排。但他并不是不施剪裁,如在写到韩愈参与淮西之役
和赴镇州宣慰时,略施刻画,自有波澜,遇提掇处,能以一二语见
意,使得全篇首尾贯串,文势尚能健举。他写高愍女、杨烈妇,不像
韩愈写张巡、许远和柳宗元写段秀实那样慷慨昂扬,重笔浓采,但
能淘洗芜词累句,运笔颇为生动。《杨烈妇传》写主人公的形象:

　　　　建中四年,李希烈陷汴州,既又将盗陈州,分其兵数千人,
　　抵项城县。盖将掠其玉帛,俘缧其男女,以会于陈州。县令李
　　侃不知所为,其妻杨氏曰:"君,县令也,寇至当守;力不足,死
　　焉,职也。君如逃,则谁守?"侃曰:"兵与财皆无,将若何?"杨
　　氏曰:"如不守,县为贼所得矣!仓廪皆其积也,府库皆其财
　　也,百姓皆其战士也,国家何有?夺贼之财而食其食,重赏以
　　令死士,其必济!"
　　　　于是召胥吏百姓于庭。杨氏言曰:"县令,诚主也;虽然,
　　岁满则罢去,非若吏人百姓然。吏人百姓,邑人也,坟墓存焉,
　　宜相与致死以守其邑,忍失其身而为贼之人耶?"众皆泣许之。
　　乃徇曰:"以瓦石中贼者,与之千钱;以刀矢兵刃之物中贼者,
　　与之万钱。"得数百人,侃率之以乘城。杨氏亲为之爨以食之,
　　无长少,必周而均。使侃与贼言曰:"项城父老,义不为贼矣,
　　皆悉力守死。得吾城,不足以威,不如亟去。徒失利,无益

也。"贼皆笑。有飞箭集于侃之手,侃伤而归。杨氏责之曰:
"君不在,则人谁肯固矣! 与其死于城上,不犹愈于家乎?"侃
遂忍之,复登陴。……

这是文章的前一半,只是平平地叙说人物的语言和行动,但由于细
节的提炼、语言的推敲以及精心布局安排,使人物风采如现目前。
他的这种文风也表现在议论文中。《与陆傪书》向友人介绍李观、
韩愈文章,诚挚恳切,曲折详缓;写到自己的处境,更寄慨深厚。
《复性书》之论性理、《平赋书》之论政事、《答朱载言书》之论文章,
都说理详悉,俯仰有度,在论理中一步步推衍,平易和平,全无矜心
使气之态。

正如李翱在哲学上开宋儒的先路一样,他在文章上也以其"淡
雅不浮,混融不琢,优游不迫"(吴可《荆溪林下偶谈》卷三)的平顺
文风给宋代"古文"以很大影响。

如果说元和之后,文章学奇于韩愈,那么最能代表这种倾向的
是皇甫湜、沈亚之、樊宗师等人。他们每个人的创作成就与特点又
不相同,应加以具体分析。

皇甫湜(777 年—829 年?),字持正,睦州新安(今浙江淳安县)
人。年轻时即与韩、柳结交。第进士,为陆浑尉。元和三年(808
年),策试贤良方正直言极谏举人,与牛僧孺、李宗闵等指陈时政,
无所避忌,触怒权要,考官被贬降,皇甫湜等也久之不调。后任工
部郎中,忮急使酒,数忤同省,求分司东都。《司空表圣文集》卷二
《题柳柳州集后》称之为皇甫祠部;所作《题谘溪石》署衔侍御史,何
时任这些职务,不可确考。今存《皇甫持正文集》六卷,《补遗》
一卷。

皇甫湜在唐代"古文"家中文名甚盛。刘禹锡《唐故尚书礼部
员外郎柳君集纪》说"安定皇甫湜于文章少所推让"。韦处厚《上宰
相荐皇甫湜书》称其"学穷古训,词秀人文,脱落章句,简斥枝叶。
游百氏而旁览,折之以归正;囊六义以疾驰,讽之以合雅"(《全唐

文》卷七一五）。白居易《哭皇甫七郎中》诗说："多才非福禄，薄命是聪明。不得人间寿，还留身后名。"（《全唐诗》卷四五一）高彦休《唐阙史》记载了一个故事，说，裴度修福先寺，拟撰碑，皇甫湜自荐执笔，写出的文章"文思古謇，字复怪僻，公寻绎久之，目瞪口涩，不能分其句读"，结果给了他一字三匹绢的报酬。此事不一定可信，但从这个传说却可窥见时人对他文章的看法。唐人之更重视皇甫湜，说明尚奇是一时风气，但也表明了他的文章成就有杰出之处。

　　后人评论韩文的影响，谓李习之得其正，皇甫湜得其奇。把奇、正绝对地对立起来，甚至指责皇甫湜一味雕琢艰深，格格不能自达其意，这并不合乎实际。皇甫湜并不是一味追求形式奇僻的。他曾说过："湜自学圣人之道，诵之于口，铭之于心，徒恨今之人待士之分，以虚华而已；今之士望人之分，以毫末而已。"（《上江西李大夫书》，《全唐文》卷六八五）他还自诩"彼则趋趄于卿士之门，我则婆娑于圣贤之域，彼则巾车于名利之肆，我则冠履于文史之囿"（《谕业》，《全唐文》卷六八七）。可见他尊儒重道的立场是很坚定的。而且他也反对章句之学："倘舍源而事流，弃意而征迹，虽服仲尼之服，手绝麟之笔，等古人之章句，署王正之月日，谓之好古则可矣，顾其书何为哉？"（《编年纪传论》，《全唐文》卷六八六）他在注重文以致用方面与"古文运动"的代表者们也都是一样的。他强调文章的"怪"与"奇"，有自己的理解，主要见于给李生的三篇论文书信之中。他说："夫意新则异于常，异于常则怪矣；词高则出于众，出于众则奇矣。虎豹之文不得不炳于犬羊，鸾凤之音不得不锵于乌鹊，金玉之光不得不炫于瓦石。非有意于先之也，乃自然也。"（《答李生第一书》，《全唐文》卷六八五）由此可见，他认为"奇"与"怪"是"意新""词高"的表现，而"意新"又是"词高"的基础；做到这些，又非刻意为之，而是得于"自然"。这强调的也是精义内充则英华外发的道理。他又说："夫谓之奇，则非正矣，然亦无伤于正也。谓之奇，则非常矣，非常者，谓不如常者，谓不如常，乃出常也。无伤于正而出于常,虽尚之亦可也。此统论奇之体耳,未以文言之失也。夫文者非他,言之华者也,其用在通理而已,固不务奇,然亦无伤于奇也。"(《答李生第二书》,《全唐文》卷六八五)这是他"文奇而理正"的观点的进一步的发挥。讲"奇"与"正"的关系,要求出常而无失于正,这与韩愈《答刘正夫书》中讲的家中百物所珍爱者非常物等等的见解也是相通的。在这些地方,他与韩愈、李翱的观点并无大的不同。

他在理论上的独到之处,在于对形式与语言的强调。他在批驳李生的反对意见时用虎豹鸾凤的文采以说明非常之物必有非常之文的道理后,接着说:"以文为贵者非他,文则远,无文即不远也。以非常之文,通至正之理,是所以不朽也。生何嫉之深也?夫'绘事后素';既谓之文,岂苟简而已哉!……秦、汉以来至今,文学之盛莫如屈原、宋玉、李斯、司马迁、相如、扬雄之徒,其文皆奇,其传皆远"(同上)。他从"文"字训诂学上的意义出发,提出为文不能苟简,欲惊世传远,必须创造动人心目的形式和辞采。他在《谕业》中说:"强于内者外必胜,殖不固者发不坚。功不什倍,不可以果志;力不兼两,不可以角敌……务出人之名,安得不厉出人之器;战横行之阵,安得不振横行之略?书不千轴,不可以语化;文不百代,不可以语变。体无常轨,言无常宗,物无常用,景无常取。在殚其理,覈其微,赋物而穷其致……"因此,在表达上要深探力取,穷精极微,这则与李翱的"指事书实"的原则很不相同了。通过他评论文章,更可以看出他对艺术技巧与表现效果的刻意追求。例如他说"李员外(华)之文则如金罍玉辇,雕龙采凤,外虽丹青可掬,内亦体骨不凡","杨崖州(炎)之文,如长桥新构,铁骑夜渡,雄震威厉,动心骇耳,然而鼓作多容,君子所慎",以及评李邕文"可畏",权德舆文"令人竦观"等等,都从新异的形象和强烈的效果着眼。他在《唐著作佐郎顾况集序》中,指出顾况的作品"骏发踔厉,往往若穿天心,出月胁,意外惊人语,非寻常所能及"(《全唐文》卷六八六);在

《韩文公墓志铭》中，称赞韩愈"鲸铿春丽，惊耀天下"等等，也反映了同样的认识。皇甫湜在这个方面的追求，应当说是他有关"古文"见解的特殊之处。

他所要求的"奇"与"怪"，有强调文学表现上的形象性的意义，对于纠正"古文"专门言"道"的空疏腐窳之弊是有作用的，不应简单地指责为形式主义而完全加以否定。但也应当指出，皇甫湜强调形式，确实流入了一定的偏颇：一、他片面肯定"奇""怪"这一种风格，而没有看到文章风格的多样性。实际上，质直、平易、含蓄、古朴……都可以成为好文章，都能产生艺术力量。他以虎豹鸾凤的文采比拟文章，李生曾以松柏并无异彩来批驳他。李生的看法当然是很肤浅的。因为正如章学诚所指出："盖浮艳非文所贵，而有意为奇，乃是伪体。松柏贞其本性，故拔出于群木。惟其不为浮艳与有意之奇，故能凌霜雪而不凋。其郁青不改者，所以为真艳也；不畏岁寒者，所以为真奇也。文能如是，两汉以还不多觏也。李生以为文章不艳不奇，故欲取以为比，而不知果能如是，乃是真艳真奇，绝非凡葩众卉所敢拟也。"（《皇甫持正文集书后》，《文史通义》外篇卷二）这就是说，松柏的风貌，正反映了英华外发的精神，也是不平常的风格。但皇甫湜却说："松柏可比节操，不可比文章"，他只承认虎豹鸾凤，根本不承认松柏的"真艳真奇"，适足以表现他审美趣味的片面性。二、刘大櫆《论文偶记》说："文贵奇，所谓珍爱者必非常物。然有奇在字句者，有奇在意思者，有奇在笔者，有奇在邱壑者，有奇在气者，有奇在神者。字句之奇，不足为奇。气奇则真奇矣。"而皇甫湜所追求的，恰恰多在语言字句方面。在艺术的立意、构思、体裁、表现手法、语言等等诸要素中，语言恰恰又是在规范化的要求上较严格的。皇甫湜忽视文从字顺，专求奇辞怪语，就走入了另一个极端，他举出《易经》"龙战于野，其血玄黄""见豕负途，载鬼一车"等做例子说明用语应尚奇，忽略了古今语言的变化和一定语言环境下的特殊风格，以这种例子论证普遍的规律,显然是错误的。三、由于他对形式的偏重,因而对"浮艳声病"之文有时取容忍态度,甚至认为这是科举的必要修养,则是从韩愈坚决摒弃"俗下文字"立场的一个退步。这三点可说是他在理论上的局限。

皇甫湜在创作实践上,写过不少富于思想性和现实性的文章。他的直言极谏对策文,是元和三年(808年)科场案留存下来的唯一一篇文章,也是中唐抨击时政的长篇策论的名篇。其中全面地分析了藩镇、宦官、朝政、吏治、学风等重大社会问题,如指斥宦官:"裔夷亏残之微,褊险之徒,皂隶之职,岂可使之掌王命,握兵柄,内膺腹心之寄,外当耳目之任乎? 此壮夫义士所以寒心销志,泣愤而不能已也。"抨击朝政:"今职备而不举,法具而不行。谏诤之臣备员,不闻直声;弹察之臣塞路,未尝直指。公卿大夫则偷合苟容,持禄养交,为亲戚计,迁除领簿而已。兴利之臣,专以聚敛计数为务;共理之吏,专以附上剥下为功,习以为常,渐以成俗。"如此等等,写得论议强直,辞严义正,认识也相当地深刻。《论进奉书》揭露税外进奉之习,说它是"侈君之嗜欲,惑君之聪明,实大奸之门,大罪之窦也",言辞极为激烈。《吉州刺史厅壁记》从歌颂一个州刺史写起,暴露了地方官的骄纵不法,致使州县疮痍。《送简师序》《送孙生序》则是配合韩愈辟佛的,他说"浮屠之法入中国六百年,天下胥而化,其所崇奉乃公卿大夫。野益荒,人益饥,教益颓,天下将芜,而始浑然自,上下安之若性命,固然也"(《送孙生序》,《全唐文》卷六八六)。几句话写出了统治阶级上层倡导佞佛造成的罪恶和天下佞佛如狂的情形。此外,他的有些文章很有些新鲜思想。如《夷惠清和论》是批评孟子的;《笃终论》宣扬墨子的薄葬思想;《寿颜子辨》说"土与水、火、风杂为千品万殊",有唯物色彩。由这些可见,他的创作的内容还是比较广阔的,反映现实也有一定的深度。

皇甫湜在写作艺术上实践了他的尚"奇"的理论。他的有些文章表现鲜明,比喻新巧,生词俊语,连绵不断。如《吉州刺史厅壁记》形容地方情形："下车之初，视簿书，簿书棼如丝；视胥吏，胥吏沸如糜。召诘其官，皆眊然如醒；登进其民，皆苶然而疲。"(《全唐文》卷六八六)写得很生动、新鲜，用的形容词语很有创造性。《悲汝南子桑文》中有一段写道："浑沌无端，谁开辟之？ 善恶未形，谁分白之？ 善其福之，恶其祸之。谓善之福，夷死何饥？ 谓恶之祸，跖死何肥？ 何阖闾之死，金玉其墓？ 何黔娄之死，手足不复？ 孰主张其事，而颠倒其数？ 天且高，地且辽，鬼神之形幽，敢问何故？"设想独特，提问奇突，表现内容是大胆的，写法也是很特殊的，因而王应麟谓之"奇作"。但刻意追求表达上的"奇"，确实时时造成艰深之弊。例如著名的《韩文公墓志铭》，形容韩文是"豪曲快字"，"曲"作"心曲"解；"鲸铿春丽"，出自《东都赋》"发鲸鱼，铿华钟"，说明音节洪亮；以及形容韩的为人"洞朗轩辟，不施锻级"等等，想象都比较离奇，表现也嫌深晦。又如《谕业》中形容为文必须殚理覈微："号猿贯虱，彻札饮羽，必非一岁之决拾；仰马出鱼，理心顺气，必非容易之搏拊。浅辟庸种无嘉苗，颣绚疏织无良帛……求售者声门而衒贾，致贱者深匮而俟价，求聘者自容于靓妆，取媚者嫌扁于密影。鲔可荐也，不虑纶罟之不逢；橘可贡也，不虑包匦之不入。"等等，这一系列比喻虽都很新颖，但有些却过于趋奇走怪而令人费解。

正如前面指出的，唐人对皇甫湜评价是较高的，但宋代以后，对他的讥评渐多起来。有人说他"流于艰涩怪僻，所谓目瞪舌涩，不能分其句读者也"(白珽《湛渊静语》卷一)，"其言语次叙，却是著力铺排，往往反伤工巧，终无自然气象。其记又多叶韵语，殊非大家数"(郑玉《与洪君实书》，《师山遗文》)。这固然道着了他的一定的弊病，但也表现出那种只求平顺"明道"之文的偏见。《四库提要》说"湜得愈之奇崛"，是合乎分寸的。皇甫湜应当说是韩愈之后雄立一世的重要散文家之一。

沈亚之(781—832年)，字下贤，吴兴(今浙江吴兴县)人。初，至长安,与李贺交。元和十年(815 年),礼部侍郎崔群下进士及第,泾原节度使李彙辟为掌书记,授秘书省正字。长庆中,为栎阳令。四年(824 年),迁福建团练副史,事徐晦。后累官至殿中丞、御史内供奉。会横海李同捷反,诏两河诸镇用兵,久无功,乃令谏议大夫柏耆受诏宣慰,取亚之为判官。同捷平,诸将嫉耆功,比奏攒诋,文宗不获已,贬耆循州司户参军,亚之坐谪南康尉。后终郢州掾。今存《沈下贤文集》十二卷。

亚之以诗名,晚唐杜牧、李商隐都有拟他的作品。作文也属于"得韩之奇"的一派。他自称"酌岩贤、旅圣之所以立言,至于书得失,备理乱,叙往纪来,此则得之于文矣"(《上家官书》,《全唐文》卷七三四)。岩贤,指傅说,旅圣,指孔子,由此可见他是有志于圣贤事业的。他在《与京兆试官书》中说:"旨春秋而法太史,虽未得陈其笔于君臣废兴之际,如有义烈端节之事辄书之,善恶无所回,虽日受摧辱,然其志不死。"(《全唐文》卷七三五)他与前后许多"古文"家一样,有志于史职,希望以文章干世用。但他活动的时期,已较韩、柳为后,入仕以后,长期出入幕职。危机更深的时代使他受到许多触动。因此,他虽然追求奇崛,但并未超脱现实。这一点他与皇甫湜相似。

亚之与李贺交友,称其诗"怨郁凄艳之巧,诚以盖古排今,使为词者莫得偶矣"(《送李胶秀才诗序》,《全唐文》卷七三五),自己在创作上也受李贺的影响。他游于韩愈之门,以后辈自居,对其多有师承。他在《答学文僧请益书》中设喻说:业陶浅劳而薄利,由于投合时俗而多售,但善锻者虽"火之金而别器,一日化百状而智用不极",只因为难工而经久,反而不易出售,落得"常薄产自急"。他自负所学即"为黄金之锻"者(《沈下贤文集》卷八)。这正是韩愈《答刘正夫书》中的意思。他还曾记述韩愈的话:"善树艺者,必壅以美壤,以时沃濯,其柯萌之锋,由是而锐也。夫经史百家之学,于心灌沃而已。"(《送韩静略序》,《全唐文》卷七三五)他在这里,强调的是以经史百家之学作为创作素养的基础。但他所要"树艺"的，却是春风雨露之下"夸红奋绮，湘缥绀紫，错若装画，杨花流香，霭荡乎天地之端，各极其至"的杂花满树，而不是惨淡烟黄之色的枯枝败叶，也不是适于食用的稻麦粟稷。他说自己是"刻文励语，唯恐不工，思欲不肩于俗，以为世之大宠"，"欲极老目之力，不忘于文"（《答冯兄书》，《全唐文》卷七三五）。他确乎在文章形式上下了很大功夫。

　　亚之追求文章辞采，但并不妨碍他写出了一些内容比较充实的作品。特别是藩镇问题，他有《夏平》《旌故平卢军节士文》《万胜岗新城录》《表医者郭常》《李绅传》《泷州刺史厅记》等文章加以反映。《夏平》写元和初年平定夏州杨惠琳时，李演借平逆之机滥杀无辜，掠人妻女，后李愿代为政，才制止了这种暴行，得到人民拥护，这才算真正平定了该地。这反映了官军借平叛战争所犯下的暴行，是朝廷腐败的一个侧面，也是其他人的文章很少写到的。《鳌屋县丞厅记》写到县内"市闾杂业者多于县人十九，趋农桑业者十五，又有太子家田及竹囿，皆募其佣艺之。由是奸民豪农颇输名买横，缓急以自蔽匿，民冒名欺偷，浮诈相樛"（《全唐文》卷七三六）。《栎阳兵法尉厅记》写到当地"豪户寒农之居，三分以计而豪有二焉，其父子昆弟皆卒名南北东西军，阛卫杂幸之恃，或籍书从事星台乐局、织馆雕坊、禽儿膳者之附，而又媵女为之盘络"（同上），都反映了豪强专横、中官残暴、农村破产的景象。从这些引文中，已可以看出其行文深晦艰涩的特点，这对于表达内容是有妨害的。

　　沈亚之的作品又"能创窈窕之思，善感物态"（《为人撰乞巧文》），工为"情语"。他传奇小说写得很好，如《秦梦记》《异梦录》《湘中怨解》等，都是当时传奇文的名篇。他把传奇文描摹物态的技巧和抒情笔法用于"古文"，丰富了"古文"的表现手法。例如《上李谏议书》，其内容是致慨于凡、圣"混类之悲"，即一般的怀才不遇的主题。前面用了一系列比拟："祥禽之类凡羽而凡羽混之，神芝之类腐菌而腐菌混之,嘉蕙之类梦苇而梦苇混之。非独混之而已,亦且蒙其芳而夺其美。何者? 善寡而凡多故也。"(《全唐文》卷七三四)然后,他设楚王鼎食的寓言,讲了一个膳者不能味楚王之鼎是因为梅醯盐醢均为赝品的故事。这样,层层设喻,结构曲折,表现颇为生动。《旌故平卢军节士文》写一个名叫郭旷的士人,身处李师道叛军之中,居危疑之地,始则劝说李师道归顺朝廷,后李师道随吴元济反,他虽被拘系,仍设计以帛书向郭行余传递军情。人物与语言,写得都很鲜明,记事不浮泛呆板。《表医者郭常》《冯燕传》则都出以寓言,与韩愈《圬者王承福传》、柳宗元《宋清传》等相似。《表医者郭常》写一个医生,为富人治病薄取其值,恐怕患者为吝财而重引旧疾,作者借此慨叹说:"今世或有邦有土之臣,专心聚敛,残割饥民之食以资所欲,忍其死而不愧,受刑辱而无耻,是亦不仁甚矣。"(《全唐文》卷七三八)其讽刺意味是很明显的。

亚之的文章除了文笔窒涩这个与皇甫湜共同的毛病外,有时还流于纤巧。生造的词语,新异的句式不少。例如在墓志中应用"绮颜""金楹""红荃"(《卢金兰墓志铭》,《全唐文》卷七三八)之类的字面,就给人以浮艳不当的印象了。

唐代古文家刻意求奇走极端的是樊宗师(? —821年?)。他是南阳(今河南邓县)人,一说河中(今山西永济县)人。元和年间举军谋宏远科,曾历绵州、绛州刺史。与韩愈交,深受其推重。原有集,已佚,今存文两篇,诗一首。其《绛守居园池记》是在绛州时所作,是古今难以索解的名文。后人辑有《樊谏议集七家注》。

梅圣俞《寄题绛守园池》诗中说:"黑石镌辞涩如棘,今昔往来人不识。酸睛欲抉无声形,既不可问不可听。"(《宛陵先生集》卷四九)欧阳修形容它是"穷荒搜幽入有无,一语诘曲百盘纡。孰云己出不剽袭,句断欲学盘庚书……"(《绛守居园池》,《居士集》卷二)。这可说是读过《绛守居园池记》的人的普遍印象。如果从内容看,这篇文章包含着惩诫玩物丧志的含意,不能说没有一点思想价值。

但在表现上，却故用生词僻语，割裂文句，使人难以句读。文章第一部分记叙园池的位置与创置，中间对其中景物详加描绘，最后略抒感想，引历史以为教训。这里举中间两小段为例，用的是张庚辑注《强恕斋本唐樊绍述遗文》的断句：

> 睥缅孤颠，跔倔，玄武踞，守居割有北，自甲辛苞大池泓，横硖旁，潭中癸次，木腔瀑三丈余，涎玉沫珠。
>
> 子午梁贯亭曰洄涟。虹蜺雄雌，穷鞠觑蜃，碍佷岛坻，淹淹委委，莎靡缦，萝蕾翠蔓红刺相拂缀。南连轩井，阵中踊曰香，承守寝晬思。

像这样的文字，如果往好处说，是"惩时人之失而又失"；如果往坏处说，是根本不懂创作规律以艰深文浅陋。韩愈讲"奇"，主要是求"能自树立，不因循"，着重在发挥艺术的独创性。皇甫湜尚"奇"，也注意到奇而不出于正。而像樊宗师这样以趋奇走险为目的，专以生僻字眼代替平常词语，写出文章来让人无从理解，也就失去了写作的意义。

有一个问题，就是韩愈对樊宗师的态度。韩给樊写墓铭，说"惟古于词必己出""文从字顺各识职"，与事实较，前一句还说得过去，后一句离现存樊文的面貌就太远了。所以有人以为这是韩愈的讽刺。但韩、樊之间保持长期友谊，韩愈之子韩昶又曾学文于樊，所以很可能樊的作品并不都如《园池记》这样晦涩难读。或者，韩作如此评价，也可能是他借评樊以表达自己尚"奇"的观念而已。

以上，分析了韩愈"集团"致力于"古文"的几个人的主要成就。他们各自（或许樊宗师应除外）在理论上和实践上都作出了一定的贡献。当然，他们都远没有达到韩、柳那样的水平，都有这样那样的局限或弱点。他们中间又有许多差别和矛盾。但正是这样一些人造出了"古文运动"的声势，发展了"古文运动"的成果。因为作为一个运动，要有群众性，难免泥沙混杂，带有一些缺点和问题。

这就要看主流,看一个作家的基本方面。从这样的观点看,上面论述的诸人都是在"古文运动"中起了积极作用的人物。

二

如果说韩、柳是"古文运动"的双星,那么在他们各自的周围聚集着不同的两个星群。韩、柳二人之间虽有深厚的交谊,但他们周围的人却构成了界线分明的两个"集团"。如前面分析的,所谓"韩门弟子",主要是一些热衷于儒道,政治上比较保守的文人官僚;而柳宗元周围的则是一些政治上激进的改革派。他们结成了一个政治集团,进行了"永贞革新",失败后又一起受到政敌的打击和贬黜。他们的文学活动更直接地与政治斗争结合着;他们的创作作为政治变革意识在文学上的直接反映,内容上表现出特殊的政治上的尖锐性,艺术上也具有一定的特色。

这个集团中的凌准、陆质、陈谏、韩泰、韩晔、李景俭等都能文章。但作品流传至今的已寥寥无几。如凌准,对柳宗元来说是父辈,著有《汉后春秋》,又著《六经解围》《人文集》,但没有完成。陆质是著名的学者,其《春秋》学著作流传下来了,但文章只留存了少数几篇。现在留存作品较多,在散文史上值得重视的是吕温和刘禹锡二人。

吕温(772—811 年),字化光,河中(今山西永济县)人。祖延之,官至浙东节度使、越州刺史;父渭,官至湖南都团练观察使、潭州刺史。其继母出自河东柳氏,与柳宗元是中表亲。刘禹锡说他"蚤闻《诗》、《礼》于先侍郎。从师吴郡陆贽[①],通《春秋》;从梁肃,学文章,勇于六艺之能,咸有所祖"(《唐故衡州刺史吕君集纪》,《刘宾

[①] 应为"质"之讹。吕温从学陆质,见下引《祭陆给事文》。

生绝望士林悲。空怀济世安人略，不见男婚女嫁时。"柳宗元和诗则说："衡岳新摧天柱峰，士林颙颙泣相逢。祇令文字传青简，不使功名上景钟。"他的功业与文章是很受推重的。今存《吕衡州集》十卷。

李慈铭认为，吕温的文章"不在同时刘禹锡、张文昌之下"，"自非元宾辈所可及"(《越缦堂读书记》卷八《同治癸酉五月十二日》)。这是有一定道理的。吕温很推崇元结。在道州任上，他曾重写次山《道州刺史厅壁记》，并在其所撰《后记》中说：

> 河南元结字次山，自作道州厅事记，彰善而不党，指恶而不诬，直举胸肊，用为鉴戒，昭昭吏师，长在屋壁。后之贪虐放肆以生人为戏者，独不愧于心乎？予自幼时读循吏传，慕其为人，以为士大夫立名于代，无高于此。

这不只表达了他对元结为人的倾慕，同时也透露了他的文学观点。正如前面指出过的，元结是早期"古文"家中批判色彩最强烈、思想认识最活跃的人物。吕温在《人文化成论》中，解释《易经》"人文化成"之意，以为礼乐、刑政、教化是"文"的根本。他尊崇儒道，但并不主张用"文"作儒学教条的义疏，而强调"文者，盖言错综庶绩，藻绘人情，如成文焉，以致其理"。这也是从"治世安人"的意义上来看待"文"的功能的。因此，他反对"章句翰墨"之文、"雍容绮靡"之文。在《送薛大信归临晋序》中他说："吾闻贤者志其大者。文为道之饰，道为文之本；专其饰则道衰，反其本则文存……琢磨仁义，寖润道德，存皇王理乱之迹，求圣哲行藏之旨，达可以济乎天下，穷可以摅其光明，无以矻矻笔砚间也。"(《吕衡州集》卷三)这里，他明确了文与道、文与行的关系，与韩、柳的看法完全一致。他在《裴氏海昏集序》里讲诗要陈古义，赞美训，"昔者三代陈诗以观民风，信诈、淫义、躁静、柔刚于是乎取之，喜怒、哀乐、吉凶、存亡于是乎观之"(同上)。他这样论诗，强调的是比兴讽喻之说，要求明风俗以反映现实，施褒贬以干预世事，都可见他对文学的现实性的重视。

吕温抱着"遇夫一物有可以整训于世者，秉笔之士未尝阙焉"（《望思台铭序》，《吕衡州集》卷八）的态度为文，采用论说评议为主要体裁。他的许多文章写在贞元中，其时韩愈提倡"古文"尚未普及，他的行文也还多留有偶俪之习。但从内容与文风讲，却言之有物，严正醇厚，很有些独创的深刻见解。他的《诸葛武侯庙记》不同于唐人评论诸葛的常调，既不是对他的高风亮节作一般的歌颂，也不是对他的有才无命表示悲悼，而是从批评他"未能审时定势，大顺人心而克观厥成"立意，阐述了"民无归，德以为归，抚则思，虐则忘"的道理，提出只有以活元元为职志和号召才能取得天下。这就以史评的形式表现了一种历史发展观，其中包含着尊重人民意志、肯定人民作用的合理内容。《四库提要》指吕温这种作品是"尤好高论，失之谬妄"，实际是一种鄙陋偏见。相形之下，恰可看出吕温议论的大胆与杰异。他的《功臣恕死议》《三不欺先后论》，都以加强法治为中心思想。前者批判功臣恕死之典，认为这是"挠权乱法，以罪宠人，坠信赏必罚之典，亏昭德塞违之道，恐非哲王经邦轨物之制也"，这实际上涉及了一种重要的封建等级特权；后者通过对宓子贱、子产、西门豹三人为政效果的评论，提出"德宜全举，道贵兼通"，要求做到刑、礼并用，"以宽济猛，同二气而和平；自迩陟遐，比三才而具美"，这也是有感于现实吏治混乱而发。这些文字，借古以讽今，显示了作者的见识、才学与文章。中唐时期，在诗与散文中，历史题材普遍受到重视，这是时代的潮流。柳宗元这一派人出于政治斗争的需要，特别注重总结历史经验，因而在写作中也喜欢援引历史。吕温正是在这方面很有成就的人。

吕温的铭赞体文字，也多立意不俗，非一般歌功颂德文章可比。著名的如《古东周城铭》，批判《左传》记载苌弘城成周被诸侯逼杀、卫彪傒评为"天坏"之说：

　　鲁昭公三十二年，苌叔合诸侯之大夫城成周，卫彪傒曰：

"天之所坏,不可支也,苌弘违天,必受其咎。"异岁,周人杀苌弘。左氏明征以为世规,俾持颠之臣沮其胜气,非所以厉尊王、垂大训也。予经其地,而作是铭。铭曰:

> 文王受命,肇兴西土,周公作洛,始会风雨。居中正本,拓统开祚,盛则骏奔,衰则夹辅。平王东适,九鼎已轻,二伯之后,时无义声。大夫苌弘,言抗其倾,坐召诸侯,廓崇王城。虽微远猷,实被令名,宜福而祸,何伤于明?立臣之本,委质定分,为仁不卜,临义不问,无天无神,唯道是信。国危必扶,国威必振,求而不获,乃以死殉。兴亡理乱,在德非运,罪之"违天",不可以训。升墟览古,慨焉退愤,勒铭颓隅,以劝大顺。

文章主体是韵文,但叙事的简洁明晰,议论的精粹独到,都是很见功力的。其中表达的反天命、反迷信的哲学思想和富于积极变革意识的政治态度,更是很可宝贵的。后来柳宗元写《非国语·城成周》一节,就借鉴了这篇文章的立意。柳宗元反天命的思想可能受到吕温的影响。吕温的《华山下酹王景略墓文》,歌颂王猛,提出"功存生人,是曰大顺"。王叔文也很敬重王猛,并攀附他为自己的先祖。《张荆州画赞》歌颂开元名臣张九龄"以生人为身,社稷自任,抗危言而无所避,秉大节而不可夺",对其被谗失职、大志不成表示悲愤。《凌烟阁勋臣颂》,则是歌颂唐王朝的开国功臣,以寄托自己的政治理想,与柳宗元《铙歌鼓吹曲》之命意相同。当时唐王朝正江河日下,吕温如此发思古之幽情,是寄托他对现实的看法的。

吕温年岁较短,又热心于政治活动,所以用在创作上的力量有限,而且主要用力于能直接发表意见的议论文章。他有一篇《虔州三堂记》,铺叙四时景物,用了赋的笔法,但其精彩处仍在从游览三堂所引发出的感想:

> 若知其身既安而思所以安人,知其性既适而思所以适物,不以自乐而忽鳏寡之苦,不以自逸而忘稼穑之勤,能推是心,

以惠境内，则良二千石也。

这种吏治主张，与范仲淹"先天下之忧而忧，后天下之乐而乐"的精神境界是相同的。吕温的创作中，重民、安人是一个最重要的主题，他在这一点上是反映了时代的进步要求的。

刘禹锡（772—842年），字梦得，洛阳人。自言系出中山，据考为假托。他与柳宗元结交，贞元九年（793年）同科进士及第。青年时期又游于大学问家杜佑门下。贞元十一年（795年）通过吏部制科考试为太子校书，后任京兆渭南尉。他少有经世之志，"少年负志气，信道不从时"（《学阮公体三首》，《刘宾客文集》卷二一）；又学识渊博，不主一家，"九流宗指归，百氏旁捃摭"（《游桃园一百韵》，《刘宾客文集》卷二三）。这些都与柳宗元相似。他们是在同样历史背景下走上相同政治道路的人。刘禹锡也参与了王叔文集团的活动。贞元十九年（803年），随着他们那一派政治势力的加强，入朝为监察御史。永贞元年（805年），改革派执政柄，他被任命为屯田员外郎、判度支盐铁案。他参与谋议，草拟文诰，采听外事，是著名的"二王、刘、柳"之一。改革失败后，他被贬为朗州司马。十年后，召入京，再出为连州刺史，转夔州、和州。此后，历任内外官，至检校礼部尚书、太子宾客。会昌二年（842年）卒。有《刘宾客文集》三十卷，又《外集》十卷，为宋敏求所辑。

刘禹锡一生大致可分为前后两个阶段。前一阶段他主要是以政治活动家的面貌出现。和柳宗元、吕温一样，他这个时期的文学活动是与政治斗争紧密相联系的。后来，政治斗争失败，他受到排斥和打击，态度逐步转向消极；又由于朝廷内部政局变化，朝官中新的党争局面形成了，他处身矛盾斗争之外，取得了安逸的生活地位，文学上的斗争色彩也逐渐消泯了。他把文章分为两类：一种是所谓"文士之词"，"以才丽为主"；一种是所谓"经纶制置、财成润色之词"，"以识度为宗"（《唐故中书侍郎平章事韦公集纪》，《刘宾客文集》卷一九）。而有趣的是，他的诗多是遣愁娱怀之作，即"文士之词",多后期所作;前期主要创作"古文",多有现实政治内容,正是所谓"经纶制置、财成润色之词"。这也反映了他的生活境遇和政治态度的变化与创作思想的关系。以前人们多肯定他的诗,特别是他的民歌体的七绝,清丽可喜,别开生面,在中唐诗坛上独放异彩。但他的文章也是恣肆博辩,自成轨辙,其价值不可低估。他在《唐故中书侍郎平章事韦公集纪》中转述时人的评论说:"(李)翱与韩吏部退之为文章盟主,同时伦辈惟柳仪曹宗元、刘宾客梦得耳。"这也可以看作是他的自负之词。

　　刘禹锡与杜佑关系很密切。他对杜佑说是"自居门下,仅逾十年"(《与杜司徒书》,《刘宾客文集》卷一○)。他前后四次参佐杜佑府,对杜佑非常推崇。他称赞"歧公弼谐三帝,硕学冠天下,尝著书二百余篇,言礼乐刑政、古今损益,统名曰《通典》"。杜佑写《通典》的时候,他恰在其幕府。他也受陆质一派《春秋》学的影响,以为"观书者当观其意,慕贤者当慕其心"(《辩迹论》,《刘宾客文集》卷五),不满于"今夫儒者函矢相攻,蝍蟟相喧,不啻于彀弓射空矢者,孰为其的哉?"(《答饶州窦中丞书》,《刘宾客文集》卷一○)在政治思想上,他也以"致君及物"为根本。他称赞裴度"致君及物,其德两大"(《上门下裴相公启》,《刘宾客文集》卷一八);称赞吕温"歆然以致君及物为大欲"(《唐故衡州刺史吕君集纪》,《刘宾客文集》卷一九);称赞韩愈之道"行必及物"(《上刑部韩侍郎书》,《刘宾客文集》卷一○);称赞元萇言政理"诣理切情,斥去迂缓,简而通,和而毅,其修整非止乎一身,必将及物也……"(《答饶州元使君书》,《刘宾客文集》卷一○);他还提出"以有待及物为心,则养己与养民非二道也"(《答容州窦中丞书》,《刘宾客文集》卷一○)。他把"致君"与"及物"二而为一,固然是一种封建意识的偏见;但他对"及物"的反复强调,也充分表明了他对民生的关心。这种思想上的积极内容,对他的政治与文学活动都有重大意义。

　　刘禹锡说:"八音与政通,而文章与时高下。"(《唐故尚书礼部员外郎柳君集纪》,《刘宾客文集》卷一九)他特别重视文章与时政的关系。这个论断一方面是说时代的治乱决定文章的盛衰,另一方面则意味着文章应表现它的时代。所以他又说:"天以正气付伟人,必饰之使光耀于世。粹和絪缊积于中,铿锵发越形乎文。文之细大,视道之行止。故得其位者,文非空言,咸系于讦谟宥密,庸可不纪。"(《唐故相国李公集纪》,《刘宾客文集》卷一九)这就更直接谈到了作文与行道、为政的关系。从这种观点出发,他更重视"立言"之作。他说:"古之为书者,先立言而后体物。贾生之书首《过秦》,而荀卿亦后其赋。"(《唐故衡州刺史吕君集纪》,《刘宾客文集》卷一九)这样强在"立言"与"体物"上分高下,片面强调文章表现作者的思想理论主张,看法未免迂阔,而且有忽视文学特性的偏向,远不如柳宗元对文章作用理解得那么通达和全面;但他要求创作有积极的社会内容、为现实斗争服务,还是有积极的一面的。由此出发,他对浮艳文风坚决抵制。他在给权德舆的信中说:"乃今道未施于人,所蓄者志。见志之具,匪文何为?是用颙颙悬悬于其间,思有所寓。非笃好其章句,泥溺于浮华,时态众尚,病未能也。"(《献权舍人书》,《刘宾客文集》卷一○)这是谈他的志向,也透露了他对文学上的教条主义与形式主义的批判态度。

在创作实践上,刘禹锡所自负的也是议论文字。他在《祭韩吏部文》中说:"昔遇夫子,聪明勇奋,常操利刃,开我混沌。子长在笔,予长在论,持矛举楯,卒不能困。"这可以看出他直接受过韩愈的影响,也表明他在议论文字上的专擅特长。后来王应麟讥笑他这话"可笑不自量"(《困学纪闻》卷一七),实为偏见。晁公武在《郡斋读书志》中说他抗衡于柳、白二公之间,信天下之奇才;李慈铭则认为他"于韩、柳外自成一子"(《越缦堂读书记》卷八《同治乙丑闰五月初八日》),就议论文字看,见解是允当的。

刘禹锡的议论文以见解明晰、认识深刻、逻辑严密、语言洗练见长,这可以著名的《天论》三篇为代表。这是参与韩、柳关于"知天"问题的争论的论战性作品。它们不仅在更为广阔的哲学视野上阐发了"天人相分"的唯物主义观点,而且在写作艺术上也达到了很高的水平。文章第一篇,首先提出言天者有二道,即"阴隲之说"与"自然之说",这二者都是作者所不赞同的。但他认为前者是根本观点上有错误,所以作为批判重点;后者则是认识上有片面性,因此是在辩难中加以补充。刘禹锡提出了一个严于天、人之分的基本论点:"天之道在生殖,其用在强弱;人之道在法制,其用在是非。"(《天论上》,《刘宾客文集》卷五)这是荀子、王充等人反对唯心主义天命观的观点的发挥,也是他"天为物天"(《砥石赋》,《刘宾客文集》卷一),反对"力命之说"(《何卜赋》,《刘宾客文集》卷一)的一贯主张。由此出发,他精辟地论述了天与人"交相胜""还相用"的道理。他认为,人是否能够胜天,决定于法制是否健全,也即能否建立一种健全的社会组织以保证发挥人的主观能动性。他说只要法大行,人就不畏天;否则"法大弛,则是非易位,赏恒在佞,而罚恒在直,义不足以制其强,刑不足以胜其非,人之能胜天之具尽丧矣",结果"人道昧,不可知,故由人者举归乎天"(同上),天命也就战胜了人力。这就揭示了天命论产生的社会根源。第二篇在此基础上,又分析了天命论产生的认识根源,就在于人没有掌握自然规律,即它的"理"。他论述了事物发展中"数"与"势"的关系。他要求把握"数"与"势"之理,已接触到必然性与偶然性的辩证统一问题。他还指出天之无形只是"形之希微者",其用"恒资乎有",这里又透露出他已有物质的普遍性和空间为物质存在形式的观念。这些观点,都是具有深刻辩证色彩的哲学命题。刘禹锡的这类论述,颇能反映他在理论认识上的深度。第三篇提出了"万物一贯""其本在乎山川五行"的理论,即归结到物质第一性的原理。柳宗元读了三篇《天论》,非常赞赏,说这是对他的名作《天说》的传疏。这样,刘禹锡围绕着天人关系问题,在当时的科学发展与理论认识水平上,把唯物主义世界观和认识论大大发展了一步。文章的论辩技巧也很高。作者围绕一个中心,层层深入,用设问引出论题,从各方面加以剖析;在议论中洞幽析微,判断确切,推理严密;又善于运用比喻手法,使复杂问题变得清晰易解,例如第二篇以操舟为喻说明人对天命产生迷信的原因:

> 或者曰:若是则天之不相乎人也信矣,古之人曷引天为?答曰:若知操舟乎? 夫舟行乎潍淄伊洛者,疾徐存乎人,次舍存乎人。风之怒号,不能鼓为涛也;流之溯洄,不能峭为鬼也。适有迅而安,亦人也;适有覆而胶,亦人也,舟中之人未尝有言天者。何哉? 理明故也。彼行乎江河淮海者,疾徐不可得而知也,次舍不可得而必也。鸣条之风,可以沃日;车盖之云,可以见怪。恬然济,亦天也;黯然沈,亦天也;阽危而仅存,亦天也,舟中之人未尝有言人者。何哉? 理昧故也。

> 问者曰:吾见其骈焉而济者,风水等耳,而有沈有不沈,非天曷司欤? 答曰:水与舟,二物也。夫物之合并必有数存乎其间焉。数存然后势形乎其间焉。一以沈,一以济,适当其数、乘其势耳。彼势之附乎物而生,犹影响也。本乎徐者其势缓,故人得以晓也。本乎疾者其势遽,故难得以晓也。彼江海之覆犹伊淄之覆也。势有疾徐,故有不晓耳。

这里谈论的是重大的哲学问题,涉及几个重要理论范畴,仅以一个实例,就解说得非常透彻。当然,刘禹锡的理论主张,仍有严重缺陷,特别是在"交相胜"的表述上忽视了自然客观规律与人的主观能动性的本质差异。这一点,柳宗元已觉察到了。但今天令我们惊异的,不是这些理论上的不足之处,而是刘禹锡在中世纪的条件下,哲学思想竟能达到那样的深度。

刘禹锡又有《因论》七篇。"因之为言,有所自也"。他自谦智不逮于"立言""寓言",是因感而有词。这篇实际是具有深刻现实寓意的政论。如其中的《讯甿》,有感于董晋节度武宁军(驻节汴州），流民来归，因而借流民之口谈到当时的吏治：

> 牧守由将校以授，皆虎而冠；子男由胥徒以出，皆鹤而轩。
> 故其上也，子视卒而芥视民；其下也，鸷其理而蛑其赋。民弗
> 堪命，是轶于他土……

然后借称赞董晋，提出了清静划一、以仁苏我、诛锄豪右、以法卫我
的政治理想。《儆舟》则写浮淮而东的一段经历，说明覆舟之祸不
生于所畏而生于所易的道理，这也是对于统治者身处阽危的一种
警告。这种作品都以曲譬巧喻，表现了自己的政治主张和富于哲
理的见解。

刘禹锡写了不少书信、序记体文字，也以议论见长。《与元饶
州论政理书》是参与元稹、柳宗元间关于政理的一次讨论所作，他
反对"以守旧为奉法"，从加强法制的角度阐述了改革政治的要求；
《上杜司徒书》是贬朗州后写给杜佑的，其中陈述了自己所受到的
打击陷害，发抒了失意的愤慨，揭露了永贞政变的一些内情；他为
柳宗元、吕温等人文集写的序，品评有关人物的学术、思想、品德、
文章，多精到之词，也表述了自己的文学主张。

刘禹锡曾说过："昔吾友柳仪曹尝谓吾文隽而膏，味无穷而炙
愈出也。"（《犹子蔚适越戒》，《刘宾客文集》卷二〇）他的文章，虽然
善于雄辩，但不如韩愈那样雄气逼人，也不像柳宗元那样简劲凌
厉，而是含蓄致密，引人深思。例如《儆舟》：

> 刘子浮于汴，涉淮而东，亦既释绋缅。榜人告余曰："方今湍
> 悍而舟，盬宜谨其具以虞焉。"予闻言若厉，綟是袽以窒之，灰以
> 墐之，斛以乾之，仆怠而躬行，夕惕而昼勤。景霾晶而莫进，风异
> 响而遄止，兢兢然累辰，是用获济。偃樯弭棹，次于淮阴。于是
> 舟之工咸沛然自暇自逸，或游肆而觞矣，或拊桥而歌矣，隶也休
> 役以高寝矣，吾曹无虞以宴息矣。逮夜分而窾隟潜澍，涣然阴
> 溃，至乎淹簧濡荐，方卒愕传呼，跣跳登墟，仅以身脱。目未及瞬

> 而楼倾轴垫，抵于泥沙，力莫能支也。刘子缺然自视而言曰：向
> 予兢惕也，汩洪涟而无害；今予晏安也，蹈常流而致危，畏之途果
> 无常所哉！不生于所畏而生于所易也。是以越子膝行吴君忽，
> 晋宣尸居魏臣急，白公厉剑子西哂，李园养士春申易。至于覆
> 国夷族，可不徼哉！呜呼！祸福之胚胎也，其动甚微；倚伏之
> 矛楯也，其理甚明。困而后徼，斯弗及已。

这里以比喻贯通全篇，舟行安危的对比引出了富于哲理意味的教
训，这个教训又用一系列历史事实加以印证，最后致慨于祸福倚伏
之理。文章中政治上的批判内容含而不露，训诫寓于生动的故事
之中，仔细玩味，就更体会到其中的深意。

刘禹锡作为一个诗人，有些文章又精于描写和抒情。如《连州
刺史厅壁记》写到连州：

> 环峰密林，激清储阴，海风驱温，交战不胜。触石转柯，化
> 为凉飔，城压赭冈，踞高负阳。土伯嘘湿，抵坚而散，袭山逗
> 谷，化为群云……

这样的描写，后人评为刻峭清丽，为前人所未到。《含辉洞述》描写
风景，《机汲记》刻画一种水利机具，都写得清晰生动。《秋声赋》写
秋天风光，归结到"嗟乎！骥伏枥而已老，鹰在韝而有情。聆朔风
而心动，眄天籁而神惊。力将痑兮足受绁，犹奋迅于秋声"，写出被
羁束的骏马和雄鹰的英姿，生机勃勃，感慨遥深，改变了传统的悲秋
主题，展示了一种奋斗不已的精神世界。这种精神，在他咏秋的诗篇
中也常常表现。他的一些祭文如祭柳宗元、韩愈等人的文字，感情都
很深挚细腻，在陈述友情中表现出对知交的热爱与痛惜之感。

刘禹锡的具有积极政治意义的作品多写在早期。后来随着他
的人生态度渐趋消极，那种富于强烈批判色彩和现实内容的作品
就逐渐稀少了。

在"古文运动"的发展中，有些人倾向于因文明道，另一些人努

力于工文尚奇,吕温与刘禹锡则更注意把创作与政治斗争结合起来。虽然他们对文学与政治关系的理解有片面性,他们在艺术上的建树也因而受到了限制,但他们对增强"古文"的思想性与现实性是有贡献的。他们特别在论说艺术上做出了很大成绩。这对当时和以后的散文发展都产生了积极的影响。

三

　　著名诗人、"新乐府运动"的倡导者白居易与元稹,也是对"古文运动"的发展做出了重要贡献的散文家。他们的文章写作相当宏富,现存《白氏长庆集》七十一卷中有文三十四卷;《元氏长庆集》六十卷中有文三十三卷。但他们如许多诗文兼擅的作家一样,也是诗名掩盖了文名。不过刘昫早已评论说:"国初开文馆,高宗礼茂才,虞、许擅价于前,苏、李驰声于后。或位升台鼎,学际天人,润色之文,咸布编集。然而向古者伤于太僻,徇华者或至不经,醒醒者局于宫商,放纵者流于郑、卫。若品调律度,扬榷古今,贤不肖皆赏其文,未如元、白之盛也。昔建安才子,始定霸于曹、刘;永明辞宗,先让功于沈、谢。元和主盟,微之、乐天而已。臣观元之制策,白之奏议,极文章之壹奥,尽治乱之根荄,非徒谣颂之片言,盘盂之小说……"(《旧唐书》卷一六六)这里讲的"文",统包诗、文二者,但最后又特别指出了元、白在文章方面的成就。

　　应当说,中唐的"新乐府运动"与"古文运动"在大方向上是一致的。它们都反映了地主阶级改革派在政治上的要求,都表现出以文学推动政治斗争与思想斗争的强烈的自觉性,都主张为适应现实需要而革正文(诗)体与文(诗)风。当然,从参与运动的每个人的具体政治态度来说,有激进、缓进的不同;每个人所走的政治道路也很有差异。例如韩、柳在"永贞革新"中就处于对立地位,而元、白并没有直接卷入这一事件。但这并不妨碍他们共同汇入总的政治变革的潮流。在文学理论与创作上,"古文运动"与"新乐府运动"也有差异。前者从总的倾向看更注重文与道的统一,与"儒学复古"思潮结合较紧密,后者则更多地追求感时抒事,褒贬讽喻;前者在艺术上有尚奇的一面,而后者则极力做到易晓易喻,质直通俗。但在文学基本理论问题上,二者又有着大致相似的理解,反映在创作实践上也有许多共通之处。

白居易和元稹的政治与文学活动比韩、柳稍晚。元稹贞元九年(793年)登明经科,与柳宗元中进士在同一年;白居易贞元十六年进士及第。二人直到贞元十九年才通过吏部制科考试,授秘书省校书郎;元和元年(806年),又同登才识兼茂明于体用科,分别任盩厔尉和左拾遗。这时,"古文运动"已取得重大成绩,"永贞革新"则已经失败。他们致力于"新乐府运动",显然受到文体改革的影响,也是在新的政治条件下利用诗歌来推进受到重大挫折的政治改革斗争的一种努力。

元、白等"新乐府运动"的倡导者们,构成了贞元、元和文坛上的又一个"集团",但他们与"古文运动"的参加者们也有一定的交谊。白居易早年结识善作乐府诗的唐衢即在李翱处。贞元十九年(803年),元稹娶韦夏卿女韦丛为妻,时柳宗元以蓝田尉留京兆府,代韦夏卿掌文墨,二人至迟这时已经结识。元稹《琵琶歌》回忆贞元末年在洛阳观赏李管儿歌舞,有"著作曾邀连夜宿"之句,著作指古文家樊宗师;后来白居易给元稹的《和答诗十首序》写到"及足下到江陵,寄在路所为诗十七章,凡五六千言……仆思牛僧孺戒,不能示他人,唯与杓直、拒非及樊宗师辈三四人,时一吟读,心甚贵重"(《白氏长庆集》卷二),可见他们与樊的交谊很早。元和六年,吕温死于衡州,柳宗元作《同刘二十八哭吕衡州兼寄江陵李、元二侍御》,李、元即指贬在江陵的李景俭和元稹。元稹也有悼吕温之作。元和八年，韩愈为史官，元稹致书向他提供了甄济、甄逢父子的史料，也言及"执事者辱与稹游"的话。元和十年，刘、柳等自贬所被征回朝，同时元稹亦自贬所招回长安，经蓝桥驿，作《留呈梦得、子厚、致用》诗。此后，韩愈与元、白关系更为密切，诗篇唱和，著在文集。长庆二年（822年），王廷凑、朱克融围牛元翼于深州，后以韩愈为宣慰使赴镇州王廷凑处召降，元稹时为工部侍郎，上言"韩愈可惜"。这些交谊，不能不影响到各自的创作。

　　元、白起初是写骈体文的。他们为应制举而拟作的《策林》，就是骈体。但这些文章已有相当充实的政治内容，行文也比较疏朴平实。其中的《议文章》一首，还对俗下的浮靡文风给以批评，说明他们已认识到雕绣藻绘之文的无益于世用，并已提出了改革文体的要求：

　　　　且古之为文者，上以纫王教，系国风，下以存炯戒，通讽喻。故惩劝善恶之柄，执于文士褒贬之际焉；补察得失之端，操于诗人美刺之间焉。今褒贬之文无核实，则惩劝之道缺矣；美刺之诗不稽政，则补察之义废矣。虽雕章缕句，将焉用之？臣又闻稂莠秕稗生于谷，反害谷者也；淫辞丽藻生于文，反伤文者也。故农者耘稂莠、簸秕稗，所以养谷也；王者删淫辞、削丽藻，所以养文也。

这里明确提出反对淫辞丽藻，要求褒贬美刺，虽未谈到文体复古，实际已表现出改革文体的基本精神，后来白居易写《秦中吟·立碑》、新乐府《青石》等，都批判了文章中虚美隐恶的倾向。在《赠樊著作诗》中又提出"何不自著书，实录彼善人。编为一家言，以备史阙文"，明确主张文必"实录"。元稹《进田弘正碑状》说到"效马迁史体，叙事直书；约李斯碑文，勒铭称制""不隐实功，不为溢美，文虽朴野，事颇彰明"（《元氏长庆集》卷三五），已流露出以秦、汉文章为楷模的意思。白居易《与元九书》、元稹《叙诗寄乐天书》等都是谈诗的，但其为时为事的主张，实际也通于文章。比较起来，他们论文章的言论少些，直接说到文体改革的更少，但从文学观念看，他们与韩、柳有许多基本的共同之处。

元、白对"古文运动"的贡献，主要在实践方面。元稹的古体制诰，元、白的议论文章以及白居易的抒情散文，都卓有成就，丰富和扩大了"古文"创作的领域。

朝廷的官文书一直是骈体文的顽固堡垒，因为这种文章多数需要铺张扬厉、虚饰藻绘。讨平吴元济，韩愈撰《平淮西碑》，用的是散体；后来碑文内容引起争议，由段文昌另撰，却用了骈体。这个事例，也可见骈文的势力多么根深蒂固。韩、柳本人都没有担任知制诰之职，在这个领域没有可能进行改革。白居易自元和二年（807年）起为翰林学士，掌内制；元和十五年（820年）又任主客郎中知制诰。元稹则于元和十五年五月为祠部郎中知制诰。他们共同努力，"变诏书体，务纯厚明切，盛传一时"（《新唐书》卷一七四《元稹传》），从而取得了"古文"创作的又一个成果。

白居易在翰林学士任上所拟制诰，基本上还是骈体，当时也叫作"新体"。打破那种僵化的行文格式，充实以具有一定现实意义的议论训诫的内容，主要是元稹努力的结果。元稹在《制诰序》中明确标举"复古"的要求，并自诩"以古道干丞相"（《元氏长庆集》卷四〇）。白居易在《元稹除中书舍人、翰林学士赐紫金鱼袋制》中说："去年夏，拔自祠曹员外，试知制诰。而能芟繁词，铲弊句，使吾文章言语，与三代同风。引之而成纶綍，垂之而为典训。凡秉笔者，莫敢与汝争能。"（《白氏长庆集》卷五〇）说的就是他变革制诰文体的成绩。后来白居易也仿效元稹。他在编集《白氏长庆集》时分制诰为旧体与新体两类。新体就是俗体、骈体，旧体则是改革后的散体，名之为"旧"，是表示恢复"古道"的意思。白居易《余思未尽加为六韵重寄微之》诗有句曰"制从长庆辞高古"，自注云："微之长庆初知制诰，文格高古，始变俗体，继者效之也。"（《白氏长庆集》

卷二三)元稹《酬乐天余思不尽加为六韵之作》则说:"律吕同声我尔身,文章君是一伶伦。众推贾谊为才子,帝喜相如作侍臣。次韵千言曾报答,直词三道共经纶。元诗驳杂真难辨,白朴流传用转新……""帝喜"句自注说:"乐天先有《秦中吟》及《百节判》,皆为书肆市贾题其卷云:'白才子文章'。又乐天知制诰词云:'览其词赋,喜与相如并处一时'。""直词"句自注说:"乐天与予同应制科,并求前辈切直词策,以尽经邦之术……"(《元氏长庆集》卷二二)这都可以看出他们改革朝廷官文书方面的努力。

元稹制诰内容比较朴实,有一定现实针对性。文用散体,少用典故与词藻,与那种一味追求典丽、虚夸不实的骈体制诰很不相同。例如《范季睦授尚书仓部员外郎》:

> 敕:权知仓部员外郎判度支案范季睦　野有饿殍不知发,狗彘食人之食不知检,此经常之失政也。而况于戎车未息,飞挽犹勤,新熟之时,岂宜无备?

《齐煦饶州刺史、王堪澧州刺史》:

> 敕:尚书刑部郎中齐煦、岳州刺史王堪等　隶江之西,饶为沃野,澧亦旁荆之剧郡,而鄱阳有熔银撷茗之利。俗用僄轻,政无刑威,盗贼多有。沅、湘间沉怨抑激,有屈原遗风,吏无廉平,人用愁苦……

《书珩京兆府美原县令》:

> 敕:韦珩等　昔先王眚灾肆赦,则殊死以降,无不宥免;而受贿枉法者,独不在数,常常罪之。以此防吏,吏犹有豪夺于人者,朕甚悯焉。日者覃怀有过籍之赋,使吾百姓无聊生于下……

像这样的作品,可以看作议政的论疏,亦可看作是一时的实录,远远超出一般诰命的内容。

元稹评白居易文章,说"赋、赞、箴、戒之类长于当,碑记、叙事、制诰长于实,启、表、奏、状长于直,书、檄、词、策、剖、判长于尽"(《白氏长庆集序》,《元氏长庆集》卷五一),这也可以看作是他自负之词。"长于实"是他制诰的特点。《丁晋公谈录》记载:"王二丈禹偁忽一日阁中商校元和、长庆中名贤所行诏诰,有胜于《尚书》者。众皆惊而请益之。曰:'只如元稹行牛元翼制云:"杀人盈城,汝当深诫。孥戮示众,朕不忍闻。"且《尚书》云:"不用命,戮于社。"又云:"予则孥戮汝。"以此方之,《书》不如矣。'其阅览精详也如此。众皆伏之。"从这段后人的逸事,可以看出元稹改革制诰的影响。

白、元主张诗文为时为事而作,他们以诗当谏表,更要利用文章来议论讽谏。他们的奏疏论事析理,恺切详明,质朴无华,逻辑严密。特别是他们把对国事民隐的深切忧虑表现在直言谏净和谆谆告谕之中,字里行间流露出一种无畏精神和忠爱之意。尽管他们是为统治者划策,向统治者进言,但千载之下仍使人感动。

元和初年,白居易以左拾遗、元稹以监察御史积极活跃于政治舞台。时当"永贞革新"失败,朝廷中改革派与保守派的斗争仍在继续之中。左拾遗是谏官,监察御史主管监察,都有言责。因而他们写了不少内容充实、言词犀利的论事书疏。元和三年(808 年),举人牛僧孺等对直言极谏策,以言无忌讳,触怒执政,宪宗命复试,牛僧孺等被黜落,考试官被贬职。这是朝廷中改革派与保守派斗争的又一个事例。白居易是六个复试官之一,他写了《论制科人状》,对压制舆论、贬黜正直敢言之士提出批评。元和四年,王承宗叛乱,宪宗拟派宦官吐突承璀为诸军行营招讨处置使,居易上《论承璀职名状》,指出"兴王者之师,征天下之兵,自古及今,未有令中使专统领者"(《白氏长庆集》卷五九),责难宪宗是"不思于一时之间而取笑于万代之后"。当时吐突承璀权势赫奕,炙手可热。宪宗大怒说:"白居易小子,朕拔擢以致名位,今无礼于朕,朕实难堪!"后由于谏官、御史多人论奏,才降吐突承璀的招讨为宣慰。元和五客文集》卷一九）。他死后，元稹挽诗说"杜预《春秋》癖，扬雄著述精"（《哭吕衡州六首》，《元氏长庆集》卷八）。他在儒学上，承继了啖、赵、陆一派不重章句、通经致用的精神。他自己在《祭陆给事文》中说："某以弱龄，获谒于公，旷代之见，一言而同。且曰：子非入吾之域，入尧舜之域；子非睹吾之奥，睹宣尼之奥。良时未来，吾老子少，异日河图出、凤鸟至，天子咸临泰阶，请问理本，其能以生人之重、社稷次之之义发吾君聪明，跻盛唐于雍熙者，子若不死，吾有望焉。"（《吕衡州集》卷八）柳宗元则称赞他"尧、舜之道，至大以简，仲尼之文，至幽以默。千载纷争，或失或得，倬乎吾兄，独取其直。贯于化始，与道咸极，推而下之，法度不忒，旁而肆之，中和允塞，道大艺备，斯为全德"（《祭吕衡州温文》，《柳河东集》卷四〇）。这都反映了他学术思想的倾向。他以积极用世的态度，参与政治活动。刘禹锡在《集纪》中又描述他："年益壮，志益大，遂拨去文学，与隽贤交。重气概，覈名实，歘然以致君及物为大欲。每与其徒讲疑考要，王霸富强之术，臣子忠孝之道，出入上下百千年间，诋诃角逐，叠发连注……"他贞元十四年（798 年）中进士第，任秘书省校书郎。十六年，吕渭死；服父丧后，再迁左拾遗。当时正是王叔文集团积极从事活动、酝酿改革朝政的时期。他的政能文才，特别为王叔文等人所倚重。贞元二十年，以工部郎中职，副秘书监张荐充吐蕃弔祭使，在吐蕃被羁留。其时正值"永贞革新"。当他回长安时，革新已经失败，"八司马"被贬，因而他未受牵连。在朝中先后担任户部员外郎、司封员外郎、刑部郎中、御史知杂等职。后因与宰相李吉甫相冲突，于元和三年（808 年）出为道州刺史。五年，转衡州。六年，终于任所。在两州刺史任上，他颇有治绩。他的《道州将赴衡州酬别江华毛令》诗说："布帛精粗任土宜，疲人识信每先期。明朝别后无他嘱，任是蒲鞭也莫施。"（《吕衡州集》卷一）从中可以看出他虽受贬抑却一直坚持进步的政治态度。他在时人当中得到很高的评价。刘禹锡挽诗有句云："一夜霜风凋玉芝，苍年,元稹以举奏不避权幸,且因出使途中与宦者相冲突而被贬官,白居易上疏谏诤。其《论元稹第三状》有力地论列了元稹不当贬的三条理由:一条是说元稹自授御史来,举奏不避权势,"臣恐元稹左降已后,凡在位者每欲举事,先以元稹为戒,无人肯为陛下当官执法,无人肯为陛下嫉恶绳愆,内外权贵,亲党纵横,有大过大罪者,必相隐容而已";第二,元稹被贬原因之一是出使时在驿站与宦官刘士元争厅,"闻刘士元踏破驿门,夺将鞍马,仍索弓箭,吓辱朝官,承前以来,未有此事。今中官有罪,未见处理,御史无过,却先贬官,远近闻知,实损圣德。臣恐从今已后,中官出使,纵暴益甚,朝官受辱,必不敢言,纵有被凌辱殴打者,亦以元稹为戒";第三,元稹出使东川,举奏严砺枉法擅没平人财产,王绍违法给券令监军枢入驿等,致使"天下方镇,皆怒元稹守官,今贬为江陵判司,即是送与方镇,从此方便报怨"。这都是从当时朝政大端,晓以利害,直言无忌,言简意赅。此外,如论裴均、于頔等方镇非法进奉及强邀入朝等,则把矛头针对跋扈的强藩。白居易的这些奏疏,揭露了当时政治上的痼疾,批判统治阶级的腐败无能,表现出强烈的斗争性。

白居易的《与元九书》《和答诗十首序》《序洛诗》等,不只是优秀的文论,也是艺术性很强的议论文章。特别是《与元九书》,不仅系统地阐述了作者的进步的文艺观,而且把文学批评与社会批评紧密结合起来。在写法上,辩理论事,详明有据,深刻的理论分析与热烈的感情抒发融合在一起,对历史规律的探讨与对现状的批判紧密结合,堪称议论文字的典范。例如,在述及对诗歌本质的认识和诗歌发展的历史经验后,写到自己的创作过程:

> 自登朝来,年齿渐长,阅事渐多,每与人言,多询时务,每读书史,多求理道。始知文章合为时而著,歌诗合为事而作。是时皇帝初即位,宰府有正人,屡降玺书,访人急病。仆当此日,擢在翰林,身是谏官,手请谏纸,启奏之外,有可以救济人病,裨补时阙,而难于指言者,辄咏歌之,欲稍稍递进闻于上。

上以广宸聪，付忧勤；次以酬恩奖，塞言责；下以复吾平生之志。岂图志未就而悔已生，言未闻而谤已成矣。

又请为左右终言之。凡闻仆《贺雨诗》，而众口籍籍，已谓非宜矣；闻仆《哭孔戡》诗，众面脉脉，尽不悦矣；闻《秦中吟》，则权豪贵近者相目而变色矣；闻乐游园寄足下诗，则执政柄者扼腕矣；闻《宿紫阁村》诗，则握军要者切齿矣。大率如此，不可遍举。不相与者号为沽名，号为诋讦，号为讪谤。苟相与者，则如牛僧孺之戒焉。乃至骨肉妻孥皆以我为非也。其不我非者，举世不过三两人。有邓鲂者，见仆诗而喜，无何而鲂死；有唐衢者，见仆诗而泣，未几而衢死；其余则足下，足下又十年来困踬若此。呜呼！岂六义四始之风，天将破坏不可支持耶？抑又不知天之意不欲使下人之病苦闻于上耶？不然，何有志于诗者不利若此之甚也。

这不仅无限感慨地写出了自己创作道路上的艰难，表白了自己以诗歌干预时事的斗争意志，实际也批判了那个压抑人才、箝制舆论的时代。他自身所遇到的矛盾，正是时代矛盾的反映。文章最后，连呼知交，发抒感慨，感情极其深沉热烈，动人心弦。

元稹写过《论教本书》《叙奏》等文章，揭露时弊也很深刻。特别是《叙诗寄乐天书》，也是新乐府运动的重要文献。在揭示"新乐府运动"产生的条件时，对元和初年的社会做出深刻剖析，展现了藩镇跋扈之下黑暗政治的侧面。

白居易还写过一些抒情写景的散文，如《草堂记》《三游洞记》《冷泉亭记》《荔枝图序》等。前已指出，一般的古文家，都注重"明道""经世"，很少用力于表现"流连山水"之类的内容。白居易是在柳宗元以后，对抒情写景的艺术散文用力较多的一个人。

《草堂记》是贬九江司马时寓居庐山所作。其中写到作者在遗爱寺旁所营建的草堂的风景：

是居也,前有平地,轮广十丈;中有平台,半平地;台南有方池,倍平台。环池多山竹野卉,池中生白莲白鱼。又南抵石洞,夹洞有古松老杉,大仅十人围,高不知几百尺,修柯戛云,低枝拂潭,如幢竖,如盖张,如龙蛇走。松下多灌丛,萝茑叶蔓,骈织承翳,日月光不到地,盛夏风气,如八、九月时。下铺白石,为出入道。堂北五步,据层崖积石,嵌空垤块,杂木异草,盖覆其上,绿阴蒙蒙,朱实离离,不识其名,四时一色。又有飞泉植茗,就以烹燀,好事者见,可以永日。堂东有瀑布,水悬三尺,泻阶隅,落石渠,昏晓如练色,夜中如环佩琴筑声。堂西倚北崖右趾,以剖竹架空,引崖上泉,脉分线悬,自檐注砌,累累如贯珠,霏微如雨露,滴沥飘洒,随风远去。其四旁耳目杖屦可及者,春有锦绣谷花,夏有石门涧云,秋有虎溪月,冬有庐峰雪。阴晴显晦,昏旦含吐,千变万状,不可殚记,觇缕而言,故云甲庐山者。

这里观察极其详悉,刻画极其细密,景物位置,四时变化,描摹如见画图。中间写飞泉一段,晓光、夜色、流泉、飞沫,可以说有声有情。《三游洞记》是元和十四年(819年)白居易迁忠州刺史时,在溯江赴任途中,遇到了自通州司马授虢州长史的元稹,两人驻舟夷陵,盘桓三日,游三游洞时所作。其中写石洞奇景,有比喻,有形容,山洞中光彩变幻写得更显生动。杨慎后来评论说:"白居易《三游洞记》:'云破月出,光景含吐,互相明灭,晶莹玲珑,象生其中,虽有敏口莫能名状。'造语如此,何异柳宗元。世以为大易轻议之,盖亦未深玩之也。"(《丹铅杂录》卷七)

白居易是诗人,他写景物,也很有诗情。拿他与柳宗元相比是有道理的。但二人处境、性格、艺术素养又有所不同,因此柳宗元写永州山水,雄奇峭拔,感慨很深,而白居易写自然则明秀俊爽,自然超脱,另是一种境界。

四

　　除了上述"古文运动"的积极参加者之外,还有一些处身这一运动外围的人物,也汇入了这一文坛巨大变革的潮流。这一方面反映了运动本身的巨大声势和影响;另一方面,正由于更多的人特别是一些政治上有地位、有影响的人在"古文"创作上做出努力,才使它取得了更大的成果。

　　下面,分别介绍一下另外几位对"古文运动"的理论与实践有所贡献的人物。

　　权德舆(759—818年),字载之,天水略阳(今甘肃天水市)人。德宗朝,任左补阙、中书舍人知制诰、礼部侍郎等职;宪宗朝,曾官礼部尚书平章事,后检校吏部尚书、出镇兴元而卒。今存《权载之文集》五十卷。他是贞元、元和年间文坛上十分活跃的人物,是较早提倡革正文体的人们之一。政治上,颇能直言,反对权奸李实、裴延龄,有一定进步倾向。思想上,有浓厚的"三教调合"色彩。他早年结交著名的道士吴筠,又曾拜伏禅师马祖道一门下。他说:"以元元之慈俭,宏于在宥,以释氏之空惠,纳诸诚明。用济斯人,共陶鸿化。"(《中书门下贺降诞日麟德殿三教论议状》,《全唐文》卷四八四)这集中地代表了他的思想倾向。文学上,则主张尊经复古,述作甚盛,"六经百氏,游泳渐渍,其文雅正而宏博。王侯将相泊当时名人薨殁,以铭记为请者什八九,时人以为宗匠焉"(《旧唐书》卷一四八《权德舆传》)他的父亲权皋与李华、贾至结交。他本人与梁肃相友善,称赞其文章"平夷朗畅,杰迈间起"(《兵部郎中杨君集序》,《全唐文》卷四八九)。独孤及的儿子独孤郁是他的女婿。柳宗元的父亲柳镇与他贞元初同在江西观察使李兼幕中为同僚,后来宗元投考进士曾向他行卷求汲引。韩愈与他也有交谊。

他在创作上的成绩主要是碑志序记之类应用文体,以"富贵人为文词,自然温润"(《密斋笔记》卷三),思想意义却不大,行文也没有摆脱旧的体格。但在文学观点上,却有些值得注意的意见。特别是他年事高于韩、柳,这些意见发表较早,对推动"古文运动"当是起了作用的。他的《唐故尚书比部郎中博陵崔君文集序》说:

> 《易·贲》之象曰:"观乎人文以化成天下。"故阙里之四教,门人之四科,未有遗文者。荀况、孟轲,修道著书,本于仁义,经术之枝派也。迨夫骚人怨思之作,游士纵横之论,刺讥捭阖,文宪陵夷。至汉廷贾谊、刘向、班固、扬雄、司马迁、相如之伦,郁然复兴,有古风烈。然则文之用也,横三才之中,经纪事物,章明群类,不可已也。

接着,他强调"告命"之文,"颂述"之文,以至"夫子纪延陵墓,叔向寓子产书,董仲舒射策书天人相与之际,阮元瑜书记翩翩之任,触类兹多,非文不彰。后之人力不足者词或侈靡,理或底伏,文之难能也如是"。从这种观点看,他尊经的倾向很明显,但又并不把"文"局限于经术;他强调"文"的作用在"经纪万事,章明群类",与单纯"明道"不同;由此他还明确批判了"侈靡""底伏"的文风。他的《醉说》,提出为文要"尚气尚理,有简有通"(《全唐文》卷四五九),要求四者的辩证统一。他认为,如果单纯追求一个方面,就会流于偏颇,必"致远恐泥";文章要做到文质彬彬,用常为雅,用故为新,数字不为约,弥卷不为繁,贯通经术,浑然天成。这是文章技巧与风格论方面的很有价值的见解。

皇甫湜《喻业》评他的文字"如朱门大第,而气势宏敞,廊庑廪厩,户牖悉同",指出其雅正有余,变化不足。晁公武《郡斋读书志》卷十八说:"其文雅正赡缛,当时公卿功德卓异者,皆所铭记……其《两汉辩亡论》、《世祖封不义侯议》,世多称之。"今天看来,也还是他的一些议论文字，立意颇为新颖，推原觅本，议论也比较深刻。例如《两汉辩亡论》，主要论点是：两汉之亡，与其说是亡于王莽、董卓，不如说亡于张禹、胡广之流。文章的结构先是合论，后是分论。合论部分如下：

> 言两汉所以亡者，皆曰莽、卓。予以为莽、卓篡逆，污神器以乱齐民，自贾夷灭，天下耳目，显然闻知。静征厥初，则亡西京者张禹，亡东京者胡广。皆以假道儒术，得申其邪心，侥一时大名，致位公辅，词气所发，损益系之，而多方善柔，保位持禄。或陷时君以滋厉阶，或附凶渐以结祸胎，故其荡覆之机，篡夺之兆，皆指导之，驯致之。虽年祀相远，犹手授颐指之然也。其为贼害也，岂直莽、卓之比乎？

后一半，分别分析了张禹、胡广如何以儒术进用，安荣固位，不恤国患，纵容大奸巨蠹迭持国柄，造成祸稔毒流，不可收拾。这样，作者发挥了腐儒误国的主题，揭示了那些自私的儒生与权奸相互包庇、支持的祸害，这就更深一层地挖掘了汉王朝致乱的根源。从现实意义来说，这也是对那些墨守章句教条的迂腐官僚士大夫的批判。《世祖封不义侯议》，是评议东汉彭宠举兵拔蓟城，自为燕王，苍头子密等共杀之，以首诣阙，封不义侯一事。不义而封侯，这是个矛盾，本身也是一种讽刺。它典型地表明了在统治阶级内部劫夺中道义的虚伪和权诈的胜利。权德舆在议论中指出，对于彭宠称王，汉有三策，"其时师旅孔炽，元元苦甚，时君宜以息人纾难为心，则当录念功用，昭洗瑕秽；次则布之威怀，革其非心；必不得已则仗大顺以讨之，出王师以征之，以明君君臣臣之义"（《全唐文》卷四八八）；而汉庭不能行此三策，利用苍头谋杀取胜，又以不义而封侯，这就"使天下陪台厮养，各幸其君之乱，而徼侯印。授诸侯危疑之势，鼓臣下叛涣之源"，造成了弑君夺位的祸根。这种分析，是从封建忠义大节立论，讲"功利"与"道义"的轻重。但唐朝当时藩镇动乱，劫夺纷起，一些悍将骄兵，以弑逆夺节帅之位，朝廷往往务为姑息，加以默认。权德舆的文章也是针对这种现实而发的。

权德舆的许多碑版记叙文字留下了当时政治与文坛的宝贵史料，也是有一定价值的。

裴度（765—839 年），字中立，河东闻喜（今山西闻喜县）人。贞元五年（789 年）进士。在宪、穆两朝连任宰相。曾以相位节制诸军征讨淮西，促成了元和末年平藩的胜利。早年即与韩愈、李翱等结交。在讨淮西时，辟署韩愈为行军司马，对其相当倚重。

裴度能诗，晚年与白居易、刘禹锡相倡和；他也善文章。《全唐文》中收文章二卷，主要是律赋、表疏、碑志。其中《论元稹、魏宏简奸状疏》二篇，言辞刚正，无所忌讳，是针对元稹屈节阉寺惑乱朝政而作。其中一篇被史臣录入《旧唐书》。表达他的文学主张的重要文章是《答李翱书》（见《全唐文》卷五三八），这是他早年未发迹时的作品。

他论文主张"尊经明道"，反对"偶对俪句，属缀风云，羁束声韵"，这是唐"古文"家的一般主张。他的独创之处在于提出"意随文而可见，事随意而可行"，以表达事意为主，力求平实，反对尚奇。他把文章分为周孔之文、骚人之文、谲谏之文、化成之文、财成之文、通儒之文等等，评价各不相同，而均以"不诡其词而词自丽，不异其理而理自新"为共同要求，即所谓"文者，圣人假之以达其心，达则已，理穷则已，非故高之、下之、详之、略之也"。因此，他要求的是经邦治世的至易至直之词，而不要趋奇走险。他做了个比喻说：

> 昔人有见小人之违道者，耻与之同形貌，共衣服，遂思倒置眉目，反易冠带以异也，不知其倒之反之之非也。虽异于小人，亦异于君子矣。故文人之异，在气格之高下，思致之浅深，不在其碌裂章句、隳废声韵也。

他的这种观点,是对"古文运动"尚奇方面的一种批评,对于抵制"古文"创作中趋奇走怪的倾向是起了一定积极作用的。不过他批评韩愈"恃其绝足,往往奔放,不以文立制,而以文为戏"。所谓"以文为戏",主要是批评诽谐体的如小说一类文字,而且"奔放"非为文之弊,文章亦不当有固定体制。他的这种观点,则显得迂阔,对韩愈的创新缺乏理解了。

牛僧孺(779—847 年),字思黯,安定鹑觚(今甘肃灵台县)人。贞元进士,登贤良方正科,释褐伊阙尉。穆宗朝,累官户部侍郎同平章事。敬宗朝,出任武昌军节度使。文宗大和四年(830 年),入为兵部尚书同平章事。武宗继位,以党争故,罢政柄。大中初卒。牛僧孺是元和初发端的延续几十年的"牛、李党争"的牛派首领。这场斗争是在阶级矛盾激化、朝政日趋腐败的条件下朝官两大集团互相劫夺的产物。但在开始时,牛僧孺作为出身庶族的"文章之士",颇有改革要求。他抨击执政,揭露时弊,与王叔文等改革派的态度是一致的。

牛僧孺早年即被韩、柳所知。《全唐诗话》记载,牛入京,居灞、浐间,先以所业谒韩愈与皇甫湜,二人一见推重,期以高位,"公因谋所居,二人良久曰:'可于客户坊税一庙院。'公如所教。二人复诲之曰:'某日可游青龙寺,薄暮而归。'二公其日联镳至彼,因大书其门曰:'韩愈、皇甫湜同谒几官先辈不遇。'翌日,辇毂名士,咸往观焉,奇章之名,由是赫然矣。"《古今诗话》又载牛僧孺曾投贽于刘禹锡,禹锡"飞笔涂窜其文",至晚年镇汉南,赠刘诗,有"莫嫌恃酒轻言语,曾把文章谒后尘"之句。这种小说家言,未免虚夸,但与韩、刘等人的交谊当是确实的。牛僧孺贞元末在长安城南读书,为韦执谊所重视,韦曾派刘禹锡、柳宗元拜访,见杜牧所撰韦《志》。元和三年(808 年)科场案,牛僧孺与皇甫湜同为当事人。由此可知,他早年与"古文"家有密切关系。

牛僧孺的政论表现改革意识,颇有新意。例如柳宗元所提及的《颂忠》,评定周朝苌弘城成周一事,与吕温《古东周城铭》写同样的主题。他认为所谓"天坏"之说,是一言丧邦的谬论,"帝王不务为政而务称天命,下不务竭忠而务别兴衰矣,虽欲不亡,其亡固翘足而俟矣"。他又批驳说:"必谓天坏不支,自古无中兴之君乎?衰运不补,自古无持危之臣乎?"(《全唐文》卷六八二)他又列举秦赵高、汉董贤、魏曹爽、晋贾谧等人物史实,以说明治乱由人,而证明天坏之无据。他要求以人伦纪纲为重,而排斥迷信天道的妄言;提倡忠于臣节,批判残戮忠良之非道,都很有针对性与现实性。因此才引起了吕、柳的重视。他的《善恶无余论》,反对《易经》"积善必有余庆,积恶必有余殃"之说,认为前程贵贱决于自身所行之"道",而不决定于先人的身份地位,"道之贵乎,孔父素王也;道之贱乎,殷辛独夫也"(《全唐文》卷六八二)。这不仅有批判唯心主义命定论的意义,也是对等级特权的冲击。牛僧孺的这类文章,充满了变革的热情,流露出对等级特权的蔑视,是很有积极内容的。

他还有几篇史论,直接影射现实政治问题。《辨名政论》评论《史记》记载商鞅说秦孝公以强国之术,却把它与帝王之道对立起来,僧孺认为"舍强国富人而别求帝王之道,则愦愦然无指归矣","天地不分于皇人、帝人、王人、伯人,政利于人皆君也"(《全唐文》卷六八二)。这种富国利民的主张,是对先儒王霸义利之说的批判,与柳宗元、吕温等人的观点是一致的。《守在四夷论》讲安边先要守身,否则戎狄在其国中,四夷就不会安定。这在处理唐王朝与四边少数民族冲突的问题上是很有见识的。因为事实是,唐后期吐蕃、回纥的侵扰,与朝廷内政混乱、积贫积弱有直接关联。《辩私论》讲统治者为政态度公、私的利弊,与柳宗元《封建论》最后一段看法相似。他认为,帝王如以天下之利私于己,以天下之爵私于人,则天下必公而疏之;如能把天下之财散之,以天下之爵封之,则天下之英雄必私而亲之,"自私者,人公而亡也;自公者,人私而昌也"。这就论述了统治者维护私利与他们的统治地位的矛盾。在他看来,统治者应当放弃利欲,天下为公,以收拾人心,维护政权。当然,这实际是不可能实现的,但他的看法却透露出历史运动给统治者提出的不可解决的难题。

牛僧孺善传奇,留有传奇集《玄怪录》。他用传奇笔法写过几篇寓言体杂文,很有深意。如《谴猫》一篇,写饔人为防鼠患而饲猫,但这猫"性懒不捕,善伺饔人户隙,搜盖覆器,洁盖隐器,如智有千手百目者",结果为害愈于鼠辈,闹得家人加哺不敢辍。由此作者联想到历史上的"乱君之犹猫窃者也""乱臣亦猫窃者也",他们往往仗势,以防盗为名,而惑乱犹甚。最后作者说:"故有为国者,有知兵者,有防盗者,有仗而皆乱者,则逾于盗也,逾于乱也。"(《全唐文》卷六八二)这是对现实中的权奸强藩的讽刺。另外如《象化》,从象龙祷雨不应,讲到"象性莫若心",帝王如能有龙的明智则百姓视王为时雨。《鸡触人述》写鸡靠其长嘴利距而善搏,但后来砺其距秃其嘴,则失恃而力不能击。作者以此为至刚自折者之诫。这种对"专场妒敌"的斗鸡的讽刺,可能是影射政敌的。这些寓言文,形容生动有情趣,含意比较深远,对晚唐小品文的发展有一定影响。

总的看来,牛僧孺的散文富于新意,有批判精神。特别是议论文字,引古论今,凿凿有据,文字比较平实流畅,有谆谆诫喻之风。寓言文则奇趣横生,表达上也常趋新异,形式是符合其内容的。

李德裕(787—849年),字文饶,赵郡(今河北赵县)人。元和宰相李吉甫之子。历任浙西观察使、西川节度使等职。武宗朝为相执政柄。宣宗朝,牛党执政,贬崖州司户而死。今存《会昌一品集》二十卷、《别集》十卷、《外集》四卷。他是"牛、李党争"中李党的首领。这场党争中的两派朝官,各有依恃,各有派别利益。但我们评价两派参加者的政治活动,却不可纠缠在党争是非的圈子里。论其文学活动更是如此。如牛、李二人,在文学上就都有一些积极的贡献。

　　李德裕论文主"自然灵气"说,反对追求藻绘骈偶。他的《穷愁志》中有《文章论》(见《全唐文》卷七○九)一篇,其中说到写文章"气不可以不贯""势不可以不息","古人辞高者盖以言妙而工,适情不取于音韵;意尽而止,成篇不拘于只耦",这些议论都比较通达。他最后又说:

> 　　世有非文章者,曰:辞不出于风雅,思不越于《离骚》,模写古人,何足贵也? 余曰:譬诸日月,虽终古常见,而光景常新,此所以为灵物也。余尝为《文箴》,今载于此,曰:
> 　　文之为物,自然灵气。恍惚而来,不思而至。杼柚得之,淡而无味。琢刻藻绘,珍不足贵。如彼璞玉,磨硙成器。奢者为之,错以金翠。美质既雕,良宝所弃。
> 　　此为文之大旨也。

他的中心思想是强调"自然"。但这自然,既不是粗石陋块,也不是顽璞无饰,而是自然生长的美玉,经一定的磨硙雕饰而成。所以他强调表现出自然的"美质"。这也属于主达意的平易通顺一派。政治家论文往往如此。

　　李德裕的创作,结集为《会昌一品集》,主要是朝廷制命。他的讨回鹘和泽潞的文书,用语颇为雄奇峻伟,但行文杂以骈偶,为后来善"四六"的李商隐所称赏。晚年贬谪后所写《穷愁志》,前人认为"论理精深,其词峻洁,可见其英伟之气"(《直斋书录解题》卷一六),有些篇章,是有一定思想意义的。

　　《穷愁志》现存四十七篇,主要是史论和政论。其中有些篇如《朋党论》《近幸论》《奇才论》等是反映党争问题,攻击牛党的。《管仲害霸论》《旧臣论》讽刺宣宗不能继承武宗之道,也揭示了统治阶级内部斗争情况。比较有现实意义的是《货殖论》《食货论》《忠谏论》《梁武论》等,对统治阶级的拒谏、贪淫、佞佛等做了揭露。但从总的倾向看,这些作品思想性较弱,有些篇章还有唯心、迷信的内容。李德裕在政治上颇有作为,其文学成就则不能相称。

舒元舆(?—835年),江州(今江西九江市)人。元和八年(813年)进士。大和初,入朝为监察御史。后附李训。及训为文宗宠遇,为尚书郎、右司郎中知台杂。"甘露之变"时为左军所杀。

舒元舆并不以文名。但从今存于《全唐文》中的一卷十六篇文章看①,创作却很有特色,应看成是"古文运动"后期的重要作家。旧史否定李训、郑注,因此也把他说成是奸党。从文章看,他很有积极意识。以成败论人恐怕是不确的。

舒元舆创作的独特之处,在于他善写艺术性的杂文,与当时多数"古文家"以议论见长不同。他有一篇《悲剡溪古藤文》。剡溪古藤本是一种精美的黄滕纸即剡纸的原料。作者记述曾游剡溪,虽时逢春令,但四五百里间古藤尽绝生意。问其缘故,说是由于纸工斩伐无时。后游数十郡,见天下言书文者皆以剡纸相夸,因此使他想到真正"夭阏剡溪藤之流"不是纸工,而是那些"绮文妄言"的"今之错为文者"。作者感叹说:

> 今九牧士人自专言能见文章户牖者,其数与麻竹相多。听其语,其自重皆不啻掘骊龙珠。虽苟有晓寤者,其论甚寡,不胜众者,亦皆敛手无语。胜众者果自谓天下之文章归我,遂轻傲圣人道,使周南、召南风骨折入于折杨、皇荂中;言偃、卜子夏文学陷入于淫靡放荡中,比肩握管,动盈数千百人……

这是一篇生动的讽刺性的杂文,同时也表现了他的文学主张。他要求明圣人之道,反对淫靡放荡。他的《问国学记》,反映当时儒学颓败情形,说自己入太学,见"积年无儒论,故庭化为废地",因而发出"惧周公、仲尼之道没坠于泉"(《全唐文》卷七二七)的警告。《上论贡士书》则认为"今之甲赋律诗,皆偷折经诰,诲圣人之言者",批

---

①陆心源《唐文续拾》卷六收《承天军题名记》(有缺文)一篇,出自《金石录补》。

评试士人以"雕虫微艺",非所以养才育人之道。他重视儒道,强调文章要有积极的思想内容,态度是很明确的。

他的文章题材和表现方法都很多样。从文学创作上看,很讲究形象化手法和艺术技巧,不走以著述议论为主的道路。例如《养狸述》是寓言体,发展了柳宗元《永某氏之鼠》的主题。他叙述了一个养狸以御鼠的故事,然后引申出结论:"呜呼! 覆帱之间,首圆足方,窃盗圣人之教,甚于鼠者有之矣。"(同上)这就用"卒章显志"的办法,点明文章的矛头在现实中那些害人之辈,并希望君子端人出而治之。《斫琴志》借越客沈虬子善制琴,因而感叹"木才满数尺,丝不盈十条,古圣人欲其中含天音。天之如此,直乃扣之以观化本。且丝、木,俱无情物也,固不能自鸣,是使历代知其必鸣之稀,以至爨入鼎下,枯折空山而不闻者非一也"(同上)。这就以生动的比喻发抒了对人才被压抑摧残的愤慨。《贻诸弟砥石命》,则以砥石磨锈剑作比。刘禹锡有《砥石赋》,说以爵禄为天下之砥。而舒元舆则主张应经常砥砺自己的五常之性。其中说到以砥石磨剑,以石至细,不能"速利坚铁",而是"积渐发之";借此告喻其弟应当"定持刚质,昼夜淬砺,使尘埃不得间发而入"(同上)。他讲的是封建道德的修身之道,但对后人的品德修养也有一定的启发。

舒元舆善于描摹物态,特别能以细腻文笔表达客观事物给自己的主观印象。在这方面,表现出他的独创性。《斫琴志》写到琴音给自己的美感:

> 备指一弄,五声丛鸣。鸣中有灵峰横空,鸣泉出云,凤龙腾凌,鹤哀乌啼,松吟风悲。予聆之,初闻声入耳,觉毛骨耸擢;中见镜在眼,觉精爽冲动;终然睹化源,寥寥贯到心灵,则百骸七窍,仙仙而忘觉,神立寥廓上,洞见天地初气,驾肩太古,阔视区外。乃知不知音声者,终身为朦胧……

这里用丰富的联想,再现了音乐给予人的生动的感受,以形象描绘声音,非常生动鲜明。他的《录桃源画记》,记述了四明道士的一幅古画,其中列叙画中内容、山川人物,极尽刻画之能事,最后写到画给人的印象:

> 合而视之,大略山势高,水容深,人貌魁奇,鹤情闲暇,烟岚草木,如带香气,熟得详玩,自觉骨戛清玉,如身入镜中,不似在人寰间,眇然有高谢之志从中来。坐少选,道士卷画而藏之,若身形却落尘土中……

这里写看到画卷,如人在画中游;卷画而藏,则如落尘寰中。这种形容与对比,把绘画的强烈感染力生动地表现了出来。《长安雪中望月记》更是一篇优美的写景散文,它描绘了一幅自然美景给人的感受:

> 初夜,有皓影入室。室中人咸谓雪光射来。复开门偶立,则沍云骇尽,太虚真气,如帐碧玉。有月一轮,其大如盘,色如银,凝照东方,辗碧玉上征,不见辙迹。至乙夜,帖悬天心。予喜方雪而望舒复至,乃与友生出大门,怂视直前终南,开千叠屏风,张其一方。东原接去,与蓝岩骊峦,群琼含光。北朝天宫,宫中有崇阙洪观,如鼗珪叠璐,出空横虚……

这里写月光,写雪色,写月雪交辉下的山峦宫阙,一片光彩。天如碧玉,月如银盘,比拟非常生动形象。在这优美的雪夜里,景物与精神合而为一,升华为一种超脱尘俗的美感。像这样的描绘,在唐代散文中是不多见的。

　　韩愈等人论文主气,讲音节高下抑扬,这对表达上的音情顿挫很有关系。舒元舆在这个方面则显得有缺陷了。他追求形象美,忽视声韵美,常常造成节奏舛讹,语调滞涩,再加上用一些生硬词藻,就影响了艺术效果。这可以作为一个教训。

　　以上,只是"古文运动"周围的几个人物的成就。从中可以看到当时这一运动的广泛的群众性和它的丰富多彩的面貌。"古文运动"的理论中有许多矛盾的方面,不同人的创作也有不同的特征和风格,有些人的身上有较大的局限或不彻底的地方。但也唯其如此,才创造出一个巨大文学变革运动的洋洋大观。而在经过时代与历史的淘洗之后,每个人的哪怕是一点一滴的贡献,都汇入到整个运动的成果中,成为文学史上的宝贵财富。我们研究一个文学运动的代表人物,也要研究他们众多的支持者与同路人,给每个人以恰当公允的评价。

第八章 "古文运动"在
晚唐的延续

一

晚唐,是社会大动荡的时期,也是文坛上发生巨大分化的时期。在散文创作上,一方面是骈文的重新兴起,声势渐张,以致又暂时形成了一种文坛上的强大逆流;另一方面,则是"古文"的深入发展,特别是杂文的繁荣,留下了逆流泛滥中的耀眼的光辉。

自从唐穆宗朝河北再乱,唐王朝的统治就陷入了日益严重的危机。面对着强藩逆乱,兵连祸结,朝廷逐渐失去了统驭天下的能力,甚至发展到不存整饬纪纲的愿望。朝廷内部,各派统治力量纷争劫夺。朝官党争,南北司之争,这些斗争又与藩镇势力纠结在一起,造成朝政的极度混乱和腐败。统治阶级越是处于分崩离析、风雨飘摇之中,越是奢靡腐化,加紧对人民的盘剥掠夺。赋税苛重,兵役繁兴,加上连年战乱,佛、道横流,荒旱相继,广大人民已无法存活。到了 9 世纪后半期,在遍及全国的民变、兵变、起义的风潮中,掀起了大规模武装革命的洪流,接连发生了浙东裘甫起义(860年)、桂林戍兵起义(868—869 年),到了 874 年底和 875 年,终于爆发了王仙芝和黄巢领导的农民大起义。起义军十年奋战，转斗南北，攻克长安，建国立号。虽然最后失败了，但它摧毁了李唐王朝的统治基础。朝廷为镇压它，实力已消耗殆尽，国家的统治权也已落到在镇压农民起义中发迹或扩张势力的军阀手中。后来，农民起义军的叛徒、新军阀朱温取唐自代，唐王朝灭亡，历史进入了作为藩镇割据延续的"五代十国"时期。

在一片危机、腐败的气氛中，统治阶级更加追求逸乐，沉溺声色。文学上的形式主义的、颓废腐朽的风气又泛滥起来。诗歌中华艳浮靡的"香奁体"盛行，本来出自民间的曲子词也被文人导入轻柔绮艳的道路，那些"绮筵公子，绣幌佳人，递叶叶之花笺，文抽丽锦，举纤纤之玉指，拍按香檀"（欧阳炯《花间集序》，《全唐文》卷八九一），诗词成了花间樽前娱情逸志的工具。这是对"新乐府运动"的现实主义传统的反动。在散文创作上，则是"古文运动"所批判与否定的骈体文的复兴，而且是更为形式主义化的"四六文"。这个时期的徐夤、黄滔、薛逢、宋言、吴融、李巨川、杜光庭等人，无不奔走势要，倚依强藩；创作上"但山川草木，雪风花月，或以古之故实为景题赋，于人物情态为无余地；若夫礼乐刑政、典章文物之体，略未备也"（《全唐文纪事》卷一二一引《四六话序》）。这些人文尚赡丽，词慕浮华，其创作倾向实际上是完全与韩、柳"古文运动"的积极传统背道而驰的。

"四六文"的兴起，有其政治上的原因，也有文学本身的原因。政治上的腐败必然造成文学上的颓靡。另外，统治集团中的纷争劫夺，不但堵塞了以各种方式（包括利用文学作品）发表舆议的渠道，而且也给那些敢于正视现实、直言抗争的人以很大的威压。罗隐《鹦鹉》诗说："莫恨雕笼翠羽残，江南地暖陇西寒。劝君不用分明语，语得分明出转难。"（《全唐诗》卷六五六）这也是他带有切身体验的感喟。腐败却又更加残暴的统治者压迫文人去粉饰现实、歌舞升平，一切辅时济世、经国利民的愿望都不可能实现，它们在文学上的表现也必然受到压抑。

　　从文学本身的发展规律看,"古文运动"在理论与实践上的弱点,也给"四六文"的重兴留下了孔隙。前面一再提到过,在韩愈及其后继者倡导的"古文"中,存在着"道"与"文"的一定程度的对立。以"明道"为原则,必然要形成"道胜而言文"的倾向,引申开去,就是重道轻文,否定"文"作为一种文学样式的特殊功能。而如果片面强调"文",就会趋奇走怪,流于"怪怪奇奇",造成新的形式主义。而那种"尚奇"的"古文",佶屈聱牙,怵心刺目,以致如樊宗师的一些文章那样让人无从索解,其实际社会效果也并不比"四六文"好多少。"四六文"形式上的华丽光彩起码可供人玩赏。这样,"古文"家在处理形式与内容关系方面的这种矛盾,就给与之对立的骈文以反攻的余地。骈文可以用它的充分发展的形式上的某种优势来争夺市场。再加上统治阶级出于政治上、生活上的需要大力提倡,上行下效,"四六文"很快就又泛滥文坛了。

　　但是,散文中形式主义的回潮,并没有造成梁、陈那样骈文的绝对优势。反映着政治上的动荡和危机,文坛也陷入了分裂。鲁迅先生曾指出过:"唐末诗风衰落,而小品放了光辉。但罗隐的《谗书》,几乎全部是抗争和愤激之谈;皮日休和陆龟蒙自以为隐士,别人也称之为隐士,而看他们在《皮子文薮》和《笠泽丛书》中的小品文,并没有忘记天下,正是一塌糊涂的泥塘里的光彩和锋芒。"(《南腔北调集·小品文的危机》)实际上,写小品文的不只是这里举出的三个人;除了小品文之外其他散文体裁也并非没有成绩。如著名的诗人杜牧、李商隐,散文家孙樵、刘蜕,以及陈黯、袁皓、来鹄、程晏、沈颜等人,都致力于写作"古文"(李商隐仅在前期),而且卓有成就。只是在以前的文学史研究中,没有给予充分评价甚至没有提及而已。

　　当时的这批作家在思想观点与文学主张上大体与韩、柳相一致,政治上都有救时济世之心。他们是韩、柳传统的当之无愧的继承者。但时代终究不同了。他们不但没有实现自己的抱负的客观条件,有些人甚至完全被排斥出政治斗争之外。他们多数人都终生落拓,以致被迫过着隐居避世的生活。这样,就形成了他们对现实的一种特殊的激愤和冷峻的态度。由于他们不可能建立起改造现实的宏大理想和坚强信心,文章中也就缺乏那种高屋建瓴、势如破竹的气概,在艺术上也没有韩、柳等大家那种浑厚壮伟的气象。因而,这个时期也终究没有出现韩、柳那样的大作家。但在"古文"创作的思想与艺术上,这个时期却不能说无所发展。特别是杂文的创作,成就还是很突出的。所以,晚唐时期仍然应看作是"古文运动"进一步发展和延续的时期。

二

杜牧、李商隐是晚唐诗坛上的双星;他们在散文创作上也做出了巨大的成绩,而以杜牧尤为突出。他们都有杰出的文学才华,又有丰富的诗歌创作经验,这对推动他们的散文创作都起了积极作用。

杜牧(803—852年),字牧之,京兆万年(今陕西西安市)人。出身于"去天尺五"的著名士族"城南韦、杜"中的杜氏。其祖父就是著名史学家,德、顺、宪三朝宰相杜佑。他从少年时起就关心时事,善文章,显然有着家学渊源。他在大和二年(828年)进士及第并登贤良方正直言极谏科,任弘文馆校书郎,从此踏上了曲折坎坷的仕途。以后,"十年为幕府吏,每促束于簿书宴游间"(《上刑部崔尚书状》,《全唐文》卷七五〇),先后在江西观察使沈传师、淮南节度使牛僧孺手下做幕僚。到大和九年,入京为监察御史,不久,即借病分司东都,正遇上"甘露之变"。开成二年(837年),为替其弟杜颛治眼疾,乞假去扬州,后被宣歙观察使崔郸辟署为宣州团练判官。次年,再一次入朝短期为朝官,即外放为黄州刺史,转池州、睦州,"三守僻左,七换星霜,拘挛莫伸,抑郁谁诉"(《上吏部高尚书状》,《全唐文》卷七五〇)。大中二年(848年),内升为司勋员外郎、史馆修撰;大中四年,转吏部,乞守湖州;五年,内调考功郎中、知制诰;六年,终于中书舍人任上。存《樊川文集》二十卷、《外集》一卷、《别集》一卷。

　　杜牧出生时,值杜佑入朝为相。到他十岁,杜佑逝世。他在《冬至日寄小侄阿宜诗》中说:"旧第开朱门,长安城中央。第中无一物,万卷书满堂。家集二百篇,上下驰皇王。"(《全唐诗》卷五二〇)这里所谓"家集",即指二百卷《通典》,杜牧认为它是谈古今王霸大略之书。杜佑的观点,意在经世立言、是古非今(见王应麟《困学纪闻》卷一四),杜牧完全继承了这种精神。他曾一再自诩世业儒学,家风不坠,同时又说:"仆自元和已来,以至今日,其所见闻,名公才人之所论讨,典刑制度,征伐叛乱,考其当时,参以先古,能不忘失而思念,亦可以为一家事业矣。"(《与池州李使君书》,《全唐文》卷七五一)这种积极地重视现实问题的态度,决定了他的文学创作的企向。

　　在杜佑死后,他的家境即迅速衰落。他自述说"某幼孤贫。安仁旧第置于开元末,某有屋三十间而已。去元和末,酬偿息钱,为他人有,因此移去",致使他青年时期过着"食野蒿藿,寒夜烛无"的生活(《上宰相求湖州第二启》,《全唐文》卷七五三)。这可见其早年生计困顿之一斑。特别是由于朝政日非,党争加剧,而他与牛僧孺比较接近。他虽不如李商隐那样在牛、李党争夹缝里坎壈终身,但在李党当权时却时时受到排挤。会昌年间,李德裕执政柄,他曾上书对讨平泽潞、用兵回纥提出意见,实际上与李德裕的政策正相符合,但他的宦境却并未因此而得到改善。他"平生五色钱,愿补舜衣裳"(《郡斋独酌》,《全唐诗》卷五二〇),可是一生中长期在幕僚与地方官任上浮沉,眼见得"夷狄日开张,黎元愈憔悴。邈矣远太平,萧然尽烦费"(《感怀诗》,《全唐诗》卷五二〇),无力挽救时代颓风,只能以西汉贾谊自比。他失意之余,寄情声色,"十年一觉扬州梦,赢得青楼薄幸名",流露出严重的颓唐意识。晚唐人崔道融《读杜紫微集》一诗说:"紫微才调复知兵,常觉风雷笔下生。还有枉抛心力处,多于五柳赋闲情。"(《全唐诗》卷七一四)这实在是一代志士才人被压抑、扼杀的悲剧。

杜牧具有多方面的艺术才能。他诗名甚高,后人把他与杜甫相比,称之为"小杜"。他的诗在风华流畅之中,表露出一种英爽俊拔之气。特别是七言绝句,含蓄精练,情韵清深,风神意境,独具一格。他还写作了当时新兴的诗体——词。他的九十字的《八六子》,是文人慢词的开端。他的书法、绘画,也都有成就。这些方面,都有助于他的散文创作。

他的文章,可称晚唐第一人。全祖望说:"杜牧之才气,其唐长庆以后第一人耶? 读其诗古文词,感时愤世,殆与汉长沙太傅相上下。"(《杜牧之论》,《鲒埼亭集外编》卷三七)洪亮吉说:"有唐一代,诗、文兼擅者,惟韩、柳、小杜三家。""杜牧之与韩、柳、元、白同时,而文不同韩、柳,诗不同元、白,复能于四家外,诗文皆别成一家,可云特立独行之士矣。"(《北江诗话》卷一)李慈铭则指出:"樊川文章风貌,卓绝一代。其学问识力,亦复如是。予向推为晚唐第一人,非虚诬也。"(《越缦堂读书记》卷八"同治丁卯七月初二日")这些意见,都肯定了杜牧文章的成就与地位,表明了前人对他的重视。

杜牧在创作上有意识地继承李、杜、韩、柳的传统。他在思想上独尊儒家一家之道,辟佛老而重儒术,这是自觉地上承韩愈。他称赞韩愈说:"自古称夫子者多矣。称夫子之德莫如孟子,称夫子之尊莫如韩吏部。"(《书处州韩吏部孔子庙碑阴》,《全唐文》卷七五四)他当然是以孔、孟、韩的嫡传自居的。他在《冬至日寄小侄阿宜诗》中说:"李、杜泛浩浩,韩、柳摩苍苍。近者四君子,与古争强

梁。"《读韩杜集》则说："杜诗、韩集愁来读,似倩麻姑痒处搔。天外
凤凰谁得髓,无人解合续弦胶。"(《全唐诗》卷五二一)在当时形式
主义、唯美主义文风回潮的时候,这样高张李、杜、韩、柳的旗帜,并
以承继这些先辈的优秀传统自认,表现出一种进步的文学观,一种
对抗流俗的见识和魄力,对于抵制文坛逆流是有重大意义的。他
在理论上,主张文章要有充实的现实内容与积极的社会作用,明确
地批判单纯追求形式的文风。《答庄充书》写道:

> 凡为文以意为主,以气为辅,以辞采章句为之兵卫……苟
> 意不先立,止以文采辞句绕前捧后,虽言愈多而理愈乱,如入
> 阛阓,纷然莫知其谁,暮散而已。是以意全胜者,辞愈朴而文
> 愈高;意不胜者,辞愈华而文愈鄙。是意能遣辞,辞不能成意。
> 大抵为文之旨如此。

这是他对文章内容与形式的关系的看法。强调"意",重视"气",认
为文采辞句要为表达内容服务,这与韩、柳的观点是一致的。他在
谈到自己的诗歌创作时说:"某苦心为诗,惟求高绝,不务奇丽。不
涉习俗,不今不古,处于中间,既无其才,徒有其意。"(《献诗启》,
《全唐文》卷七五二)写文章他也是坚持同样的原则。

但同样是强调思想内容,杜牧与韩、柳,与陈子昂、元结等人又
有不同的时代特色。从陈子昂到元结,他们处在"盛世",因此他们
有理想,有抱负,文章立意重在经世济时,理平天下,豪情朗畅,意
气凌厉;到了贞元、元和年间,处在大动乱的间歇期,儒学复古思想
正盛,文章中讲儒道,讲纪纲,讲教化;而到了杜牧时期,天下大势
江河日下,空言教道已无补于实际,因此他更注重现实斗争中的问
题。他在黄州写给李回的信中说:

> 性颛固不能通经,于治乱兴亡之迹,财赋兵甲之事,地形
> 之险易远近,古人之长短得失……必期不辱恩奖。(《上李中
> 丞书》,《全唐文》卷七五二)

而具体到写作上,他在《上知己文章启》中又说:

> 伏以元和功德,凡人尽当咏歌记叙之,故作《燕将录》;往年吊伐之道,未甚得所,故作《罪言》;自艰难来,以卒伍佣役辈多据兵为天子诸侯,故作《原十六卫》;诸侯或恃功不识古道,以至于反侧叛乱,故作《与刘司徒书》;处士之名即古之巢、由、伊、吕辈,近者往往自名之,故作《送薛处士序》;宝历大起宫室,广声色,故作《阿房宫赋》;有庐终南山下,尝有耕田著书志,故作《望故园赋》。虽未能尽窥古人,得与揖让笑言,亦或的的分其状貌也。

这就表明,他的文章,往往是切合当世之务,有所为而发,具有强烈的针对性。这似乎是把"新乐府运动""一吟悲一事"的办法用于散文,而不以阐扬圣人之道为满足。这是他的散文的优点;但同时也带来了一个弱点,就是缺乏思想上的更深厚的概括力和浑灏流转的气势。

杜牧散文的主要成就,是他的议论文。议论文最精采之处,又在"论兵"。人们把他与贾谊相比,确有一定的道理。他曾注解《孙子》,在其序言中他回忆自己十六岁时,正值朝廷讨李师道,"见盗起阊二三千里,系戮将相,族诛刺史及其官属,尸塞城郭,山东崩坏,殷殷焉声震朝廷",而士大夫"笑歌嬉游,辄不为辱",后来读了《尚书》《毛诗》及《左》、《国》、十三史,认识到"树立其国,灭亡其国,未始不由兵也",而"苟有败灭,真卿大夫之辱"(《注孙子序》,《全唐文》卷七五三)。由此可见,他的喜"论兵",正是战乱频仍的时代条件所促成,也是他自幼培养起来的关怀现实的精神的集中表现。

杜牧的主要"论兵"之作《罪言》《战论》《守论》《原十六卫》等,都写于三十多岁的时候。当时他少年气盛,用世心切。这些文章表现出他不只在文章上言辞博辩,善于议论,而且具有对待复杂现实矛盾的深刻的分析能力、批判眼光和杰出的军事才能。他的《罪言》一开始解题说，"国家大事，牧不当言，言之实有罪，故作《罪言》"，表露了自己的抱负，也透露出激愤之意。在这篇文章里，他从现代所谓地缘政治学的角度，分析了强藩盘据的黄河以北、太行以东地区的重要性，指出自古以来它们是"王者不得，不可为王；霸者不得，不可为霸"的要害之地，而天宝末，安史乱起，河北百余城，跋扈难制，此后"生人日顿委，四夷日猖炽"。针对这种形势，他提出了朝廷可能采取的上、中、下三策：

> 今者上策莫如自治。何者？当贞元时，山东有燕、赵、魏叛，河南有齐、蔡叛，梁、徐、陈、汝、白马津、盟津、襄、邓、安、黄、寿春皆戍厚兵，凡此十余所，才足自护治所，实不辍一人以他使，遂使我力解势弛，熟视不轨者，无可奈何。阶此蜀亦叛，吴亦叛，其他未叛者皆迎时上下不可保信。自元和初至今二十九年间，得蜀、得吴、得蔡、得齐，凡收郡县二百余城，所未能得唯山东百城耳。土地、人户、财物、甲兵，校之往年，岂不绰绰乎？亦足自以为治也。法令、制度、品式、条章果自治乎？贤才奸恶、搜选置舍果自治乎？障戍镇守、干戈车马果自治乎？井间阡陌、仓廪财赋果自治乎？如不果自治，是助虏为虐。环土三千里，植根七十年，复有天下阴为之助，则安可以取？故曰上策莫如自治。

中策莫如取魏，而"不计地势，不审攻守"，则是"浪战"的"下策"。杜牧相当精确地研究了朝廷面临的问题，指出对抗势强力盛、根柢牢固的强藩，关键在于朝廷振作自强，革新朝政，加强实力，从而建立起朝廷威权；而做到这一点，首先又在于要认清局势，采取正确的对策。他横览天下，纵观古今，揣摩事机，条分缕析，见解相当精辟深刻。这篇文章，被后人评价为"经济大文"。宋祁修《新唐书》，在《藩镇传论》中曾予采录；据说"欧阳公取《新唐书》列传，令子叔弼读，卧而听之，至藩镇传叙，叹曰：'若皆如此传叙，笔力亦不可及！'"（费衮《梁溪漫志》卷六）杜牧的《战论》也是讨论河北问题的。他用比拟手法说明河北对于国家之重要，"河北视天下，犹珠玑也；天下视河北，犹四肢也"，因此如果河北处置不当，则"天下四肢尽解，头腹兀然而已焉"。他尖锐地批评了造成当时局面的"五败"："不蒐练""不责实科食""厚赏""轻罚""不专任责成"，比较中肯地揭露了当时在政治、经济和统军方面的积弊。这是具有相当的政治尖锐性的文章。他的《守论》，专论大历、贞元年间姑息藩镇之弊，意在促使朝廷从中汲取教训。《原十六卫》则讲唐代兵制的演变，说明是如何造成府兵坏而藩镇重的。他强调府兵制度的得策，认为府兵变而为彍骑，彍骑变而为召募，遂造成尾大不掉之祸。杜牧的议论，虽有些迂阔不达时变的书生之见，如主张恢复府兵之类，在当时是根本行不通的，他的许多意见，当时的统治者也不可能实行，但这些文章表现的积极态度和批判精神，却是相当感人的。而从写法上看，援古论今，切比巧喻，议论侃侃，剖析详明，政治家的明析、文人的意气以及策士的纵横辩难之风兼而有之，使他的文章具有一种豪壮气势和感召力量。

杜牧论及其他问题的文章，也多有新意。《杭州新造南亭子记》是发扬韩愈辟佛传统的文章，写在武宗废佛时。他借杭州刺史李子烈以废寺材造南亭子一事，铺衍、揭露佛教的弊害。范缜早已指出佛教"诱以虚诞之词，欣以兜率之乐"的欺骗性，韩愈也曾指出佛教祸福轮回之说的虚妄，杜牧在文章中则指出：奉佛以卖罪祈福，实际上是纵容作恶，"权归于佛，买福卖罪，如持左契，交手相付"，这几句话就把佛教的虚伪、信佛的贪婪以及佛说"慈悲""清净"的本质揭露无余，比韩愈等人的看法更加深了一步。他的《上李司徒相公论用兵书》，讨论用兵方策；《上泽潞刘司徒书》，告喻刘从谏以归顺朝廷之义；《同州澄城县户工仓尉厅壁记》，揭露内官横暴，官吏侵渔，使百姓不得不以洞壑为防；《上宣州高大夫书》，提出科第不可徇资格，等等，这些文章都切中时弊，富于创见。

　　杜牧的碑传体文章，也写得很好。他记人叙事，颇善描摹刻画。以纵横奥衍的文笔、奇正相生的布局，造成层峦叠嶂、烟景万状的气象，人物的神情风采如现笔端。他二十五岁以前，居长安，曾到过渭北澄城县，认识一个名叫谭宪的人，谈起宪兄谭忠的事迹，他据以写了《燕将录》。谭忠在跋扈崛强的藩帅处做幕僚，以口舌之辩，折冲于强暴之间，表现了豪壮的胆略和超拔的机智。文章中着重写了他在朝廷越魏伐赵时说服田季安支持朝廷，又激燕使伐赵，最后使刘聪归顺中央这三件事，展现了一个富有策士之风的爱国人物的风貌。杜牧的《唐故范阳卢秀才墓志》，主人公是个河北豪侠子弟，二十岁不知有周公、孔子，只热衷于击球、饮酒、走马、射兔、攻守战斗之事。后来，他听到镇州一位学者讲到河南朝廷情况，与其弟卢云偷家中骏马，一日驰三百里，夜间到达襄国，入王屋山读书。后到宣州，与杜牧相识。将去长安应考，不幸夭亡。他谈起燕赵间山川险要、教令风俗与朝廷攻战得失，如数家珍，并说："丈夫一日得志，天子召于座前，以笏画地，取山东一百二十城，惟我知其甚易耳。"这样的一个落魄文人，实际上是虚费一生，无事迹可寻，但杜牧能从其平凡的经历中发掘其精神世界，写他慷慨任气，天真果绝，善于补过，勇于任事。就是他徒做豪言，不务实际，也给人以可爱的印象。作者在这个人物身上倾注了自己的同情。也可以说，这个人物是当时有志文人的一个典型，也有杜牧本人的影子。他的《唐江西观察使武阳公韦公遗爱碑》，是叙事名篇。这篇文章的写法，用他自己的话说，是"事必直书，辞无华饰，所冀通衢一建，百代皆观，事事彰明，人人晓会"（《进撰故江西韦大夫遗爱碑文表》，《全唐文》卷七五）。因为这是表扬循吏的，所以要据事实叙，平平道来，起到教育的效果。此外，如《题荀文若传后》《送薛处士序》《窦烈女传》等，也都是颇有特色的叙事作品。

　　杜牧还写过一篇流传千古的《阿房宫赋》。这是一篇赋体散文，它在打破辞赋与一般散文的界限上又前进了一大步。它又被称为"诗人之赋",在文章中广泛应用了诗的语言,诗的表现手法,充满了诗情。它在散文史上确乎是一个创造。在杜牧早年到长安应进士举时,这篇赋即在士人中传诵。吴武陵曾以此文将杜牧推荐给主考官崔郾,许之以王佐之才;崔一读之下,大为惊赏,因而被录取。

这篇赋以历史为题材。这是中唐以后文人们在诗文中所习用的。而在所有历史事件中又有几个事件,例如秦朝覆灭、南朝亡国、天宝动乱等,常常被当时人选取为素材。这也表现了当时人的兴亡之感。而以秦亡为赋,杜牧之前,早在佳作。一篇是陆傪[①]的《长城赋》,另一篇是杨敬之的《华山赋》。他们都是中唐时人,陆傪与韩愈相识,杨敬之也被柳宗元所称赞。陆赋的开头说:"干城绝,长城列;秦民竭,秦君灭。"用强烈的对比,简洁凝炼地展示了历史上的重大矛盾。然后铺叙筑城役夫的悲惨命运:"民之既酷,载僵载扑,饥兮不粟,寒兮不服,病不暇休,虮不暇沐,基人之骸,压人之肉,少者不遑,老者不复,秦民呜呜,向城而哭。边云夜明,列云铧也;白日昼黑,扬尘沙也;筑之登登,约之阁阁,远而听也,如长空散雹;蛰蛰而征,沓沓而营,远而望也,如大江流萍。"描写极其鲜明沉痛。最后两段分别以"嗟呼""呜呼"开头,用议论作结,指出"城既高大,民维艰难,闻之者攘臂而切齿,睹之者涕泣而长叹。夫如是刑不得不暴,政不得不烦,国不得不乱,民不得不残",所以秦王朝是自"丧厥民,亡厥身"。杜牧的赋从题材、主题到构思、语言,显然都受到陆赋的影响。杨敬之的《华山赋》曾传诵士林,并为杜佑所爱读。它以开阔的视野,写历史变迁,文笔奇崛,形容生动,如写到秦朝兴亡的倏忽变化一段:"见若咫尺,田千亩矣;见若环堵,城百雉矣;见若杯水,池百里矣;见若蚁蛭,台九层矣。醯鸡往来,周东西矣;蟪蠓纷纷,秦速亡矣;蜂窠联联,起阿房矣;俄而复然,立建章

---

①《全唐文》卷六一九作"陆参"。

矣;小星奕奕,焚咸阳矣;垒垒茧栗,祖龙藏矣。"表达极其冷峻含
蓄,作者如见证人旁观历史演变,褒贬寓于描述之中。这种历史兴
亡之感和它的表达方式,也给杜牧以启发。但杜牧在处理题材上
别具只眼。他选择了秦始皇建阿房宫这一个具体事实;同时又不
完全局束于历史细节,而加以典型化。例如按照史实,阿房宫并没
有建成,赋中却写到宫城的盛况以及宫中的宫人、宝货等等,这完
全是出于艺术概括的需要。由于捕捉住了典型事件,表现上就能
够更为生动、富于形象性。杜牧与陆倕《长城赋》一样,也是四个三
字句开头:

> 六王毕,四海一;蜀山兀,阿房出。

十二个字,写出了天下的大势:秦王的权威、统治者的骄矜及其腐
败的严重。由概括写到个别,由历史写到现实,更为简劲、生动、含
蓄、深刻。接着,分三个层次,从建筑、嫔御、宝藏三个方面铺叙宫
室的奢侈繁华,一笔笔都在揭露秦王祸国殃民的罪恶。其中巧比
横出,俊语络绎,例如写"长桥卧波,未云何龙? 复道行空,不霁何
虹?""明星荧荧,开妆镜也;绿云扰扰,梳晓鬟也……"等等,设喻的
生动、描绘的鲜明,都学习陆、杨并超而上之。最后也是以"嗟乎"
"呜呼"两段作结:

> 嗟乎! 一人之心,千万人之心也。秦爱纷奢,人亦念其
> 家;奈何取之尽锱铢,用之如泥沙? 使负栋之柱,多于南亩之
> 农夫;架梁之椽,多于机上之工女;钉头磷磷,多于在庾之粟
> 粒;瓦缝参差,多于周身之帛缕;直栏横槛,多于九土之城郭;
> 管弦呕哑,多于市人之言语。使天下之人,不敢言而敢怒;独
> 夫之心,日益骄固。戍卒叫,函谷举,楚人一炬,可怜焦土。
> 　呜呼! 灭六国者,六国也,非秦也;族秦者,秦也,非天下
> 也。嗟夫! 使六国各爱其人,则足以拒秦;秦复爱六国之人,
> 则递三世可至万世而为君,谁得而族灭也;秦人不暇自哀,而

后人哀之;后人哀之而不鉴之,亦使后人而复哀后人也。

这两段中,前一段侧重在评,批评秦王朝之失人心;后一段侧重在论,总结秦王朝兴亡的教训。赋的最后,把主题引申到"后人"即当代的统治者身上,突出了它的现实讽喻意义。

这篇作品充分发挥了"赋"这个文体的特长,铺排叙写,极力形容、比拟、夸张,多用排比句法。同时又夹入精辟的议论和尖锐的讽喻,把描写、议论、抒情结合起来,以华饰之笔抒悲慨之音。表达则是纵横排宕,若即若离,奇辞俊语,出奇生新。按作者的解释,这篇作品意在讽刺宝历起宫室,但其客观意义远远超出讽刺时事之外。至于它的艺术性,更为人们所激赏。据说"东坡在雪堂,一日读杜牧之《阿房宫赋》,凡数遍。每读彻一遍,即再三咨嗟叹息,至夜分不能寐"(王暐《道山清话》)。东坡的这种感受,也是许多读过作品的人共通的。

杜牧的文章笔势健举,风神气概在晚唐一般的浮华浅露的文风中,特别显得不同凡响。这首先是由于他注重表达重大的社会内容,他自己又有一种积极用世、追求理想的精神;而个人的志愿与现实的矛盾激发出那种抑塞不平之气,融炼成一种纵横粤衍、峭健挺拔的文字。而他的语言又特别核炼精工,善创新辞,结句用语都很富独创性。但他在时风影响下,表达上也有过求新异的流弊,不如韩、柳那样流利畅达。例如他给李贺集作序用形象的语言描摹李诗的风格,颇为生动,但用语却求深求怪,则是一个缺点了。

总的看来,杜牧的散文成就是杰出的,堪称为"古文运动"的后劲。

李商隐(812年—858年?),字义山,号玉谿生,怀州河内(今河南沁阳县)人。在诗坛上,他与杜牧齐名;但在文坛上,却以"四六"著称。晚唐骈文回潮,他被视为一个代表。他的"四六"一时间影响颇大,对形成文坛风气是起了作用的。如何评价它们,是一个值得探讨的课题。但李商隐在"古文"上也有相当的成绩,往往不为人注意。

李商隐自称"樊南生十六,能著《才论》、《圣论》,以'古文'出诸公间。后联为郓相国、华太守所怜,居门下时,敕定奏记,始通今体。后又两为秘省房中官,恣展古集,往往咽噱任、范、徐、庾之间。有请作文,或时得好对切事,声势物景,哀上浮壮,能感动人"(《樊南甲集序》,《樊南文集详注》卷七)。郓相国指天平军节度使令狐楚,华太守指华州刺史崔戎。李商隐任职于二人幕下,对他转变创作方向有很大关系。特别是令狐楚,本为今体章奏的名家,《旧唐书》上说他"才思俊丽,德宗好文,每太原奏至,能辨楚之所为,颇称之"(《旧唐书》卷一七二)。李商隐亲受他的指教,所谓"自蒙半夜传衣后,不羡王祥得佩刀"(《谢书》,《全唐诗》卷五三九),就是以禅宗五祖弘忍传衣给惠能作比,表明自己的"四六"得令狐楚的亲传。

但早年作为"古文家"的李商隐,文章见解颇有精审处。例如他说:"愚生二十五年矣。五年诵经书,七年弄笔砚。始闻长老言:学道必求古,为文必有师法。常悒悒不快。退自思曰:夫所谓道,岂古所谓周公、孔子者独能邪? 盖愚与周、孔俱身之耳。以是有行道不系今古,直挥笔为文,不爱攘取经史,讳忌时世。百经万书,异品殊流,又岂能意分出其下哉?"(《上崔华州书》,《樊南文集详注》卷八)这样,他写"古文",内容上不局限于孔孟之道,形式上也不立宗主。他的《容州经略使元结文集后序》,称赞"次山之作,其绵远长大,以自然为祖,元气为根,变化移易之。太虚无状,大赉无色……"特别肯定其"不师孔氏",论断独具只眼,大胆而杰出。他的这些论文主张,表明其见解颇为开放通达。

李商隐的"古文"篇数不多,但几乎每篇都经得起推敲。传记文如《李贺小传》,写李贺生平,杂之以怪异传说,虚虚实实,写出了一个怀才不遇的早熟诗人的命运风采。主人公如何骑蹇驴、背破锦囊出游写诗,死前又如何出现天帝使臣征召的幻象,都是用典型细节刻画出人物精神。最后致慨说:

> 呜呼！天苍苍而高也，上果有帝耶？果有苑囿、宫室、观
> 阁之玩耶？苟信然，则天之高逊、帝之尊严，亦宜有人物文采
> 愈此世者，何独眷眷于长吉而使其不寿耶？噫！又岂世所谓
> 才而奇者不独地上少耶，天上亦不多耶？

这是以新奇的设想赞颂诗人，从而表现对其受到"排摈毁斥"的沉痛。《齐鲁二生》写程骧、刘叉，继承韩、柳传记文的笔法，在人物身上寄托寓意，杂以小说家言，把人物写得活灵活现，展示了某些知识分子的遭遇。李商隐的议论文字意新语工，论辩颇为奇雄。他写过不少"沉博绝丽"的爱情诗，他的《别令狐拾遗书》中有一段写到对婚姻问题的看法：

> 今人娶妇入门，母姑必祝之曰："善相宜！"前祝曰："蕃
> 息！"后日生女子，贮之幽房密寝，四邻不得识，兄弟以时见，欲
> 其好，不顾性命。即一日可嫁去，是宜择何如男子属之耶？今
> 山东大姓家，非能违摘天性，而不如此。至其羔鹜在门，有不
> 问贤不肖、健病，而但论财货、恣求取为事。当其为女子时，谁
> 不恨？及为母妇，则亦然。彼父子男女，天性岂有大于此者
> 耶？今尚如此，况他舍外人，燕生越养，而相望相救，抵死不相
> 贩卖哉！

这可能是在散文中最早对封建包办买卖婚姻提出批评的。其中对"天性"的肯定，把它放在门第、财货之上，更是一个重要见解。李商隐还有《断非圣人事》《让非贤人事》等议论文，是对传统见解的翻案文章，也充分显示了作者思想认识的新鲜活泼。如《断非圣人事》中说：

> 害去其身，未仁也；害去其家，未仁也；害去其国，亦未仁
> 也；害去其天下，亦未仁也；害去其后世，然后仁也。宜而行
> 之，谓之义。子不肖去子，弟不顺去弟，家国天下后世皆蒙利
> 去害矣。不去则反。宜然而为之，尧、舜、周公未尝疑，又安用

　　断？故曰：断非圣人事。（《樊南文集详注》卷八）

文中讲的是尧、舜禅让，这也是人们常常议论的题目。李商隐提出了"圣人"行而宜之、利天下后世的思想，认为对"圣人"来说不存在断与不断的问题，其中的含意是对现实有所讽刺的，他的《虱赋》、《蝎赋》是咏物体的讽刺文。《虱赋》说：

　　　亦气而孕，亦卵而成。晨鹭露鹤，不如其生。汝职惟啮，
　　而不善啮。回臭而多，跖香而绝。

文字很简短，写虱子咬人，讽刺世上某种人的阴狠贪婪；特别揭露其专咬敝服垢衣的颜回，而不咬华衣美服的盗跖，讽刺更见深刻。王应麟《困学纪闻》说："李商隐赋怪物，言佞魃、谗魃、贪魃，曲尽小人之情状，魑魅之夏鼎也。"这些文章今天没有留存，应是与《虱赋》《蝎赋》同类的作品。

　　李商隐对"古文"有如此素养，而转习"四六"，是被他所处的地位所迫。他奔走屈居于达官幕下，以章奏之能求出路，身份地位要求他迎合时代风习。他在意志性格上，又缺乏那种特立独行的气节；在气质上，又很富于唯美意识。这些条件，有助于促成他精美含蓄的诗风，但在文的方面，却使他走入了歧途。后来他对于这一点是有所觉悟的，他所谓"当时自谓宗师妙，今日惟观属对能"（《漫成五章》，《全唐诗》卷五四〇），就表露了他对四六技艺的评价。他在散文创作中的矛盾，是他一生中所处矛盾地位的表现，也是他的悲剧结果之一。这种矛盾，也给后代提供了有益的教训。

三

　　在晚唐文坛上，直承韩愈"尚奇"传统并取得成就的人有孙樵。

在他稍前而与之风格相近的还有刘蜕,这里一并论述。

孙樵,字可之,关东人。生卒年代已不可确考。自称代袭簪缨,幼而工文。据所作《出蜀记》《梓潼江记》,年轻时曾游于蜀川。会昌五年(845年),出川到长安应举,"远来关东,橐装锁空,一入长安,十年屡穷"(《寓居对》,《孙可之文集》卷二),但困顿生涯并没改变他的梗直拔俗的性格。其《乞巧对》《逐痁鬼文》等,都表现出守志不移的思想。大中九年(855年)及进士第,后曾从军邠州,授中书舍人。广明元年(880年),黄巢起义军攻入长安,僖宗奔岐陇,他受诏赴行在,迁职方郎中。当时他的"扬、马之文"与李潼的"曾、闵之行"、司空图的"巢、由之风",被并称"行在三绝"。中和四年(884年),他从自己的二百余篇文章中选五十三篇,结成文集十卷。现存《孙可之文集》有十卷本和二卷本,篇数均与之相合。但据清人汪师韩《孙文志疑序》,说孙文只有《唐文粹》所载《复佛寺奏》《读开元杂报》《书褒城驿壁》《刻武侯碑阴》《文贞公笏铭》《与李谏议行方书》《与贾秀才书》《孙氏西斋录》《书田将军边事》《书何易于》十篇为真,可是并无确切证据。

对孙樵文章,前人评价甚有分歧。他自己说得为文之道于来无择,来无择得之皇甫湜,皇甫湜得之韩愈。苏轼认为这种传承是等而下之,"学韩退之不至为皇甫湜,学湜不至为孙樵"。陈善说"孙樵之文,实牵强僻涩,气象绝不类韩作,而过自称许,嫫母捧心,信有之矣"(《扪虱新话》上集卷一)。但也有人看法不同。宋人朱翌说"樵乃过湜,如《书何易于》、《书褒城驿壁》、《田将军边事》、《复佛寺奏》,皆严谨得史法,有补治道"(见《困学纪闻》)。清人储同人则认为:"可之之文,幽怀孤愤,章章激烈,生乎懿、僖,每念不忘贞观、开元之盛,其言不得不激,不得不愁。按其词意渊源之自出,信昌黎先生嫡传也。"苏轼论文,主平易自然,因此对皇甫湜、孙樵有意追求奇崛险怪是不满的。但平心而论,孙樵主"奇",只是他文章表现的一个方面。就是这一个方面也不意味着追求超脱现实的形式主义。他所存留文章不多，但反映现实内容颇为广阔，艺术上也很有特色，应视为晚唐散文中的一个杰出人物。

孙樵论文的主张，主要见于《与王霖秀才书》和《与友人论文书》。前者的主要意思是：

> 鸾凤之音必倾听，雷霆之声必骇心。龙章虎皮，是何等物？日月五星，是何等象？储思必深，摛辞必高，道人之所不道，到人之所不到。趋怪走奇，中病归正。以之明道，则显而微；以之扬名，则久而传。前辈作者正如是。譬玉川子《月蚀诗》、杨司城《华山赋》、韩吏部《进学解》、冯常侍《清河壁记》，莫不拔地倚天，句句欲活，读之如赤手捕长蛇，不施控骑生马，急不得暇，莫可捉搦。又似远人入大兴城，茫然自失，讵比十家县，足未及东郭，目已极西郭耶！

后一篇文章意思也相似：

> 古今所谓文者，辞必高然后为奇，意必深然后为工，焕然如日月之经天也，炳然如虎豹之异犬羊也。是故以之明道，则显而微，以之扬名，则久而传。今天下以文进取者，岁丛试于有司，不下八百辈，人人矜执，自大所得。故其习于易者，则斥涩艰之辞；攻于难者，则鄙平淡之言。至有破句读以为工，摘俚语以为奇。秦、汉已降，古文所称工而奇者，莫若扬、马。然吾观其书，乃与今之作者异耳。岂二子所工，不及今之人乎？此樵所以惑也。

"元和以后，文章则学奇于韩愈"，孙樵的主张很为典型。他的看法，有的在词句上也是借鉴了前人的。例如"鸾凤之音""雷霆之声"的比喻与皇甫湜"虎豹之文""鸾凤之音"是相同的；"赤手捕长蛇"的比喻则与柳宗元评韩愈《毛颖传》笔力可以"捕龙蛇""搏虎豹"是相同的。但他却也不光是追求形式的奇异，还认识到内容与形式的主从关系。这一点是继承了韩、柳的优良传统的。他提出的"辞高"的前提是"意深",目的则是为了"明道"的"显而微"。他所推崇的作文楷模则是"古文"。因此,他告诉友人"立言必奇,撼意必深,抉精剔华,期到圣人"(《与贾希逸书》,《孙可之文集》卷一),以阐扬圣人之旨为目标。他又说"文章如面,史才最难",因此他重视修史;而修史要"字字典要""明不顾刑辟,幽不愧神怪"(《上高锡望书》,《孙可之文集》卷一)。这都是"古文"家的传统见解。他要求"趋怪走奇",但归结到奇正相生。这样,一方面,他说自己的文章是"摆落尖新,期到古人,上规时政,下达民病。句句淡涩,读不可入,徒乖于众,孰适于用"(《骂僮志》,《孙可之文集卷二》),即是说,自己追求意高则句不得不奇;另一方面,则对追求华艳声韵的便巧文风表示不满:"彼巧在文,摘奇搴新,辖字束句,稽程合度。磨韵调声,决浊流清,雕枝镂英,花斗窠明。至于破经碎史,稽古倒置,大类于俳,观者启齿。下醨沈、谢,上残《骚》、《雅》,取媚于时,古风不归。"(《乞巧对》,《孙可之文集》卷二)他反对追求藻饰的形式主义的产物和揣模古人的假古董。由此可见,他的"尚奇"观点与单纯追求"怪怪奇奇"决不相同,有一定的现实内容为基础,包含有强调艺术的独创性与艺术形式的特殊作用的合理内容。他的理论的缺陷在于:一、他强调求新出奇,有绝对化的偏向,把"奇"看成是唯一的艺术风格,是艺术价值与艺术力量之主要所在;二、他把"高古"与俚俗对立起来,由于求奇而影响了通俗畅达;三、他由于求"奇"而尚"简",他评价高锡望的文章说:"樵宜一二百言者,足下能数十言辄尽情状,及意穷事际,反若有千百言在笔下。"这种以简为工的观念,正如前面已讲过的,是不符合艺术表现的规律的。这三点是他的偏颇。但看到这些偏颇,不能否定他的理论的整个价值。

　　他的创作实践也证明,他写作并不单纯追求形式,反映现实相当广阔,剖析问题相当深刻。他在《孙氏西斋录》说到自己修史是"尚功力,正刑名,登崇善良,荡戮凶回。有所梗避则微文示讥,无所顾栗则直书志懑……驱邪合正，俾归大义，操实置例，以示惩劝”。由这可见出他面向社会、勇揭时弊的创作态度。以这种态度对待现实，写作中再注重立意的深刻、构思的奇巧、表现的新异、语言的警拔，因而就能写出一些很有特色的好文章。

他生在乱世，贞观、开元的繁盛如烟云消散一样只在他的头脑中留下了模糊的回忆。他有一篇《读开元杂报》，是说自己读到一些旧文书，发现原来是开元年间的朝报。他从这些官文书简单记载中，引发出今昔对比，深有今不如昔之感。例如其中一条记述玄宗东封，赏赐从官，他就想到当今“自关以东水不败田则旱败苗，百姓入常赋不足，至有卖子为豪家役者。吾尝背华走洛，遇西戍还兵千人，县给一食，力屈不支。国家安能东封？从官禁兵安所抑给耶？”这种对比，使他深切感受到社会的衰败和末世的忧伤。他的《大明宫赋》，已不能夸饰宫阙的壮丽繁华，而是借宫神之口提出诘问：“昔亦日月，今亦日月。往孰为设？今孰为缺？籍民其凋，有野而蒿，籍甲其虚，有垒而墟。西垣何缩，匹马不牧？北垣何蹙，孤垒城粒？”然后作者直接出面，以时事清平，不须用兵为解。但神笑曰：“孙樵谁欺乎？斯古乎？斯今乎？吁！”这就用讽刺笔法，表明作者已无法欺骗自己，闭起眼睛不看现实。对自己所处时代的愤慨和失望，必然使他的作品带有一种怨恨牢骚的情绪，并多作冷嘲之词。

孙樵的作品，表现出对于现实矛盾十分关心，对民间疾苦深切同情。例如《书何易于》：

> 何易于尝为益昌令。县距刺史治所四十里，城嘉陵江南。刺史崔朴尝乘春，自上游多从宾客，歌酒泛舟东下，直出益昌旁。至则索民挽舟。易于即自腰笏，引舟上下。刺史惊问状。易于曰：“方春，百姓不耕即蚕，隙不可夺。易于为属令，当其无事，可以充役。”刺史与宾客跳出舟，偕骑还去。

这是文章的第一段,通过一个典型事件,写何易于关心民生,爱惜民力。又用了衬托笔法,写出了刺史及其从官的腐败、骄奢、愚蠢和狼狈,更表现出何易于的品德与机智。接着,历叙何易于的善政,论及他的治状说:

> 会昌五年,樵道出益昌,民有能言何易于治状者,且曰:"天子设上下考以勉吏,而易于考止中上,何哉?"樵曰:"易于督赋如何?"曰:"止请贷期,不欲紧绳百姓,使贱出粟帛。""督役如何?"曰:"度支费不足,遂出俸钱,冀优贫民。""馈给往来权势如何?"曰:"传符外一无所与。""擒盗如何?"曰:"无盗。"樵曰:"余居长安,岁闻给事中校考,则曰:'某人如某县,得上下考,由考得某官。'问其政,则曰:'某人能督赋,先期而毕;某人能督役,省度支费;某人当道,能得往来达官为好言;某人能擒若干盗,反若干盗。'县令得上下考者如此。"邑人不对,笑去。

这就用讽刺笔法,把何易于和当时官场习俗做了对比。不仅为何易于的被压抑鸣不平,也对整个吏治的腐败和朝廷的统驭无方做了揭露和抨击。文章最后,把批评矛头直指"当世在上位者",希望以何易于引为世诫。这篇作品写何易于的形象是相当鲜明生动的,而通过歌颂他又揭示了在腐败吏治下民生的艰窘和统治阶级草菅人命的罪恶。《书褒城驿壁》从另一个角度揭露了吏治腐败的主题,并探寻了社会衰落的原因。文章用的是比拟写法。写褒城驿由于仅供过往官员暂居,无人爱惜,而被破坏,因而联想到"举今州县皆驿也"。朝廷不重视地方官的任用,地方官也没有致治安民的观念。作者尖锐地指出:"吾闻开元中,天下富蕃,号为理平,踵千里者不裹粮,长子孙者不知兵。今者天下无金革之声而户口日益破,疆场无侵削之虞而垦田日益寡,生民日益困,财力日益竭",根本原因在地方官不以政事为意,"当愁醉酿,当饥鲜饱,囊帛椟金,笑与秩终",而"更代之隙,黠吏因缘,恣为奸欺,以卖州县"。作者把这段感想书于襄城驿壁,以为炯诫。这对朝廷的腐败、官吏的侵渔揭露得也是很深刻的。但是他所追寻的治乱变迁的原因,显然并没有抓到要害。其他如《寓汴观察判官记》,写到军将籍占民田、兼并土地的情形;《兴元新路记》描述地主兼并者广占田园的问题,其中写到郭子仪的私田从黄蜂岭到河池关,绵亘百余里,是不见正史的珍贵史料;《书田将军边事》写蜀川边防不修、边将腐败、士卒劳苦等等,也很有批判性;《迎春奏》说政令休明则寒暑运行,政令淫昏则灾祥屡臻,似乎是在陈说天人感应之理,但归结到"陛下左右皆春,天下病悴者众矣;陛下肘腋皆热,中国病冻者众也。岂陛下用心有颇焉",矛头直接指向皇帝,言简意深,含意深刻。

孙樵坚持辟佛的立场,继承了韩愈等人的事业。唐武宗灭佛,给佛教以很大打击。但宣宗李忱继位后,却反其道而行之,复佛寺,度僧尼,佞佛狂潮卷土重来。孙樵在这时抗逆流而动,继续宣传反佛,精神特别难能可贵。他的《武皇遗剑录》,要求宣宗继承武宗的事业。其中评价了会昌一朝平泽潞、伐北戎的业绩,又写到佛教:"浮屠之流,其来绵绵,根盘蔓滋,日炽而昌。蛊于民心,蠹于民生,力屈财殚,民恬不知。武皇始议除之,女泣于闺,男号于途,廷臣辩之于朝,褒臣争之于旁,群疑胶牢,万口一辞。"在这种情况下,武宗如挥利剑,为民除害,坚决辟佛。孙樵写这些,显然是讽喻现实的。他在给做谏官的友人李行方的信中说,"群髡大蠹之由,生民重困之源",而武宗废佛,仅实行了短短时间,民未喘息,今又重困之,实在无以致民于富。因而他责备友人尸位而不能谏诤。他的《废佛寺奏》,更是韩愈《谏佛骨表》后的一篇辟佛名文。其中首先指出,武宗废佛,使十七万僧尼还俗,一百七十万家之心咸知生地,而宣宗继位之后,却下诏大举修复废寺,"臣恐数年之间,天下十七万髡如故矣。臣以为武皇帝即不能除群髡,陛下尚宜勉思而去之,以苏疲氓,况将兴于已废乎?"他回顾历史,举开元事,说明国力民情今非昔比，又以国家户口、财货的统计数字，说明复佛寺的巨大靡费。如果从哲学上看，这篇文章在辟佛上也没有提出什么新东西。但在当时条件下，这种立论于国计民生的对佛教的抨击是有意义的，作者在这里更表现了可贵的勇气和胆识。文章有理有据，条畅明白，写得也很好。

孙樵还写了些俳谐体的讽刺文如《乞巧对》《逐痁鬼志》《骂僮志》等，抒写牢骚不平，讽刺社会弊俗。《逐痁鬼文》写"诌鬼""矫鬼""巧鬼""钱鬼"的邪恶面目，给我们展示了鬼影憧憧的黑暗现实群魔乱舞的画面。他自己表示的"吾宝吾拙""优游经史"的志愿，则是对现实的一种抗议。另外，他的《龙多山录》，是一篇很有特色的风景散文，其中写到日出景象，"阳曜始浴，彻天昏红，轮高而赤，洪流散射。浓透薄释，绵裂奇坼，千状万态，倏然收霁"，描绘朝霞变幻，鲜明生动，显示了孙樵多方面的才能。

孙樵在发扬"古文"的优良传统上是有成绩的，特别是他不走空疏平易的"明道"之文的道路，力图创新出奇，从基本方面应予肯定。把他看成是形式主义者，是"古文运动"的末流，是没有根据的。他在艺术上也有缺点，主要表现在：一是他没有韩、柳文章那种气盛言宜、奇正自如的风神气象，为了求新求奇往往流于艰涩；二是他缺乏韩、柳那种独创的才能，文章多有模拟痕迹，如《逐痁鬼文》之于韩愈《送穷文》、《复佛寺奏》之于韩愈《论佛骨表》、《乞巧对》之于柳宗元《乞巧文》、《书褒城驿壁》之于柳宗元《永州铁炉步志》等等，或在立意，或在构思，或在表现方法上显然都有所模仿。总之，他的创作篇幅比较窄小，气象比较局促。衰敝的时代必然限制作家的精神和魄力。孙樵的局限是时代面貌的一种投影。

刘蜕，字复愚，自号文泉子，长沙（今湖南长沙市）人，一说商州（今陕西商县）人。生卒年代亦不可确考。他自幼好文，自称七岁后"进不暇视地，食不及卒哺，起居不忘于文，穷泰不忘于文"（《与韦员外书》，《全唐文》卷七八九）。三十岁之前，求科第，"伏腊不足

于糗粮，冬夏常苦于靰湿"(《献南海崔尚书书》，《全唐文》卷七八
九)，居家甚困顿。大中年间，擢进士第。累迁左拾遗、中书舍人。
曾因上疏忤宰相令狐綯，出为华阴令。晚年，编集咸通十二年(871
年)以前作品为《文泉子》一书，取文如泉涌之意。其时已在黄巢起
义的前夕。终商州刺史。现存《文泉子集》十卷，为明人所辑，已非
原编。

刘蜕早传"古学"，反对"时文"。他尊儒反佛，《移史馆书》《江
南论乡饮酒礼书》等都表明了这种主张。他也赶上武宗废佛和宣
宗重兴佛教，指佛徒为"髡褐"，辟佛态度是明确的。这些，表明他
在思想上、文章上，都继承了韩愈的传统。

他在《文泉子自序》里，自称编辑文章，"收其微词属意古今上
下之间者，为外、内篇焉；复收其怨抑颂记婴于仁义者，杂为诸篇
焉"。在其他文章里，他也一再强调自己写作志在有用于时，寄托
善恶。他在梓州兜率寺，埋藏自己的文章为文冢，说"悲戚怨愤、疾
病嬉游、群居行役，未尝不以文为怀也"，他作比拟说："当既不为吾
用，惟速化为百工之用。慎无朽为芝菌以怪人自媚，慎无坚为金钱
以作货起争，慎无谲为醴泉以味乎诌口，慎无祷为城社以狐鼠凭
妖，慎无耸为良材以雕斫伤性，慎无萌为茝以佩服见亵。"(《梓州兜
率寺文冢铭》，《全唐文》卷七八九)从中可以看出他对文章功用的
要求，以及其文才不为所用的激愤和特立独行、不阿权幸的品格。
他的文章风格也有不附流俗、追求新奇的特点。在《文冢铭》里，他
比喻自己的文章"有灿如星光，如贝气，如蛟宫之水；又有黯如屯
云，如久阴，如枯腐熬燥之色；则有如春阳，如华川，逶逶迤迤；则有
如海运，如震怒，动荡怪异"。这与皇甫湜、孙樵"鸾凤""雷霆"之喻
是相一致的。

刘蜕生活在晚唐那样一个时代，穷愁失志，文章中自然多扼抑

之词、愤恨之意。他的代表作是《山书》十八篇①，这是一组具有针对性和概括性的随感录。把内容范围大体相同的单篇短文集录一起的办法，上承元结《七不如》篇的做法，与约略同时的皮日休《谗书》相类，在晚唐颇为流行。这种简短的随感式的议论可以应时而发，集合起来又能反映社会生活的较多侧面。这些小小的"文集"都有一个序言，以阐发写作的主观意图。《山书》的序言说这些作品"大不复物，意茫洋乎无穷"，表示作者由感伤现实而引起无涯涘的茫然无际的感叹。这些文章中颇有一些精彩议论，如第八条：

> 车服妄媵所以奉贵也，然而奉天下来事贵者贱。夫有车服必有杂佩，有妄媵必有娱乐。圣人既为之贵贱，是欲鞭农父子以奉不暇，虽有杵臼，吾安得粟而舂之。呜呼！教民以杵臼，不若均民以贵贱。

这里提出了"均贵贱"的主张。在他之前，元稹、柳宗元、吕温等人只提出"均赋"的"平均"观念，把这种观念引申为"均贵贱"，这是一个理论上的重大进步。与后来黄巢提出的"均平"思想反映的是同样的现实要求。《山书》的第三条，认为有了"有余与不足"的观念，才引起了"争杀乱患"，这是道家的语言，实际是对统治者的贪欲表示讽刺；第七条指责"窃城郭沟池以盗民者"，"苟有利之物，寇必生其下"，指斥攻城割地的强藩实为盗贼；第十三条说"杀人与杀盗均，为仁人之心则亦召盗以爵"，揭露最高统治者的"仁爱"的伪装。又如第十五条：

> 有恶雀鹿之甚者，挥帠以驱雀，结罝以禁鹿。夫帠罝既可以骇物，则帠罝必足以取物……

以含蓄的比拟，讽刺统治者的法制政令实际是为巧取豪夺服务的。这些作品，思想都相当深刻，表达上也很尖锐。

①《全唐文》编为十六篇，第四、第十一是两篇误合为一。

　　刘蜕的其他作品,也多有表现对民间疾苦的同情的。例如《较农》说:

> 礼亡而争器矣,虽有粟,弱者安得而食之;法坏夺其三时矣,虽有山泽,农者安得而种也。

指出农民在乱世之中不但不得饱口腹,而且丧失了以劳作图生存的起码条件。他的《悯祷词》,通过对祈雨的评论,对胥吏害民的现象作了猛烈抨击:

> 吏不政兮胥为民蚕,政不绳兮官为民酣。彼民之不能口舌兮,为胥之缄。进不得理兮,若结若钳。阴戾阳返兮,民之不堪。烁日流焰兮,赫奕如惔……胡不戮狡胥兮,徇此洁严。胡不罪己之不正兮,去此贪婪……

这里,对胥吏害民的揭露极其形象、深刻,并向统治者发出了"戮狡胥"和"罪己"的呼吁。另外,他的《古渔文四篇》,假托古人之言,意在讽喻,如说"始伪以给一器之渔,学伪得盗一泽之利"等等,都能引人深思。刘蜕作品中曲折地反映出当时社会上两大对立阶级的矛盾,确实能揭示那个衰败时代的一定的本质。

　　刘蜕行文在务求出奇走险上比皇甫湜、孙樵为严重。他常常使用生词难语,有意磔裂文理,使文意窒碍难解。例如他说:"文之用,莫过乎当时;文之人,莫过乎阁下。""文之人"指文人、能文之人,他为了造成对句加个"之"字,就不合语法规律。又如"信不见任""知不见谋""开千金之购""天不工蜕也,而独文蜕也"之类的表现手法,都使人只能意会,分析起来难免有"倒置眉目"之嫌。过于追求形式上的奇险,影响了内容的表达。《山书》《古渔文》等篇的文字都很费解,结果严重影响了它们的社会效果。

　　标志着一代文学成就的,是那些高踞于伦辈之上的、统率文坛的宗师。"古文运动"发展到晚唐,虽然有杜牧、李商隐等人取得了杰出成绩,但就其整个创作的思想艺术水平,就其独创性及其影响来说,却都没有取得领袖文坛的地位。这除了受到他们个人的条件限制之外,也是时代使然。孙樵和刘蜕也是一样。他们没有生活在贞元、元和那种虽各种社会矛盾急遽发展而革新势力尚很有影响的时代,也没有韩、柳那样丰富的生活实践,更缺乏中唐人还存留着的理想和魄力。他们眼界总是狭小,精神总是局促,这就从根本上限制了他们创作的成就。

四

晚唐小品文是晚唐文坛上的特殊产物。它们在整个中国散文史上也是独放异彩的艺术成果。

正如从前面的论述中可以看到的,杂文是"古文运动"中成就最为突出的部分之一。元结、韩愈、柳宗元都写过许多优秀杂文。如果把杂文看作是艺术性的政论,那么小品文就是其中形式短小、表现自由、更富有针对性和灵活性的一种。晚唐的时代,可以说是一个"杂文"时代。现实社会的矛盾提供了杂文发展的土壤。上述杜牧、李商隐、孙樵、刘蜕写了许多小品文;还出现了皮日休、陆龟蒙、罗隐等三位以小品文著称的作家;此外,有更多的人如陈黯、袁皓、来鹄、程晏、沈颜等人,也都写过一些成功的小品文作品。在当时那种没落腐朽的时代里,"横戈负羽正纷纷,只用骁雄不用文"(陆龟蒙《五歌·食鱼》,《全唐诗》卷六二一),文人们大多数只好避世隐居,沉迹下僚,以至投靠藩幕。统治阶级极其黑暗腐败,压制言论,罗隐寄意能言的大猩猩,说:"猩猩、鹦鹉无端解,长向人间被网罗。"(《言》,《全唐诗》卷六六四)正常的言路被堵塞了,现实条件已不容许一般文人去精心结构宏篇巨制,更不可能直言极谏写些议论章疏,只好或借古讽今,或假喻立意,或因时寄慨,或就事立论,以至以游戏笔墨、讽刺言辞出之,这就促成了小品文的大发展。

皮日休(834 年? —883 年?),字逸少,后字袭美,襄阳(今湖北襄樊市)人。自称家世"自有唐已来,或农竟陵,或隐鹿门,皆不抱冠冕,以至皮子"(《皮子世录》,《皮子文薮》卷一〇),可见其出身比较低微。早年隐居鹿门山,自称鹿门子、间气布衣。后来,"南浮至二别,涉洞庭,回观敷浅原,登庐阜,济九江,由天柱抵霍岳,又自箕、颍,转樊、邓,陟商颜,入蓝关。凡自江、汉至于京,干者十数侯,绕者二万里"(《太湖诗序》,《全唐诗》卷六一〇),但困辱危殆,道不得行。咸通七年(866 年),把自己作品编录为《皮子文薮》十卷,以作为"行卷"之资,其中主要是文章。后进士及第,官太常博士。黄巢起义时,他正避乱吴中①,参加了义军。广明元年(880 年),随义军进入长安,为翰林学士。黄巢失败,不知所终②。今存文章除《皮子文薮》十卷外,《全唐文》增录咸通七年以后文七篇。

皮日休"《书》淫《传》癖穷欲死"(《奉和鲁望早秋吴体次韵》,《全唐诗》卷六一四),尊儒重道,倾向非常鲜明。他在《襄州孔子庙学记》中说:

> 伟哉夫子,后天地而生,知天地之始;先天地而没,知天地之终。非日非月,光之所及者远;不江不海,浸之所及者溥。三代礼乐,吾知其损益;百王宪章,吾知其消息……帝之圣者曰尧,王之圣者曰禹,师之圣者曰夫子。尧之德有时而息,禹之功有时而穷,夫子之道久而弥芳,远而弥光,用之则昌,舍之则亡。(《全唐文》卷七九七)

---

① 此据《唐诗纪事》卷六四,《郡斋读书志》谓时为毗陵副使。
② 据尹洙《皮子良墓志》:"日休避广明之难,徙籍会稽。及钱氏王其地,遂依之,官太常博士,赠礼部尚书。"不承认依黄巢"附逆"。《北梦琐言》卷二谓"日休寓苏州,与陆龟蒙为文友,黄寇中遇害";《南部新书》丁卷则记载其为黄巢作谶语含讥刺被杀;陆游《老学庵笔记》引《该闻录》:"皮日休陷黄巢,为翰林学士,巢败被诛。"是指被朝廷处死。三个说法哪个是事实,不可确考。

可见他把孔子和儒道抬举到多么崇高的地位。他又推尊孟子和王通。《请孟子为学科书》说："夫孟子之文，粲若经传，天惜其道，不烬于秦。自汉氏得之，常置博士，以专其学。故其文继乎六艺，光乎百氏，真圣人之微旨也。"（《皮子文薮》卷九）《文中子碑》说："大道不明，天地沦精，俟物圣教，乃出先生。百氏黜迹，六艺腾英，道符真宰，用失阿衡。"（《皮子文薮》卷四）如此推崇王通，这是陆质一派的传统。

　　皮日休的文学观，与他的儒学观相一致。他主张"文贵穷理，理贵原情"，这"情"与"理"当然要符合儒道。但他又要求"上剥远非，下补近失，非空言也"（《文薮序》）。他在《奉酬崔璐进士见寄次韵》一诗中说："纵性作'古文'，所为皆自如。但恐才格劣，敢夸词彩敷。句句考事实，篇篇穷玄虚。"（《全唐诗》卷六〇九）可见其重视文学反映现实、干预现实的作用。他很赞赏屈原，说"在昔屈原既放，作《离骚经》，正诡俗而为《九歌》，辨穷愁而为《九章》"，就此他说"昔者圣贤不偶命，必著书以见志，况斯文之怨抑欤？"联系到自己，他说"吾之道不为不明，吾之命未为未偶，而见志于斯文者，惧来世任臣之君，因谤而去贤，持禄之士，以猜而远德"（《九讽系述序》，《皮子文薮》卷二），所以他写出了《九讽》那样的文章。在《鲁望昨以五百言见贻过有褒美内揣庸陋弥增愧悚因成一千言》一诗中，他对建安以来的文风提出了批评。在本朝，他唯推尊陈子昂、李白、孟浩然、杜甫、韩愈等人。他企慕元结。元结自编《文编》，献给杨浚，受到激赏；他编《文薮》，说"斯文也，不敢希杨公之叹，希当时作者一知耳"（《文薮序》）。他对韩愈非常赞佩，曾请在太学中以韩愈配享孔子，认为"文公之文，蹴杨、墨于不毛之地，蹂释、老于无人之境，故得孔道巍然而自正。夫今之文，千百十之作，释其卷，观其词，无不裨教化，补时政，繄公之力也"（《请韩文公配享太学书》，《皮子文薮》卷九）。陆龟蒙曾称赞他及其《文薮》说："轲、雄骨已朽，百氏徒趑趄。近者韩文公，首为闲辟锄。夫子又继起，阴霾终

廓如。搜得万古遗,裁成十编书。"(《奉和袭美酬前进士崔潞盛制
见寄因赠至一百四十言》,《全唐诗》卷六一八)这就明确地指出了
他对韩愈的师承关系。知友的这种评论,他本人应当是首肯的。

《四库提要》评皮日休,说"今观集中书、序、论、辨诸作,亦多能
原本经术……不得仅以词章目之。"对这个论断,还应作出补充。
他的文章的指导思想确是儒家的观点,但他在创作中更重视现实
生活。他的代表作《鹿门隐书》就充分表明了这一点。这是他早年
隐居鹿门所作随感的结集。文前有序云:

> 醉士隐于鹿门。不醉则游,不游则息。息于道,思其所未
> 至;息于文,惭其所未用。故复草《隐书》焉。呜呼! 古圣王能
> 旌夫山谷民之善者,意在斯乎?

这就道出了他因文托讽和以文干世的用意。这些杂感,极其简炼,
有些仅寥寥数语,但思想却相当深刻,表达也非常犀利。这是作者
长期细致地观察社会、批判现实、认真思考和概括而得出的结论。
它们涉及的问题相当广泛:从当代统治阶级罪恶的揭发到对历史
的规律性的认识,从现实生活中的现象到对它们的理论剖析,作者
都提出了颇为精辟的看法。这些看法似乎并没有内在联系,各成
段落,但综合起来却大致反映了社会的面貌。例如其中这样一些
段落:"古之杀人也,怒;今之杀人也,笑。""古之置吏也,将以逐盗;
今之置吏也,将以为盗。""古之官人也,以天下为己累,故己忧之;
今之官人也,以己为天下累,故人忧之。""古之俭也,性;今之俭也,
名。""古之隐也,志在其中;今之隐也,爵在其中。"等等,以古今对
比,抨击现实。这里的"古",实际是作家的虚构,是他的理想,作家
用它来衬托出当世统治者的残暴、贪婪、虚伪、腐败。作家矛头所
向,直攻最高统治者,例如说:

> 不以尧、舜之心为君者,具君也;不以伊尹、周公之心为臣
> 者,具臣也。

> 或曰:我善治苑囿,我善视禽兽,我善用兵,我善聚赋。古之谓贼民,今之谓贼臣。

> 民之性多暴,圣人导之以其仁……后之人反导为取,反取为夺……吾谓自巨君孟德已后,行仁、义、礼、智、信者,皆夺而得者也。悲夫!

这都对统治阶级的统治本身表示了怀疑。它反映了李唐王朝的权威在人们的意识中已逐渐崩溃了,作为皇权神圣性的那些说教受到了批判。后来皮日休投向了起义军,发生了立场上的根本改变,这就是思想基础。至于写到:"呜呼,才望显于时者,殆哉!一君子爱之,百小人妒之。一爱固不胜于百妒,其为进也难。""金贝珠玑,非能言而利物者也。至夫有国者,宝之甚乎贤,惜之过乎圣。如失道而有乱,国且输人,况乎金贝珠玑哉!"也都通过一定的现象,揭露社会习俗中的某些积弊。鲁迅曾说过,讽刺的生命是真实。皮日休的这些随感的力量,正在于他正眼面对并大胆暴露了当时社会的一定的真实。它们是一般人不能言、不敢言的。在艺术手法上,多用对比、比喻、引申、夸张、象征,并尽量使语言凝炼,尽量使用概括的手法,以达到鲜明有力的效果。

皮日休的小品文,体裁多样,以议论精辟见长。立论新颖,说理透彻,逻辑严密,语言精炼,是他议论的特征。如他仿韩愈"五原"为《十原》,用他自己的话说,这是"穷理尽性,通幽洞微""穷大圣之始性,根古人之终义"的作品。但他发明先圣义理,多着眼于现实,很有些新颖而大胆的议论,请看《原谤》:

> 天之利下民,其仁至矣。未有美于味而民不知者,便于用而民不由者,厚于生而民不求者。然而暑雨亦怨之,祁寒亦怨之,己不善而祸及亦怨之,己不俭而贫及亦怨之。是民事天,其不仁至矣。天尚如此,况于君乎?况于鬼神乎?是其怨訾恨谤,蓰倍于天矣。有帝天下、君一国者,可不慎欤?故尧有

> 不慈之毁，舜有不孝之谤。殊不知尧慈被天下而不在于子，舜
> 孝及万世而不在于父。呜呼！尧、舜，大圣也，民且谤之。后
> 之王天下，有不为尧、舜之行者，则民扼其吭，捽其首，辱而逐
> 之，折而族之，不为甚矣。

这篇文章的着重点在最后，即认为不为尧、舜之行的君主理当受到
逐杀。这在封建制度下，确乎是石破天惊之论。前面讲民之怨天、
谤圣，当然表明作者是站在地主阶级立场上，但也从侧面反映了在
阶级压迫下人民与统治者的关系。在写法上，由天之利民与民之
怨天作衬托，故作迭宕之笔，使最后提出的主旨更为鲜明有力。
《原宝》指出"金玉"只为"王之用"，而人民所需要的是粟帛，由此推
导出结论说：

> 苟为政者下其令曰：金玉不藏于民家；如有藏者，以盗法
> 法之。民既不藏矣。法既若是，民必贵粟帛，弃金玉，虽欲男不
> 耕而女不织，岂可得哉！

这是对统治者穷金玉之饰而不顾民生的讽刺。《原亲》则指出"凶
则能覆族"，统治阶级如不主动把他们之中的凶残者杀掉，则会被
他人杀掉，"己刑则及一人，他刑则及其族，此圣贤所以惜其族也"，
暗示统治者不严明法制、约束自己，就有覆族灭国的危险。与韩愈
的"五原"比起来，皮日休的《十原》已不再讲道德性情的大道理，论
及的都是现实中的迫切问题，批判性更强，言辞也更激烈。

皮日休的有些议论文写法灵活多变，借题发挥，妙论横出，因
而内容也相当丰富，例如《读司马法》：

> 古之取天下也以民心，今之取天下也以民命。唐虞尚仁，
> 天下之民，从而帝之，不曰取天下以民心者乎？汉、魏尚权，驱
> 赤子于利刃之下，争寸土于百战之内，由士为诸侯，由诸侯为
> 天子，非兵不能威，非战不能服，不曰取天下以民命者乎？由
> 是编之为术，术愈精而杀人愈多，法益切而害物益甚。呜呼，

其亦不仁矣。蠢蠢之类,不敢惜死者,上惧乎刑,次贪乎赏。民之于君,犹子也,何异乎父欲杀其子,先绐以威,后啗以利哉!孟子曰:"我善为阵,我善为战,大罪也。"使后之士于民有是者,虽不得土,吾以为犹士焉。(《皮子文薮》卷七)

这是一本兵书的读后感,但其中却深刻揭露了历代统治者不惜民命、攻杀劫夺以攫取统治地位的罪行,也是对唐末攻城割地的强藩的讽刺。《晋文公不合取阳樊论》是一篇史论,评论晋文公纳周王于郏鄏、王赏以阳樊一事,指出立一功则伺君地、窥君器,造成君弱臣强,甚者夺地自立,这显然也是影射现实的。《鄙孝议》两篇批判残体庐墓的虚伪;《祀虐疠文》以俳谐体讽刺"上弄国权,下戏民命"的权臣;《六箴》以铭赞体提出对君臣关系的看法,都是有为而发,很有思想意义。

皮日休也写了些宣扬孔孟之道、讲伦理道德的作品,颇为迂腐空疏,则是他的局限了。

陆龟蒙(? —881年),字鲁望,姑苏(今江苏苏州市)人。少豪放,通六经大义,尤明《春秋》。举进士,一不中,从湖州刺史张搏游,为湖、苏二州从事。后隐居于松江甫里,自号天随子、甫里先生。以高士召,不至。李蔚、卢携素与相善,及当国,招拜右拾遗,诏方下,卒。与皮日休交友倡和,二人齐名,时称"皮、陆"。有与皮日休唱和诗《松陵集》,并集录所作诗、赋、杂文为《笠泽丛书》。宋人叶茵编集为《唐甫里先生文集》二十卷。

陆龟蒙在儒学上明确宗主王通、陆质的空言说经、缘词生训的学风。他自称"性野逸,无羁检,好读古圣人书。探六籍,识大义,就中乐《春秋》,抉摘微旨。见有文中子王仲淹所为书云'三传作而《春秋》散',深以为然"(《甫里先生传》,《唐甫里先生文集》卷一六)。他在《求志赋》中又说道:"予志在《春秋》。予以求圣人之志,莫尚乎《春秋》,得文通陆先生所纂之书,伏而诵之,作《求志赋》。"赋中有文曰:"师道之不存,安能尽识乎疑义。乐夫子之《春秋》,病三家之若仇。得唉、赵疏凿之与损益，然后知微旨之可求。"（《唐甫里先生文集》卷一四）他生当乱世，也是想以《春秋》为尊王道、正陵僭之具；而推崇陆质一派以经驳传、以意释经的方法，则是想达到学以致用的目的。他在《村夜二篇》诗中说："有志扶荀、孟，守道希昔贤。为文通古圣，幽忧废长剑。"（《全唐诗》卷六一九）就是表明了这种态度。诗中又说："所悲劳者苦，敢用词为诧。只效刍牧言，谁防轻薄骂。"他曾长期在农村过隐居生活，曾亲自参加劳动，"苦饥困，仓无斗升蓄积，乃躬负畚锸，率耕夫以为具"（《甫里先生传》），这使他对群众的困苦有较深的了解。他隐居不仕，并非没有用世意，而是身不得用，也是觉得事不可为。他在自抒情志的《江湖散人歌》中自称为"怪民"："江湖散人悲古道，悠悠幸寄羲皇傲。官家未议活苍生，拜赐江湖散人号。"（《全唐诗》卷六二一）陶渊明自称是"羲皇上人"，到虚拟的远古乌托邦去寻求自己的理想；陆龟蒙则要散诞江湖，表露出不合流俗的激愤之意。但正由于他并未忘情于现实，也就决定了他的创作多有现实意义。

　　他论文主"复古"，说"自小读六经、孟轲、扬雄之书，颇有熟者。求文之旨趣规矩，无出于此"（《复友生论文书》，《唐甫里先生文集》卷一八）；对于"笺檄奏报，离方就圆；传录注记，丑仇美怜；铭谏碑表，虚功妄贤；歌诗赋颂，多思诐权"（《书铭》，《唐甫里先生文集》卷一八）的虚美隐恶、追求形式的文风，他深致不满。他还以生于岩穴中的怪松来比拟文章："木病而后怪，不怪不能图其真；文病而后奇，不奇不能骇于俗。非始不幸而终幸者耶？"（《怪松图赞》，《唐甫里先生文集》卷一八）他说文章尚奇本为一病，但正因为出奇才能起到警世骇俗的作用。他的散文作品多作忿疾褊狭之语，喜用曲折隐晦的形式来表达，说理立意不走明晰坦荡的大路，就是实践他趋怪骇俗的原则。他的幸与不幸之说，可说是深中其为文利病的肯綮。

　　他在自编《笠泽丛书》的序言中指出，自己所写的是丛脞细碎之文,但"细而不遗大"。他所谓"丛脞细碎",表现在题材、体裁、篇幅等诸方面。他不像皮日休那样善议论,多概括,而往往以小见大,以细明微,出以寓言,杂以讽刺,多用比喻、联想、夸张等形象化的手法。后来有人评论他"诗似陈拾遗,文似元道州"。在善写讽刺小品方面,他确与元结相似。

他的名作《野庙碑》,一开头,先交待作文缘起:"余之碑野庙也,非有政事功德可纪,直悲夫氓竭其力以奉无名之土木而已矣。"他描写了瓯闽一带淫祀好鬼以自惑的陋俗,指出奉祈"无名之土木,不当与御灾扦患者为比,是戾于古也明矣"。这就揭露了社会上迷信巫鬼的愚妄。但这只是用以取譬的材料,作者由土木偶像联想到现实社会中的人:

> 今之雄毅而硕者有之;温愿而少者有之。升陛级、坐堂筵、耳弦匏、口粱肉、载车马、拥徒隶者皆是也。解民之悬,清民之瘯,未尝贮于胸中。民之当奉者,一日懈怠则发悍吏,肆淫刑,驱之以就事。较神之祸福孰为轻重哉?平居无事,指为贤良,一旦有大夫之忧,当报国之日,则徊挠脆怯,颠踬窜踣,乞为囚虏之不暇,此乃缨弁言语之土木耳,又何责其真土木耶?故曰:以今言之,则庶乎神之不足过也。

他揭露当时那些贪权尸位的官僚们还不如以土偶木像淫祀的野鬼邪神,这是极苛刻的讽刺,对他们的暴虐而又腐败的面目的刻画入木三分。文章最后归结到野庙中的"土木"不足责,一反文章开端的立意,使文思曲折,出人意表,把主题表达得更为显豁。作者把朝廷命官比拟为淫祀的邪神,那么朝廷应置于何地也就很清楚了。

陆龟蒙的寓言文取材新颖,形象生动,含意深刻,是他的作品中很有特色的部分。《记稻鼠》由久旱后田野中的鼠患,联想到《诗经·魏风·硕鼠》篇,然后指出当时人民的境遇是"上揭其财而下啖其食,率一民而当二鼠,不流浪转徙,聚而为盗,何哉!"(《甫里先生文集》卷一九）这就点出统治者为残民之鼠，并暗示了"官逼民反"的情势。《禽暴》写一种害鸟凫鹥为患，本来有一种药出于长沙、豫章可以防其害，但由于时代动乱，关梁闭塞，商贾不通，这种药也不能得到。由此作者发感慨说：

> 嘻！失驭之民，化而为盗，关梁急征，商不得行，使江湖小禽亦肆其暴以害民食。古圣人驱害物之民，出乎四裔，矧害民之物乎？俾生灵死乎饥，吾不知安用驭者为？

他从天灾讲到人祸，指出统治者残民到饥死，则自身只有灭亡一途。这种见解也是相当大胆的。他虽然仍然称起义人民为"盗"，这是他的阶级局限；但他更指出了"盗"本为民，出乎"失驭"，则最后归罪于统治阶级。《记锦裾》描写一条三百年前的锦裾，极其华丽精工，由此想到当年"曳其裾者复何人"，实际是讽刺现实中统治者的奢靡。《蠹化》写橘蠹化为蝴蝶，飞上天空，为螫网所胶，然后发出感想说：

> 秀其外，类有文也；嘿其中，类有德也；不朋而游，类洁也；无嗜而食，类廉也。向使前不知为橘之蠹，后不见触螫之网，人谓之钧天帝居而来，今复还矣。

> 天下，大橘也；名位，大羽化也；封略，大蕙莒也。苟灭德忘公，崇浮饰傲，荣其外而枯其内，害其本而窒其源，得不为大螫网而胶之乎？观吾之蠢蠹者，可以惕惕。

这又把统治者比拟为蠹虫，他们以仁义道德的文采来美化自己。作者警告他们终究会罹螫网而受惩处。这些寓言，无例外地把统治者比拟为虐民害物的虫豸丑类。这些比喻本身就充分表露出作者对他们的愤恨，同时也预言了他们的前途。作品情节较完整，表达有风趣，发展了柳宗元《永州三戒》《蝜蝂传》的传统。

陆龟蒙其他体裁的文字也很值得一读。《送小鸡山樵人序》为一个樵夫写序送行，这在古代文人中是个创举，从中可以看出陆龟蒙与普通劳动者的情谊。文章大意是说作者在震泽西小鸡山有一片山林，一家二十口薪火所需都仰给于它，但乾符六年春旱，夏天又下暴雨，樵人没有及时供给薪柴，作者以为他偷卖了，因此召而责之，引起了樵人的一段话：

> 吾年余八十矣。元和中，尝从吏部游京师。人言国家用兵，帑金窖粟不足用。当时江南之赋已重矣。迨今盈六十年，赋数倍于前，不足之声闻于天下，得非专地者之欺甚乎？吾有丈夫子五人，诸孙亦有丁壮者。自盗兴已来，百役皆在，亡无所容，又水旱更害吾稼。未即死，不忍见儿孙寒馁之色。虽尽售小鸡之木，不足以濡吾家，矧一二买名为偷乎？今子一炀灶不给而责吾之深，吾将欲移其责于天下之守，则吾死不恨矣。

文章写法与柳宗元《捕蛇者说》相仿，作者以自己为衬托，替一个贫苦百姓抒写了疾苦；从时代的动乱说到官守的失职，对统治者提出了批评。文章夹叙夹议，樵人的话悲愤填膺，写得很感人。另外，陆龟蒙有论辩文字如《象耕鸟耘辨》，批驳舜居历下以象为耕、以鸟为耘的传说，有批判神化圣人的含义；《冶家子言》说武王伐殷以后，冶家子虑失旧业，武王苞干戈，亲农事，借历史来表达重视农业生产的主张；铭赞体的《马当山铭》，讽刺小人方寸之险险于天下山川。这多样化的作品，表明了陆龟蒙小品文创作的丰富性。

罗隐（833—909年），本名横，字昭谏，余杭（今浙江余杭县）人，一说新登（今浙江桐庐县）人。出身"单贱"。自大中十三年（859年）应进士举，十二年不中第。《旧五代史》卷二四说是因为他"多所讥讽"，《五代史补》卷一说他"在科场恃才傲物，尤为公卿所恶"。他"十年索米于京师，六举随波而上下"（《投秘监韦尚书启》，《全唐文》卷八九四），"十年恸哭于秦庭，八举摧风于宋野"（《投湖南王大夫启》，《全唐文》卷八九四），处境相当坎壈。咸通十一年（870年），湖南观察使于瑰辟为衡阳县主簿，当年即乞假归觐。乾符初入朝，为宰相郑畋、李蔚所知。广明中,因乱归田里。光启年间,入镇海军节度使钱镠幕,任观察判官。到后梁的开平二年(908年),授给事中;三年,迁发运使,卒。他有咏松诗说:"陵迁谷变须高节,莫向人间作大夫。"(《小松》,《全唐诗》卷六六四)可见他依托吴越钱氏,也有不得已的苦衷。他的著作很多,有《谗书》《谗本》《淮海寓言》《湘南应用集》《甲乙集》《外集》《启事》等。除《谗书》外,并已散佚。今本《谗书》,是清人黄丕烈等据元刊本整理的;又有《罗昭谏集》八卷,也是清人所辑录。

罗隐与皮日休等人一样,也是一个怀抱济世之志的人。这种积极用世的精神,实际是晚唐小品文作家取得成功的共同条件。他曾表示过:"仆之所学者,不徒以竞科级于今之人,盖将以窥昔贤之行止,望作者之堂奥,期以方寸广圣人之道,可则垂于后代,不可则庶几致身于无愧之地。"(《答贺兰友书》,《全唐文》卷八九四)他曾致慨于"读书不逢韩吏部,作人不识阳先生"(《陆生东游序》,《全唐文》卷八九五)。韩愈善文章,阳城能谏净。他又说"洛阳贾谊自无命,少陵杜甫兼有文"(《湘南春日怀古》,《全唐诗》卷六五六)。贾谊精政理,杜甫为诗圣。从他所企慕的这些古人,可以看出他的理想与抱负。但他一生落拓,传食诸侯,不但政治上不得志,文才也受到压抑。他吊王昌龄诗说"漫把文章矜后代,可知荣贵是他人"(《过废江宁县》,《全唐诗》卷六六五),也是他对自身的感慨。现实的压迫,身世的矛盾,发之诗文,则善于讥刺,尤以小品文为杰出。由于他累举不第,咸通八年(867年),编集所作讽刺小品为《谗书》,意思是"他人用是以为荣,而予用是以为辱;他人用是以富贵,而予用是以困穷。苟如是,予之书乃自谗耳,目曰《谗书》"(《谗书序》,《全唐文》卷八九五)。他还说:"有可以谗者则谗之,亦多言之一派也。而今而后,有诮予以哗自矜者,则对曰:不能学扬子云寂寞以诳人。"(同上)可见他写作的强烈的目的性,也可以看到他的斗争性格。他把《谗书》投献世人,虽得到了文名,但并无益于仕途。徐黄赠诗说:"博簿集成时辈骂,《谗书》编就薄徒憎。"(《寄两浙罗书记》,《全唐诗》卷七〇九)罗衮则赠诗说:"平日时风好涕流,《谗书》虽盛一名休。"(《赠罗隐》,《全唐诗》卷七三四)两年后,他又重刻《谗书》,并在《重序》中说:"然文章之兴,不为举场也明矣。盖君子有其位则执大柄以定是非,无其位则著私书而疏善恶,斯所以警当世而诚将来也。自杨、孟以下,何尝以名为?而又念文皇帝致理之初,法制悠久,必不以虮虱痒痛,遂偃斯文。今年谏官有言,果动天听,所以不废《谗书》也,不亦宜乎?"这可以看出他的创作态度,也比较清晰地表述了他的文学观点。

鲁迅讲晚唐小品文,把罗隐提到第一位,这不是偶然的。他的《谗书》,可以看作是晚唐小品文的高峰。如果说皮善议论、陆善寓言,那么罗隐则触时兴感,随事立言,现实、历史、传说、寓言,种种题材,种种写法,随意生发,而且立意所及,多新鲜深刻。在艺术上也综合了前人小品文的技巧而多有独创。构思的新巧,表达的生动,比喻、夸张、象征、联想等手法的运用,都达到了很高水平。特别是他的讽刺技艺特别高超,辛文房评论他说"诗文凡以讥刺为主,虽荒祠木偶,莫能免者"(《唐才子传》卷九)。

罗隐的《英雄之言》奇思横出,文情迭宕,内容尖锐、透辟,发人深省,很能代表他的风格:

> 物之所以有韬晦者,防乎盗也。故人亦然。夫盗亦人也,冠履焉,衣服焉。其所以异者,退让之心,贞廉之节,不恒其性耳。视玉帛而取者,则曰牵于寒饥;视国家而取者,则曰救彼涂炭。牵于寒饥者无得而言矣。救彼涂炭者,则宜以百姓心为心。而西刘则曰:"居宜如是。"楚籍则曰:"可取而代。"噫!彼必无退让之心,贞廉之节,盖以视其靡曼骄崇,然后生其谋耳。为英雄者犹若此,况常人乎?是以峻宇逸游,不为人之所窥者鲜矣。

这篇文章从防盗讲到为盗,又分盗为两种:牵于饥寒盗取玉帛者和以救彼涂炭为名盗取国家者。统治者峻宇逸游引起一些野心家产生了盗心,历史上刘邦、项羽之类的英雄也不过是如此。这就指统治者原来是窃国大盗;而一些野心家又以救民为名来实行窃国的阴谋。这种对统治阶级攻杀劫夺的本质的揭露是相当深刻的。罗隐很有几篇文章表述自己对于整个历史、国家的认识。例如《荆巫》,借巫祝为人祈福,讲其"牵于心,而不暇为人",因而祷应不灵的道理,以讽刺统治者因私害公,只求自己衣食广大,不以民困为意。《说天鸡》讲狙氏父子养鸡。父养鸡见敌则勇,伺晨则鸣,因而名之为"天鸡";但子不得父术,"反先人之道,非毛羽彩错觜距铦利者不与其栖,无复向时伺晨之俦,见敌之勇,蛾冠高步,饮啄而已。吁!道之坏也,有是夫"。这是对那些尸位素餐的腐朽官僚的影射。《风雨对》说:"风雨雪霜,天地之所权也;山川薮泽,鬼神之所伏也。"但风雨失调,雪霜不时,人们却求之山川薮泽,"得非天之高不可以自理,而寄之山川;地之厚不可以自运,而凭之鬼神?苟祭祀不时则饥馑作,报应不至则疾病生。是鬼神用天地之权也,而风雨雪霜为牛羊之本矣。复何岁时为?复何人民为?是以大道不旁出,惧其弄也;大政不问下,惧其偷也。夫欲何言!"这里所谓鬼神弄权,百姓不堪其苦,也是指斥贪官污吏的专横残暴。这类文章,都以奇特的比喻,因小见大,抨击了社会上较普遍的丑恶现象。

罗隐的创作题材广泛,善于生发,常常是妙语惊人。《叙二狂生》写祢衡和阮籍,说"泣军门者谓皇皇而无主,叹广武者思沛上之英雄",这种对历史人物内心世界的理解,实际表达了作者对乱世的忧愤,在现在看来也是很深刻的。《三帝所长》论古先圣王传说,得出了"土陛之际万民亲,宫室之后万民畏"的结论。《惟岳降神解》是借疏解《诗经》"惟岳降神"之类的话,说孔子本不语怪力乱神,而删诗留下这种提法,是"婉其旨以垂文",表示周道已亡。这完全是凭主观意图疏解经文,有批判先验论的意义。《题神羊图》

是评画的,传说"尧之庭有神羊,以触不正者,后人图形象,必使斗角怪异以表神圣物"。作者说,不是尧之羊与今之羊形状不同,而是由于时代纯朴销坏,使得羊有贪狠性,人有刲割心,所以虽有邪与佞也不能触其角。这就讥刺那些执谏诤之职者不能尽责,使得奸邪横行。总之,罗隐小品文的题材、立意、方法比前人丰富多了。

罗隐的小品文表现很精粹,逻辑性强,又很生动。《汉武山呼》用了翻案笔法,表达了一个含意相当深远的主题:

> 人之性未有生而侈纵者。苟非其正,则人能坏之,事能坏之,物能坏之。虽贵贱则殊,及其坏一也。前后左右之谀佞者,人坏之也;穷游极观者,事坏之也;发于感悟者,物坏之也。是三者有一于是,则为国之大蠹。孝武承富庶之后,听左右之说,穷游观之靡,乃东封焉。盖所以祈其身而不祈其岁时也。由是万岁之声发于感悟。然后逾辽越海,劳师弊俗,以至于百姓困穷者,山东万岁之声也。以一山之声犹若是,况千口万舌乎?是以东封之呼,不得以为祥,而为英主之不幸。

按《汉书·武帝纪》,武帝"亲登嵩高,御史乘属,在庙旁。吏卒咸闻呼万岁者三。"后来白居易诗云:"帝与九龄虽吉梦,山呼万岁是虚声。"(《开成大行皇帝挽歌词四首奉敕撰进》,《全唐诗》卷四五八)而罗隐这篇短文不只揭穿了迷信祥瑞的无稽之谈,而且指出左右谀佞助长人主纵侈,实为统治者的不幸,万岁之声正是不祥之兆。他选择的历史材料,用以引申的方法以及得出的结论,环环紧扣,层层出奇,给人的印象非常深刻。又如《辩害》:

> 虎豹之为害也,则焚山,不顾野人之菽粟;蛟蜃之为害也,则绝流,不顾渔人之钓网。其所全者大,所去者小也。顺大道而行者,救天下者也;尽规矩而进者,全礼义者也。权济天下而君臣立、上下正,然后礼义生焉。力不能济于用而君臣上下之不正,虽抱空器奚所施设?是以佐盟津之师,焚山绝流者

　　也；扣马而谏，计菽粟而顾钓网者也。於戏！

　　这篇作品评论的，实际是解决现实社会根本矛盾的两种态度和方式。全文都用比喻。前面用除虎豹、斩蛟鼍为例，以说明济天下不可谨规矩。然后又引用汤武革命的历史，批判伯夷、叔齐扣马而谏的不识大体。文章表达方法可以说是隐而显的，就是说写法是曲折隐晦的，但立意却很鲜明。作者对唐王朝不可挽救的命运已做出了充分的暗示。

　　罗隐的小品文，内容较充实，形式也各有特色，几乎是篇篇可读。黄真《罗昭谏〈谗书〉题辞》说它们"忿势嫉邪，舒泄胸中不平之道"。从时代上说，他是唐代最后一个散文家。他以其创作为这个伟大朝代的灭亡唱出了一曲悲愤的挽歌，也为一代散文的辉煌成果做了结束。

　　除了皮、陆、罗三个小品文大家之外，晚唐还有一大批很少为人所知的小品文作者。他们留存的作品多少不等，但从思想的激烈、表达的犀利看，确实也反映了一代文坛的特色。

　　李甘，字和鼎，长庆进士，太和中累迁殿中侍御史，贬封州（今广东封开县）司马。他行年较早，有《济为渎问》《窜利说》《叛解》等作品。《窜利说》以日常生活现象为喻："人顾而遭蝼蛳则迁足而活之，过而伤蝼蛳则失声而痛之；顾而见麋鹿则援弓而逐之，幸而中麋鹿则失声而喜之"，说明由于"羁于利"，小不忍而大忍，从而引申到统治阶级为私利而杀人如扫，以至"不十余战而能杀万人则师喜，不能杀万人则师耻""利滋博者忍滋多"（《全唐文》卷七三三）。这是对统治阶级残忍地虐杀民众的罪行的大胆揭露。

　　陈黯，字希孺，颍川（今河南许昌市）人，会昌迄咸通，累举进士不第，隐居同安。他留下的作品较多，《全唐文》中收有十篇。《御暴说》有云：

　　　　或问为物之暴者，出于虎狼也，何暴？攫搏于山薮之间

> 尔。权幸之暴必祸害于天下也。狼虎焉得而类诸？夫狼虎之暴，炳其形，犹可知也。权幸之暴，萌其心，不可知也。自口者不过于噬人之腥，咋人之骨血；自心者则必亡人之家，赤人之族，为害其不甚乎？

这就尖锐地指出了权幸之暴甚于狼虎。同时作者又比喻说，为田鄙者知道除狼虎，有国者却纵容权幸施虐，"岂有国者重其民，不若田鄙者重其生哉！"也是把矛头指向朝廷。《禹诰》是一篇拟古之作，说把权位传之有德，才能勿毁其器："惟位于君，惟父于民，禅授无疏亲，亲惟其人。德之肖，仇敌可；道之迷，昵爱不可。"（《全唐文》卷七六七）见解也是相当大胆的。联系到他的《辩谋》，论谋天下之道，说尧舜禅天下、禹治洪水、后稷播百谷而利自及，今则仅谋衣食禄位，也是有感于统治阶级对人民无限制的压榨而写的。

袁皓，宜春人（今江西宜春县），咸通进士。随僖宗幸蜀，擢仓部员外郎，自称碧池处士。他的《齐处士言》（见《全唐文》卷八一一），阐述薄赋以利民的主张；《吴相客说》，指出统治者以干戈得天下之不能长久。

来鹄，豫章（今江西南昌市）人，咸通中举进士不第。他的《俭不至说》（《全唐文》卷八一一），以为弃食焚衣不为俭，统治者家有无用之人，厩有无用之马，浮靡繁费之处正多，弃食焚衣之俭是表面的、虚伪的。《猫虎说》写农民为保秋收举行祭祀，迎猫以防鼠，迎虎以防豕，有一个幼者忧虑说：

> 迎猫可也，迎虎可乎？豕盗于田，逐之而去；虎来无豕，馁将若何？……射之护之，犹畏其来，况迎之耶？噫，吾亡无日矣。

这时决于乡先生，先生笑曰：

> 为鼠迎猫，为豕迎虎，皆为害乎食也。然而贪吏夺之，又迎何物焉！

这样,指出了贪吏酷于一切禽兽,讽刺十分尖刻,而又以冷嘲笔法出之。

程晏,字晏然,乾宁进士。他也写了几篇很出色的作品。《设毛延寿自解语》说毛延寿欺诳皇帝把王昭君嫁到匈奴,是为国"迁乱"(《全唐文》卷八二一)。虽然这还是传统的"女祸"观,但也有反对女宠的讽意。文章构思也很为独特,表面上是游戏笔墨,实则包含沉痛的内容。《祀黄熊评》举晋侯梦黄熊于寝门以为鲧之厉一事加以批评,主题与柳宗元的《非国语·黄熊》条相同,有反迷信迂怪的含义。

沈颜,字可铸,湖州德清(今浙江德清县)人。天复初进士,授校书郎,后依湖南马氏,归吴,为翰林学士、知制诰。有《陵阳集》五卷,今佚。他的《时辩》(《全唐文》卷八六八)指出时代的变化有在君、在臣、在民之分,暗示统治者如不主动变革,就有引起人民起义的危机。《象刑解》对传说的舜、禹"象刑"作出新解,说刑者众则民无耻,反对以酷刑治民。《谗国》则极言谗佞之误国。这都是在分崩离析的形势下力图补时救弊之言。虽然见解未免迂阔,但作为时代意识的一种反映,却透露出危机败亡的影子。

晚唐小品文的作者都可说是"补天"派。但他们既没有"补天"的地位,而天地崩摧的大势又已十分明显。他们的心中充满了激愤之情和败亡的预感。这样,时代的危机、国事的危殆等现实问题就常常出自他们的笔端,他们的语气中也就有一种特殊的焦躁悲愤的情调。他们的作品篇幅局窄,表达浅露,见解有不少迂阔处,格调也不高。这是时代所造成的。有些评论者看到这时的文章已失去闳阔昂扬的气象,指之为文风衰敝而完全加以否定,看法恐怕是片面的。晚唐文自有其弊病和弱点,但成绩也不可否定。特别是繁荣的杂文创作,留下了那个颓糜时代一批有见识、有才华、有抱负的人的声音,从一定侧面反映了那个危机的时代。这些创作,给唐代"古文运动"作了一个颇有光彩的结尾。进入五代之后,中国散文发展走入低潮,"古文运动"的发展中断;但唐代"古文运动"二百几十年积累起来的遗产,包括晚唐文的成就却长存世间,永放光辉,给后代留下了宝贵滋养,继续引导着、影响着中国古典散文的发展。直到今天,作为一份文学史上的财富,仍有巨大的价值。

结语　唐代"古文运动"的主要贡献和基本经验

以上，对唐代"古文运动"的发展做了一个粗略的描述，对它的理论与实践、它的代表人物及其主要作品进行了初步的分析。从中可以归纳它的主要贡献和基本经验如下：

唐代"古文运动"，是古代文人的文学改革运动。它的根本目的，是革正文体、革新文风，创作内容充实、技巧上达的散文，以使文章和文学更好地为维护封建统治服务。这就决定了它的阶级性质和基本思想倾向。但明确这一点，并不意味着它就是封建地主阶级狭隘阶级利益的宣传品。它应属于古代文化中的有历史进步意义的、有生命力的部分；在它的成果中，凝聚着一批卓越人物对祖国文化历史的宝贵贡献。

首先，本书曾一再指出过，唐人倡导"古文运动"、创作"古文"，与当时的政治斗争和思想斗争紧密联系着。"古文运动"的参加者们或直接参与了社会上的革新、改革斗争，或间接地表现了变革现实的要求。整个"古文运动"的发展，一直与唐代统治阶级内部进步与反动、改革与保守的斗争相呼应。"古文"创作在很大程度上是社会上的改革斗争在文学上的反映。如果回顾一下"古文运动"的发展脉络就会发现，它的起伏变化正感应着时代的脉搏。它在武后朝社会矛盾逐步暴露和激化的形势下勃兴，在开元、天宝之际"安史之乱"肇乱期发展，到中唐社会危机日趋严重时形成高潮；随着唐王朝逐步走向灭亡而衰落。每一个时期的代表人物，从陈子昂到罗隐，都以不同方式，或直接或间接、或自觉或不自觉地参与了社会实际斗争中，为辅时及物、救世济民做出了一定贡献。他们的作品，有的尖锐地揭露了社会矛盾，真实地反映了一代历史的面貌；有的为人民申诉疾苦，对劳动群众表现了真挚的同情；有的对统治阶级的腐败和黑暗进行了大胆的揭露和有力的抨击；还有一些对当时的政治、社会、哲学、思想、道德、文化等各个领域的问题进行探讨和研究，提出了不少宝贵见解，取得了丰硕的理论成果。这些作品在当时是起过进步的历史作用的。而服务于现实的东西，也就服务于未来。在唐人留下的"古文"创作遗产中，提供了认识历史的宝贵资料、文学创作的丰富借鉴。其中不少思想、理论内容直到今天仍给我们深刻启发，使我们受到教益。今天，我们读陈子昂那些剖析时政的论事书疏，元结的愤世刺时的杂文，韩愈的倾诉"不平之鸣"的"穷苦"之言，刘禹锡、柳宗元的反"天命"的论著，以及皮日休、陆龟蒙、罗隐等晚唐人的小品，我们不仅得到了艺术上的享受，从中认识了历史，而且在思想上、在品德上也受到了一定的教益。

"古文运动"开创了中国古典散文的一个新时代，是中国散文史上的又一个高峰。战国到西汉曾是中国散文高度发达的时期，是散文创作的一个高峰。但当时发展的主要是哲理散文和史传散文。散文还没有从一般著述中分离出来，因而它作为文学这一特殊意识形态的特征还没能充分发挥出来。到魏、晋以后，文学的自觉时代到来了，文学与著述分途，与经、传、子、史著述体裁迥异的文学散文发展起来了，但这是腐朽的贵族阶层统治文坛的时代，形式主义、唯美主义的逆流泛滥，散文的发展走上了歧途，其典型表现就是骈俪化和程式化。唐人以这样的历史基础为出发点，他们要恢复先秦、盛汉散文的充实的思想内容和古朴自然的表现形式，又要挽救魏、晋以来散文畸形发展所取得的艺术成果。他们创造了新型的"古文"。这种"古文"，是一种基本上散体单行、精粹凝炼、富有表现力的行文体制，又是具有高度思想性和艺术性的文学散文。它们不同于先秦、盛汉那种文学性尚未充分发展的诸子和史传散文，也不同于六朝那种内容空虚、格调低下、追求雕绣藻绘、对偶声韵的骈文，而是批判吸收它们的长处超而上之。中国散文历史经过了一个"否定之否定"的发展，到唐代"古文"才算真正成熟了。所以，唐代这个散文创作的高峰，其成果，其意义，比先秦、盛汉那个高峰更重大。它的成就，无论从思想内容看，还是从艺术技巧看，都是空前的。到唐代"古文"，中国古典散文的面貌才定型了。它奠定了此后散文发展的方向和规模。直到"五四"运动，古典散文的发展从总的形势看再也没有能超越它。

唐代的"古文"，还造就了一种精炼畅达、富有表现力的新文体。这种文体的优点是，第一，比起先秦"古文"或以后的骈文来，都更为接近口语；第二，在叙事、描写、议论、抒情等方面都有很好的表现功能；第三，它汲取了在它以前积累起来的丰富的写作技巧和语言技巧；第四，它有一个准确、鲜明、生动的文风。从文体史的角度看，唐代的"古文"又是中国古代对于文体的长期探索的成功的总结。这种新的"古文"文体对以后的文章写作以至对于今天的影响都非常巨大和深远。它总结、发展了中国在著述和一般文字表达上的一些特点和优点。例如"篇什"结集的著述体制，著作一般不取长篇系统的论著的结构，而是用短小精悍的单篇文字，这使文章表达非常精粹；又如十分重视行文技巧，在遣词、造句、布局、谋篇上都有许多讲究，形成了比较丰富的文体和修辞的理论等等。以后，人们不但用这种"古文"文体写文学散文、写文言小说、写戏曲（对白）、进行翻译（如林译小说），而且成为社会上流行的表达工具。由于用了这种富有表现力的、十分讲究表达艺术和语言技巧的工具，使得那些与文学无关的文字著述都带有了一定的艺术性。这也是"古文"艺术上的一大成功。唐代以后，历代都有人写骈体文,也有不少人提倡骈体文,但"古文"一直不可动摇地占据着文坛的主流地位。"五四"以来,"白话文"代替了"古文",但"古文"在文体上、语言上的成果却融汇到"白话文"之中,仍在新形式下延续着它的生命。

唐代"古文"家们在文学语言的提炼和运用上成就巨大。韩愈、柳宗元都是中国历史上不多见的、杰出的语言大师。"古文"家们在丰富词汇、讲究修辞、总结和运用语法规律以及使用语言的技巧等方面,都做出了极大的努力,取得了许多成绩。就拿词语的提炼与创造一项来说,韩、柳都以"善造语"著称,他们创造的不少词语已成为现代汉语的一部分,在今天的书面语言以至口语中都具有强大的生命力。又例如他们解散骈偶,但又把偶对技巧化入散体文字之中,行文中讲究排比对称,利用语音短长、声调高下造成文章气势,也成为现代汉语写作中常用的技巧。唐代"古文"在语言上的成就,有不少内容是值得进一步总结和发掘的。

以上,是唐代"古文运动"的主要的几点成就。

这个运动作为当时意识形态的表现,必然有消极的方面,对后代也有一些消极影响。从思想内容看,"古文"家们写了不少宣扬封建意识和封建道德的作品,他们中间不少人道德教化观念很严重,"明道"的理论与文学的现实性又有较大矛盾。特别是韩愈、李翱等人开始吸收佛教禅宗的心性学说,发展思孟学派的道德论与人性论,开始讲明心见性,成为宋代理学的先驱。从文学本身的发展看,"古文"家们有忽视文学特殊规律的偏向。他们讲"文"或"文学",指的还是文章,这就有模糊散文与一般文章界限的流弊。所以,"古文运动"从总的思想成就看,不及同时期的"新乐府运动",在散文发展上也带来了一些问题。"古文"家们有的作品流于空疏教条,缺乏文学性,有的又趋奇走险,流于另一种形式主义的偏颇,这对后代都产生了相当不良的影响或限制。

唐代"古文运动",积累了宝贵的历史经验,也有一些值得注意的教训。

第一，文学植根于现实生活，广大的社会是它生长的土壤；文学的生命力来自积极的、进步的思想，它的力量是思想的力量、激情的力量。唐代的"古文"家们是一些"文章之士"，但普遍不以"文人"自居，他们也不以"文"为一艺。他们多是富有用世之志、怀抱理想的人物，不少人兼具政治家、思想家的品格，投身于现实斗争的漩涡，经历过艰难困顿以至被斥辱摧残的遭遇。这样，生活实践给他们提供了创作的丰富内容；进步的思想提供了认识、分析和表现这些生活素材的指针。"古文"家们在理论上都是尊崇"圣人之道"的。但他们或者是继承和发挥了儒学中的一些积极因素，或者按现实需要对某些儒学观点加以改造、利用，或者借用儒家旗号兼容百家以至表现出离经叛道的色彩。所以，从根本上说，"古文"的真正的思想价值不来自儒学本身，它的基础深扎于现实斗争之中，优秀的"古文"创作是现实生活的反映。"古文"家们那些积极的、先进的思想也是实践中来的，前人的思想资料也只有在适应现实要求的条件下才能起进步作用。而"古文运动"的弱点和缺点，正在于它有时脱离了生活，受到儒学教条或其他错误思想的束缚，限制了它反映现实的广度和深度。这种矛盾在"古文运动"中也是表现得很突出的。

第二，攀登文学高峰要有一个高的出发点，即要善于汲取前人留下来的成果；但又要勇于创新，突破传统，表现出艺术上的创造性。韩愈讲"闳中肆外"，柳宗元讲"旁推交通"，都谈到了广泛继承遗产的问题，并作为他们的主要经验来宣扬。"古文"家们提出文体"复古"，对三代、秦、汉文章是注意学习的，但他们对六朝骈文也并不绝对否定。他们所取的真正是"转益多师"的态度。由于他们的实践经验、历史知识、对艺术的鉴赏能力和卓越的才能，他们又确实能取得前人的精华。例如他们对古代文章推崇甚高，但并不生硬模拟，唐人的碑传文字绝不同于《左》《国》《史》《汉》的历史或史传散文;他们对六朝骈文浮靡文风批评甚厉、拒斥甚严,但在实践中,对其骈偶、声韵、事典、词藻等等技巧多有借鉴。当然,就具体人来说,他们对前代遗产的态度各不相同;从整个运动看,正确对待遗产也有个过程。不过总的说"古文"家们借鉴遗产是成功的。而更重要的是,他们在充分继承、学习的基础上,又能"自树立,不因循",多有创造。他们不立一家为宗主而屈居门下为奴仆。后来有人批评南宋以后的"古文"家"束缚修饰",没有韩愈"想当施手时,巨刃摩天扬"的气概(敬恽《上举主陈笠帆先生书》,《大云山房文稿二集》卷二)。唐人与后来提倡"古文"的人,如"前、后七子"之主秦汉、"唐宋"派之学八家以及桐城派之学韩、欧,确乎很不相同。

第三,文学的发展有其特殊的规律,创作必须尊重这个规律,重视艺术性。"古文运动"之所以成功,还在于其参加者们不仅重视文章内容的充实,而且努力追求形式的完美和技巧的上达。在这一点上,他们的实践远远高于他们的理论。他们在理论上,有轻视文学本身的形象化特征的倾向,但他们在创作上,却能写出优秀的文学散文。至于从"文""道"二者的关系看,如韩、柳讲"文以明道",把"道"放在第一位,看作是创作的核心、指导思想和目的;但"道"假"文"而明,"文"又不是附庸,它实际又在"道"之前,地位是相当重要的。这也是宋人不满于他们的地方。宋人主张"文以载道",大大抬高了"道"的地位和重要性,以至发展为"道胜言文""因文害道",这样也就否定了文章。宋人又讲"士当以器识为先,一为文人,无足观矣",顾炎武也说要"养其器识,而不坠于文人"(《与人书十八》,《亭林文集》卷四)。他们把文章与器识对立起来。唐人则不然。他们把"文"与"道"歧而为二,重"道"不轻"文",自觉地致力于文章形式的完善。他们有些人是政治家、学问家,也是文人。结果他们的创作不仅以内容胜,也以艺术形式胜。在形式的完美、语言的精粹上都大大超过了前人。

　　第四，文学的昌盛，依靠强大的队伍，需要有一个良好的创作风气。唐代"古文运动"，有杰出的领袖人物，也有广泛的群众基础。这些领袖人物如陈子昂、元结、韩愈、柳宗元、杜牧等，是才华出众、成就斐然的，他们又勇于倡导新风、乐于引拔后学。他们彼此之间能够互相学习，互相支持，如萧颖士、李华、独孤及等人结成了亲密的师友之谊；韩、柳虽在政治上一度成为反对派，在思想上多有分歧，但在文坛上是亲密的战友和同志。他们互相倾服，互相磋商，彼此推重其所长，有一种开阔的胸襟和高远的眼光，他们对后学帮助、汲引不遗余力。韩愈作《师说》，抗颜为师；柳宗元不愿为师，深恐召闹取怒。二人说法不同，而热衷于以师道援引后学的态度则一。在"古文"家队伍中，又较少门户之见、派系之争，而能集中多数人力量，使整个运动的水平不断提高。这也是唐代比较开放、比较自信的思想空气下形成的文坛上的长处。这种长处表现于诗坛，是一代诗坛繁荣的条件之一，它也同样体现于"古文"的发展中。

　　一个有成果的文学运动或文学现象，总是如长江大河，鱼龙混杂，泥沙俱下，但其滔滔流水却汇入人类文化的海洋，永远沾丐后人。经过历史的淘洗，泥沙会沉淀下去，鱼龙会区别开来，对人类有益的宝贵财富会放出异彩。唐代"古文运动"正是如此。我们应当珍视这份遗产，付出精力去做好批判继承的工作，使它在社会主义文化建设中更充分地放出光辉的异彩。

引用书目①

《白氏长庆集》，〔唐〕白居易撰，文学古籍刊行社 1955 年影宋本

《北江诗话》，〔清〕洪亮吉撰，《粤雅堂丛书》本

《北齐书》，〔唐〕李百药撰，中华书局 1972 年标点本

《避暑录话》，〔宋〕叶梦得撰，《学津讨源》本

《沧浪诗话校释》，〔宋〕严羽著，郭绍虞校释，人民文学出版社 1961 年版

《藏书》，〔明〕李贽撰，中华书局 1959 年排印本

《昌黎先生集》（《韩昌黎全集》），〔唐〕韩愈撰，〔宋〕廖莹中集注，《四部备要》本

《昌黎先生集考异》，〔宋〕朱熹撰，上海古籍出版社 1991 年影宋本

《朝野佥载》，〔唐〕张鷟撰，赵守俨点校，中华书局 1979 年版

《陈子昂集》，〔唐〕陈子昂撰，徐鹏校点，中华书局 1960 年版

《出三藏记集》，〔梁〕僧佑撰，日本新修大正藏本

《初唐四杰文集》，〔唐〕王勃等撰，《四部备要》本

《楚辞集注》，〔宋〕朱熹注，人民文学出版社 1953 年影宋本

《春觉斋论文》，林纾著，人民文学出版社 1959 年版

---

①本书目所开列书仅限笔者直接引用的古籍，标注的版本是引文依据的版本。有些引文曾与其他版本对勘，异文择善而从，不另注出。

《春秋集传辨疑》，〔唐〕陆质撰，《古经解汇函》本

《春秋集传纂例》，〔唐〕陆质撰，《古经解汇函》本

《春秋微旨》，〔唐〕陆质撰，《古经解汇函》本

《丹铅杂录》，〔明〕杨慎撰，《函海》本

《道山清话》，〔宋〕王暐撰，《学津讨源》本

《丁晋公谈录》，〔宋〕丁渭撰，《百川学海》本

《东皋子集》，〔唐〕王绩撰，《四部丛刊续编》本

《东坡七集》，〔宋〕苏轼撰，《四部备要》本

《东坡题跋》，〔宋〕苏轼撰，《津逮秘书》本

《读书小记、续记》，马叙伦撰，商务印书馆 1933 年排印本

《杜少陵集详注》，〔唐〕杜甫著，〔清〕仇兆鳌注，文学古籍刊行社
　　1955 年排印本

《对床夜话》，〔宋〕范晞文撰，《学海类编》本

《二林居集》，〔清〕彭际清撰，光绪刻本

《法言》，〔汉〕扬雄撰，《四部备要》本

《樊川诗集注》，〔唐〕杜牧著，〔清〕冯集梧注，上海古籍出版社 1978
　　年排印本

《樊川文集》，〔唐〕杜牧撰，《四部丛刊》本

《樊南文集补编》，〔唐〕李商隐撰，〔清〕钱振伦笺，钱振常注，《四部
　　备要》本

《樊南文集详注》，〔唐〕李商隐撰，〔清〕冯浩注，《四部备要》本

《范太史集》，〔宋〕范祖禹撰，《四库珍本丛书初集》本

《方望溪先生全集》，〔清〕方苞撰，《四部丛刊》本

《封氏闻见记》，〔唐〕封演撰，赵贞信校注，中华书局 1958 年版

《佛说维摩诘经》，〔姚秦〕鸠摩罗什译，日本新修大正藏本

《弗堂类稿》，〔清〕姚华撰，中华书局聚珍仿宋本

《浮溪集》，〔宋〕汪藻撰，《丛书集成初编》本

《甫里先生文集》，〔唐〕陆龟蒙撰，《四部丛刊》本

《攻媿集》,〔宋〕楼钥撰,《四部丛刊》本

《古文辞类纂》,〔清〕姚鼐编,《四部备要》本

《顾亭林诗文集》,〔清〕顾炎武著,中华书局 1959 年排印本

《观堂集林》,王国维撰,乌程蒋氏密韵楼刊本

《广川书跋》,〔宋〕董逌撰,《津逮秘书》本

《海日楼札丛》,沈曾植撰,中华书局 1962 年版

《韩昌黎文集校注》,〔唐〕韩愈撰,马通伯校注,古典文学出版社
　　1957 年版

《韩集点勘》,〔清〕陈景云点勘,世界书局本《韩昌黎全集》附录

《汉书》,〔汉〕班固撰,中华书局 1974 年标点本

《鹤林玉露》,〔宋〕罗大经撰,万历十年(1582 年)莆田林肃友重校本

《鹤山先生大全文集》,〔宋〕魏了经撰,《四部丛刊》本

《滹南遗老集》,〔金〕王若虚撰,《四部丛刊》本

《淮海集》,〔宋〕秦观撰,《四部备要》本

《黄氏日抄》,〔宋〕黄震辑,乾隆二十二年(1757 年)刻本

《晦庵先生朱文公全集》,〔宋〕朱熹撰,《四部备要》本

《嘉祐集》,〔宋〕苏洵撰,《四部备要》本

《鲒埼亭集》,〔清〕全祖望撰,《四部丛刊》本

《晋书》,〔唐〕房玄龄等撰,中华书局 1974 年标点本

《经进东坡文集事略》,〔宋〕苏轼撰,〔宋〕朗晔选注,庞石帚校订,文
　　学古籍刊行社 1957 年排印本

《旧唐书》,〔后晋〕刘昫等撰,中华书局 1975 年标点本

《旧五代史》,〔宋〕薛居正等撰,中华书局 1976 年标点本

《郡斋读书志》,〔宋〕晁公武撰,光绪十年(1884 年)王先谦校刻本

《毗陵集》,〔唐〕独孤及撰,《四部丛刊》本

《困学纪闻》,〔宋〕王应麟撰,〔清〕翁元圻注,余姚守福堂刊本

《懒真子》,〔宋〕马永卿撰,《丛书集成初编》本

《梨洲遗著汇刊》,〔清〕黄宗羲撰,时中书局重印吴公侠辑本

《李太白全集》,〔唐〕李白撰,〔清〕王琦注,中华书局 1977 年排印本

《李文公集》,〔唐〕李翱撰,《四部丛刊》本

《李元宾文集》,〔唐〕李观撰,石研斋《唐三家集》秦恩复校刊本

《梁书》,〔唐〕姚思廉撰,中华书局 1973 年标点本

《梁溪漫志》,〔宋〕费衮撰,《学海类编》本

《刘宾客嘉话录》,〔唐〕韦绚撰,《学海类编》本

《刘宾客文集》,〔唐〕刘禹锡撰,《四部备要》本

《柳河东集》,〔唐〕柳宗元撰,上海人民出版社 1973 年据宋世彩堂
　　本排印本

《柳宗元集》,〔唐〕柳宗元撰,柳宗元集校点组校点,中华书局 1978
　　年版

《陆游集》,〔宋〕陆游撰,中华书局 1976 排印本

《吕衡州集》,〔唐〕吕温撰,石研斋《唐三家集》秦恩复校刊本

《论文杂记》,刘师培著,舒芜校点,人民文学出版社 1959 年版

《论语正义》,〔清〕刘宝楠撰,《诸子集成》本

《罗昭谏集》,〔唐〕罗隐撰,《四部丛刊》本

《扪虱新话》,〔宋〕陈善撰,《津逮秘书》本

《密斋笔记》,〔宋〕谢采伯撰,《丛书集成初编》本

《妙法莲华经》,〔姚秦〕鸠摩罗什译,日本新修大正藏本

《明道杂志》,〔宋〕张耒撰,《百川学海》本

《墨庄漫录》,〔宋〕张邦基撰,《四部丛刊三编》本

《南涧甲乙稿》,〔宋〕韩元吉撰,《丛书集成初编》本

《南齐书》,〔梁〕萧子显撰,中华书局 1972 年标点本

《廿二史劄记》,〔清〕赵翼撰,湛贻堂刻本

《欧阳永叔集》,〔宋〕欧阳修撰,《国学基本丛书》本

《皮子文薮》,〔唐〕皮日休著,萧涤非整理,中华书局 1959 年版

《曝书亭集》,〔清〕朱彝尊撰,清光绪十五年(1889 年)复刻本

《潜研堂文集》,〔清〕钱大昕撰,《四部丛刊》本

《青溪集》,〔清〕程廷祚撰,清道光东山草堂本

《曲江张先生文集》,〔唐〕张九龄撰,《四部丛刊》本

《权载之文集》,〔唐〕权德舆撰,《四部丛刊》本

《全汉三国晋南北朝诗》,丁福保编,中华书局1959年排印本

《全上古三代秦汉三国六朝文》,〔清〕严可均校辑,中华书局1958
　　年影光绪刻本

《全唐诗》,〔清〕彭定求等编,中华书局1960年排印本

《全唐诗话》,〔宋〕尤袤撰,中华书局1981年《历代诗话》本

《全唐文》,〔清〕董诰等编,清扬州官本

《全唐文纪事》,〔清〕陈鸿墀纂,中华书局1959年排印本

《日知录》,〔清〕顾炎武撰,经义斋刊本

《容斋随笔》,〔宋〕洪迈撰,商务印书馆1959年排印本

《少室山房笔丛》,〔明〕胡应麟撰,广雅书局刊本

《邵氏闻见后录》,〔宋〕邵博撰,《津逮秘书》本

《沈下贤集》,〔唐〕沈亚之撰,《四部丛刊》本

《诗集传》,〔宋〕朱熹注,中华书局1958年排印本

《十七史商榷》,〔清〕王鸣盛撰,广雅书局光绪十七年(1891年)校
　　刻本

《十三经注疏》,〔清〕阮元校勘,脉望仙馆刊本

《史记》,〔汉〕司马迁撰,中华书局1959年标点本

《史通》,〔唐〕刘知幾撰,中华书局1961年影明张之象本

《庶斋老学丛谈》,〔元〕盛如梓撰,《知不足斋丛书》本

《说文解字注》,〔汉〕许慎撰,〔清〕段玉裁注,经韵楼刻本

《司空表圣文集》,〔唐〕司空图撰,《四部丛刊》本

《四库全书总目》,〔清〕永瑢等撰,中华书局1965年影浙本

《宋景文公笔记》,〔宋〕宋祁撰,《学海类编》本

《宋书》,〔梁〕沈约撰,中华书局1974年标点本

《宋学士文集》,〔明〕宋濂撰,《四部丛刊》本

《唐才子传》,〔元〕辛文房著,古典文学出版社 1957 年排印本

《唐大诏令集》,〔宋〕宋敏求编,商务印书馆 1959 年排印本

《唐樊绍述遗文》,〔清〕张庚辑,强恕斋本

《唐国史补》,〔唐〕李肇等撰,古典文学出版社 1957 年排印本

《唐会要》,〔宋〕王溥撰,《丛书集成初编》本

《唐阙史》,〔唐〕高彦休撰,《龙威秘书》本

《唐诗纪事》,〔宋〕纪有功撰,《四部丛刊》本

《唐宋八大家文钞》,〔明〕茅坤编,明崇祯刻本

《唐宋文醇》,〔清〕爱新觉罗·弘历编定,清内府本

《唐宋文举要》,高步瀛选注,上海古籍出版社 1980 年排印本

《唐孙樵集》,〔唐〕孙樵撰,《四部丛刊》本

《唐文粹》,〔宋〕姚铉编,《四部丛刊》本

《唐文拾遗》,〔清〕陆心源辑,清光绪刻本

《唐文续拾》,〔清〕陆心源辑,清光绪刻本

《唐语林》,〔宋〕王谠撰,古典文学出版社 1957 年排印本

《唐摭言》,〔五代〕王定保撰,古典文学出版社 1957 年排印本

《通典》,〔唐〕杜佑撰,《万有文库》本

《宛陵先生集》,〔宋〕梅尧臣撰,《四部丛刊》本

《王文正公集》,〔宋〕王安石撰,中华书局 1962 年影傅氏旧德斋本

《王右丞集笺注》,〔唐〕王维撰,〔清〕赵殿成笺注,《四部备要》本

《文脉》,〔明〕王文禄撰,《学海类编》本

《文史通义》,〔清〕章学诚著,刘公纯标点,古籍出版社 1956 年版

《文献通考》,〔元〕马端临撰,《万有文库》本

《文心雕龙注》,〔梁〕刘勰著,范文澜注,人民文学出版社 1961 年版

《文选》,〔梁〕萧统编,〔唐〕李善注,中华书局 1977 年影印清嘉庆胡
　　克家重刻本

《文苑英华》,〔宋〕李昉等编,中华书局 1966 年影宋本

《文章辨体》,〔明〕吴讷编,明天顺刻本

《文章精义》,〔宋〕李涂著,刘明辉校点,人民文学出版社1962年版

《文章正宗》,〔宋〕真德秀编,明正德刻本

《文中子中说》,〔隋〕王通撰,《四部丛刊》本

《五百家注音辩昌黎先生文集》,〔唐〕韩愈撰,〔宋〕魏仲举集注,《四库全书荟要》本

《小仓山房文集》,〔清〕袁枚撰,《四部备要》本

《新唐书》,〔宋〕欧阳修、宋祁撰,中华书局1975年标点本

《新五代史》,〔宋〕欧阳修撰,〔宋〕徐无党注,中华书局1974年标点本

《续古文辞类纂》,〔清〕王先谦编,光绪八年(1882年)王氏刊本

《荀子集解》,〔清〕王先谦撰,《诸子集成》本

《揅经室集》,〔清〕阮元撰,《四部丛刊》本

《颜氏家训集解》,〔北齐〕颜之推撰,王利器集解,上海古籍出版社1980年版

《杨龟山集》,〔宋〕杨时撰,《丛书集成初编》本

《尧峰文钞》,〔清〕汪琬撰,《四部丛刊》本

《猗觉寮杂记》,〔宋〕朱翌撰,《学海类编》本

《义门读书记》,〔清〕何焯撰,〔清〕蒋维均辑,乾隆三十四年(1769年)承恩堂刊本

《艺概》,〔清〕刘熙载撰,中华书局1978年排印本

《艺舟双楫》,〔清〕包世臣撰,注经堂《安吴四种》本

《因话录》,〔唐〕赵璘撰,古典文学出版社1957年排印本

《余冬诗话》,〔明〕何孟春撰,《学海类编》本

《玉谿生诗笺注》,〔唐〕李商隐撰,〔清〕冯浩注,《四部备要》本

《元次山集》,〔唐〕元结著,孙望校,中华书局1960年版

《元氏长庆集》,〔唐〕元稹撰,《四部备要》本

《越缦堂读书记》,〔清〕李慈铭撰,由云龙辑,商务印书馆1959年排印本

《曾文正公文集》，〔清〕曾国藩撰，《四部备要》本

《湛渊静语》，〔元〕白珽撰，《知不足斋丛书》本

《张燕公集》，〔唐〕张说撰，《四部丛刊》本

《贞观政要》，〔唐〕吴兢撰，上海古籍出版社1978年排印本

《震泽长语》，〔明〕王鏊撰，《宝颜堂秘笈》本

《直斋书录解题》，〔宋〕陈振孙撰，光绪九年（1883年）江苏书局刊本

《止斋题跋》，〔宋〕陈傅良撰，《津逮秘书》本

《周书》，〔唐〕令狐德棻等撰，中华书局1974年标点本

《注释音辩唐柳先生集》，〔唐〕柳宗元撰，〔宋〕童宗说注，张敦颐音
　　辩，潘伟音义，《四部丛刊》本

《庄子集解》，〔清〕王先谦注，中华书局1956年排印本

《资治通鉴》，〔宋〕司马光撰，古籍出版社1955年校点本

《子略》，〔宋〕高似孙撰，《四部备要》本

1984 年版后记

　　唐代"古文运动"是中国散文史上的光彩夺目的篇章。唐代"古文"家们以其思想和艺术上的重大建树,辉耀当世,沾丐后人,在今天仍有巨大的借鉴意义。在这本书里,概略地介绍了它的发展历史和重要作家、作品的成就。笔者深知自己思想水平、学问功力都有限,实在无力统驭这样一个大题目。这仍如拙著《柳宗元传论》一样,只能算是一部很不成熟的"习作"。今天大胆拿来付梓问世,一是因为目前学术界对唐代散文以至整个古典散文的研究用功尚少,这方面的论著发表的不多,拙作水平虽然不高,暂充"补缺",也许聊胜于无吧,待有更多的好作品问世,这本书自可在淘汰之列;二是虽然自知浅薄得很,但这些年教学和读书,多少有些心得,有些一孔之见可能还是前人没有说过的,现在写下来也许对同行与读者不无参考价值,或能起点抛砖引玉的作用;三是笔者还有一点私心:这些年很喜欢读古典散文,也曾就几个题目写了点东西,如果天假之年,还想在这方面做点工作,现在把"习作"拿出来发表,请各位学术上的前辈、同行和广大读者指正,这对我会是巨大的帮助。主要是基于以上想法,加上百花文艺出版社的编辑同志们的鼓励和帮助,使得这本书得以和读者见面了。曹丕说过:"里语曰:'家有敝帚,享之千金。'斯不自见之患也。"也许笔者也患了这种敝帚自珍的"不自见"的顽症,但我诚恳希望大家把所发现的"敝"处指出来。

　　这不是一部断代的唐代散文史。因为"古文"只是唐代散文的一部分,骈文在唐代也取得了不容忽视的成就。唐前期的百余年间,散文创作还是骈文的天下;就是"古文运动"蓬勃发展之后,骈文仍相延不绝,并占有一定地位,如陆贽的骈体章奏、李商隐的"四六",都取得了相当大的成就,在散文史上应占一页位置。如果写完整的唐代散文史,不可不写骈文的发展与成绩,并给以一定的评价。所以,本书只是唐代散文史的一个方面、一个组成部分。这也不是完整的"古文运动"史。中国散文史上骈体与散体的分途,骈文与"古文"的并行发展、相互滋养和斗争,是基于汉语文的特征并是在散文发展到一定阶段出现的现象。这在世界文学史上大概是独一无二的。人们从"古文"发展的角度来概括这一现象,从而确定了"古文运动"这个概念。扩展开来讲,它的时限应从西魏、北周宇文泰、苏绰、柳庆等人提倡文体复古直到晚清的湘乡派和章太炎诸人;如果狭窄一些,也是唐、宋并提,把以韩、柳为代表的唐代"古文"和以欧、苏为代表的北宋"古文"联系起来,看作是一个完整文学思潮的两个段落。一般的文学史著作都是这样讲的。本书只取唐代一段,一是限于篇幅和学力,二是因为唐代"古文"反映了整个"古文"发展的主要成就,按苏轼在《书吴道子画后》中所说:"文至于韩退之……而古今之变,天下之能事毕矣。"这种评价虽有"溢美"之嫌,但韩愈以及柳宗元诸人在散文史上的"集大成"的、承前启后的地位和作用基本上是被公认的。所以,探讨唐代"古文"的发展,就有可能对"古文"的思想和艺术成就、"古文运动"的规律有个基本的、大致的认识。这是我确定本书的题目和论述范围的想法。

　　中国古典散文的发展源远流长,如果以甲骨和周金作为它的萌芽,到本世纪初的"新文学运动"兴起,延续了三千余年的历史。在这段漫长的历史时期里,大家辈出,名作如林,形成了卓越的、独特的民族传统,取得了举世无双的成就。例如,中国散文的发展一直以不同形式和政治斗争、思想理论斗争紧密联系着,从而形成了它高度思想性与深刻哲理性的特征;由于中国散文创作在理论上与实践上都注重实用的功能,又形成了它密切结合现实的特点;中国散文的单篇结集的体制,又形成了多种多样的体裁,锤炼出准确、鲜明、生动的文风,以及对于篇章结构、语言修辞、表达技巧的高度重视;至于对文章节奏声韵、语气文情等等的讲究,更显示了散文艺术技巧的高度精致。正是在这样的宝贵历史传统的基础上,才能出现近代、现代散文创作的繁荣,培育出以鲁迅、茅盾、瞿秋白、郭沫若、巴金等人为代表的一大批散文大师。中国古典散文在思想上、理论上、伦理上、美感上教育了一代代中国人,它是中华民族精神和民族文化传统的宝库,对于今天仍有很大的认识和教育意义。所以,无论从思想的继承还是从艺术的借鉴上,散文研究理应得到更多的注意,值得花费更大的功力。这方面的研究领域还应大大开拓,探讨也需要更加深入。本书也算是在这方面的一个小小的尝试吧。如果对于这件工作有些许助益,那是笔者非常高兴的。

笔者近年来写了一些东西,每当拿出发表,一则是惶恐,对自己研究的得失没有把握;再则是惭愧,深知没能以比较好的成果献给祖国和人民;三则是如屈原所谓"汩余若将不及兮,恐年岁之不吾与"。像我这一代人,治学的根柢本来就没有打好,这是"先天不足",十年动乱又耽误了最宝贵的时间。拿我来说,在同辈中年岁还不算"老大",但多年困顿,如今已是"华发苍颜"了;又来重理"旧业",真有力不从心之感。但我和许多同辈人一样,又深知自己在一代学术发展上担负着承前启后的责任,重担在肩,义无反顾。当年柳宗元在贬谪中意识到事业无成,尚感到"下愧农夫",对不起劳苦大众,何况我们在党的培养、祖国和人民的哺育下长大,又躬逢这民族振兴的盛世,怎能不努力多做点工作,不"赶快做"呢!我在此表达自己的这点心情,是希望与志同道合者共勉,并乞望肯花费时间阅读本书的人有以教我、助我！

在本书出版的时候，笔者深深感谢给予我指教、支持、帮助的同志、领导、学生和亲友。其中包括家母，老人孀居四十年，提携幼稚，抚育子女，在本书出版前先期下世，罔极之痛，何言以述！

本书承中国社会科学院哲学研究所虞愚教授题签。天津百花文艺出版社有关同志审阅稿件、帮助出版，教益良多。在此一并表示谢意。

孙昌武

一九八三年五月于南开园